KB044153

까칠한 구도자의 **시시비비** 是是非非 **방랑기**

까칠한 구도자의
시시비비
是是非非
방랑기

윤인모 지음

판미동

차례

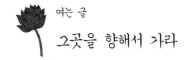

그곳을 향해서 가라

꽤 오래전 일이지만 명상이란 걸 하면서 알게 된 첫 번째 사람을 나는 잘 기억한다. 이 책 속에는 나오지 않지만 그는 그 당시 그리고 꽤 오랫동안 내가 아는 유일한 명상세계 사람이기도 했다. 자유로운 삶을 추구하는 예술가이자 고독을 즐기는 명상가였고, 그 당시로서는 드물게 세계 여러 곳을 떠돌기도 하는 방랑자였으므로 많은 이들이 그를 부러워하기도 했다.

그가 여행에서 돌아온 지 얼마 안 되었을 때다. 하루는 인디언들이 사용하는 타로카드를 내보였다. 그는 인디언 문화에 심취해 있었는데 자기가 경험해 본 것 중에서 제일 잘 맞는다며 소개 삼아 카드를 펼쳤다. 질문은 딱 세 가지만 하게 되어 있다고 했다. 같이 있던 한 여자 손님이 인디언 카드 점을 보았는데, 옆에서 지켜보니 정말 그럴듯했다. 오래전 일이라 정확하진 않지만 이런 식이다.

인디언 추장처럼 얼굴이 붉게 그을리고 장발을 한 방랑자가 바닥 담요 위에 아치형으로 길게 카드를 늘어놓고 기도하며 기를 모은다. 여자가 묻는다.

"지금 다니고 있는 직장을 옮겨야 할지 말지 모르겠어요."

오케이, 방랑자는 늘어놓은 카드를 한 손으로 천천히 좌우로 쓸다 문득 느낌이 오는 한 장을 빼 든다. 그리고 카드의 예언을 눈짓으로 읽어 본 뒤 여자를 바라보며 고개를 끄덕인다.

"당신 어디 아픈 데 없어요?"

"그렇지 않아도 병원에 가 볼 생각입니다. 왠지 건강이 안 좋아지고 있거든요."

방랑자가 들려주는 카드의 답은 이러했다.

"병든 개미들이 몰려오고 있다. 떠나라."

와아— 여자가 깜짝 놀란다.

그놈의 직장에 계속 있다가는 몸이 자꾸 아파진다는 그런 내용이었다.

그런 식으로 카드는 질문자의 물음에 신기하리만큼 의미심장한 답을 내놓았다.

방랑자가 나를 부추겼다.

"한번 봐 봐."

"못할 것도 없죠."

머릿속에 질문을 준비했다. 난처해할 질문을 하여 그를 좀 골려 주고 싶었다. '당신은 얼마나 명상적인가?' '나랑 형 동생 하자는데 실은 얼마나 친한가?' 등등. 하하하. 하지만 막상 카드 앞에 다가가자 마음속에 생각하고 있던 것과는 전혀 다른 질문이 튀어나왔다.

"나는 내가 사랑하는 여자와 결혼할 수 있을까?"

방랑자가 네 사정을 알겠다는 듯 건들거리며 미소를 지어 보였다.

"요새 연애한단 말이군? 결혼? 당신 팔자에 결혼이라⋯⋯?"

당시 나는 스물일곱, 한창때였다. 그가 카드를 빼내 뒤집었다. 점괘를 읽어 본 그의 얼굴에 의외라는 표정이 떠올랐다.

"부드러워져라."

"?"

아까처럼 예스냐 노냐 딱 부러지는 답이 아니었다.

"그래도 말이야. 이 카드가 보통 카드가 아니야. 난 믿거든. 당신도 믿어."

방랑자는 멋쩍은 표정으로 약간 변명을 하더니 다시 카드를 뒤섞었다. 나 또한 자신의 엉뚱한 물음에 당황해하며 던진 두 번째 질문 역시 전혀 생각지도 않은 것이었다.

"내가 정말 하고 싶은 일을 한다면 그것이 이 세상에 무슨 도움이 되겠는가?"

이번에도 점괘는 역시 똑 부러지지 않았다.

"먼저 하라."

"⋯⋯."

앞서 점을 봤던 사람처럼 단정적인 것은 없었다.

8

"맞잖아? 해 보지도 않고선 도움이 되느니 마느니 해 봐야……."

방랑자의 해설 겸 잔소리가 좀 있었다. 그리고 이제 마지막 질문이 남았다.

'뭘 해야 하나?'

문득 방랑자가 끼고 있던 특이한 반지가 눈에 들어왔다. 영광스런 왕관을 머리에 쓰고 그에 어울리는 장신구를 한 원숭이 황제, 혹은 어떤 종족의 족장이나 왕을 연상케 하는 반지였다. 왕은 잘 다듬어진 머리카락과 수염으로 얼굴 전체를 두르고 있었다. 양쪽 귀에는 꽃잎 모양의 귀걸이가 위엄 있게 장식되어 있었고, 미간엔 커다란 구슬이 박혀 있었다. 영광과 위엄을 갖춘 왕의 얼굴은 깊은 고뇌로 찌들어 있었다. 움푹 꺼진 안구와 메마른 두 뺨, 깊은 슬픔과 우수, 고독이 배어 있는 어두운 두 눈……. 그 반지는 언뜻 지상의 모든 욕망과 권세를 누린, 모든 것을 가져서 지쳐 버린 듯한 위엄 있는 늙은 황제의 얼굴처럼 보였지만, 거꾸로 돌려 보면 연화좌대에 앉아 법열의 미소를 짓고 있는 붓다상이 된다. 붓다, 궁극의 자유를 얻은 이 사람처럼 나도 고요와 평화, 사랑 속에서 살아갈 수 있을까? 그런 것이 갑자기 궁금해졌다. 그 당시 사는 게 좀 고단하게 느껴지기도 했다.

"……그런 삶을 살 수 있나?"

방랑자가 좀 의외라는 표정을 짓더니 고개를 끄덕거렸다. 그런데 카드를 뒤집어 본 그의 얼굴은 약간 충격을 받은 것 같았다. 카드가 들려주는 답은 이러했다.

"그곳을 향해서 가라."

부드러워져라.

먼저 하라.

그곳을 향해서 가라.

콕 집어서 손에 쥐여 주는 단정적인 예언은 없었지만 나는 내심 그 말들이 의미하는 바를 알 것도 같았다. 그러니까 '인생'에는 확실한 어떤 답도 주어지지 않았다. 하지만 세월이 갈수록 짧고 단순한 그 세 마디 말이 마음에 사무쳐 왔다. 부드러워져라, 먼저 하라, 그곳을 향해서 가라.

머리말을 대신하여 작은 일화를 하나 써 보았다. 이 책은 말하자면 그곳을 향해 가면서 만나게 된 이 땅의 사람들에 관한 이야기다.

2001년 두 편의 이야기를 처음 썼을 때는 심심풀이로 시작했다가 한 권의 책 분량이 되자 이런저런 사정을 거치기도 했다. 지금은 그저 모든 것이 편안하다.

내게도 그러하듯 독자들에게도 이 책이 좋은 선물이 되길 바란다. 명상이 영 낯선 독자들은 '완벽한 사람이 되는 게 핵심은 아니다' 부분을 먼저 읽어 보는 것도 좋을 것이다. 명상을 모르더라도 내용이 매우 보편적이면서 상쾌하게 와 닿는다는 평이 있었다.

이 책이 나오기까지 겪은 모든 사람, 지나온 모든 시간과 과정들에 감사한다. 이 원고는 사실 마지막 장은 있었지만 마지막 이야기는 없었기에 꽤 오래 방치된 상태로 있었다. 새로운 흥미를 느끼면서 이 책을 마무리 짓게 된 것은 맨 끝에 나오는 '사난다의 명상 인생' 덕분이다. 사난다 정효순 님께 고마움을 전한다.

판미동 출판사와 연이 닿은 것은 이 책의 행운이다. 책이 나오는 동안 원고에 대해 아주 유용하고 예리한 의견을 내 준 편집부의 역량과 노고에도 진심을 담아 감사를 드린다.

리아 윤인모

1장
도인

"
있는 그대로가 되는 것,

더 이상 어떤 것과 싸우거나

저항할 필요가 없는

상태가 되는 것,

더 이상 자기 자신 이외의

어떤 것이 되거나 비범해지지 않는 것.

"

'괴물' 창립 멤버 사사행인

사사행인은(死死行人)은 본시 괴물이었다고 한다. 이 세상에 괴물이
나타나기 전에 그들을 만든 '괴물' 창립 멤버들이 있었는데, 그중 한
사람이었다고도 한다.

2001년쯤인가 작고한 지 몇 년 후, 온라인상에서 그와 똑같은 이름을
대하고는 묘한 느낌을 받은 적이 있다. 게다가 '제2의 사사행인'의 글들
은 제법 날카로웠으며 녹록지 않은 식견이 녹아 있었고, 구도자적 기
개가 살아 있었다. 어떤 이가 사이버 공간에 마구잡이로 늘어놓는 쓰
레기 글들을 그나마 빠짐없이 읽고 나서 경책을 가해 주는 친절함과
인내심도 갖고 있었다. 하지만 그런 친절과 자비심조차도 어찌 보면 인
생을 단순하게 살아가는 방법은 아니었다. 고(故) 사사행인은 말하길,

인간 말씀
들어 줄 귓구멍 없고
벌레 소리 들어 줄
귓구멍 있다.

고인과 제2의 사사행인이 어떤 관계, 어떤 사연이 있는지는 모르겠으나 내가 아는 사사행인은 이러했다.

너만 바보냐, 나도 바보다.
바보가 따로 있나 가만있으면 바보지.

어느 해인가 부산의 한 화백 집에 내려갔다가 그런 글이 적힌 오래된 전시회 팸플릿을 보게 되었다. 초라하기 그지없는 몇 쪽짜리 선화전(禪畵展) 안내장이었지만 거창하게도 노태우 대통령 후보자의 추천사가 들어 있었다. 골 때리는 사람이로군, 하면서 작자의 사진을 보니 그 행색 또한 가관이었다. 앞쪽은 탁발승이요, 뒤쪽은 말총머리, 뒤통수엔 바리캉으로 '바보'라고 또렷이 새겨 놓았다.

주소: 땅 없고 하늘 없는 번지에 태어났노라. 서울시 종로구 지옥간

나머지 팸플릿들도 그런 식이었다.

누가 나를 안녕하시냐고 물으면 뒷간 돼지우리에 처넣으리라.

라거나,

李太白은 물에 빠져 죽고
조조는 칼 맞아 죽고
대통령은 총 맞아 죽으니
영웅, 호걸, 문장들 가는 길 이러하다.
死死行人도
황천길 가는 길이나 연구하리라.

다음과 같은 구절도 있었다.

마음의 눈은 발가에 있으니 발가락으로 보라!

어, 이런 말은 도니 뭐니 공부깨나 했다는 사람이 쓰는 건데? 갑자기 궁금해져 화백에게 물으니 자기 스승이란다. "만나 봅시다." 했더니, 안 될 말이란다. "왜요?" 하니까 사사행인 그가 어떤 인간인지 설명한다. 그 화백 또한 웬만한 조폭 두목 정도는 우습게 아는 사람이긴 하지만 사사행인의 괴팍함과 불방망이, 날벼락에는 당해 낼 재간이 없었다고 말이다.

그거 재밌네요. 더욱 만나 봅시다, 했더니 다른 사람은 다 되어도 넌 안 된단다. 아마 전에 나랑 무슨 일로 한바탕해서 그랬을 것이다. 속으로 오냐, 그럼 더욱 내 만나리라, 하고는 그만두었다.

나는 기인이사들과 약간 인연이 있는 편이었다. 축지법을 완성한다며 절벽에서 뛰어내리다가 다리가 일곱 번 부러진 사람, 술만 들어가면 인터뷰 중이던 신문 기자를 두들겨 패거나 효녀처럼 극진하게 자기를 모시는 제자에게 주먹질을 휘두르곤 하는 여자 춤꾼, 구도심이 지나쳤던지 아킬레스건 세 번을 비롯하여 힘줄 끊어 자살하는 게 취미가 되어 버린 어느 교수, 나중에 알게 된 사람이지만 겉으로는 부동산 중개소 사장 노릇을 하며 보이지 않는 신체의 비밀을 거울 보듯 읽어 내고 남몰래 지구 정화 작업을 한다는, 그 심오한 내공의 경지를 추측기 어려운 도인 등등. 그들에 대한 내 반응은 소수의 몇 사람을 제외하고는 대체로 시큰둥했다. 기인이면 기인이지 그게 참된 삶이나 내적 각성과 무슨 관계가 있느냐 하는 근본 자리에 대한 회의감 때문이다. 그렇지만 사사행인은 꽤 궁금했다.

추적추적 가을비가 내리던 어느 한가위. 갈 데도, 가고픈 데도, 또 보고픈 사람도 없이 그럭저럭 방구석에 눌러앉아 있었다. 갑자기 사사행인을 만나러 가자, 생각하고는 어렵사리 구한 전화번호를 돌렸다. 그와 직접 통화는 되지 않았지만 사는 곳의 대략적인 위치는 알아낼 수 있었다. 그러고는 곧장 그를 만나러 걸음을 뗐다.

정릉 골짜기에 있는 무슨 절이라고 하기에 버스를 타고 내렸더니 곧 절 하나가 눈에 들어왔다. 안으로 들어가니 생각보다 훨씬 큰 절이었다.

'그래도 종단 본사 사찰 모양새는 나는군.'

사사행인의 약력에 의하면 그는 반야종의 종정이기도 하다. 하지만 종무소에 물어보니 절에는 그런 분이 없다고 하였다. 그도 그럴 것이 그 절은 조계종 소속이었던 것이다.

다시 전화를 걸어 보니, 그 절에서 조금 더 올라오면 된다고 해서 가 보았지만 도무지 절간 같은 것은 보이지가 않았다. 그런데 절이라고 하기엔 민망할 정도로 한 낡은 기와집에 절을 표시하는 만(卍)자기가 펄럭이고 있었고, 그 문 앞에 헌칠하긴 하나 삐쩍 마른 노인이 파이프 담배를 물고 친히 무명소졸인 나를 마중 나와 있었다.

몹시 쇠약해 보였다. 큰 키에 구부정한 허리를 억지로 지탱하며 우산을 든 채 일면식도 없는 나를 기다리고 있어서 더욱 그래 보였다. 한때는 기골이 장대했을 한 노인이 초라한 자신의 집 겸 절 앞에 그렇게 서 있었다.

전직 조계종 총무원의 서슬 퍼런 감찰국장, 인사동 호랑이로 불리며 종로통을 활보하던 당대의 기인이자 독보적인 화풍의 선객, '세계 최장의 창녀시를 썼다'거나 '술로 온 세상을 말아먹은 양반'이라는 괴걸.

지금도 인사동의 오래된 한 찻집에는 한 잔 찻값으로 내놓았을, 낙관도 안 찍힌 그의 그림들이 지나간 달력처럼 붙어 있기도 하다. 나는 한눈에 그 그림이 사사행인의 작품임을 알 수 있었고 그곳 여주인이 내 직감을 확인해 주었다. 그 찻집 여주인은 추억 어린 얼굴로 조용히 내게 이렇게 말했다.

"사람들은 그분을 이해할 수 없었어요."
그가 선화 초대장에 적어 놓은 시구다.

허공을 찢어서 뼈다귀 도려내고
번쩍하는 빛 속에 집을 짓는다.

선시를 읽은 사람들이라면 어디서 읽었음 직한 구절일 텐데 아무튼 그가 추구하는 화풍은 그런 것이었다. 그 방면에 문외한인 내 눈에도 예사롭지 않은 선기(禪氣)가 어른거리는 게 보통 이상이다. 아마도 평범한 그림쟁이들은 흉내 내기 어려울 것이다. 자신의 작품에 붙인 사사행인의 해설 중에는 다음과 같은 글들이 있다.

맑은 거울에 비친 백발의
모습 바라보지만
서로 맞보아도 싫증
나지 않네
보이는 것, 들리는 것, 거울 빛
같아 마음 줄 끊으며 돌아간다.

태어남은 한 조각 바람이
일어남이요, 죽엄이란 못에
빛(比)친 달그림자뿐, 죽고 살고,

가고 옴에 막힘이 없어야 한다.

거울에 빛(비)친 내 몰골이 살은 모양인지
죽은 모양인지 어떻게 가려보나.

내 기억으로는 대개 옛 선사들의 시구들이거나 거기서 응용한 구절들이다. 예컨대 나옹 선사의 '타파허공출골 섬전광중작굴(打破虛空出骨 閃電光中作窟)'이란 구절이나, 역시 선사의 「입적지일(入寂之日)」이란 시에 나오는 '생시일진청풍기 멸거징담월영침 생멸거래무가애(生時一陣淸風起 滅去澄潭月影沈 生滅去來無罣碍)'란 구절을 보면 짐작이 가리라. (옮겨 적은 시에 종종 오자가 보이는 것은 원문을 그대로 옮긴 탓이다. 공책 한 장을 뜯어 막 써 놓은 듯한 초벌 시의 확연한 오자는 한 단어 정도 바로잡았다.)

그건 그렇고 그가 안내하고 먼저 든 방 입구에는 '백골당'이라는 글자가 흰 종이에 쓰여 있었다. 부엌에 있던 부인이 며칠 전까지 방 안에는 해골이 주렁주렁 매달려 있었다고 말했다.

방에 들어간 나는 삼배를 올렸다. 드러누워 있다시피 하던 사사행인은 허리를 꼿꼿이 펴고 내 첫인사를 받았다.

"자…넨 재수…가 없군… 내…가… 이렇게 아…플 때… 왔…으니……."

사사행인은 계속 드러누워 있을 수만은 없는지 의자에 앉았다가 방 안을 이리저리 걷다가 다시 드러누워서는 그곳에 와 있던 여제자에게 자기의 하반신부터 차례로 주무르거나 짓밟아 누르게 하였다. 고통이 심한 것 같았다. 한때 그는 생과 사의 일대사를 해결하기 위해 벼랑 끝에서 싸우던 치열한 선승이었다고 한다. 그런데 지금은 암에 걸려 투병 중이었다. 여제자가 하는 말이 의사의 끈질긴 권유에도 불구하고 수혈을 제외하곤 어떤 병원 치료도 거부한 채 정신력으로 버티고 있단다.

꺼져 가는 자기 생명의 등불을 바라보며 금생에서 최후의 용맹정진을 그런 식으로 해내고 있는 듯했다.

"그림을 배우러 왔느냐?"

"아니요, 일반 사회인입니다."

"사회에선 뭐했느냐?"

"이런 데하고는 전혀 상관없는 일을 했지요."

몇 가지 질문을 마친 사사행인은 생전 처음 대하는 종류의 인간인데 잘 모르겠다는 표정으로 나를 바라보았다. 실은 '그냥 왔어요.'가 맞는 대답이었을 것이다.

저녁을 먹고 가라고 해서 한 그릇 맛있게 먹었다. 식후칠보(食後七步)는 보약보다도 더 좋다고 소화도 시킬 겸 일어나 이색적인 방 안을 거닐며 둘러보았다. 그림 몇 다발, 불상, 경허 선사와 만공 선사의 영정, 그 옆의 옷가지를 젖히자 사사행인 자신의 사진이 붙어 있었다. 방문 쪽 벽에 걸려 있는, 하도 기우고 기워 마치 유목민의 양털 옷처럼 보이는 낡은 승복은 경허 선사의 유품이라고 한다. 구도자로서의 그의 자존심인 듯싶었다. 근세 한국 선풍을 대표하는 경허의 장삼이 만공 선사와 그의 제자를 거쳐 사사행인 자신에게 전해졌다는 것이다.

그가 정녕 경허 선사의 법맥을 이어받았는지 아닌지는 모르지만 사사행인은 어쨌든 한 종단의 종정이었다. 본인의 표현에 따르면, 세계 최초로 반야이즘을 창시하였던바 그 종단의 이름은 반야종, 종정은 사사행인 자신이었다. 이상한 것은 반야종엔 종정만 있을 뿐 제자는 없다는 것이다. 딱 한 사람 있긴 있었다. 사사행인이 승첩까지 내린 바로 부산의 그림 제자였다.

법당도 있다기에 안내를 받아 자물쇠를 열고 들어가니 여느 사찰처럼 불상과 복전함이 놓여 있다. 냉랭한 벽면에는 다음과 같은 글들이 붙어 있는 게 이색적이었다.

부처님이 여기 있다. 그러나
부처의 얼굴을 보려 하지 마라.

불자야 한 가지만 빌어라
부처님 힘들어 죽겠다.

고양이와 들쥐들만이
死死行人의 마음을 아는구나.

돼지는 死死行人의 스승이요
지렁이는 死死行人의 아비니라.

예불을 한 후 방으로 돌아왔다.

"몸이 불편하니 어떤 생각이 드시나요?"

그가 더듬더듬, 몹시 힘들긴 하지만 전혀 그런 내색은 비치지 않은 채,

"건강한 사람이 부러워."

평범한 대답이었다.

사사행인이 지은 책 몇 권을 청했더니 없을 걸, 하더니 이곳저곳을
뒤져 기어이 시집 몇 권과 책들을 내놓았다. 나는 반 시간가량 말없이
들추어 보기만 했다.

노자가 갔던 길 메뚜기 뛰어간다
장자가 놀던 냇물 올챙이 잘도 논다
부처님 가는 길 눈감고도 가겠네
돌멩이도 부처되는데 死死行人 바보 못 되랴.

관음도 독약이요
부처도 마귀일진데
나는 칼이 없어도
時空을 짜르고
죽지 않는 말을 타고 저승을 갈 줄 안다.

마귀는 내 아내요
지옥은 내 집안이라

얼씨구 좋다

이만하니 살 만하네.

    내 눈에 그 정도를 넘어가는 시문은 눈에 띄지 않았다. 부인과 이런 저런 얘기를 나누었다. 그를 찾아오는 손님들은 대개 소주 한 상자를 들고 온다고 한다. 또 말이 결혼 생활이지 사사행인은 일 년에 한 달 정도 이외에는 가정을 돌보지 않았다고도 하였다. 곱게도 세월을 견딘 부인의 이야기를 종합해 보면 아래 문장 그대로였다.

천국에도 아니 갈 내 영혼

지옥에도 가지 못할 내 육신

들을 말씀 할 이야기 없다.

罪 없는

영혼들아

어서어서

늦잠 깨어

하늘로 승천하라

나는

罪가 많아

술집으로 가리라.

사사행인은 여제자에게 또다시 자신의 몸을 밟아 달라고 한다. 얼마후 그가 자리에서 일어나 반쯤 벽에 등을 기대더니 어떻게든 나에게 무슨 말을 하려 하였다. 아주 천천히 힘들게.

"도…는… 말…할… 수 없어……."

말을 끊은 사사행인이 잠시 후 말했다. 말했다기보다는 어떤 음향이 그의 달싹거리는 입을 통해 흘러나오고 있었다고 하는 편이 옳을 것이다. 얼마 후,

"도…는… 바보야……."

사사행인의 법문은 그렇게 끝났다. 더 이상 이야기를 주고받을 여건도 못 되고 하여 내가 작별을 고하고 일어나니 그가 다시 자리에서 일어났다.

"좀 더… 일…찍 만났…다면… 내… 재미있는… 얘…기 많…이… 해… 주었을 텐데… 한… 달 후에… 또… 찾아…와… 그땐……."

겨우 말을 이어가던 사사행인은 말꼬리를 흐렸다.

"내가… 건강해…지…면… 그때… 와……."

말을 바꾼다. 자신이 없었던 것이다. 배웅 나오려 하는 그를 재삼재사 만류하고 집을 나왔다. 그의 여제자가 뒤따라 나왔다. 개포동이 집인데 사사행인의 법문을 듣기 위해 종종 이곳엘 찾아온다고 했다.

"인연이 되면 또 만나죠."

무언가 할 얘기가 있어도 보였지만 그렇게 말하곤 버스에 올랐다. 그리고 그것이 사사행인과의 처음이자 마지막 만남이었다. 그로부터 열흘 정도 지나 나는 그가 타계했다는 소식을 들었다. 장례를 맡은 부

산의 제자가 벽제 화장터로 나를 불렀지만 가지 않았다.

그는 죽기 전에 이렇게 말했다고 한다.

"경허 선사의 승복도 불태워 없애 버려라."

잘했구나 하는 생각이 들었다. 마지막까지 들러붙어 있던 꺼풀 하나를 벗어 던지고 죽었던 것이다.

眞言(진언)

올챙이 가죽으로

열린 창 가리우고

해 저문

동산에

소 한 마리 메었다.

무슨 말씀

하려고

비 오고 눈 내리나

답 사사행인은 눈물뿐이다.

그래서인가. 사사행인은 이런 글도 남겼다.

세월아 어서 가거라.

나는 늙어 죽으리라.

다음에 태어나 천 년을 산다 해도
이번에 죽으면 다시는 태어나지 않으리라.

자신의 제사상에 스스로가 올리는 이런 시도 있다.

요강에 똥을 싸서
제사상에 올였다.
영웅호걸 갔던 길에
쇠오즘 누는구나
허튼소리 우스게로
한세상 보넷으니
대장부 한몫을
단단히 하였네.

그 눈물, 한 기개는 지금은 가고 없다. 이제는 잘 팔릴까 싶은 그림,
시 몇 줄로 남아 있을 뿐. 그중에는 이런 시도 있다.

자기를 싸움으로
자기를 망치느니
칼 든 놈 분개하니
씨 받을 꽃봉우리부터
먼저 짤라

버리드라.

　사사행인은 위의 글처럼 자신을 괴롭힌 문제, 번뇌의 종자와 단절했을까? 구도와 예술적 완성에 대한 그의 열망과 분기는 상당했던 것 같다. 하지만 그래서 나오느니 답은 눈물뿐, 그래서 나오느니 허튼소리 우스개.

　일대 분심을 일으켜 하나의 길에 몸을 던지고 치열하게 자기 길을 가는 자에겐 눈물이 있다. 광기와 풍자, 역설도 있다. 적극적으로 바보가 되는 일에 가담하는 것이라고도 할 수 있으리라. 그것은 한편으론 결코 이 세상에 지거나 억눌려 살지 않고 맞서 자기 자신을 살려 내는 방법이 되기도 한다.

　하지만 사사행인이 죽기 직전에 도달한 결론은 순수한 바보가 되라는 것이다. 있는 그대로가 되는 것, 더 이상 어떤 것과 싸우거나 저항할 필요가 없는 상태가 되는 것, 더 이상 자기 자신 이외의 어떤 것이 되거나 비범해지지 않는 것, 그런 것 아닐까?

　도는 바보다, 진실은 바보다, 나는 바보다. 그 속에 담긴 소박함과 겸허함에 가닿을 수 있다면 이 말은 정말 유익하다. 화가 나건, 신경질이 나건, 시기심에 휩싸이건, 결과에 마음 졸이건 그러한 것들은 바보에게는 없다. 자기 안에 어느 틈에 만들어진 이상과 환영, 집착들, 끊임없이 비교하고 검사하고 자신을 내모는 부질없는 싸움과 사슬, 자기 감옥 같은 것들도 없다. 우리는 원래 바보였을 것이다.

당신은 사무실에서 열심히 일하다가 잠시 힘이 들어 의자에 몸을 파묻고 쉬고 있다. 그런데 누군가 당신을 지켜본다. 당신은 신경 쓰지 않는다. 원래 당신의 부서엔 수많은 사람이 들락거리기 때문이다. 그런데도 그 누군가는 계속해서 눈 하나 깜빡이지 않고 당신을 바라본다. 유심히 바라보는 그 눈빛과 모습이 여느 사람과 다르다. 당신은 좀 의아해하며 그에게 묻는다.

"저를 보고 계시는 건가요?"

그가 응시를 멈추며 말한다.

"그렇다."

"그저 일개 직원인데 뭐 볼 게 있나요?"

그런데 그는 굉장히 뜻밖의 말을 한다. 말하자면 당신의 영혼의 상태, 혹은 내적 심령 에너지의 상태에 대해서 매우 구체적인 이야기를 하고 있는 것이다. 그 가운데는 오랫동안 당신 혼자서만 알고 있는 그런 내용도 들어 있다.

"얼굴에 빛이 가득해서 바라보고 있었어. 어느 순간 갑자기 머리 뚜껑이 확 열리더니 커다란 빛의 회오리가 쏟아져 들어오더군."

자신의 이마에 손을 대며,

"여기까지 빛이 꽉 찼어. 공부가 많이 됐군."

당신은 내심 그가 보통 사람은 아니군, 하고 생각하면서 연락처를 하나 청한다. 그는 당신에게 명함 하나를 주고는 같이 온 사람과 함께 사라져 버린다. 명함을 보니 별다른 게 없다. 그 기이한 사람은 그저 평범해 보이는 부동산 사무실 대표였다. 마침 당신에게 전화가 오고, 당신은 명함을 책상 서랍 어딘가에 놓고는 급히 회의실로 들어간다.

며칠 후다. 서랍 속 내용물을 정리하다가 같은 부서 직원에게,

"혹시 이런 사람 알아?"

꽤 연조가 오래된 수행인이기도 한 그 직원은 명함의 이름을 알아보고 낯빛이 변한다. 다소 흥분하여 그 사람에 대한 얘기를 늘어놓는데 한마디로 대단한 도인이라는 것이다. 수행계의 학식 있고 존망 높은 분들도 그에게는 정중한 예를 갖추고 가르침을 받곤 하지만 만나기는 매우 어렵다고 했다. 그의 경지는 정말 대단한데 이를테면 태풍의 진로 방향도 바꿀 수 있다거나 남몰래 지구 전체를 위한 정화 작업을 수행한다고도 했다. 도인이니 뭐니 그런 얘기에는 평소 관심이 없었던 터라 나는 그저 웃으며,

"그래, 하지만 지구를 정화할 정도의 사람이라면 그 전에 당신을 먼저 정화시켜야 맞지 않겠는가? 그런 엄청난 도인을 만났다는 현재의 당신 수준은 정작 어느 정도나 되는가?"

하고 면박을 주었다.

나중에 그 도인을 만나 정말 그런 일을 하느냐고 물어보니 일소에 부치며 부인했다. 그렇지만 지금도 많은 사람이 그가 그런 능력이 있다고 믿고 있다. 하긴 이 숨은 도인은 가끔 깨달았다고 선언한 사람들을 찾아다니며 때로는 그의 밑에 들어가거나 하는 식으로 해서 그들에게 한 방 먹여 주고 오곤 했던 것이다. 이 선생에게는 사람들이 실제로 얼마만큼 성취했는가, 얼마나 내적으로 진화된 존재인가 하는 것이, 말하자면 그의 영혼을 채운 빛의 정도로 훤히 들여다보였던 것이다.

내가 물었다.

"선생님은 어떻게 그런 것을 보시나요?"

"안 보려고 해도 그냥 보여."

"선생님은 우주와 인간, 그리고 수행자들의 비밀을 알고 있다고 하시더군요. 어떻게 해서 그런 비밀들을 아시게 되었나요?"

"수행을 하면 말이야, 여러 가지 일들이 생기지. 우리가 아는 세계는 여러 차원이 중첩되어 있는데 일반인들이 보는 것은 몇 차원의 일뿐이거든. 하지만 수행을 하게 되면 그 너머의 차원들이 그냥 보여. 안 보고 싶어도 그냥 보이는 거야."

가장 최근에 만나 본 선생은 전보다 말을 자유롭게 하셨다. 아직 준비가 안 된 사람들에게 속세에서의 인연에 얽매여 몇 가지 비전을 전수해 주었는데 그게 잘못된 일이란 걸 깨닫게 되었다고 한다. 그래서 십 년 동안은 근신하기로 작정했었고 얼마 전 그 기간이 끝났다고 했다. 몸을 해체해 사물을 투과한다든지, 천둥 번개를 치게 한다든지, 온몸의 기맥을 열어 산천과 우주의 에너지를 마음대로 섭취하고 내보낸다든지, 이런 일을 아주 사소한 일처럼 말했다. 한때 자기의 공부를 시험해 보는 데는 도움도 되었지만 다 부질없는 짓이라고 한다. 그때 나와 같이 간 사람이야 모르겠지만 나도 그런 얘기들에는 관심이 없었다. 훗날 내가 기공을 공부하면서부터는 뭐 그런 일들도 가능하겠다고 생각하게 되었지만.

정말 흥미로운 것은 그가 말하는 내용보다는 그가 이야기하는 방식인지도 모른다. 그는 보통 사람들과는 조금은 다른 대화법을 가지고 있었다. 상대방과 다투지 않는다는 것이다. 일부러 그를 찾아 정식으로 처음 만났을 때다.

"내가 전에 그런 말 했다고 찾아왔는가?"

"저도 대략은 알고 있었습니다."

개인적인 이유 말고 순전히 일적인 측면 — 대중 강연을 청하려는 목적도 있었는데 그는 일언지하에 거절했다. 그날 밤 늦도록 이야기를 나누었다. 특별한 주제가 없어서 주로 이야기하는 쪽은 나였다. 그에게 그건 어떻게 생각하느냐, 그에 대해선 어떻게 생각하느냐 하는 식으로 묻고, 매번 반박이 섞인 이야기를 늘어놓는다. 그는 이야기의 초점을 그때마다 피해 갔다. 어떤 문제에 대한 결론은 하나도 나지 않는다. 그러다 어느 대목에선가 불현듯 깨닫게 되었다. 그에겐 어떤 경우에도,

어떤 의견에도 공격적인 점이 없었다. 그리고 표정 변화도 없었다. 아무나 할 수 있는 일은 아니었다.

몇 년이 흘렀다. 어떤 공적인 일로 다시금 전화했더니 운 좋게도 나를 기억하고 있었다. 요즘은 어떻게 지내시느냐고 물었더니,

"전에 하던 일 계속하면서 공부 중입니다."

무척 겸손하게 응대해 준다. 약속을 잡았으나 제날짜를 일주일 이상 넘기고 말았다. 다시 약속 일시를 정했으나 당일에도 역시 내가 시간을 지키지 못했다.

"그래도 뭐 도인이니까 다 이해하겠지."

다소 뻔뻔한 마음으로 약속 장소인 강남의 한 전철역 입구에서 기다리고 있으려니 얼마 후 선생이 나타났다. 나보고 전보다 야위어 보인다고 하였다. 전철역 바로 옆에 제법 커다란 한식당이 있어서 그리로 들어가면 딱 좋겠다고 생각했지만 그는 나를 끌고 동네 뒷골목의 허름하고 비좁은 식당으로 들어가 음식을 청했다.

그는 내 이름은 기억하고 있지 않았다. 주문한 음식을 기다리고 있는 동안 전처럼 눈썹 하나 까딱하지 않고 내 미간 부위를 응시한다. 얼마 후,

"음, 그간 공부를 많이 했군." 하며 빙긋이 웃는다.

"그럴 리가요? 술이나 먹고 놀았는데……."

하지만 그는 조금 단호하게,

"아냐. 많이 했어."

나의 현 의식 상태를 손짓까지 해 가며 이렇게 저렇게 어떤 상태에

와 있노라고 했다.

"지금도 열심히 하고 있군. 안에서는 불꽃이 요동치고 있어."

아마 그의 말이 맞을 것이다. 그 당시만 해도 나는 인생의 힘겨운 몇 장면들을 겨우 넘어가고 있었다. 없는 돈에 명상 잡지를 내겠다며 고군분투하고 있었던 것이다. 그런데 그의 얘기 중에는 어쩐 일인지 개인적으로 관심이 영 안 가는 대목이 있었다. 머지않은 장래에 이 지구나 우리 사회에 중대한 변화가 온다는 거였다.

"예상보다 빨리 들이닥치는 거지. 요새는 우리 사회만 하더라도 모든 게 대단히 빠른 속도로 변화하잖아. 그건 이 지구, 지구가 속한 천체와 우주 에너지대의 변화가 그만큼 빠르게 진행되고 있다는 뜻이기도 하다."

그는 또 지구 곳곳에서 그 변화에 대비하기 위한 작업들이 이루어지고 있다, 변화가 들이닥치면 그 안에서 살아남는 사람들과 그렇지 못한 사람들이 분명히 드러날 것이라고 했다.

"예컨대 지금 살고 있는 파장대가 오십 주파수대인데, 변화가 오고 파장대가 칠십 주파수대로 뛴다면 준비된 사람들만이 그 파장을 감당할 수 있는 거지."

"구체적으로 어떤 사람들이 적응하고 어떤 사람들이 적응하지 못할까요?"

"마음과 기운이 맑은 사람들, 명상이나 수련 같은 걸 해서 많이 트이고 주파수가 높은 사람들이 적응하지. 그건, 지금 대기 중 어디에나 독감 병균이 떠돌고 있는데 어떤 사람들은 그 공기를 마셔도 아무 지장 없지만 어떤 사람들은 병에 걸리는 것과 같아."

글쎄, 사실일까? 알 수 없다. 구세주 종교를 믿는 사람들에겐 씨도 안 먹힐 법하다.

"마음공부에서 제일 중요한 건 무엇이라고 생각하시나요?"

"몸이 가장 중요하지."

"색즉시공(色卽是空)이고 일체유심조(一切唯心造)라 치면 몸도 한 생각이오, 가상적인 현실일 뿐인데요."

"몸에는 팔만 사천 개의 모공이 있다. 그것을 모두 다 열어야 해. 그렇게 되면 안과 밖, 나와 세상의 구별이 없어지고 한 호흡 호흡 속에서 우주 전체의 기운과 합일할 수 있어."

"팔만 사천 모공을 다 열고 우주 호흡을 할 수 있다치고, 그다음은 무엇입니까? 그냥 그것뿐인가요?"

"사람마다 마음이 있고 모든 생명체가 각자 마음이 있듯이 이 우주에도 마음이 있다. 우주심 같은 것이다. 우주의 진리, 법칙, 그것을 알게 되는 거지."

"그렇게 해서요?"

"그렇게 되면 우주의 힘을 자유자재로 이용할 수 있고, 이 우주의 흐름 속에서 걸림이 없게 된다."

계속해서 따져 보았다.

"이 우주 역시 결국은 성주괴멸(成住壞滅)의 순환 법칙 속에 있고, 자연의 순리라고 해 봐야 다른 측면에선 자연의 업, 우주의 업, 우주의 법칙, 혹은 음양오행 법칙이란 이름의 업이랄 수도 있는데요. 이 우주도 나고 죽는다면 사람이 나고 죽는 것과 별 차이가 없지 않습니까? 나고 죽는 법칙을 알아서 천년만년 불로장생한들 무슨 소용이 있습니까? 그냥 그 기간 동안은 어쩌다 잘 살았다 뿐이지."

"자네 말대로 지금의 우주 역시 변화하고 없어진다. 그러면 현재 옳고 그르다고 생각하는 모든 건 다 사라지지. 그 우주적인 변화 너머에는 불변하는 어떤 것이 있는데, 이것이 그 변화를 만들어 내면서도 어떤 변화에도 영향받지 않고 남아 있는 그런 마음이다."

"우주의 생멸이나 어떠한 대변동과도 상관없다는 뜻입니까?"

"그렇다. 그리고 그 진리는 말로 할 수 없어. 불가능해."

그는 한동안 침묵에 잠기더니,

"저 밖에는 무엇이 있는가?"

눈짓으로 어둠이 내리깔린 식당 밖 풍경을 가리켰다.

"허공이 있군요."

"허공이란 것도 실은 보이는 것이야. 허공 속에는 또 다른 허공이 있고, 그 허공 속에는 또 다른 차원의 허공이 있고…… 그 그 너머에는 말로는 전달해 줄 수 없는 어떤 허공이 있지. 그게 곧 우주심이다."

"저는 모르겠습니다."

그는 담담히 앞으로의 변화에 대해서 다시 말했다.

"그렇게 되면 이젠 주역부터가 쓸모없게 되지."

말하자면 사람들이 궁극의 진리로 떠받들고 있는 대부분의 사상이나 이론들도 다 무용지물이 된다는 것이다. 별자리가 거꾸로 위치하고 서쪽이 동쪽이 되고 하는데 지금의 천체와 우주에 근거한 이론 체계들은 휴지통에 처박히는 신세라는 것이었다.

그가 그렇게 말하는 데는 실은 다른 뜻이 있었던 것 같다. 곧 네가 붙들고 떠벌리는 일체의 언설, 사고방식이나 이해력은 그야말로 한 점 티끌조차 못 되는 것이니, 한마디로 다 비우라, 침묵으로 돌아가라, 그런 말인 듯도 하였다.

나는 잠시 침묵을 지키다가,

"선생님은 미래를 말씀하셨는데, 선생님 자신의 미래는 어떻게 보시는지요? 선생님은 이번 생에 돌아가시면 다시 태어날 것 같습니까? 아니면 영원히 지구에 오지 않을 것 같습니까?"

그가 알 수 없는 미소를 지었다.

"온 곳을 알면 가는 곳도 안다."

답이 꽤 현묘한지라 좀 더 현묘한 대답들을 듣고 싶어졌다.

"선방 수자들이 질문하면 어떻게 답변하시나요?"

그가 빙그레 미소를 지으며,

"흠, 그때는 그때의 방식이 있지."

그러고는 어떤 목사님 얘기를 들려준다. 매우 열려 있고 공부가 상당히 깊은 사람이라고 한다. 어느 날 그 목사님이 그에게 감사를 표하러 왔다.

"선생님께 세 번 감사드립니다."라고 운을 떼더니,

"첫 번째는 선생님이 제게 참을 인(忍) 자 세 자를 주셔서 감사했습니다."

인 자를 한 개가 아니라 세 개를 주었다는 것이다.

"두 번째는 통할 통(通) 자를 주셔서 감사했습니다."

널리 통하고 두루 어울리라는 뜻에서 주었다고 한다.

"세 번째는 가운데 중(中) 자를 알게 해 주어서 감사드립니다."

이것은 무와 유, 낮은 곳과 높은 곳, 세간과 비(非)세간 어느 곳에도 머물지 말고 그 중간에 머물라는 뜻이었다.

한 스님에 대해서는 법명까지 들먹이며 말한다. 보름 동안 먹고 마시지도 않고 장좌불와(長坐不臥)하는 참선 수행이 있는데, 백 명가량의 스님이 도전하면 그 칠 할은 사나흘이면 기권한다고 한다. 열흘 정도가 지나자 단 한 명의 스님만이 남아 마지막까지 수행을 했는데, 바로 그 스님이라고 한다.

"세상에는 비밀이 있다. 그것을 알지만 전혀 모르는 척하고 있는 사람들도 있지. 그 스님도 그중 한 분이다. 앞으로 어떤 일들이 일어날지 아주 세세하게 알더군. 전체적인 것에 대해선 아직 부족하지만…….사람들은 전혀 눈치도 못 채지만 자신을 숨기고 작업을 하는 사람들이 이 땅에 많아."

어떤 여자 교수 분에 대해서도 공부가 매우 높은 경지에 올라 있다며 칭찬을 하였다. 그분도 모종의 작업을 하고 계신단다. 그의 말을 듣고 있자니 우리나라엔 드러내지 않아서 그렇지 숨은 고인(高人)들이 많구나 하는 생각이 들었다.

"어떤 작업인가요?"

그저 웃기만 한다.

"앞으로 오게 될 변혁의 시대를 준비하는 그런 작업 말인가요?"

"그렇다고 할 수 있지. 아무튼 그것은 때가 되고 인연이 닿지 않으면 말할 수 없다."

그래도 한마디 더 물어보았다.

"요새는 모든 것이 밝혀지는 시대잖아요? 생명의 비밀까지도 말입니다. 그런데 비밀이란 게 사람들을 속여 넘기기 쉬운 것이거든요. 저 사람은 내가 모르는 걸 알고 있다, 혹은 나는 사람들이 모르는 어떤 것을 알고 있다, 이런 것이 영적인 차원에서도 많은 문제를 일으키는 것 같던데…… 매우 우스꽝스럽게 끝나기도 하고 말이죠. 이런 문제는 어떻게 생각하시나요?"

그가 가볍게 웃었다.

"좋은 질문이군. 사실 그런 일이 많지."

그가 갑자기 화제를 바꿨다.

"내가 누구에게 당신은 사흘 후에 죽는다고 말하면 어떻게 될 것 같은가?"

"글쎄, 사람마다 다르겠지요."

"사람들은 자기가 곧 죽는다는 걸 알게 되면 착한 일을 하게 되지."

"그렇더라도 어딘가 이기적인 측면도 있죠. 상황에 매여 있는 것이고."

"그렇지. 하지만 그가 평생 악하고 탁하게 살았다고 해도 며칠 후 자신이 죽는다는 걸 알게 되면 착한 일을 하는 법이다."

"……"

"사람의 본성은 우주와 똑같다. 자신의 본성을 어렴풋이 알게 되는 거다."

"아, 그렇군요. 무슨 뜻인지 알겠습니다."

자신을 못 깨우치고 사는 무지한 나에게 자기 자신의 본성 말고 무슨 비밀이 있겠는가? 그 자신이 빛이면서도 빛을 찾는 자에게 그 자신의 본래 모습 이외에 무슨 다른 비밀이 있겠는가? 어둠에 있어서 빛의 존재는 비밀투성이다. 빛에 있어서 비밀은 어둠을 빛으로 이끌기 위한 방편이다. 다만 소경이 소경을 인도할 때는 둘 다 구덩이에 빠지고 말 뿐. 화제를 바꿔 본다.

"선생님은 어떤 공부를 하셨나요?"

"유불선 다 했다. 공부할 때는 정말 고생 많이 했다."

하필이면 길도 없는 산 뒷자락에서 짐까지 지고 여기저기 뒹굴고 깨지고 절벽에서 떨어지고 구사일생으로 정상에 오르는 사람들이 있는데 선생이 그러했다고 한다. 몇 번 죽을 고비를 맞닥뜨렸는데 죽기 살기로 겨우 넘어갔다고 한다.

팔만 사천 모공이 열리고 나니 세 번 힘들었다. 사람이든 사물이든 저마다 기라는 것을 가지고 있는데 사방팔방에서 온갖 기가 다 자기에게로 오니 그 고통은 이루 말할 수 없었다. 어디로든 피해 다녀야 했다.

그것들을 감당할 수 있게 되자 사람들의 마음을 읽을 수가 있었다. 그러나 모두 다 받아들이기는 힘들었다. 그 고비를 넘기니 어떤 상황에서도 평정심을 유지한 채 어울리고 섞이기가 어려웠다. 말하자면 이 세상의 시장 속에서 한데 어울리며 살기가 어려웠다는 것이다. 그렇게 세 번의 고비가 있었다고 한다.

"뭐든지 다 해 봐라. 두루 해 보고 통해야 해. 그래야 한 사람만이 아니고 여러 사람을 이해하고 도와줄 수 있는 거다."

이보다 더 인상적이었던 이야기는 다음과 같다.

"어떤 것이 최고의 공부법입니까?"

"나는 한 번도 그것을 말한 적이 없다. 누구에게도 말한 적이 없다. 그것은 바로 침묵이다. 침묵이야말로 가장 좋은 수행법이다. 진리는 말로는 알 수가 없다. 그것은 전혀 불가능하다. 오직 침묵을 통해서만 체험할 수 있다."

그러고는 한동안 침묵했다.

주변 공기가 탁하여 담배와 술에 대한 견해를 물었다. 그가 웃으며, 담배와 술은 일종의 불이라고 한다. 마음속의 사기(邪氣)를 태우는 작용도 있다는 것이다.

"마치 쑥뜸 같은 것이군요."

"그렇다고 할 수 있지."

물론 자신의 사기를 태우는 게 아니라 담배가 지닌 사기에 해를 입는 사람들도 많다는 말도 했다. 그러면서 뜬금없이 이야기 하나를 들려준다.

천 년 묵은 지네가 아름다운 여인으로 몸을 바꿨다. 어떤 남자에게 진심 어린 사랑의 입맞춤을 받으면 승천할 수 있었던 것이다. 한 선비 앞에 나타나 그와 사랑에 빠졌다. 선비는 과거 시험을 눈앞에 두고 있었다. 사태의 진상을 꿰뚫고 있던 그의 스승이 선비에게 말했다.

"네가 사랑에 빠진 여인은 실은 천 년 묵은 지네란다. 네가 그녀와 입맞춤을 하면 너는 과거에 필히 낙방할 것이다. 그 지네는 자기가 승천하려고 일부러 네 앞에 나타난 것이란다."

"어찌해야 합니까?"

"지네가 유혹하거든 입안에 담배 연기를 한 모금 머금고 있다가 입을 맞출 때 그것을 뿜어내거라. 그러면 지네는 바로 죽을 것이다."

거기까지 말해 놓고 그가 내게 물었다.

"그 선비는 어떻게 했을 것 같은가?"

"뭐, 그 여자와 헤어지든지 했겠죠."

그는 알 듯 모를 듯한 미소를 지으며,

"아니다. 선비는 그 지네와 입을 맞추었다."

"아, 그렇군요. 그럼 담배 연기도 뿜었나요?"

"아니, 그냥 입을 맞추었다."

"아……."

얼마 후 상황을 꿰뚫고 있던 스승이 나타나 그 이유를 물으니 선비가 대답했다.

"저는 그녀가 지네이든 무엇이든 진심으로 사랑했습니다. 스승님의 분부를 거역하고 저는 그녀와 입맞춤을 나누었습니다."

그러자 선비와 지네는 다 같이 승천했다고 한다.

"아! 그렇군요."

담배 때문에 시작된 이야기는 그렇게 끝났다. 사랑하는 연인들이란 실은 자기 내면의 지네를 감춘 채 사랑을 통해 승천을 바라고 있는 것이리라. 그리고 서로에게서 지네를 발견한 순간 즉각 투쟁이나 이별, 서로로부터의 도주가 시작되는 것 아닌가? 어떤 것도 양면의 칼을 지니고 있다는 뜻 같다. 자기 안의 지네라는 사기를 스스로 태워 없애고 다시 태어날 수도 있으며, 반대로 그로 인해 귀중한 무엇인가를 죽일 수도 있다는 그런 뜻.

나는 할 말이 떠오르지 않았다.

"드러내지 않고 사는 게 제일 좋아."

그렇게 말하는 그에게 불쑥,

"제 주변에 명상하는 친구들도 많은데요. 가끔 친구들과 같이 선생님을 뵈러 와도 되나요?"

그가 웃어 보였다.

"인연이 닿아야지."

"인연법이란 것도 어찌 보면 세속의 일상과 삶을 만들어 가는 속박의 질서일 뿐인데 선생님 같은 분도 그런 것을 따지십니까?"

그는 대답 대신 이런 얘기를 했다.

도반들에게 청개구리 취급을 받는 친구가 있었다. 한마디로 깽판 전문가라고나 할까? 좋은 선생이 있다고 전해 들으면 일일이 찾아다니며 가르침을 청하는데, 늘 엉뚱한 주장을 늘어놓으며 박박 우긴다는 것이다. 그런 그가 소문을 듣고 자신을 몇 번이나 찾아왔지만 번번이 허사로 돌아갔다. 그때마다 자기는 공교롭게도 출타 중이었다고 한다.

"일부러 그런 것은 아니고 그 친구가 찾아올 때마다 그렇게 되었어."

말하자면 무위의 인연법이라는 것이었으니 나도 더 이상 우길 수만은 없었다. 달리 생각해 보면 그 사람의 자세가 그 사람의 인연을 만드는 것이리라.

그는 친절하게 내게 도움이 될 만한 몇 가지 수행법을 일러 준 뒤,

"지금까지 내가 한 얘기는 모두 잊어라. 단지 침묵하라."

침묵이야말로 가장 좋은 수행법이라고 다시 한 번 강조한다.

이런저런 이야기를 하다 보니 어두운 밤이었다. 아무도 없는 숙소로 돌아갈 생각을 하니 갑자기 외로움이 밀려왔다. 하여,

"제가 소위 도가 높은 선생들이나 또 친구들과 이야기를 마치고 나면 혼자서 술 마시고 싶을 때가 있어요. 더 외로워지고, 여자 생각이 날 때도 있고요. 이건 왜 그럴까요?"

그가 말없이 웃으며 계산서를 찾았다. 내가 먼저 계산을 챙기며,

"선생님, 어디 가서 맥주나 한잔하실까요?"

하니 그가 그저 따라오라 하면서 어느 골목에 있는 노래방으로 나를 데리고 들어갔다.

배정받은 방에서 노래 대신 또 한 차례 묻고 답하기가 벌어졌다. 이렇게 저렇게 찔러 보아도 뾰족한 수가 보이지 않은 나는 돌연 작전을 바꾼다.

"제가 선생님께 욕을 하거나 갑자기 대들면 어떻게 나오실 겁니까?"

그가 빙긋이 웃으며,

"한 방 후려쳐서 먼저 입을 막아 버리지."

내가 팔뚝을 들어 막는 시늉을 하며,

"제가 딱 막아 버리면?"

그는 즉각,

"사면팔방으로 후려치지."

나는 할 수 없이 끙! 하고 말며,

"졌습니다."

잠시 말없이 있다가,

"선생님이 저를 아무리 때려도 제가 전혀 끄떡도 안 하고 있다면 어쩌시겠습니까?"

"삼장법사가 손오공 손바닥 안에 가두듯 하겠다."

"하하하, 고맙습니다. 저는 복도 많은 놈이군요."

잠시 또 있다가,

"선생님, 저는 사실 선생님 얘기에 아무 관심도 없거든요."

그가 웃으며 말하길,

"좋은 일이다. 공부 많이 됐구나."

하더니 주머니에서 무언가를 꺼내 나에게 내밀었다. 뭔가 했더니 자그마한 금강저였는데 그것도 아주 새것이었다.

"이게 무엇인가?"

영문을 몰라,

"글쎄요……?" 어물어물하니,

"내 화장실 좀 다녀올 테니 그게 무언가 말해 보라." 하였다.

아무튼 이리저리 왼손에도 쥐어 보고 오른손에도 쥐어 보고 있는데 그가 들어왔다.

"그래, 그게 무언가?"

"금강저 아닙니까? 근데 왼손에 들고 있으니 꼭 살아 있는 여자 손, 그것도 마치 애인 손을 잡은 것 같고요. 오른손에 쥐어 보니 강한 기운이 찌르르 밀려오는데 대단히 용맹무쌍한 남자 손을 잡은 것 같습니다."

"흠, 음양을 구별할 줄 아니 그것만도 기특하다."

그러면서 금강저를 손바닥 위에 놓고 펼쳐 보인다.

"이것은 형(相)이다."

하시면서 주머니에 도로 넣는다.

"일체의 형(相)을 놓으라. 어떤 것도 놓아 버려라. 그런 다음 또 얘기하자."

"그렇군요. 고맙습니다."

이렇게 해서 나는 더 이상 딴죽을 걸 수 없었다. 일체의 얘기에 관심이 없다는 것도 가상하다 할 수 있을지언정, 그것을 마치 일체를 때려 부수는 금강저처럼 사용하고 있는 듯이 보일지라도 그 역시 또한 어떤 형, 마음의 상이요, 아집 아닌가?

"어떤 경우에든 침묵하라. 침묵이 가장 좋은 수행법이야."

하더니 그가 노래책을 펼친다. 첫 곡을 부르는데 정말 잘 불렀다. 나에게도 권하는데 노래할 마음이 생기지 않았다. 그가,

"자, 어디에도 막히지 마라, 어느 곳 어느 사람, 어느 상황에 있어도 어울릴 줄 알아야 해."

하며 다음 노래 「뜨거운 안녕」을 예약한다.

"어? 이 노랜?"

한때 나의 십팔번이었다. 그렇게 해서 나도 점차 흥이 생겨 그와 번 갈아 가며 혹은 함께 노래하게 되었다. 그 사이에 지나가는 투로,

"저 여자랑 헤어진 적 많아요."

하니 대수롭지 않은 듯 알고 있다, 하고는 다시 또 열창 국면. 끝으로 배호의 노래를 메들리로 부르며 노래방을 나섰다. 마침 방향이 같아서 택시를 잡으려 하니 그가 아직 전철이 있을지도 모른다며 역으로 걸어갔다. 숭실대 역까지 와서 전철도 버스도 모두 끊겨 택시를 잡기로 하였다. 주변에 빈 택시를 기다리는 아가씨들이 몇 명 있었는데 그중 한 사람에게 내 시선이 힐끗 돌아가니 선생이 이를 놓치질 않는다.

"저 여자한테 관심이 있나?"

"서로 안 놓치려고 꽉 붙잡고 있어도 헤어지는 것이 남녀지사인데 한쪽에서 붙잡으려고 한들 무슨 소용이 있겠습니까?"

그가 웃으며 그만큼만 되어도 기특하다 했다. 그리고 어떤 내밀한 가르침 하나를 내게 준다. 택시를 타고 얼마쯤 가다가 그가 먼저 내렸다.

"이 정도면 집에까지 갈 거야. 거스름돈 챙겨라."

아까부터 느낀 거지만 내 주머니 사정을 많이 배려하는 것 같았다. 택시에서 내렸더니 전과는 달리 어디 다른 곳으로 갈 마음이 일어나질 않았다. 바로 숙소로 들어갔다.

예전에 한 중이 한소식이라도 했는지 기세등등하여 선지식들을 찾아 떠나는 걸 보고 임제 선사가 "꼬리 붉은 잉어 한 마리가 온몸을 뒤

흔들며 남방으로 내려가니 어느 집 항아리 속에 젓갈이 되어 죽을지 모르겠다."라고 한 적이 있다. 사람들은 알게 모르게 끝없이 덧칠해 가는 아상을 가지고 사는데 나 또한 예외는 아니다. 더 눈에 띄려 하고, 더 나서려 하고, 더 오르려 하고. 그렇다한들 넓은 바다가 아니라 세상 현실 좁다란 항아리 속에서 다 같이 버무려져 죽어 버리는 것이다. 나라는 맛이 간 잉어가 강남에 갔다가 거스름돈까지 받고 돌아왔지만 또 어디로 가야 하나? 길을 하나 건너니 또 길이네.

모았다 풀었다, 그것이 자유자재함이다

선천 도인 무일 선생

강원도 산골 명상원에서 한세월 보내고 있을 때의 일이다. 목포에서 전화가 걸려 왔다. 자신은 오십 대 중반의 공무원인데 얼마 전부터 알수 없는 일이 일어나 도움을 청하고 싶다는 것이다. 뒤통수가 자꾸 벌어지는 것 같더니 사람들을 대하면 그들을 에워싸고 있는 갖가지 색깔이 보인다고 하였다. 병원에 가 보았지만 건강에는 이상이 없었다. 하지만 생활은 엉망이 되어 가고 있었고 직장 내에서도 불이익을 받았다. 자신이 가까이 다가가면 모두가 일부러 회피하기 때문이다. 친구나 동료, 가족들마저도. 답답한 마음에 여기저기 수소문하고 책도 읽어보았지만 뾰족한 답이 나오질 않았다. 하루는 지나가던 한 스님을 붙잡고 물어보니 이곳을 찾아가 보라기에 전화를 했다는 거였다.

'내가 무슨 신통한 도사도 아닌데……'

아무튼 내가, "그건 제삼의 눈, 천목(天目)이 열리는 현상 같다. 요가나 단전호흡 등 평소 무슨 수련을 해 보지 않았는가?" 하고 물었더니 전혀 아니란다. 아예 관심도 없었다고 한다. 하긴 목소리나 말투가 탁하고 범상한 것이 그럴 법했다. 하여간 내가 도움을 줄 수 있는 성질의 질문은 아니었다. 몇 가지 기본적인 설명을 들려준 뒤 어떤 선생의 연락처를 일러 주고 도움을 청해 보라 하고는 전화를 끊었다.

어떻게 됐나 궁금하여 나중에 그 선생에게 전화를 해 보았다. 선생이 웃으며 말하시기를,

"그건 천목이 완전히 열린 건 아니고 막 시작하는 단계야. 사람에 따라 그런 일이 있어. 전생에 무슨 수행을 했다든지."

"사람들이 그를 피하는 건 왜 그렇죠?"

"음, 목소리를 들어 보니 평범한 사람이더군. 기운이 탁해. 평소에 수행을 해서 마음이 정화된 상태라면 그런 일은 없겠는데 탁한 기운을 가진 사람이 자기도 모르게 천목이 열리기 시작하면 그 사람의 에너지가 상대방에게 느껴져서 사람들이 그를 피하게 되는 거지. 천목에서 나오는 에너지는 강해. 지금이라도 제대로 된 선생을 만나 공부를 하면 좋을 텐데, 글쎄……."

그대로 가다가는 잘못된 길로 빠질 수도 있다, 지금이 매우 중요한 시기다, 하지만 그 사람이 과연 수행을 하려 할지 모르겠다는 것이었다. 그 남자가 선생을 찾아갔는지 어쨌는지는 지금도 모르겠다.

선생이란 분은 집도 절도 없고, 일정한 연락처도 없는 그런 분이기도 했다. 이렇다 할 이름이나 가진 것은 더욱 없으며, 오늘은 여기, 내

일은 저기 흘러가는 구름처럼 사시는 분이었다.

한때는 그도 세상이 바라는 거의 모든 것을 손에 넣어 본 적도 있었다. 어린 시절 그의 인생 목표는 어디까지나 출세였다. 공부도 별로 하지 않았지만 좋은 대학의 전자물리학과에 입학하고, 정치학으로 과도 바꿔 보고, 특허 상품을 개발한 젊은 사업가가 되어 돈도 주머니에 넘칠 만큼 많이 벌어 보고, 그러다가 정치판에 들어가 국회의원이 되려는 야망도 품었다.

하지만 어려서부터 줄곧 따라다니는 한 가지 의문이 문제였다. 열 살 무렵부터 소위 '천목'이 열리는 현상을 경험했던 것이다. 여러 가지 신기한 일이 일어났으며, 계속해서 일어나는 이상한 현상은 줄곧 풀리지 않는 의문으로 남아 있었다. 해외로 이민했다가 한국에 돌아온 그는 결국 모든 재산을 부인에게 넘겨주고 곧바로 수행의 세계로 뛰어들었다. 한국의 전통 수행법들은 물론 중국 대륙에 들어가 무수한 기공과 문파를 섭렵하고 다니기도 했다. 그가 아는 공부법만 해도 수백 가지가 되어 일일이 기억조차 못 할 정도가 되었다. 좋은 공부법이란 높은 단계에 이르면 티베트 것이든 중국 것이든 한국 것이든 같다고도 했다.

내가 물었다.

"공부가 참된 것인지 아닌지 어떻게 구별하나요?"

"첫째는 '통하는 공부'여야 한다. 모든 것, 모든 존재와 통하는 공부여야지. 이 세상에 좋은 것도 나쁜 것도 없어. 모든 존재와 두루 통하는 것, 어떤 상황이나 현실과도 통하는 공부가 되어야지."

어떤 이가 참된 공부를 가르치는지 아닌지는 어떻게 알아야 하는가 하는 물음에는, 그가 자연의 이치와 순리를 이야기한다면 참되다고 할 수 있다고 답하였다. 그와 얘기하다 보면 그런 식으로 어떤 매운맛도 느껴지지 않는다. 게다가 그는 거의 눌변에 가깝다. 하지만 상대방이 자기의 말을 알아듣게 하려고 나름대로 최선을 다한다.

"사람들은 마음공부라고는 하면서 일종의 감각적인 자기 유희 상태를 즐기는 데 불과한 경우도 많은데요. 어떻게 생각하시나요?"

그러자 그의 말에 점점 더 힘이 붙는다.

"생명체는 기운과 빛의 활동이다. 그것이 잘 소통되면 건강하고, 소통이 안 되면 불(不)건강하다. 그런 공부가 잘 안 되는 것은 선천적이거나 후천적인 그 사람의 업, 습(習) 때문이지."

자신이 체험한 바로는 우리 몸의 혈과 기맥은 수도 없이 많아서 십만 개 이상이나 된다고 한다. 그것을 줄이면 백이십 개가 되고, 더 줄인 것이 십이경락(十二經絡)이라는 것이다.

그중 중요한 세 가지를 들라면 좌우맥과 중맥이다. 이 기본적인 맥들은 우리네 운명이나 팔자, 생로병사나 길흉화복과도 연관이 있다. 건강은 중맥에서 좌우되고 좌우맥은 길흉화복과 관련이 있는데, 이것들은 우리가 지구에 사는 한 태양계의 법칙과 필연적으로 연동되기 때문이다. 사실 이 우주 공간에는 빛과 물체들이 꽉 들어차 있다. 가시적인 것 이외에 불가시적인 물질도 있으며 우리 인체는 이것들과 늘 교류를 하고 있다.

공부가 어느 정도 되면 이것들을 자연히 볼 수 있고 임의로 조절할 수도 있다. 유익한 빛과 교류하고 조절하며 더 나아가 상대방의 빛과 기운도 조절해 줄 수 있는 것이다. 그렇게 하여 자기의 운명도 바꿀 수 있고, 현실 속에서 걸림이 없이 행복한 삶을 이룰 수 있다. 일반인이 들으면 꿈만 같고 비현실적인 공상처럼 들릴지 모르지만 대체로 기공이나 기 치료의 원리라고 할 수 있겠다.

"어떤 사람들은 단지 명상이나 불법, 참진리에 대해서 연구나 하고 책이나 읽지 직접 해 보려 하지는 않습니다. 그건 어떤 이유입니까?"

"보이지 않은 생활습 때문이다. 그것은 아주 오래되고 깊이 축적되어 있는데 이것이 비수행자들의 장애라고 할 수 있다."

그가 공법만 붙들고 있었던 것은 아니었다. 고대 인류학이나 유전학, 종교학…… 여러 분야를 두루 살피고 탐구해 보다가 1960년대 중반쯤에 바이칼 호수에 간 적도 있다고 했다. 그 시대를 떠올려 보면 좀체 그럴 수가 있을까 싶지만 선생의 집안 내력을 듣고 보니 충분히 가능한 이야기였다.

"거기서 우리 조상의 근원에 대해서 알게 되었지. 샤먼이란 과거엔 자연과 통하고 섭리를 아는 자연인이야. 참이치란 그런 것이지. 자연의 이치에 맞게 살아가는 거지. 세상을 구하겠다느니, 누구를 고치고 자신이 메시아라느니, 이런 것은 다 엉터리야."

"사람마다 각양각색이고 천차만별인데 근기의 높고 낮음을 떠나 참이치란 걸 알기 위해 누구나 할 수 있는 좋은 수행법을 한 가지 일러 주십시오. 그러니까 생활습 때문에 미처 공부를 시작하지 못하고 있는 사람들을 위한 수행법이요."

그렇게 청하자 그가 자리에서 벌떡 일어났다.

"간단한 거야. 참이치란 무언가? 어디서 시작하나? 고추 세우기야."

"고추 세우기요?"

나는 그가 고추(남성 성기)를 세우는 법을 일러 주는가 보다 생각하였다. 그러니까 무슨 탄트라 비법이라도 일러 주는 줄 알았다. 하하하. 아무튼 그다지 어렵지도 않고 써먹기만 하면 많은 도움이 되므로 이 부분을 자세히 전하면 이렇다.

"사람은 유전적인 습대로 살다가 종내에는 그것을 넘어서지 못하고 죽지. 그런데 우리의 습 중에는 곧바로 서려는 노력이 있어. 아이들이 태어나면 일어나 걸으려고 노력을 하지. 곧 서려 한다는 거야. 곧바로 서고, 제대로 걷는 공부부터 시작해야 돼."

"아! 고추 세우기가 아니고 곧추세우기! 수직으로 선다……."

"그래, 만물이 자라나고 병들고 노쇠하고 죽는 것처럼 인간도 마찬가지야. 인간은 왜 나고 죽고 늙어야 하는 것일까? 곧바로 서려는 노력으로부터 생로병사를 초월하려는 무수한 노력도 있게 되지."

그에 따르면 참이치의 공부란 무슨 거창한 것이 아니라 약간 더 인간의 상태를 초월하려는 것이다.

"지구를 음의 덩어리라 치면 사람은 처음엔 양의 기운이 올라와 일어서고 활동을 하게 된다. 하지만 곧바로 상승 기운이 약해져 노화가 오지. 그러면 구부러지고 일어서질 못하는 거야. 올바로 서고 걷는다는 게 뭔가? 사람의 뿌리는 머리에 있는데 발로는 지구와 연결되고 위로는 우주와 연결되는 거지."

내가 문득,

"그렇게 불로장생을 얻고 생로병사를 초월하기 위해 수행을 하는 사람들도 있지만 인생의 근본 번뇌를 해결하고 삼도 육계 윤회의 사슬을 끊기 위해 처절한 노력을 하는 수행자들도 있는데요."

그러자 그가 처음으로 버럭 목소리를 높였다.

"그런 생각 버려라! 안 좋은 의식은 끊어 버리고 좋은 의식은 가득 차게 하는 게 올바른 공부다. 네가 말한 건 한마디로 잘못된 지식이 이상을 만든다, 그런 거다. 공부란 이 삶 속에 있는 거다. 공부의 의의와 목적은 안심입명(安心立命)이야. 현실을 떠나서는 안 좋아. 현세에서의 공부가 올바로 된 공부다. 태양계를 포함한 우주에는 찰나 순간의 운행 법칙이 있지. 찰나 순간이 이어져 하루가 되고 인생, 삶이 되지. 찰나의 오늘이 좋아야 내일이 좋고 죽었을 때도 좋은 데 갈 수 있는 것 아닌가?"

그러면 그런 거지 이 양반이 어째서 화까지 내는 것일까? 일단 내가 참기로 하고,

"말씀을 더 해 주시죠."

그는 금방 누그러지며 말을 이었다.

"사람들이 서 있는 걸 보면 좌우상하 중심이 서로 다른데, 걸음걸이도 그 사람의 마음이나 건강 상태에 따라 다르다."

어느 정도 수긍할 수 있었다. 그에 의하면 그 사람의 중심에 따라, 걸음에 따라 기운의 움직임이 다르다. 그것이 또 현세에서의 여러 다른 결과를 가져오게 된다. 체질과 기질이 서로 달라진다는 것인데, 그

것은 유전적인 습이 서로 다르기 때문이기도 하다.

"공부의 의의는 자신의 장점을 살리고 북돋고 취약점을 보완하는 거야. 천정입지(天頂立地), 이게 중요해. 제대로 설 줄 알아야 공부도 제대로 할 수 있지."

그가 몸소 시범을 보였다.

"자, 서 봐."

그가 직접 동작을 지도하기 시작했다.

"수직 자세를 유지하지만 배는 안으로 집어넣되 힘을 주라는 건 아냐. 몸에는 힘을 주면 안 돼. 곧바로 서면 중맥에 고밀도 빛과 기운이 모이고 위로 상승하게 되지. 몸은 가볍고 경쾌해야 해. 고밀도 빛과 기운이 모여야 하는데 바르게 서면 자연 그렇게 된다. 단전, 단전 하는데 모든 게 단전이야. 중맥선상의 차크라(인체의 에너지 센터를 가리키는 밀교나 요가의 용어)에 이게 모이면 빛이 되고 륜(輪)이 되지. 체질을 바꾸고 기질을 바꾸고 성격을 바꿔야 참공부다.

남녀칠세부동석이란 말이 왜 나왔겠나? 그 나이가 되면 몸에서 정(精)이 생성되지. 그것을 관원(關元, 배꼽 부위의 경혈, 단전이라고도 한다.)에 모아야 해. 목이 머리를 똑바로 받치고, 양어깨는 배낭을 진 듯이 좌우로 내려가고, 앞가슴을 부처의 가슴처럼 풍륭하게(둥그스레하면서도 도독하게) 유지하되 전체적으로 일직선이 되어야 한다. 인체의 지지대는 무엇이라 생각하지?"

"글쎄요……."

"인체를 지지하는 것은 골반이다. 골반은 대퇴골과 연결되고 이게 우리를 서게 하지. 올바로 서게 되면 여기 회음(會陰, 생식기 밑 부분의 경혈)과 미려혈(尾閭穴, 척추 끝 부분 경혈)의 에너지를 상승시킨다. 모든 운동은 안근육이 튼튼해야 하는데 요가의 스트레칭도 실은 안근육을 튼튼하게 하는 것이지.”

“안근육이요?”

“그래. 자, 한번 서 봐라.”

사람들은 보통 대퇴부 다리 바깥쪽에 힘을 주거나 중심을 두는데 그건 아니라고 했다. 바로 그 안선, 허벅지 다리 안선에 중심을 두는 것이 중요하다. 인체는 조여야 하는데 이건 단순히 힘을 주는 것이 아니라 회음부를 조여야 한다는 것이다. 이렇게 되면 정이 충만하고, 근육에 탄력이 생기면서 부드러워지고, 고밀도가 되면 인체 오장에 빛이 모여 땅과 연결된다는 것이다.

“그리고 연결된 우주의 기운을 모았다 풀었다 하는 거지. 기는 모았다 풀었다 해야 하는 거야. 이게 유연성이고 자유자재함이다. 머무는 것이 아니고 이 우주의 기 속에 존재하는 거지.

지구엔 대기압이 있고 모든 물체는 기와 막이 있다. 기막이란 거지. 지구도 그런 것인데 중력을 이겨 내야 노화도 더디게 진행되는 거야.”

자, 이 선생의 말을 들었으면 당신들도 한번 실행해 보라. 이 간단한 동작을 꾸준히 하다 보면 당신도 어느 날 도인이 될지도 모른다. 최소한 건강해지고 젊어 보이는, 요새 사람들이 그렇게 좋아하는 동안이 될 수는 있을 것이다.

“어떤 계기로 수행에 입문하시게 되었나요?”

"글쎄…… 나도 모르는 안배, 어떤 안배의 힘이랄까? 초등학교 때부터 이상한 일들이 있었다. 어떤 안배의 힘을 거스르려 해 보았으나 그냥 거기에 맞추어 수행했을 뿐이다."

어느 정도 예상은 했던 터라 이렇게 물어보았다.

"안배의 힘이 없는 사람은 어디서 시작하나요?"

"인간에겐 오성이란 게 있는데 일단 이 오성이 강해야 해. 이건 인간의 마지막 버티는 힘이기도 하고 초월적인 힘, 생명 에너지, 제6의 에너지, 그냥 단순히 생명력이라고도 해야겠지."

"선생님은 어떻게 공부를 하셨고, 어떻게 그런 것을 아시게 되었나요?"

"인간에게 배우는 것은 틀리는 게 허다하다. 스승에게 배우는 것도 틀리는 게 허다하다. 저간의 사정에 정통하지 않을뿐더러 자기의 기운과 아상을 섞어서 가르치기 때문이다. 그러므로 스승을 구하려 하지 말고 이 현실에서 배우고 노력하라. 검증하고 추구하고……."

생각해 보니 선생과 얘기를 나눠 보기는 그때가 네 번째였던 것 같다. 외환위기 때던가? 우연히 알게 된 선생의 여성 제자가 극구 자신의 스승을 한번 만나 볼 것을 내게 권유한 적이 있었다. 당시 그는 제자들이 만들어 준 방배동의 한 수련 도장에서 기공 지도를 하고 있었다. 얼마나 대단한 사람이기에 이 여자가 이러나 하고 가 보았다. 경지는 내가 알 수 없다치고 굉장한 눌변이었다. 봉천동의 월세방에서 몇 년간 아무 직업 없이 도만 닦고 지내던 시기가 얼마 지나지 않은 때라 더 그랬을 것이다. 아무튼 그때의 인연을 기화(奇貨)로 나는 직업상 그를 초청해 몇 번이나 강의를 맡긴 적이 있었는데, 적은 강의료에도 언제나 나의 부탁을 조건 없이 들어주곤 하였다. 그는 내가 전생에 상당한 수행자였다고 하는데, 그런 이유 때문인지도 모르겠다.

"불교에서 말하는 십이연기(十二緣起)나 인연의 법칙에 대해선 어떻게 생각하시나요?"

"나는 그런 종류의 책을 안 봐서 이론적인 것은 모른다. 인연이나 연법이란 하나의 틀이 아닌가?"

그러면서 그는 종교에 대한 의견을 피력했다.

"모든 종교는 참이면서도 모순이 절반이다."

그 말이 왠지 그를 지혜로운 사람처럼 보이게 했다.

"이것은 왜 그러냐면 진리로써 모든 중생을 다스릴 수는 없기 때문이다. 곧 모든 중생이 진리에 맞춰 살지는 못하므로 거기에 모순도 섞이게 되는 거지. 틀이란 그래서 참인 것처럼 보이기는 하지만 허상이기도 하고. 인간을 모순적으로 지탱하게 하는 그런 것이지. 옳은 것도 그른 것도 없다는 것을 명심하라. 이론을 추구하지 말고."

"종교나 조직의 제약을 벗어나기 위해선 어떤 방법이 있나요?"

그의 다음 말은 더욱 신선하게 들렸다.

"백 년이나 이백 년이 지나면 모든 종교가 없어질 거다. 종교란 시대적 현상일 뿐이거든. 인간은 어디서 왔나? 각종 문파나 종교에는 눈에 보이지 않는 자기의 생각이 있고 좋은 생각이 있다. 예전에는 문파에서 그 수행법을 훔쳐 가는 자는 바로 죽여 버렸다. 전통적인 공부에는 참이치가 많지가 않아. 이건 틀이 강해서 그렇지. 틀을 깨고 발전해야 한다. 누군가 나타나 그 틀을 깨고 새롭게 했을 적에 더 발전하지. 하지만 모든 조직이나 종교는 폐쇄적이다."

"다시 말씀드리면, 참공부에 들어가는 방법은 무엇인가요?"

"사람은 높은 데부터 낮은 데까지 다 통해야 해. 다 겪어 보고, 이 현실에서 뿌리를 박고 그 안에서 행복하게 살아야 한다. 맘에 드는 여자가 있다면 그가 대통령 부인이라도 어떻게 해 볼 줄 알아야 해. 공부를 하려면 현실성을 길러야 돼. 물론 안공부가 필요하지. 그렇게 해서 내면도 좋고 현실성도 있으면, 사람들이 너를 쫓는다."

현실 밖에서 수련하는 사람들은 어떻게 생각할까 싶어서 "선에 대해선 어떻게 생각하시나요?" 했더니 대뜸,

"선방 놈은 사기꾼들이 대부분이다."

홍부가 기가 막혀! 그 독선적인 어투에 내가 잠시 어이없어하자 그가 만났던 한 선방 스님 얘기를 꺼냈다. 그는 근기가 강했다고 한다. 공부도 열심히 하고.

"선은 일심부동(一心不動)의 법이요, 보통의 공법이 아니고 신법(神法)이니, 아주 강한 사람이 아니면 못 하지."

속으로 흠, 알 건 다 알고 계시는군, 하며 물었다.

"선생님께선 많은 사람을 고치거나 상담해 주신 줄 아는데요?"

그의 세속적인 행각에 대해서 물어보았다.

"아…… 어찌어찌 나를 알고 찾아와 물으면 모른 체할 수도 없고 해서. 사람을 보면 그 사람의 유전적 정보든 뭐든 알 수 있거든. 기질이나 성격이나 적성, 체질이나 건강 상태나 지금의 현실적인 면도. 그러니까 장점은 살려서 좋게끔 습을 바꾸고 취약점은 보강해서 사람들이

스스로를 모르는 것을 알려 줘서 즐겁게 잘 살아 보라는 얘기지. 제대로 통하는 이치 공부를 하면 자연의 모든 만물의 빛이나 기운 등 인체와의 관계성을 알게 되지. 땅의 기운이라든지…… 암튼 옛 선조들 보면 명당에다 묘나 집들을 잘 지어는 놨어."

역시 듣기에 무척 편안한 얘기다. 시간이 꽤 늦어서 저녁 식사나 같이 하시자고 했다.

"그래 내 얘기가 도움이 되었나?"

사전에 질문 내용을 가급적 많이 만들어 두고 나중에 많이 물어보라고 했다.

"내가 배운 것 중에는 관음보살이랄지 우리보다 위의 세계에 계신 분이 현전하여 가르쳐 준 것도 있다."

그중 하나를 나에게 가르쳐 주었다. 전수를 마치고,

"그리고 나는 이 인간계 이상의 세계에도 가 보았다. 이 마음은 무한한 거야. 엄청난 능력을 갖추고 있지. 그런데 그 세계보다도 더 높은 세계가 있다. 거기까지는 나도 가 보지 못했다. 그리고 그것이 궁금해 지금도 내 나름대로 공부를 하고 책도 읽고 연구를 해 본다. 한곳에 매여 있지 말고 늘 공부하는 자세로 임해라."

바로 그것이 그가 철저한 해탈을 구하는 수자들에게 화를 낸 이유였을까? 자신이 가 보지 못한 세계를 추구하려는 사람들에 대해서 말이다.

"고맙습니다. 끝으로 저나 다른 이들이 스스로 제대로 공부를 했는지 안 했는지 어떻게 알 수 있을까요?"

"선이든 기공이든 명상이든 어떤 공부라도 누가 이치대로 제대로만 한다면 이렇게 된다. 십 년 공부하면 할 얘기 없다."

그 뒤 그는 혼자 지내고 있던 내 오피스텔에서 한 일주일 묵기로 했다. 한동안 부산에 거처를 두고 있었는데 갑자기 그곳 오피스텔에서 도망쳐 나와 서울로 올라온 것이다. 제자라고 하는 놈이 가르침을 널리 베풀겠다는 명분을 내걸고 자신을 초청해 놓고는 정작 선생의 몇 가지 능력만을 이용해 사람들을 모으고 꾀어 돈벌이를 했다는 거였다. 그가 모든 계획을 취소하려 하자 자신을 거의 감금하다시피 하려 했기에 무작정 그곳을 빠져나와 나를 찾아온 것이다.

그런데 그 일주일이 한 달이 되어 갔다. 돈이 있어야 움직이는 세상, 세상일이 그런 것이다. 한 달이든 두 달이든, 은덕을 입은 나로서는 응당 편의를 봐드려야 옳겠지만 문제는 선생이 취침 중에 코를 너무 곤다는 것이었다. 종일 생활 밑천을 마련하기 위해 동분서주하느라 그랬을 것이다. 다른 건 둘째치고 내가 잠을 잘 잘 수 없다고 넌지시 아뢰니 그는 두말없이 짐을 꾸려 다른 곳으로 가 버리고 말았다.

어디로 가는 것일까? 나는 그다지 걱정도 되지 않고 가책도 들지 않았다. 그는 마치 그가 가 보았다는 세계에서 잠시 지구에 배울 것이 더 있어 이 세상에 태어난 사람처럼 보였기 때문이다. 그가 사는 세계는 그 자신처럼 별다른 걱정도 애증도 없는 것 같다. 평화롭고 모두가 무죄인 세계. 어떤 것도 심각한 문제가 되지 않는 세계처럼 보였기 때문이다.

그는 오늘도 여기저기 돌아다닐 것이다. 그런 그도 가 보지는 못했다는 그 높은 세계는 대체 어디일까? 그곳 때문에 오늘도 어떤 수행자들은 그 세계를 찾아 방황하고 있는지 모른다. 아니, 그것은 둘째치고 십 년 공부 제대로 하면 할 얘기 없다는 그 마음의 세계. 그 세계는 어떤 세계일까?

2장
방랑자

"

훌쩍 떠난다는 것, 그것은 무엇인가?

다 버릴 수 있는 마음,

가진 것은 쌀 한 톨도 남김없이

다 줄 수 있는 마음,

그중에서도 무언가 기억될 만한 것을

꼭 주고 가고픈 마음.

어떤 것에도 얽매이고 싶지 않다는 마음.

그런 것인가? 알 수 없다.

한 가지는 제법 잘 알려져 있다.

떠나지 못하는 자들이

어떻게 살아가고 있는가는.

"

저녁에 네 번
종을 치다

구도 삼대

그의 아비는 낮에는 아무 말이 없다가 밤이 되면 오랑캐 장수처럼 만취해서 커다란 집안이 쩌렁쩌렁 울리도록 자식들을 불러 놓고 무릎을 꿇렸다. 하나에서 열까지 차례로 불법(佛法)에 대한 질문을 한 다음 답이 틀리면 사정없이 아이들의 가슴팍에 주먹을 날렸다.

이남 사녀인 형제들은 모두 밤이 되면 무서움에 떨어야 했다. 막내인 그가 열 살이 넘어설 때까지 내내 그랬다. 그중 기억나는 큰일은 아비가 저희를 일렬로 세운 뒤에 한 명씩 거꾸로 매단 뒤 때리는 것이었다. 그날 이후 아비의 자식들은 밤에 미리 산으로 도망가거나 근처 학교 운동장에서 밤하늘의 별을 헤며 아비가 깊은 잠이 들기를 기다려서 살금살금 돌아오곤 했다. 아비의 성정이 본래부터 팽패롭고 포악해서 생긴 일은 아니었다. 병이 깊은 것은 유래가 깊기 때문이다.

아비의 모친이자 그의 할머니는 경북 어느 고을의 동림정사 창건주 대연화보살이다. 젊어서 아들 낳고 기르기에 많은 어려움이 있었다. 1920년에서 1930년 사이의 어느 해 동짓달 추운 겨울 칠 일 주야로 관세음보살 염불 삼매에 드신 후 혜안이 열리고 선몽을 얻으신바, 신라 시대에서 고려 시대 사이에 창건되었을 것으로 추정되는 미륵도량을 발견하고 거기에 조그만 절을 지었다. 거기서 많은 이들과 함께 관음 신앙에 주력, 매진하다가 두 아들을 두게 되었다.

큰아들은 당시 남장사 보경당 스님(6·25 때 납북. 생사 미확인)에게 출가시켜 일본으로 불교 유학을 보내 육 년을 마쳤는데, 당시 유도 9단으로 일제 강점기 일본 본토의 많은 대회에서 상을 휩쓸었다고 전해진다. 6·25가 터지자 미처 피난을 가지 못하고 인민군에게 붙잡히고 말았다. 할아버지, 큰아버지, 아버지 할 것 없이 모두 붙잡혀 모진 고문을 당했다. 큰아버지는 남조선 의용군 부대장으로, 아버지는 의용군으로 모두 강제로 복역했다. 아버지는 구사일생으로 탈출했으나 큰아버지는 끝내 북으로 끌려가서 생사를 알 수 없었다.

이후 아버지는 모 대학 법학과를 졸업하고 인천의 중학교에서 교편을 잡다가 사법 고시와 행정 고시에 응시하기를 여덟 차례, 실력이 부족한 탓인지 연좌제 탓인지 모두 고배를 마시고 말았다. 그 후 김천 직지사 조실 관응 스님 밑에 입적 출가하여 수도승의 길을 걷는다.

이때 은사 스님이신 관응 스님과는 당시 상주 농잠 고등학교(현 상주산업대) 교사와 제자 사이로서 세간과 출세간 모두 다 사제지간이라는 기이한 인연을 맺게 되었다. 관응 스님으로부터 ○○라는 법명을 얻었고, △△라는 이름은 아비가 오대산 수도원에서 공부할 때 받은 것이다. 지금도 그 이름이 오대산 상원사 방한암 스님과 김탄허 스님의 부도전에 남아 있다고 한다. 방한암, 김탄허 스님으로 이어지는 한국 불교의 커다란 선맥의 한 가지로서 부끄럽지 않은 이름을 남길 수도 있었으리라. 허나 두 해 전에 돌아가신 부친 △△ 거사의 일은 그로서는 참으로 부자의 인연을 넘어 안타깝기 그지없었다.

오대산을 나온 아비는 설악산, 양양 낙산사 홍련암, 남해 보리암, 서해 서산 수덕사 간월암 등지에서 수도하다가 할머님 집에 들렀다. 와 보니 큰아버지는 납북, 할아버지는 사거, 절집은 여자뿐이었다.

할머님이 간절히 말씀하시길 절은 절대로 잘 복원해서 천추만대로 이어지고 집은 집대로 잘 이루었으면 한다고 하셨다. 아비는 그 원을 거절치 못하고 그만 환속하게 되었다. 모친을 만나 결혼도 하였다. 당시 그 고장 세 손가락 안에 드는 부자 집안의 따님인지라 그 재력으로 여러 사업을 추진했지만 연좌제로 많은 고초를 겪는 통에 모두 다 실패로 돌아갔다. 마지막 남은 작은 절 동림정사에서 은거, 거사불교를 한다며 머리를 기르고 장삼 하나만 걸친 채 염불을 했다.

아비는 평상시에는 법당에는 들지 않았고 꼭 재가 들거나 법회 때면 법당에 들 뿐이었다. 끼니는 하루 소량의 음식과 막걸리를 즐겨 밥 대신에 들었다.

어려서부터 절에서 자란 그의 어린 눈에도 그 아비의 행동이 몹시 불만스러웠고 도무지 이해하기 어려운 점이 많았다. 허나 나이가 늘어가고 또 몇 년 전 부친의 작고로 인해 모르던 일도 다시 새삼 알고 깨닫게 된 것들도 있었다.

그의 아비는 젊은 시절 연좌제 때문에 많은 고문과 고초를 겪었고 한번은 사고를 당하여 머리가 깨졌다. 어려서 깨진 부위가 크게 움푹 들어가 있는 아버지의 정수리를 만져 본 기억도 있었다. 아무튼 그 사고 이후로 아비는 심한 간질 증세를 보였다. 그의 나이 겨우 여섯에 어머니는 양잿물을 마시고 자살했고, 그도 그해 겨울 장티푸스에 걸려서 죽을 고비를 넘기기까지 했었다. 거나하게 취한 후 자식들을 밤중에 심하게 구타하는 버릇이 생긴 것도 그 무렵이다.

세월과 함께 간질 증세도, 폭력도 없어졌지만 돌아가시기 전까지 막걸리 두세 병을 매일 마셔야 했다. 아들이 아버지의 변명을 대신할 바는 못 되지만 자식들에 대한 구타는 선가의 매질이 아니라 고문의 후유증 때문이라고 하는 것이 옳겠단다.

집도 잃고 절에서도 나온, 자의인지 타의인지 따져 보는 것은 자신의 일 밖이었지만 여하튼 촌에 사는 무지렁이요, 나그네임을 자처했던 그의 머리엔 이런 말씀이 떠나가질 않았다.

"오늘의 일을 생각하니 가슴이 찢어지고 창자가 다 말라 타 버렸다. 그리고 전생의 일과 천생만생의 일을 모두 다 생각하니 눈물이 바다를 이루고 한숨이 바람이 된다 한들 남음이 있도다."

하지만 아들은 또 말한다.

"우리 아비의 업신은 지리산 중산리 ○○사 주지 보살의 아들 강아지로 귀염받으며 업을 갚고 있으며, 우리 어머니의 업신은 네덜란드 울트락이란 곳에 사는 내 전생의 어머니 마니아 로제르 집의 칠 년생 암고

양이가 되어 그 보(報)를 받고 있다. 아버지의 다른 몸은 부처님 나라에 계시고 또 다른 몸은 저의 정수리 위에서 해탈을 도모하고 있습니다! 미친놈 헛소리를 줄여 마치고 무심 삭신 합장."

그의 아비 얘기를 들으면 나 자신의 아비에 대한 생각도 났다. 이 땅의 다른 많은 아비의 신산한 삶도 떠올랐다. 고난 많은 이 땅의 역사와 그 수레바퀴에 깔리고 스러져 간 무수한 삶의 표정들. 여기서는 구도심에 얽힌 한 집안의 삼대에 걸친 비원을 들어 본 셈이다.

무수한 인과의 그물망에 걸려 행불행의 윤회를 거듭하는 나, 깨달음과 광명 자체인, 이미 있는 그대로 부처로서의 나, 그리고 그것을 향해 가려는 나―이 세 가지 사람이 한 사람 속에 들어 있다 하니 예사로운 말은 아니다.

야스퍼스란 철학자는 "인간의 실존이란 초월적인 것과의 관계에서만 존재하고 그렇지 않으면 전혀 존재하지 않는다."고 했다. 사람은 어떤 식으로든 참나, 보다 크고 진정한 나와 관계를 맺으며 살고 있다는 뜻으로도 들린다. 누구든지 보다 높은 삶의 가능성에 항상 열려 있는 존재라는 말도 된다.

아비의 마지막 나날의 모습을 아들은 이렇게 기록하고 있다.

"저희가 나이가 들고 아버지도 기력이 쇠약해지시며 구타의 습은 사라졌으나 다만 아침부터 주무시기 전까지 막걸리 사발을 놓지 않으셨고, 아무 일도 하지 않으시고 아무 말도 없으시고 먼 들녘과 산을 바라보며 앉아 계시다가 돌아가시기 몇 주 전 법당에 들어 종을 네 번 치셨다."

그때 아비는 무슨 생각이 들었을까?

한길을 계속 가지 못했던 자신의 지난날을 아득히 떠올리며 회한에 차 있었을까?

엎어지고 깨지는 이 고생바다의 윤회를 면하지 못하였거늘 아비의 눈에 든 들녘과 산의 풍경은 어떠하였으며, 그가 때리는 종소리는 그 귀에 어떻게 울려 퍼지고 있었을까?

소리가 들리는 곳에서 듣는 자는 항상 그 중심에 위치한다. 종을 치는 그는 소리라는 세계의 중심이다. 중심에는 깊은 침묵이 있다. 그윽한 평화가 있다. 소리의 끝은 항상 소리 없음으로 돌아오고 만다. 소리를 따라서 우리는 자신 안의 깊은 심연 안으로 들어간다. 먼 산 먼 들녘을 덮고 있는 우주적인 침묵은 비로소 그 자신의 내면의 영원한 침묵과 연결된다. 그곳이 바로 그이고, 그곳이 바로 그가 그토록 찾던 곳 아닌가?

역사는 시끄럽다. 거칠고 잔혹하다. 인간의 마음은 시끄럽다. 업력의 바람은 시끄럽다. 강을 건넌 스승들은 말하기를 구도자여, '허공이 능히 말할 때까지 기다려라.'

갈 곳을 정하지 못한 내 행색이 초라한가 거창한가

세계의 방랑자 삭신

오래전 일이다. 문득 전깃불이 퍽 나가는 것처럼 이 도시에서 사라지고 싶은 충동이 찾아들곤 했다. 신고 있던 신발만을 남겨 둔 채 완전히 행방불명되고 싶을 때가 있었는데, 그게 나만 그런 것이 아님을 알게 된 건 훨씬 나중의 일이다. 도시 직장인 중에는 의외로 그런 충동에 휩싸여 본 사람들이 꽤 많다고 한다. 단순한 도피 성향의 발로일까? 알 수 없다.

도스토옙스키의 어떤 소설에는, 일생을 줄곧 선량한 농부로 지내 온 사람이 어느 날 온 마을과 벌판에 불을 지르고 순례의 길을 떠난다든지, 신비주의자들의 무리에 들어가 다시는 고향 땅에 나타나지 않는다든지 했다는 이야기가 나온다. 이따금 회사로 출근하는 길에 불현듯 기차역이나 버스 터미널로, 배들이 정박 중인 부둣가로 걸음이 향하곤 했었다. 월요일 아침 출근길 지하철 안에서 깜빡 잠이 드는 통에 내릴 역을 지나치고는 그 길로 서울을 벗어나 출근복 차림으로 기를 쓰고 치악산을 오른 적도 있었다. 왜 그랬을까?

　방랑에 병들어
　꿈은 마른 들판을
　헤매고 돈다.

　일본의 방랑시인 바쇼(松尾芭蕉)의 임종시다. 방랑에의 꿈은 어떤 이들에게는 죽을 때까지 집요하게 계속된다. 지금부터 하는 이야기는 어느 날 내가 뜬금없이 강원도 산골에 들어갔다가 알게 된 젊은 나그네에 관한 것이다. 수천 리, 수만 리를 떠돌아다니던 그는 이제는 아예 내 시계(視界)에서 사라져 버렸다. 그 무렵 나는 어쩌다 보니 그곳까지 흘러들어 가게 되었는데, 거기 사람들 사이에선 그에 대한 이야기가 심심찮게 나돌고 있었다.

선사를 혼내 주다

　아비는 그의 태몽으로 동녘이 밝아 오는 아침에 백발 도인이 나타나 산 위로 솟은 해를 자신에게 던지는 꿈을 꾸었다 하고, 어머니는 집 안 담벼락에 청룡이 가만히 앉아 있는 태몽을 꾸었다 한다. 앞장에서 얘기한 재가거사의 막내아들이 그 아이다.

　그는 스물넷 되던 해인 1995년 중국을 육로로 가로질러 실크로드를 따라 파키스탄, 거기서 인도로 들어가 여러 힌두 사원과 티베트 절을 방문하였다. 이 년 뒤 또 인도를 거쳐 중국을 통과하고 티베트를 방문했다. 2000년도에는 강원도 산골에 건립 중인 커다란 명상수련원의 공사 현장을 찾아가 자청하여 일당 오만 원짜리 인부가 되었다. 큰 키에 비쩍 마른 이 청년은 특히 궂은일을 거리낌 없이 잘해서 그곳 주인장의 맘에 들었다. 사람들은 그를 '삭신'이라 불렀다. '삭신'은 원래 '신성한 에너지'를 뜻하는 힌두어 법명이었는데, 삭신을 돌보지 않고 일을 잘한다는 의미로도 쓰였다.

어느 날 주인장이 존경하는 모 선사가 방문해 둘이 오붓하게 법담을 나누는 중이었다. 주인장은 전에 절밥을 먹었다던 삭신을 이 훌륭한 선사에게 소개시켜 주기로 하고 안으로 불러들였다. 공사 일을 끝내고 목욕까지 마친 뒤 단정한 자세로 방 안으로 들어온 삭신은 소개가 끝나기도 무섭게 아버지뻘 되는 선사의 멱살을 다짜고짜 잡아 틀었다.

"야 이 개새꺄. 니가 선사야! 이게 어디서 사기 치고 그래! 어디 한 번 주뎅일 놀려 봐! 망치로 대가릴 부숴 버릴 테니까!"

선사는 그날 밤 주인장에게 한마디 인사도 없이 황망히 도망쳐 버리고 말았다. 이 선사께선 삭신이 그곳을 떠난 뒤로도 전화를 걸면 그가 있는지 없는지부터 꼼꼼히 떠보곤 했는데, 그런 사정을 따져 보면 그냥 '헛선사'였는지도 모르겠다.

눈망울이 없네?

이 배포깨나 있어 뵈는 청년은 월급이 들어오는 통장을 주인장에게 맡겨 놓은 채 먹고 일하고 먹고 일하기만 반복했다. 그러더니 육 개월이 되자 두말없이 돈과 가방을 챙겨 다시 외국으로 가 버렸다. 중국, 티베트, 베트남, 태국, 호주……. 호주의 바이런 베이에서 히피들과 어울려 한참 잘 지내고 있다가 알거지가 되었다. 밑천을 마련한다고 장사를 했는데 육백만 원가량 빚만 지고 말았다. 할 수 없이 떠난 지 일곱 달 만에 한국행 비행기에 몸을 실었다.

달리 갈 데도 없었고, 공항에 내리자마자 찾아온 산골 명상원은 여전히 공사 중이었다. 변경의 국경 수비대 같은 모습의 억센 남자들만 모여 있는 곳이었다. 그는 정문은 놔두고 마치 산사람처럼, 무슨 남파 무장공비나 된 듯 뒷산을 타고 명상원으로 들어와서 사람들을 한바탕 놀래켰다.

첫날은 밤늦도록 그와 막걸리를 마시며 얘기를 나누었다. 여러 곳을 돌며 자기 나름엔 언어로 전달하기 힘든 체험을 쌓은 듯 자꾸 말이 끊겼다. 표현력이 달려서 그랬는지도 모른다. 아무튼 다음 날 그는 예전처럼 씩씩하게 다시 공사판에 뛰어들었다. 궂은일을 하고 있었지만 옷차림은 여전히 여행 중인 히피 그대로였다.

그가 흙더미 위에서 혼자 담배를 피우고 있기에 가까이 가 보니 손목에 아주 멋진 시계를 차고 있었다. 거친 일을 하면서 그럴 필요가 있느냐고 물었더니, 힘든 순간에 깨어 있기 위해서라고, 시계를 깨 먹으면 노가다 못 해 먹는 거라고 했다. 내가 보기엔 보통 이상 가는 멋쟁이 체질이긴 해도 사람됨이 진실하고 순수했다.

일주일이나 지났을까. 눈이 펑펑 내리고 길바닥마다 얼음이 꽁꽁 언 어느 야심한 시각. 나는 이미 거나하게 취한 공사판 반장, 관리자 하나, 그리고 삭신 등과 함께 모자란 술을 마저 들이켜러 읍내로 갔다.

공사판 반장은 전에 부산의 모 조직폭력단의 행동대장이자 삼청교육대 조교 출신이라고 했다. 행색은 공사판 노가다였지만, 예전에는 입산수도하여 유체이탈 정도는 자유자재로 하고, 남몰래 사재를 털어 무의탁 노인네들에게 좋은 일도 하는 숨은 도인이라는 소리도 있었다. 개뿔 같은 두목 기질이 강해서 세를 모으고 편을 가르려는 성향이 있기도 했지만 삭신은 그를 무척 각별하게 대했다. 그러다 일이 터졌다. 삭신이 그를 상당한 수도자로 추켜세우기까지 해서 부아가 났는지, 술이 좀 들어가서 그랬는지, 내가 별로 잘 알지도 못하는 연상의 반장에게 주정을 부린 거다.

"어이, 술 한 잔 따라 봐!"

반말을 하며 후배 다루듯 했으니 공기가 대번에 썰렁해졌다. 그날 칼바람이 몰아치는 야반삼경에 갈치처럼 길고 야윈 몸으로 두 사람 사이를 뜯어말리며 분해하던 삭신의 모습이 생각난다. 다음 날 내게 말하길 그 바람에 몸살이 났다고 하니 정말 열심히도 말린 셈이다. 여전히 분통을 터뜨리며 두 형님 모두 좋은 사람이니 제발 좀 친하게 지내라고 통사정을 한다.

"아냐, 그놈하곤 좀 나중에 친해져야 돼."

반장은 어떻게든 도인 반열, 명상인 반열에 들고 싶어 했지만 내가 보기엔 한낱 동네 조무래기요, 시골뜨기였다. 나는 삭신이 눈은 있되 아직 망울이 여물지 않아서 그림자에 취하고 제 가락에 취하는 게 좀 아쉬웠다. 아무튼 삭신은 의리 있고 인정 많은, 또 무엇보다도 구도심 강한 아우였다.

천도식

죽은 사람의 넋이 가끔 산 사람 속으로 들어오는 일이 있다. 귀신 들림 혹은 빙의라고 부르는 것들이다. 일본 정신의학회 대표인 한 정신과 의사는 빙의 상태를 '외부에서 자신의 내부로 들어온 것 같은 어떠한 실체, 힘, 에너지에 침입당하거나 인격이 컨트롤되고 있다고 느끼는 상태'라고 정의한다. 우리나라 심리치유 분야에도 빙의학을 전문으로 하는 사람들도 있다. 오랜 논란에도 불구하고 수많은 심리치료 현장과 실험실에서 충격적일 정도로 자주, 다양하게 발생하고 있다고 한다. 훗날 나 역시 심리상담센터나 기타 여러 곳에서 개인 세션을 하는 도중 이 빙의 현상을 한두 번도 아니고 여러 차례나 마주쳤을 정도다.

아무튼 그곳에는 빙의가 되어 밤마다 잠 못 드는 남자 손님이 와 있었는데 삭신과 자연스럽게 가까워졌다. 이 젊은이는 태하라 불렸다. 수재들만 들어간다는 명문 대학 이공계 출신에다 한창 잘나가는 웹 회사의 실무 책임자이기도 했다. 이상한 것은 이 친구가 고등학교, 대학 때 모두 거의 공부를 하지 않았다는 것이다. 그런데 어떻게 그 어려운 학교를 들어가 전문가가 되었을까? 이 친구의 이력 또한 독특했다. 첨단 직종의 엘리트답지 않게 꽤 알려진 종교 수련 단체에서 다년간 수행에 정진한 적도 있었다.

아무튼 이 친구는 일생의 중대한 고민을 풀기 위해 과감히 회사 일을 수수방관(?)한 채 한 달 예정으로 그곳에 왔지만 좀체 답이 보이지 않는 듯했다. 그곳에서 새로운 명상법을 배우기도 하고, 자신의 사주도 보고, 철학적인 토론도 하고, 홀로 수행도 해 보는 통에 잠깐 어떤 빛이 보이는가도 싶었지만, 그것도 잠시뿐 점점 더 수렁으로 빠져 들어가고 있었다.

밤이 되면 그의 방에는 늘 이상한 소리가 들려와 잠을 이룰 수가 없었던 것이다. 누군가 벽을 긁어 대고 쾅쾅 두드렸다. 태하는 이 사실을 삭신에게 털어놓고 그의 권유에 따라 마침내 천도식을 거행하기로 했다.

나도 나중에 그 방에서 혼자 자 봤는데 귀신 하나가 잠깐 시끄럽게 굴어 잠에서 깬 적이 있다. 꼭 살아 있는 사람이 일부러 그러는 것 같았다.

아무튼 태하가 떠나기 하루 전 자정 무렵, 그것도 밤에는 무서워서 어지간해서는 근처도 못 가던 넓은 명상홀에서 천도식이 시작되었다. 육 층 빌딩 높이에 백이십 평쯤 되는 곳이다. 태하가 내게도 같이 참석하라 권했지만 삭신의 제지로 들어갈 수 없었다.

나중에 삭신이 이렇게 전해 주었다.

홀에 누워 삭신의 인도에 이끌린 태하의 표정이 평소와 다르게 몹시 위엄 있게 변하더니 음성 또한 전혀 다른 사람이 되어 말하기 시작했다.

"나는 실은 이 아이의 스승, 태하자이니라."

태하란 이름은 스스로 지은 것이 아니라 전생에 그 청년의 스승의 이름이었다고 했다. 삭신이 물었다.

"당신은 왜 아직도 이 사람을 떠나지 않는가?"

"내가 아직 도를 깨닫지 못했기 때문에 한이 맺혀서 그렇다."

이 청년의 학업이나 출세를 도운 것, 수행자로 이끈 것 모두 이 귀신의 힘이었던 것이다. 평소의 예절 바른 행동거지나 온건한 성품, 직업으로 봐선 전혀 아닐 것 같은데도 종교 단체의 교주가 되는 것에 관심을 가졌던 태하의 지난 일들도 그 얘길 듣고 보니 어느 정도 납득이 되었다.

아무튼 삭신의 천도식에 따라 태하자란 귀신이 청년으로부터 떠나갔다고 한다. 그리고 곧장 명상원을 나가려는 청년에게 삭신은 어떤 경우에도 날이 밝거든 이곳을 떠나라고 했다. 그렇지 않고 어두울 때 가게 되면 떠나간 귀신이 다시 돌아온다는 것이었다. 태하란 청년 자신도 그리하겠다고 약속했다. 삭신은 그것도 안심이 되지 않았는지, 이 친구가 귀신이 불러 먼동이 트기 전에 떠나려 할지 모르니 그때까지 자지 말고 꼭 붙잡아 두고 있으라며 나에게 단단히 당부했다.

새벽 세 시쯤 되었을까? 깜박 잠이 들었다가 일어나 명상홀에 있겠다는 태하를 찾아갔으나 보이지 않았다. 그의 방으로 가 봤지만 숙박비가 담긴 봉투 하나가 남아 있을 뿐 짐은 말끔히 치워져 있었다. 그새 도망치듯 떠나 버린 것이다. 삭신의 말대로 그는 업력이 너무 강한 전생의 스승을 벗어날 수 없었던 모양이다. 깜박 잠이 드는 통에 약속을 못 지킨 것이 미안하다는 맘이 들기보다는 다 치러야 할 업보려니 싶었다. 아무튼 삭신이 실없이 허풍만 떠는 놈은 아니군, 하는 생각도 들었다.

불에 맞다

봄이 되자 어느 날 풍만한 몸매에 키도 제법 크고 귀염성 있는 참한 아가씨가 자원봉사를 하겠다고 찾아왔다. 인도니 호주니 혼자 여행을 쏘다니다가 돌아온 지 얼마 안 되었다고 했다. 몇몇 사람들이 인연을 한번 시험해 보고 싶은 눈치였는데, 다음 날 점심시간에 삭신이 대뜸 선언했다.

"이 여자는 내 꺼."

대단히 민첩했다. 그 일주일 뒤에는,

"형님, 우리 결혼합니다."

속전속결이다. 다음 날엔 두 사람 모두 나를 열심히 졸라 사주도 보았다. 감정 결과는? "음, 말 못 하겠다."였다.

결혼은커녕 삭신의 인생은 당분간 최악의 상태를 면치 못할 운수였다. 어깨너머로 배운 공부에 따르면 그렇게 나왔다. 밑바닥으로 한 오륙 년 곤두박질치겠는데 상대 아가씨 또한 당시로선 결혼 운이 희박했다. 하지만 두 사람의 단꿈은 부풀어만 갔고 황홀한 날들이 계속되는 듯했다.

한 보름 정도가 지났을까, 그곳에서 명상캠프가 열렸다. 그간 인도니 티베트니 여러 곳에서 배운 삭신의 명상 조예들과 예능 솜씨를 이

번 기회에 보여 주기로 약조를 한 터였다. 삭신의 즉흥 기타 연주가 가세한 아름다운 밤 명상 프로그램이 시작됐다. 촛불과 향, 그리고 티베트 악기 싱잉보울의 명상곡이 흐르는 가운데 사람들이 넓은 명상홀에 눈을 감은 채 그윽한 침묵에 잠겨 있다. 어디선가 악보 없는 기타 소리가 들려온다. 그러더니 악기를 바꿔 티베트 나팔과 호주 원주민 악기인 디제리두가 불꽃을 뿜어내기 시작한다. 전율적인 침묵에 이어 깊은 에너지가 홀을 감싸고 그에 취한 사람들이 천천히 춤을 추기 시작하며 예정에 없던 자연적인 명상이 일어난다.

그렇게 그날의 마지막 프로그램이 끝나고 별빛이 총총한 밤하늘 아래 짙은 나무 향에 둘러싸인 숲 속에서 캠프파이어가 열렸다. 명상적인 댄스 음악에 맞춰 열기가 고조되고 폭죽이 날아오르고 에너지가 절정에 달할 무렵 돌발 사고가 발생했다.

머리에 무슬림식 터번을 둘러쓰고 수염을 기른 삭신이 불 쇼를 시작했다. 공중에서 화염 덩어리가 춤추며 사람들의 환호가 터져 나오는데 삭신의 머리에 하늘거리는 불 한 점이 옮겨붙어 두르고 있던 터번으로 번졌다. 불을 뒤집어쓴 삭신의 모습은 영화 촬영장의 스턴트맨처럼 보였다. 사람들이 달려들어 불을 꺼 보려 했지만 불길은 수그러들지 않았다. 행사의 감독쯤 됐던 나는 잠시 사태를 지켜보다가 그에게 달려들었다. 삭신이 머리에 감고 있던 머플러를 떼어 버리자 겨우 불이 꺼졌다. 소주다 된장이다, 사람들이 응급조치를 취하는데 자리에 가부좌를 하고 앉아 있던 삭신이 말했다.

"여러분, 제가 분위기를 깨서 죄송합니다. 개의치 마시고 더욱 흥겹

게 즐기십시오."

명상원 주인장과 삭신의 여자 친구가 그에게 외투를 입혀 서둘러 시내로 나갔다. 모닥불의 불길은 꺼질 줄 모르고 타오르는데 음악이 차분하게 변해 갔다. 얼마쯤 지났을까. 댄스 음악이 다시 흘러나왔다. 달밤에 야외에서 벌이는 춤 명상 음악이다. 한두 사람이 먼저 춤을 추기 시작한다. 사람들이 계속 늘어난다. 춤추는 붓다들. 그렇게 해서 결국 무르익을 대로 무르익은 봄밤의 향기와 바람, 정적 속에서 댄싱 붓다들의 축제가 일어났다. 마치 이 세상에 어떤 일도, 아무 일도 일어나지 않은 것 같았다. 생과 사 그 자체마저도.

춤과 명상이 끝나고 사람들이 삼삼오오 모닥불 주위에 앉아 있는데 주인장에게서 전화가 왔다. 삭신이 가벼운 화상을 입어 내일이면 퇴원할 수 있을 거라고 했다. 사람들의 적절하고 신속한 조치 덕분이라는 내용이었다. 모두들 그렇게 간단하지 않다는 걸 알고 있었지만, 화상이 아무리 중하더라도 삭신이 대수로이 여기지 않으리라는 것 또한 다들 알고 있었다. 삭신은 사람들의 응급조치를 받는 동안에도 내내 농담을 하고 있었다. 주인장이 시내에서 돌아올 때까지도 몇 사람은 장작불 주위에 남아 늦도록 얘기를 나누었다.

그날 밤 풍경

다음 날에도 전날 화상을 입은 삭신이 화제가 되었다. 신음 소리 하나 내지 않은 일, 불이 꺼진 후 곧장 가부좌를 하고 앉던 모습, 그 와중에도 명상 에너지가 넘쳐흘러 남아 있던 사람들이 얼마 후 명상으로 들어가며 느꼈던 인상들…….

캠프의 모든 프로그램을 끝내고 뒤풀이까지 마친 뒤 명상원에 머물
던 열 명 정도가 삭신의 병실을 방문했다.

삭신이 하는 말이,

"다음번에는 제대로 하겠습니다."

그러고는 나에게 담배를 찾으며 자리에서 꾸역꾸역 일어났다. '절대
금연'이라 써 붙인 병원 복도에서 간호원 몰래 함께 담배 공양을 했다.

삭신의 회복 속도는 담당 의사도 놀라리만치 빨라 예정을 닷새가량
앞당겨 퇴원했다. 목 부위의 상흔을 빼고는 얼굴은 오히려 전보다 말
쑥해진 모습이었다. 내내 그를 간병한 여자 친구는 "내 생애에 가장 처
절한 병원 생활이었다."며 그간의 고충을 털어놓았다. 상처가 중한 같
은 병실 환자들한테서 나오는 악취가 대단했다고 한다. 병동 사람들이
워낙 각양각색인지라 심심하진 않았는데 그 가운데서도 툭하면 침상
에서 일어나 요가 동작을 취하곤 하는 삭신의 모습은 상당히 기이하
게 보였다고도 했다.

명상원에 돌아온 삭신은, 황혼 무렵 산을 바라보며 예전처럼 기타나
디제리두 등의 악기를 연주했다. 얼굴에 붕대를 둘둘 감고 멕시코풍의
밀짚모자를 푹 뒤집어쓴 그 모습이 이채로웠다. 얼마 후 그런 채로 결
혼 승낙을 받을 겸 인사를 하겠다며 양쪽 고향 집을 방문하기 위해
잠시 애인과 함께 명상원을 떠나갔다. 손수 나뭇가지를 깎아 지팡이를
만들어 가지고 나가더니 돌아올 때도 그러했다. 모든 게 순조롭게 풀
린 모양이었다. 그 며칠 사이 붕대를 풀었는데 얼굴에 상흔이 많이 남

아 있었다. 삭신은 별일 아니라는 듯 새로운 인생을 사는 기분이라고
했다.

매월 열리는 명상캠프 날짜가 다시 돌아왔다. 많은 사람이 모여들고
이번에도 캠프파이어가 열렸다. 삭신이 나타나 피리 연주를 하며 새로
운 종류의 불 쇼를 선보여 갈채를 받았다. 장작불 주위를 이리저리 넘
고 공중제비를 돌고 하는 것이었는데, 지켜보던 주인장은 내내 가슴을
쓸어내리며 주먹을 꼭 쥐곤 하는 모습을 보였다. 아무튼 삭신은 병상
에서 한 약속을 지킨 셈이다.

캠프가 무사히 끝나고 몇 사람과 함께 분위기 좋은 카페로 칵테일
파티를 하러 갔다. 전날 그곳에 도착한 젊은 음악인 차 군도 같이 갔
다. 그는 음반도 낸 적이 있는 모 그룹의 보컬 겸 기타리스트였다. 외
진 산골짜기에 이런 곳이 있을까 싶은 아름다운 카페인 데다 마침 기
타도 있어서 삭신과 차 군이 즉석에서 듀엣 연주를 했다. 다른 손님들
과 그곳 주인 부부가 박수를 아끼지 않았다. 연주가 괜찮았던지 여주
인은 그 후에도 갈 때마다 몇 번이고 그날 일을 언급했다.

그날 그 시간엔 비가 내리다 그치다 했다. 늦은 밤에 돌아오니 축축
한 밤공기와 어슴푸레한 반달 빛에 실려 나무와 숲의 향기가 적막한
명상원에 가득 괴어 있었다. 다른 세상 속으로 걸어 들어온 듯하여 삭
신도 나도, 모두 차마 숙소로 돌아가지 못하고 그 자리에 우뚝 서 있
었다.

나는 간다

그 며칠 후다. 공사판 일거리가 끊어져서 삭신은 반장과 함께 부엌 바닥에 쭈그리고 앉아 마늘이나 까고 하더니 여자 친구를 데리고 그곳을 떠났다. 다른 곳에서 둥지를 틀고 정식으로 신접살림을 차리겠다는 거였다.

그의 부친이 돌아가신 것은 그 무렵이다. 장례를 치르러 간 삭신은 한동안 연락을 끊고 행방을 감추어 버렸다. 결혼 날짜만 손꼽아 기다리던 여자 친구가 꽤나 지쳐 버릴 무렵 삭신이 불쑥 나타났다. 눈 빠지게 기다리던 그녀에게,

"잘 살아라. 나는 간다."

고작 두 마디로 간단히 결별을 선언하고 다시금 행방을 감추고 말았다. 기가 막힌 여자 친구는 화를 내 보았지만 상대가 보이지 않으니 그뿐이었다. 다시 중이 되었다거나 어디서 날일을 한다거나 하는 소문이 간간이 들려올 뿐 아무도 그 소식을 알지 못했다.

그러던 어느 날 삭신이 지팡이 하나를 달랑 짚고 내 앞에 나타났다. 나만 알고 있으라면서 심중을 토로하기를 돌아가신 아버님 때문에 고뇌가 많았다고 했다. 부친의 죽음으로 새삼 깨우치게 된 집안의 간절한 소원 — 큰 스님이 나와야 한다는 집안의 기대, 아버지의 말 없는 유언 — 을 저버리지 못하겠다는 거였다.

"나 다녀갔다는 얘긴 아무한테도 하지 마소."

삭신은 자신이 공들여 만든 지팡이 하나를 나에게 선물하곤 또다시 사라져 버렸다.

물음도 없고 답도 없으니

일 년 반 정도가 지났다. 나 역시 산골에서 나와 비원 옆에 있는 직장에 다니고 있었다. 화장실로 가려는데 잿빛 장삼 차림의 승려가 로비 의자에 앉아 책을 보고 있었다. 그냥 손님인가 보다 하고 지나치려다가 좀 이상해서 다가갔다.

"아니, 삭신!"

전에 없이 뿔테 안경까지 걸쳐 쓴 삭신이 비죽 웃으며 고개를 든다. 반갑게 인사하다가,

"잠깐만 있어. 볼일 좀 보고."

웬걸, 화장실에 갔다 온 사이 삭신은 어느새 사라지고 없었다. 그가 앉았던 자리에는 티베트풍의 걸망 하나, 그 안에는 볼펜으로 백지에 쓴 원고와 사진 한 묶음, 그리고 삭신이 세 번째로 주고 간 지팡이 하나뿐.

집에 돌아와 본격적으로 가방 안의 원고와 사진들을 살펴보았다. 그간 또다시 밖으로 떠돌다 돌아온 모양이었다. 그때 찍은 사진들의 양이 꽤 많았는데 삭신의 행색이 자못 개성이 강하고 안광이 예사롭지 않았다. 히말라야 마날리에 있는 바웟시 사원의 사두들, 나가 바바의 입문식 및 수도 장면, 비디오를 촬영한 일본인도 보였고 시바 샨티 푼자의 사진, 인도 힌두 신앙과 전설 중 자신의 심장을 뽑아 평화를 일구어 낸 원숭이 장군 하누만 다스에서 나온 하누만 기리, 바웟시 사원의 브라만이자 하누만 기리와는 형제와도 같으며 스승과 제자와도 같은 산쭈 샤먼(마하라지), 히말라야 강고트리 가기 전에 있는 강가나

니 사원의 스리 드간바 나가바바 옴 기리지에게 입문식도 하고, 그들과 아주 자연스럽게 뒤섞여 수도하고 생활하는 모습들이었다.

흥미로운 것은 여행 중에 만난 마니아 로제라는 여인과 그 남편이었다. 이 여인은 삭신 전생의 어머니였단다. 네덜란드에서 그들과 찍은 사진들이 꽤 많았다. 삭신은 그들을 따라 네덜란드로 가 4개월 동안 함께 지냈다. 모종의 일을 완료하고, 선원(禪院)의 틀을 일부 갖추고 추진케 한 뒤 모든 것을 마니아 로제에게 맡기고 건강 악화와 적응 부족, 또 자기가 태어난 나라에서 선풍을 진작시키고 프리 티베트 운동 및 남북통일 운동에 헌신코자 한국으로 돌아왔다는 것이다.

좀 거창하긴 했지만 그는 이 여행에서 자신의 가족사가 지닌 보편사적 의의 — 티베트 문제나 남북한의 일, 세계평화의 문제가 곧 그 자신의 일이기도 하다는 것을 자각한 모양이다. 그로 말미암아 생겨난 계획은 꽤 구체적이었다.

삭신은 그날 나에게 남기고 간 편지에 적기를, "출퇴(出退)가 일여(一如)하여서 삼세의 일에 매하지 않음에 꿈속에서 꿈결의 일을 다 기억한다 한들 무슨 소용이랴만." 하고 비난과 찬사를 모두 받을 각오를 했다며 별로 힘도 능력도 없는 내게 도움을 청했다. 놓고 간 원고에는, "그렇다. 배운 것 없고 가진 것 없는 난 정말 가난한 사람이지만 죽음을 각오하고 사랑하는 내 형제 이웃들에게 무언가를 꼭 말해 주고만 싶기에 할 일 없고 쓸 일 없는 이 펜과 종이를 든다."라고 적은 것이 자못 비장했다.

그는 자기의 몇 가지 소원을 말하고, 그 방편으로 책과 음반을 내는 일과 기타 힌두 구루를 초청하거나 국내 선지식의 무차선회(無遮禪會, 고승대덕들과 일반인이 격의 없이 토론을 벌이는 법회)를 여는 일 등이 포함되어 있었다. 그리고 세세한 연락처와 그 추진 방법 등도 원고 뒤에 적어 놓기를 잊지 않았다.

해가 바뀌어 그를 다시 한 번 만났다. 1월 말쯤 와자한 잔치 겸 행사가 있었는데, 파장 무렵에 삭신이 불쑥 나타났다. 술을 권커니 붓거니 하다가 행사를 끝내고 몇 사람과 함께 인사동 술집에서 늦도록 술을 마셨다. 종로로 건너가 헤어졌는데 같이 있던 사람들이 내가 그에게 몹시 심하게 대하더라고 했다. 그가 책으로 내고자 했던 원고에 대해 악평을 했을 텐데, 아마도 이런 투였던 것 같다.

"삭신, 예전에 캠프에서 화상 입은 생각 안 나나? 글이 만만한 줄 알아? 어쭙잖게 하다간 또 불에 끄슬리구 싶어서? 아서라 마서라."

당시 병원에서 퇴원한 삭신은 자신의 화상에 대해 이런 의견을 말한 적이 있다. 자신의 화상은 당연지사다. 자신이 준비되어 있지 않을 때, 참가자들의 에너지가 진행자에게 역반사되어 과부하를 초래하기 때문이다라고. 나는 그 얘기를 꺼내며,

"글이라고 다를 것 없다. 준비가 안 된 글은 너 자신에게 화를 미치는 것이다. 또 남의 천도식은 거행해도 너 자신의 천도식은 제대로 끝을 냈나? 네 아버지, 네 할머니 귀신이 너한테 붙어 있는데, 네가 하고자 하는 일이 그들이 하고자 했던 일들이라면 그 또한 빙의된 바 아니랴? 그러고도 무슨 큰스님 타령이냐?"

지난날의 회한 서린 기억까지 들먹이는 통에 그날 삭신은 한결 더

괴롭고 막막해졌던가 보다. 패기만만하던 그의 평소 모습을 생각하면 가슴이 아프기도 했지만 한편으론 삭신의 눈이 더 넓은 데 미치는구나 싶어 오히려 다행으로 여겨졌다.

어느 해인가 삭신은 미얀마의 한 선원에서 위파사나 수행을 한 적이 있다. 같은 방을 쓰던 한국인 도반의 성질이 만만치가 않았다. 날은 덥고 방은 비좁아 갑갑한데 회전 기능도 없는 선풍기 한 대를 두고 두 사람은 격투 일보 직전까지 가기도 했다. 그중 한 사람이 한소식 했다 하여 오도송까지 짓는 통에 깨달음의 경지와 진위를 놓고 격론을 벌이기도 했다고 한다. 그런 그가 이제는 개고기는 절대 먹지 말자고 절실하게 외치는 것은 물론이고 한국의 분단 현실이나 티베트 독립 문제, 생명 존중, 지구 환경 오염과 파괴, 인간성 상실 등 한 사회와 인류 공동체가 안고 있는 중요한 문제들에 공감대를 가지고 열정과 관심을 토로하고 있는 것이다. 방구석에 앉아 있다가 어느 날 오도송입네 내놓고 치고받던 때와는 비할 바가 아니다. 그렇게 장한 각오를 하고 이 땅에 돌아온 그의 다음 여행지는 어디쯤일까?

비원 옆 회사에서 만나고 사라진 날 그가 남긴 편지가 있었는데, 처음 전해 주려 한 것은 이러했다.

무를 물으니 무로 답하고
유를 물으니 유로 답한다.
갈 곳을 정하지 못한
촌로의 행색이 초라한가

거창한가!?

당나귀 해 당나귀 날에…….

여전한 멋 부림인지 선풍인지는 모르겠지만 삭신다웠다. 내가 잠깐 화장실에 다녀오는 사이 총총 사라지기 전에 덧대어 적어 놓은 것은 이러했다.

윤가의 화답을 미처 기다리지 못하고
숨을 거둔 무심한 삭신
물음도 없고 답도 없으니!
혼자서 웃는 소리 천지를 놀라게 할 것은
또 무엇이란 말인가!
하 하 하! 하 하 하! 억!

억? 어디 많이 아픈 건가, 삭신? 하하하.

산다는 건 끊임없는 이야기다. 쉬지 않고 살고 있으니 이야기도 쉬지 않는다. 이 이야기는 어디서 와서 어디로 사라지는가? 누가 짓기에 이리도 많고 저마다 다른가? 누가 보며, 누가 울고, 누가 웃는가?

그 후 몇 년 동안 그의 소식을 알 수 없었다. 아무도 아는 이가 없었다. 그러던 어느 날 인도와 히말라야 여행에서 돌아온 한 친구가 내게 말해 주었다. 카트만두의 어느 골목길에서 삭신을 만났다고. 티베트 독립운동을 하다가 그곳 공안에게 쫓겨 다니고 있다고.

그로부터 또 얼마간 시간이 흐르고 삭신이 다시 한국에 돌아왔다는 풍문이 들려왔다. 모 수련원에서 열심히 수행한 뒤 어딘가로 사라져 버렸다는 것이다.

그가 주고 간 선물이 어느덧 다섯 개는 넘는 것 같다. 앞으로 몇 개나 더 늘어날는지 알 수가 없다. 그는 돌아올 때마다 나에게 작은 것일망정 특별한 선물을 주곤 했었다. 나뿐만 아니라 아는 모든 사람에게 하나하나 뜻을 설명해 주면서. 줄 것이 없는 것 같으면 이틀이고 사흘이고 이리저리 자기 물건들을 뒤지고 뒤져 찾아내던 그의 모습이 생각난다.

훌쩍 떠난다는 것, 그것은 무엇인가? 다 버릴 수 있는 마음, 가진 것은 쌀 한 톨도 남김없이 다 줄 수 있는 마음, 그중에서도 무언가 기억될 만한 것을 꼭 주고 가고픈 마음. 어떤 것에도 얽매이고 싶지 않다는 마음. 그런 것인가? 알 수 없다. 한 가지는 제법 잘 알려져 있다. 떠나지 못하는 자들이 어떻게 살아가고 있는가는.

언제 다시 만날 수 있으랴마는 그에게 이 말을 전하고 싶다. 원컨대, 우리 고향에 돌아가는 날까지 옛적 그 약속을 잊어버리지 말자. 고향에 돌아갔거든 그래도 우리 다시 이곳에서 또 모이자.

나는 중이 되는 게 습관이었다

엽기 파행의 종합판 무불

삶의 주변으로 여러 땡추들과 괴짜들, 잡초 인생들이 스쳐 지나가 곤 했었다. 한때는 그런 부류의 사람들 이야기를 모아 책으로 써 볼까 하는 생각도 들었다. 길잡이랄까 창구역이 필요해서 그쪽 세계에 오랜 인연을 가지고 있는 한 '형님'에게 슬쩍 운을 띄웠더니, "그거 좋지. 당장 하자." 한다. "몇 명이나 아슈?" 했더니 "글쎄, 한 오백 명은 될 걸." 하기에 "어이쿠, 너무 많아서 그냥 관둡시다." 하고 말았다.

이 이야기는 내가 아는 땡추들의 종합판이라고 하면 되겠다. 사실 나는 그런 사람들의 이런저런 기행(奇行) 자체에는 별 관심이 없다. 그 런데 여기서 말하고자 하는 사람은 숨은 구도자이며, 이 땡추의 이름 은 그냥 법운이라고 해 두자.

오래전의 일이다. 한때는 나도 중이 되기 위해 몇 번 절간 문을 드나든 적이 있었다.

절, 그곳이 어떤 세상인지는 몰랐다. 별로 알고 싶은 마음도 없었다. 사실은 중이 되고 싶었던 것이 아니라 누구의 방해도 받지 않고 명상을 할 수 있는 장소가 필요했었다. 그 시절의 어느 날 한 절에 들렀다가 우연히 집어 든 불교 신문을 뒤적거리다가 알림 면에서 다음과 같은 내용을 보게 되었다.

법명 법운, 재가명 ○○○
상기 자는 조속히 상경, 조계종 총무원 규율원으로 출두하여 본인의 행적에 대한 소문의 진상을 석명할 것. 기한 내에 출두하지 않거나 해명의 이유가 합당하지 않을 시는 승적을 즉각 박탈함.

내가 아는 중이었다. 그의 과거지사에 대해선 아는 것이 거의 없었다. 말한 적이 없었기 때문이다. 고작 그가 중이 되는 것이 습관이었다고 하는 정도다. 나중에 대학에 들어가 공부한 적도 있지만 중학교 1학년을 중퇴한 이후 절간과 속세를 번갈아 드나들었다고 한다. 무엇이 그리도 지독했던 것일까? 속세에 대한 욕망인가 아니면 해탈에 대한 비원인가?

종단에서 쫓겨난 법운은 얼마 후 거의 무일푼 신세로 몇 년간 외국을 떠돌아다녔다. 인도로, 동남아로, 필리핀으로, 유럽으로……. 한국에 돌아온 그는 겉으로는 많은 변화가 있었다. 절간에 기대 살 적에도 연줄 없는 중들은 보통 고달프고 막막했지만 법운은 그렇지 않았다.

역학원을 차려 놓고 신통한 점쟁이 노릇을 하며 어렵지 않게 돈을 긁어모았던 것이다. 일 년에 일억 이상 버는 것은 문제도 아니라고 했다. 그리고 한 여자와 살림을 차렸었다. 그들의 인연이나 행적에는 남다른 점이 있었다.

그녀는 처음엔 마담 언니를 따라온 화류계 여자였다. 나이는 많지 않았지만 성깔이 보통을 넘었다. 어린애는 들어오지 말라는 소리에도 불구하고 그녀는 기어코 들어왔다. 법운 도사께서 대뜸 "체, 새파란 게 이런 델 오면 어떡해?" 했더니,

"도사님도 새파랗긴 마찬가지 아녜요?"

하고 받는다. 만만찮았다.

"도란 모름지기 연령의 고하로 대하는 것이 아니라 진리의 베풂과 받아들임으로 전해지는 것이니라."

그러고는 자기를 만나고 싶으면 그만하라고 할 때까지 절을 하라고 시켰다. 자기가 성철 종정보다도 훨씬 높다고 하면서.

"아휴, 머리 가려워."

그녀는 시먹고 되바라진 여자답게 핸드백에서 생리대를 꺼내 코를 킁 하고 풀었다. 떨떠름한 표정을 한 번도 거두질 않으며 법운 도사에게 절을 했다. 절을 전혀 안 해 봤는지 자세가 꼿꼿했고 어색했다. 법운이 그냥 넘어가지 않았다.

"넌 절부터 다시 해야겠다. 나갔다가 다시 들어와."

마담이 만류해 봤지만 도도한 성격의 그녀는 그만 참아 내질 못했다.

"당신이나 나한테 하세욧! 보자 보자 하니까!"

아무래도 그 성질에 한판 벌일 것 같아 마담 언니가 조마조마하고 있는데, 도사는 한술 더 떴다.

"허, 그년. 이년아, 진리의 자리가 좌불안석이면 온 누리 평화가 깨지고, 천기가 왔다 가도 도로 가는 법이여, 모르겠어?"

일종의 도력 시험이랄지 기싸움에서 법운은 그녀의 살뚱스러운 성깔과 만만찮은 공세를 여유 있는 점수로 통과한 것 같았다. 그래 봐야 선방의 가벼운 알음알이를 써먹은 거였지만. 몇 달 만에 그녀는 법운의 아내가 되었다.

"모 아니면 도야. 점은 맞지 않으면 안 맞는다. 그러니 신경 쓰지 말고 돈이나 벌자."

그의 직업 신조였다.

법운은 평수가 넓고 투자 수익성도 짭짤한 아파트도 사고 한동안은 운전기사도 두었다. 아주 쉽게 이 세상에 편입되어 기능하고 있었다. 하지만 여자와는 행복하지 못했다. 한번은 목욕탕에 같이 들어갔는데 허리에 흉측한 상처가 보였다.

"스님 어쩐 일이야? 깡패한테 당했어?"

"아니 여편네한테."

"여편네?"

법운은 의처증 증세가 있었다. 술만 마시면 이유 없이 여자를 두들겨 팼다. 참다못한 여자는 며칠을 거의 온종일 법운과 같이 지냈다. 그래도 사정은 전혀 달라지지 않았다. 술이 들어간 법운은 역시 그녀를 의심하며 두들겨 팼다. 힘을 못 이긴 그녀는 이로 법운의 옆구리를 물어뜯었고, 살점이 뭉텅 뜯겨 나갔다. 상처가 아물자 법운은 다시 전보다 더욱 세게 마누라를 두들겨 팼다. 병원에 입원해 있는 동안 오죽했겠느냐는 거였다.

"가래침을 뱉으려면 무섭게 뱉어야지. 넌 몰라."

"뭘요?"

사람들은 무대 위에서는 사랑을 하면서도 그 뒷문에는 미움을 저축하게 되어 있는 법이라고 했다. 절망과 허무를 똥지게 속에 담아 넣은 채 감추고 있을 뿐이라고. 환각이 깨지고 섹스가 지루해지면 남는 것은 그저 상대를 참아 내는 그런 과정들뿐이다. 가래침은 관계를 정화하고 새로운 자극을 불어넣는다는 것이다.

얼마 후에는 여자가 얼굴에 붕대를 두르고 깁스를 하고 다녔다. 병원에다 대곤, 잘못해서 계단에 굴러서 그랬다고 지어냈더니 의사의 눈이 둥그렇게 커지더라고 했다.

"그래도 그렇지 어떻게 뼈에 금이 가도록?"

법운이 며칠 뒤 사실을 털어놓았다.

"이년이 악에 받치니까 갑자기 에이, 씨발! 하더니 방바닥에 제 얼굴을 꽝 박아 버리잖아."

전치 십이 주가 나왔다고 했다.

그의 종적이 또다시 오리무중이었다가 다시 만나게 된 여름날이었다. 약속 장소에 가 보니 먼저 와 있던 법운은 용인에 있는 골프장에서 돌아오는 길이라고 했다. 차는 검은 광택으로 빛나는 3000cc급 세단이었고 운전석 옆에는 선글라스를 낀 늘씬한 여자가 앉아 담배를 피우며 상당히 두꺼운 책의 책장을 넘기고 있었다. 여자는 선뜻 선글라스를 머리 위로 올려 쓰고는 책갈피에 가름표를 꽂아 넣으며 밖으로 나와 인사를 한다. 나는 약간 숨이 멎었다. 보기 드문 미인이었다. 하얀 치아를 드러내며 웃어 보였지만 어쩐지 슬퍼 보였다.

"야 너, 무슨 수도승 같다."

법운이 툭 어깨를 치며 반가워했다.

"스님은 얼굴에 금기가 도네."

개량 한복 바지에 검은색 스판 티셔츠와 얇은 실크 조끼 차림이었다. 껑충한 키에 목에는 염주를 걸고 있었고, 머리는 예전처럼 반들반들 밀었는데 살집은 전보다 약간 불어 있었고 짧은 구레나룻을 기르고 있었다. 기괴하던, 그래서 신선하기조차 했던 그의 얼굴도 갈수록 변해 가고 있었다.

"아직도 스님이냐? 그래 지금 뭐 해?"

"뭐, 광고 회사."

"광고 회사? 그거 잘됐다. 전화번호나 좀 줘. 내 그렇지 않아도 광고 때릴 일이 있거든."

무슨 광고? 거의 건달처럼 보였다. 옆의 여자는 여전히 말이 없었다. 먼젓번의 그녀와는 어떻게 되었을까? 잘 헤어졌단다. 지금은 재혼해 잘 살고 있을 거라고 했다. 셋이 함께 일식집으로 들어갔다.

법운이 술잔에 매실주를 붓는다. 대번에 비워 버리자 이번에는 여자가 기다렸다는 듯 따른다. 나는 생각 없이 또 마셨다. 그 여자는 법운에게 두드려 맞은 기색은 보이지 않았다. 법운은 똥지게 하나를 버린 건가? 시선이 법운이 걸고 있는 목걸이에 멎었다. 인도에서 얻은 물건이라고 했다.

"별거 아냐. 아나하타 차크라(가슴 에너지 센터)를 상징하는 문양이라대."

법운이 고개를 내려뜨리며 목걸이를 만지작거렸다. 자기의 생명 에너지, 수행의 경지가 그곳 아나하타에 가닿아야 다시는 아래로 떨어지는 일을 경험하지 않는다고 한다. 그 이전까지는 제아무리 용맹정진을 한다 하더라도 다시 되돌아갈 수 있다. 또다시 아래로 미끄러질 수 있는 것이다. 머리에 죽기 살기로 쌓은 것이나 오랜 금욕 수행도 물거품이다. 몸과 마음과 감각의 경험 세계, 멸할 운명에 처한 하부의 세계로 추락하는 것이다. 그 어두운 불길 속으로.

사람들의 내면엔 계속해서 지피고 꺼야 할 욕망의 불길, 욕망의 불거미들로 우글거리는 진한 기름 연못이 있다. 그것들은 내가 미처 발견하지 못한 말끔한 의식의 방 안 구멍 속에 숨어 있다가 어느 때고 슬금슬금 기어 나와 모든 실내를 한순간에 어지럽힌다. 인간은 아직 남아 있는 찌꺼기다. 법운은 그걸 다 태워 버리기 위해서 몇 생이 걸릴지 모르겠다며 한탄한 적이 있었다.

이 땡추는 실제로 무엇을 이루었고 어디까지 가 보려는 것일까? 장난인지 진실인지 알 수 없지만 그는 자기의 죽음을 공개적으로 예언하고 다녔다. 그의 고객들 사이에선 그러한 소문이 퍼져 있었다. 고객들 중엔 죽거들랑 자기 배 속으로 다시 와 달라고 부탁하는 좀 황당한 사람도 있었다. 역술가가 사운(死運)을 예측하는 것은 당연한 일인지 모르지만 법운은 중년에 요사하는 자기의 명을 너무나 떳떳하고 아무렇지도 않게 밝히고 있었다. 죽음의 날짜를 주머니에 넣고 다니는 사람. 그것은 그로 하여금 삶과 죽음의 모든 비밀을 알고 있는 사람처럼 보이게 했고, 경외심을 불러일으켰다. 그 때문에 그의 사업은 한층 재미를 보고 있었다.

하지만 그는 언제든지 때려치울 준비가 되어 있는 사람처럼 보였다.

"점 보러 오는 연놈들은 다 거기서 거기야. 부처님한테 죄는 실컷 지었으니 그쪽에서 알아서 하겠지."

그의 사무실에 들렀을 때다. 여자 후배 하나와 함께였다.

사무실로 들어가면 정면 벽에는 '○○역리학회 학술위원'이라는 위임장이 걸려 있다. 같이 갔던 후배는 약간 주눅이 든 표정이다. "이 방면으로 공부를 많이 하신 분 같네요." 하며 존경과 외경의 빛을 떠올렸다. 마침 방금 들어온 듯한 젊은 남녀 한 쌍이 법운 앞에 착석했다. 법운은 그들의 생년월일 따위를 물어보는 법도 없이 대뜸 두 사람을 향해 말한다. 원통하다는 듯 책상을 탁탁 두드리며……

"야, 이거 어쩌면 좋냐? 그때 애를 지우지 말았어야 하는데……. 그 애가 말야, 재운, 성공운, 가정운, 명운, 이거 운이란 운은 죄다 갖고 왔었는데 그냥 도로 갖고 가 버렸네? 그걸 몽땅 다른 사람한테 갖고 갔으니 그 사람만 운수 대통하게 생겼구먼. 이런 쯧쯧."

두 사람은 그야말로 하얗게 질린 얼굴로 서로를 바라보며 입을 열지 못했다.

"도와주십시오, 선생님."

"오냐, 넉넉하게 내놔."

법운은 처방으로 부적 두 장을 그려 주며 몇 가지 인생 교훈 같은 것을 덧붙인다. 그들은 신세대답게 흰 봉투도 아니고 진청색 봉투를 법운 앞에 두 손으로 내밀고는 "고맙습니다."를 연발하며 정중히 인사를 하고는 물러갔다. 한바탕 영업이 끝나자,

"어이구, 절세 미녀가 오셨네."

후배는 대꾸도 잊고 커다란 두 눈의 동공이 톡 튀어나올 것처럼 놀라워하고 있었다.

"근데 스님, 사주도 보지 않고 잘 아시네요?"

"척 보면 애 뗴게 생겼잖아."

후배는 얼떨떨한 얼굴로 다시 한 번 벽에 걸린 '학술 위원' 위임장에 시선을 돌린다. 법운이 엄지손가락으로 등 뒤의 자격증을 가리키며 하는 말이,

"안 놀래도 돼. 입회비가 백만 원이라잖아. 그래서 삼백 갖다 줬지."

자리를 만들어 앉으려는데 전화벨이 울렸다.

"야, 이거 거의 다 왔다네?"

전화기를 내려놓은 법운이 말했다.

"어, 그럼 응접실에 가 있을까요?"

"아니 아니, 너."

법운은 한 손가락으로 나를 가리킨다.

"이건 내 손님이 아니라 네 손님인데……."

법운은 자리에서 일어나 뒤편 서가에서 대충 아무거나 책 몇 권을

빼 나에게 안겨 준다.

"야, 네 손님이니까 오면 말야……."

아무 책, 아무 데나 펼치고는 거기에 있는 걸 역시 아무거나 읽어 주라는 거였다. 딱 세 번만 질문을 받고 딱 세 번만 그렇게 하라고 했다. 재미있겠다 싶어 의기도 당당하게 법운과 자리를 바꿔 앉았다.

중년 부인과 젊은 여자가 들어오자마자 법운에게 두 손을 합장하며 인사를 건넨다. 법운은 그들에게 이마 부근까지 높이 두 손을 모아 합장을 한다. 그들은 천기에도 궁합과 시운이 있네 어쩌니 하는 법운의 설명에 황송해하며 내가 있는 방으로 들어왔다. 내가 잠시 두 모녀를 뚫어져라 살펴보니 두 사람은 긴장이 되는지 두 손을 꼼지락거린다.

"무슨 일인고? 세 가지만 물어봐."

초반 기세에 기가 죽은 중년 여자가 어물어물 입을 열었다. 그렇고 그런 빤한 질문들이다. 나는 고개를 두어 번 끄덕인 뒤 책 한 권을 펼쳐 들고, 나 자신이 듣기에도 낭랑한 음성으로 몇 군데 대목을 들려주기 시작했다.

"에, 기탁신고(氣濁神枯)면 필시 빈궁지한(貧窮之漢)이라…… 양목무신(兩目無神)하면 종비량고이명역촉(縱鼻梁高而命亦促)이라…… 결사생지기(決死生之氣)는 선간형신(先看形神)이요, 정길흉지조(定吉凶之逃)는 막도기색(莫逃氣色)이니라……."

운운한 뒤,

"신기가 흐리거나 마른 사람은 평생 발전하지 못하고…… 두 눈에 신이 없으면 비록 콧대가 높이 솟아도 수명이 짧은 것이다……. 울지 않을 때도 우는 것 같고 마음에 근심이 없는데도 근심하는 것 같음은 형극고독지상(形剋孤獨之相)이라. 근심하고 놀람은 신이 부족함이니 영화와 행락이 중년에 머물도다…… 얼굴이 방정하나 신기가 펴지지 않았으니 평생이 염려되도다……."

으악! 딸보다 엄마가 더 놀란다. 폐일언하면 '평생 모든 게 걱정스럽다'였다. 딸은 이목구비가 꽤 반듯한 편이었는데 그 전날 어이없이 숫처녀라도 잃은 듯 눈동자가 풀려 있었고 얼굴에는 어두운 그림자가 드리워져 있었다. 나는 한술 더 떠 도사라도 된 양 그들에게 한바탕 설교를 늘어놓았다.

"에, 상법과 사람 중에서 가장 어렵고도 중요한 얘기를 내가 가르쳐 주겠다."

탁탁, 어깨를 좌우로 건들거리며 책상을 손으로 쳐 본다. 재미있다.

"대저 여기 '청감(淸鑑)'이란 글에도 이르기를 신기(神氣)란 등불에 기름을 주는 것과 같다 하였다. 누구는 잘나서 행복하고 훌륭한 사람이 되고 누구는 정욕과 업장의 굴레에서 해방되지 못하고 일생이 불행한가? 그것은 사람마다 내부에 이 신기라는 특정한 형태의 기운이 있는데 어떤 이는 그게 대부분 자고 있거나 어떤 이는 약간 낫고 누구는 많이 활성화되고 순화되었기 때문에 그런 것이다…… 내 얘기 알아들었지? 특히 너, 콧대는 높은데 눈동자가 왜 그래?"

두 모녀는 꼼짝 못 한다.

"그럼 얘를 어찌해야 할까요? 방법이 없을까요?"

"오냐, 넉넉하게 내놔 봐."

법운을 좀 흉내 냈다. 이왕 하는 거 배짱으로 나가자. 어머니가 지갑에서 준비한 복채를 꺼내 앞에 내려놓는다. 문밖으로 법운의 표정을 슬쩍 바라보니 점잖게 앉아 있다. 후배의 표정은 경악에 가깝다. 다시 한 번 탁탁.

"신기를 펴고 또 펴라. 가장 간단한 방법은 목소리를 가슴 깊이 저 아랫배까지 가져가서 발하는 것이다. 소인의 숨은 목구멍에서 나오고 귀인의 숨은 배꼽에서도 나오고 발뒤꿈치에서도 나온다고 했느니라. 너는 숨이 얕으니 필시 생각이 번잡하여 신경질이 많고 매사가 불안 초조하기 일쑤니 남자가 짜증을 내고 도망을 가겠다. 그러므로 복록과 장수를 못 누리고 일생이 병약하겠다고 말하는 것이다."

어디선가 주워들은 풍월을 읊어 본 것이었는데 어쨌든 두 사람은 내게 연신 허리를 굽히며 사무실을 뒷걸음질쳐 나갔다.

"거봐, 네 손님이라니까."

법운은 박장대소하며 사례비로 받은 돈을 반으로 갈라 내게 주었다. 하하하. 나중에 생각하니 이런 일들은 어쩐지 그쪽 계통에서 일부 벌어지곤 하는 수법들의 일종 같기도 했다.

그날 술을 마셨는데 법운은 제대로 취했다. 혀 꼬부라진 목소리로 이차를 가자고 우긴다.

"야, 너 '변검'이라고 중국 영화 봤냐? 이런 대사가 있지. 대가는 말에서 내리지 않고 곧장 앞을 향해 간다."

자 이차, 삼차, 앞으로-.

삼차로 간 룸살롱에서는 난장판이 됐다. 법운이 두 아가씨의 가슴을 허락도 없이 마구 만지려는 바람에 여자들이 쥐 잡는 소리를 내며 도망갔다.

"내가 그랬나?"

법운은 화장실 변기를 한 손으로 붙잡아 비틀거리는 몸을 가누며 나에게 고개를 돌렸다.

"야, 나는 말이야, 계속해서 술에 취해 실수를 해 보고 싶어. 실수란 게 없을 때까지."

그 말이 어쩐지 그의 내부에서 여전히 진행되고 있는 격렬한 싸움을 보여 주는 것 같았다. 대리 운전사를 불렀다. 법운은 내 어깨에 기대 차 안으로 밀려 들어갔다.

"야 임마, 사차."

여전히 고집을 피운다.

"난 말야, 너 만날 때까지 아무하고도 술을 안 마셨어. 알지?"

예전에 나를 죽도록 사랑한다고 했다가 결국은 이별한 여자도 언젠가 나에게 똑같은 말을 한 적이 있었다. 그녀도 변했고 나도 변한다. 잘못된 것은 아무것도 없다. 무언가를 받아 내지 못하고 토해 내는 생각의 메커니즘에 문제가 있었을 뿐이다. 그렇지 않을까? 나도 문득 실수를 해 보고 싶었다. 실수란 게 없을 때까지.

어느 날 법운은 진짜로 광고를 때리겠다며 갑자기 내게 사업 구상을 털어놨다. 마치 오래전부터 생각해 온 듯이 말했지만 어쩐지 내가 안돼 보여 즉흥적으로 일을 벌이려는구나 하는 생각이 들었다. 그즈음 회사 사정이 그다지 좋은 편은 아니었지만 나는 법운의 제안에 냉담함과 무관심으로 일관했다. 오히려 같이 갔던 여자 후배가 솔깃해했다.

"그런데 왜 사업에 뛰어들 생각을 하셨어요? 지금 하시는 일도 괜찮은 것 같은데?"

"뭐 돈 대겠다는 사람은 많고, 이 짓도 이젠 싫어졌어. 낭자께선 유비가 제갈공명을 삼고초려 한 얘기 아나?"

법운은 시중 『삼국지』 책에는 안 나오는 얘기를 늘어놓았다.

"그때 제갈량이 유비의 간청을 받아들이면서 말하길. 유비여, 그대는 할 일은 많고 얻을 것은 적은 그대의 꿈속으로 기어이 나를 끌어들이고 마는구려, 그렇게 말했다지. 껄껄껄."

법운의 사업은 아이디어도 좋고 자금줄도 탄탄해서 한동안은 잘나가는 듯이 보였다. 지금으로 말하면 한방백화점 같은 사업이었는데, 거기에다 온갖 대안요법들을 겸한 형태였다. 하지만 그 사업은 전혀 예기치 못한 암초에 걸려 급작스럽게 무너지고 말았다. 한동안 연락이 없다가 어느 날 사무실 여직원이 바꿔 주는 전화를 받아 보니 법운이었다.

"야, 나 지금에야 꺼억, 아침 먹고 있는데, 그쪽으로 갈게."

그러더니 점심때가 되어도 나타나질 않았다. 약속을 잊어버리고 저녁 식사를 하러 나가려는데 다시 전화가 걸려왔다.

"잘됐잖아, 오늘 같은 날 한잔해야 할 거 아냐?"

"어떻게 된 거예요?"

"응, 지금 이혼 수속 마치고 사무실로 들어가는 길이야."

두 번째 이혼인 셈이었다.

술집 여자라고 했다.

"술집 여자들은 공허하잖아."

"그래도 그런 책까지(오쇼의 『달마』라는 책이었음.) 읽는 걸 보면 스님을 사랑하는 것 같은데?"

그 여자는 그런 얘길 하면 하품부터 하는, 하품을 하도록 정비된 그런 여자라고 했다.

"애를 못 낳거든."

그로 인한 자책감에 괴로워했고 결국 가 버렸다는 것이다. 법운은 역학 사무실 문패도 내렸다고 했다.

"다른 계획 있어요?"

"야, 너 옛날에 유인촌이 연산군으로 나온 드라마 봤냐?"

"드라마? 몰라요. 왜?"

"나도 마지막 회만 봤지."

유인촌의 연기가 그럴듯했단다. 좀 더 묘사해 보자면 이렇다. 반정 세력이 여기저기 옷가지가 널려 있는 그의 내전에 들이닥친다. 그의 온갖 환락과 놀이의 말벗이자 총무 역할을 했던 내시를 앞세우고,

"그래 강 내시 너도냐?"

그를 바라보는 연산군의 얼굴에 짙은 고독과 허무가 어린다. 대답을 못 하고 우물쭈물하고 있는 그에게 연산군은 비틀거리며 다시 한 번 묻는다.

"너도란 말이냐?"

까칠까칠 짙은 수염을 아무렇게나 기르고 있는 왕의 표정은 허무하고 누구보다도 그것에 통달한 사람 같다.

"허무주의자 연산군."

그의 얼굴에 모든 것을 달관한 사람의 체념과 사태를 명료하게 깨달은 사람의 총명한 빛이 동시에 스쳐 간다.

"그렇군, 저녁의 황혼이 왔군. 한바탕 잘 놀았으니 이젠 꿈에서 깨어나 집으로 돌아가야지."

연산군은 아득한 표정으로 그렇게 중얼거린다.

"아름답기까지 한 대사였어. 안 그래?"

내가 뭐라 입을 열기도 전 법운은 한마디를 더 추가했다.

"아무리 좋은 꿈이라도 꾸지 마라, 응?"

"어차피 꾸어야 할 거라면 좋은 꿈을 꾸다가 깨어나는 게 더 낫지 않아요?"

"크으, 조오치. 난 한바탕 잘 놀았으니 이젠 집으로 돌아갈까 하는데 네 생각은 어때?"

"절간에서도 쫓겨난 주제에 돌아갈 무슨 집이 있어요?"

"여자한테 위자료도 좀 주고 보살한테 빌린 돈 갚고 해도 돈이 좀 남았어. 그걸로 절 하나를 장만할까 생각 중이야. 넌 계속해서 그 회사 다닐 거야?"

나는 남았고 법운은 떠났다. 서울 부근의 한 절을 구입해서 다시 승려 생활을 하기로 했다. 스스로가 주지였다. 오래전에 승적을 박탈당

했지만 다른 종단에 분납금을 바치기로 하고 그곳 주지로 자신을 스스로 임명한 거였다.

어느 토요일. 날씨는 화창한데 모처럼 할 일이 없었다. 그를 만나기로 했다. 전철역에서 나와 버스로 갈아타고 다시 삼십여 분을 걸어 도착한 법운의 절은 아담하긴 했지만 짜임새가 있었다. 개축한 흔적이 남아 있는 경내를 둘러보는데 공양주 보살이 나를 알아보고 수다를 떨었다. 예전에 법운의 집안일을 봐주던 사십 대 중반가량의 아줌마였다. 얘기를 들어 보니 법운은 그다지 달라진 것 같진 않았다. 이름을 무불로 바꾸고는 승복을 다시 입은 후에도 여전히 술을 입에 댔다. 애들을 좋아해서 같이 놀기 일쑤였고 만화방이나 전자오락실에도 어울려 다녔다. 그 말을 들으니 법운을 떠나간 여자가 생각났다. 공양주 말이 주로 맥주를 마신 뒤 법당 안에서 잠을 자길 좋아한다고 했다. 그곳이 아주 시원하고 편하다는 것이다.

"주지 스님, 하필이면 냄새나는 발을 부처님 앞에 두고 주무셔요?" 하고 물었더니,

"고럴 줄 알고 이름도 바꿨지. 내 이름이 무불인데 부처님이 어딨나?" 했다고 한다.

한번은 이런 일도 있었다. 공양주 보살을 건드리려고 하다가 그 남편에게 죽도록 얻어맞았다. 그래서 그는 잠시 남편 작자가 있는 절간을 피해 시내로 내려와 살았다. 그러던 어느 날 사글세 단칸방에서 잠들어 있는데 도둑이 들었다.

"이 새꺄, 돈 내놔."

강도로 변한 도둑이 칼을 들이대며 협박했다.

"돈? 그래, 여기 있다, 이놈아."

법운은 그날 은행에서 찾은 돈뭉치를 머리맡 봉투에서 꺼내 그에게 몽땅 던져 주었다. 도둑은 얼이 빠져서 돈뭉치를 주머니에 쑤셔 넣고는 주춤주춤 뒷걸음질 쳐 나갔다. 법운이 다시 일어나 그를 불러 세웠다.

"야, 맥주 세 병만 사다 놓고 가라."

그 말을 해 놓고는 다시 잠이 들었다. 새벽에 일어나 보니 맥주 세 병이 문 앞에 놓여 있었다. 법운이 가져가라고 준 돈도 만 원짜리 한 장 빠지지 않고 고스란히 종이 띠에 묶인 채 맥주 봉지 옆에 놓여 있었다. 이상한 중의 괴이한 태도에 크게 켕기는 것이 있었는지 한 푼도 건드리지 않았던 것이다.

"도둑질하러 왔다가 자기 돈 털어 술 사 놓고 간 도둑은 아마 그놈이 처음일 게유."

공양주 남편이 오징어 다리를 씹으며 그렇게 말했다. 풋, 눈치를 보니 법운은 그 돈을 그에게 무마비 조로 주고는 다시 절로 들어와 사는 모양이었다.

외출에서 돌아온 법운과 늦도록 술을 마셨다. 이 절도 언제 떠나게 될지 모른다고 한다.

"차린 지 얼마나 됐다고?"

"글쎄, 끝나기 전에 다른 일이 기다리고 있는 것 같아. 절이랍시고 들어앉으니 아무 때나 찾아오는 신도 접견하느라 폼 잡고 앉아 있어야지, 돈 나와라 더 나와라 구성지게 염불해야지, 그림 그리랴 붓글씨 쓰랴, 동양철학도 해야지……."

기다리고 있다는 일이 궁금했지만 그가 얼버무리는 통에 사정을 알수 없었다.

다음 날 그가 서울까지 자기 차로 나를 태워 주었다. 법운은 정체 구간에서 사이드 브레이크를 채우더니,

"이 차 가질래?"

"능력 없는데……."

상당한 유혹이었다.

"뭐, 운전이라도 한번 해 볼까?"

법운이 빙긋이 웃으며 차 키를 넘겨주었다. 동부간선도로를 빠져나와 강변북로로 접어들었다. 집 방향을 내버려 두고 자유로로 들어갔다. 난지도를 지나 인젝션 스위치를 누르니 차는 가뿐하게 순간 가속을 한다. 속도계가 백삼십 킬로대를 왔다 갔다 해도 소음이 거의 들리지 않는다. 마치 팔십 킬로 정도를 달리는 것 같다. 요동도 느껴지지 않는다. 좋은 차다. 왠지 조바심 나는 갈증이, 마치 모든 곳에 기회가 널려 있고 조금만 더 가 보면 붙잡을 수 있을 것 같은 갈증이 가슴을 답답하게 했다. 한 이백오십 킬로까지 콱 밟아 버릴까 순간적으로 충동이 일기도 했다.

획 유턴해 버렸다. 하마터면 반대편 이 차선을 달려가고 있는 승용차 한 대와 충돌할 뻔했다. 운전사가 창문을 열고 한바탕 욕을 해 댔다. 몸이 출렁 넘어가긴 했지만 법운은 말없이 한 번 더 웃었다. 나는 속마음을 들킨 것 같아서 부끄럽기도 했다. 저무는 강물에 시선을 흘

려보낸 채 그는 가만히 앉아 있었다.

행주대교를 건너 차를 돌려 팔팔도로를 타고 양화대교를 건너왔다. 당산철교가 철거 중이었고, 겨울이 내습해 있었다. 갑자기 울컥 무언가가 북받쳐 올랐다.

"혹 죽을 날이 머지않아서 이 차를 주겠다는 거 아냐?"

"아니, 네가 이 장난감을 가지고 싶어 하는 것 같아서."

"장난감?"

집 근처에 차를 세우고 내렸다. 그는 한동안 운전석에 가만히 앉아 있더니 무슨 생각이 들었는지 차의 창문을 스르륵 내리며,

"하고 싶은 말 있나?"

"없어요."

법운은 잠시 생각에 잠기더니.

"혹 나를 꿈에서 보거든 언제나 이렇게 생각해라."

"어떻게요?"

"이 역시 흘러가는 강물이라고."

"……"

부우우웅─. 법운은 두 손을 이마 근처에 들어 올려 합장을 해 보이고는 곧장 사라져 버렸다.

그것이 내가 본 그의 마지막 모습이었다. 그는 한동안 토굴 생활을 하다가 몸에 병이 들어 다시 절간으로 돌아왔다고 한다. 그리고 죽기 몇 달 전부터 하루도 거르지 않고 예불을 드렸다고 한다. 그 모습은 진지하고 회한에 가득 차서 사람들을 절로 숙연케 했다. 나도 기억한

다. 충분히 그 모습을 그려 볼 수 있다. 절간의 여러 중에게서 그런 모습을 이따금 볼 수 있었던 것이다.

문아명자면삼도 견아형자득해탈(聞我名者免三道 見我形者得解脫)
내 이름을 듣는 이는 삼도의 고통을 면하게 하시고

하루는 예불을 하던 법운이 갑자기 소리 내어 울기 시작했다고 한다. 울음은 십여 분간 멈추지 않았다.

산문숙정절비우(山門肅靜絕悲憂)
산문은 고요하여 슬픔 근심 끊어지고

그 대목에 이르러 다시 법운이 흐느끼기 시작했다. 울음이 가라앉으면 목소리를 고르고 다시 목탁을 치기 시작했다.

준동함령등피안(蠢動含靈登彼岸)
꿈틀거리는 미물까지도 피안에 이르게 하시고

법운이 다시 어깨를 들썩이며 울기 시작했다. 아예 꺼이꺼이 목 놓아 통곡을 했다. 사람의 오장육부를 부르르 떨리게 하는 걷잡을 수 없는 오열이었다.

세세상행보살도(世世常行菩薩道)
세세상행에 항상 보살도를 행하여

구경원성살바야(究竟圓成薩婆若)
구경에는 일체종지 이루고

마하반야바라밀(摩訶般若波羅密)
큰 지혜 완성하여지이다.

법당에 있는 모든 사람이 눈시울을 적셨다고 한다. 떠나는 날까지
법운은 염불 삼매에 있었다고 했다. 그때마다 울고 또 울었다. 울다가
다시 목탁을 잡고 독경을 하고 울고 또 울었다. 그러면 보살이나 처사
를 비롯한 대중들도 덩달아 눈물을 훔치곤 했다. 말을 마친 공양주 보
살은 그가 정말 큰스님이었다며 눈시울을 닦았다. 보살의 남편도 눈자
위가 붉어졌다.
 "나는 본시 의심 암귀가 많유."
 그는 스님이 자신의 집착과 번뇌를 끊어 주려고 일부러 자기 마누라
를 욕보이는 척했을 거라고 말하기도 했다. 정말 그랬을까? 알 수 없다.
 나중에 알게 되었는데 법운은 죽기 얼마 전 마지막 여자에게 편지
와 선물을 보내기도 했다. 편지의 내용은 알 수 없었지만 그녀가 받은
것은 법운이 친히 쓴 두보의 시 한 구절이었다.

추수청무저(秋水清無底)

가을물 하도 맑아 바닥이 있는 줄 모를레라.

그녀의 시원한 눈동자가 11월의 푸른 하늘과 겹쳐졌다. 그 가없는 하늘 속으로 술에 취해 길바닥에 누우면 철수야, 영미야, 성호야, 금순아…… 누군가의 이름을 소리쳐 불러 대던 법운의 목소리가 메아리치는 듯했다. 그들이 누구였는지 불현듯 깨달아지는 것 같았다. 언젠가 그는 말했었다.

"범부는 번뇌를 현실적으로 일으키고 있지 않을 때라도 번뇌와 단절되어 있는 것은 아니지."

그렇게 번뇌를 어딘가에 파묻고 사는 이름 없는 장삼이사들이 어쩐지 가슴을 아프게 했던 것일까? 정작 자신은 깊이 파묻혀 있는 번뇌의 덩어리 몇 근은 빼놓고 저세상으로 갔을까? 이 땅에는 수많은 무명의 구도자들이 있다. 그들은 한 줌 잡초처럼 스러져 간다. 술에 무너지고, 여자에 무너지고, 도박이나 투기에 무너지고…… 번뇌에 무너지는 모습은 결코 아름답지 않다. 번뇌와 대결하는 모습도 결코 아름답지 않다. 고뇌하는 그 사람은 결코 '문학적'이지도 '철학적'이지도 않다. 그것은 어떻게 보면 더럽게 추잡한 세계로 굴러 떨어지는 것이다. 그것이 고뇌와 적나라하게 대결하는 진정한 방법이다. 자신을 완전히 까발리고 밑바닥까지 드러내도록 하는 것이다. 모든 악취, 모든 비열함, 모든 아집…… 왜냐하면 그것들도 인간성의 일부였으며, 이 '나'를 지탱해 왔기 때문이다. 그래서 나는 그를 사랑했었다. 그의 솔직함, 적나라

한 방식을 사랑했었다. 그리고 법운이 간 이후에 내 인생살이 또한 그와 결코 다르다고도 할 수 없었다. 몇 번이나 밑바닥으로, 진흙탕 속으로 굴러떨어졌던가…….

법운은 언젠가 이렇게 말했다.

"멀쩡한 놈들은 대부분 이미 망한 놈들이고 다 가짜야. 진짜는 말에서 내리지 않지. 어디든지 갈 데까지 가 보지. 진짜가 되는 건 무지 아프고 술도 많이 먹고 오바이트도 많이 하지. 그래도 넌 가짜가 되지 마라, 나중에 더 힘드니까 응? 하하하."

나무관세음보살.

합장.

3장
쿤달리니 보고서

"

삶 속으로 계속해서 들어가라.

어떠한 상황도 받아들이고

불꽃처럼 살아라.

진실은 살아남고 거짓은 흩어진다.

하지만 길 위에 멈춰 선 자에게는

아무 일도 일어나지 않을 것이다.

"

평범함과 비범함 사이의 여행자

영수와 '쿤달리니 백과사전'

후배 중에 생김새건 처세건 대체로 평범한 한 남자가 있었다. 성은 김, 이름은 영수. 이름도 평범하다. 오랫동안 아르바이트를 한 것이 자신의 특기라고 한다. 그런 것도 특기라면 특기다. 주로 어떤 일인데? 하고 물었더니,

"최근엔 밤일을 육 개월 동안 했습니다."

"밤일이라? 그럼 혹……?"

"설렁탕집 야간 홀 실장입니다."

하하하. 24시간 설렁탕집에서 철야조로 일했다는 말이 그런 식이었다. 영수는 부담이 없는 사람이었다. 생김새나 복장, 유머러스한 말솜씨, 매너, 모든 것이 그러했다. 그가 사용하는 아이디를 따라 사람들은 그를 흔히 '일상' 님이라고 불렀다.

영원한 소년 같은 밝은 미소와 유머를 잃지 않는 한 평범한 남자. 자신의 특별나지 않음을 특기로 바꾸고 그것을 언제든 삶의 즐거움으로 받아들이는 태도는 부러워할 만했다.

그는 여느 사람들과 달리 보이지 않지만 반대로 비범한 축에 속하는 많은 사람을 알고 있었다. 적어도 내가 한 번도 대해 보지 않았던 '평범하다고 할 수 없는' 많은 인사를 알고 있었다. 덕분에 나는 그를 통해 엄청 예쁘기까지 하다는 '깨달은 여자'는 몰라도 '깨달은 남자'를 만난 적도 있었다.

영수를 처음 대면한 날이다. 새벽 세 시까지 막걸리를 진창 마시면서 어떤 사람에 관한 이야기를 들려주었다. 우리나라에 쿤달리니에 관한 한 백과사전과도 같은 분이 있는데, 그 사람은 그 과정의 마지막 관문마저도 통과했단다. 쿤달리니란 우리 안에 깃들어 있는 우주적인 생명 에너지다. 이것이 회음부에서 시작해 그 위의 여섯 개의 에너지 센터를 통과한 뒤 마지막 정수리로 빠져나가면 대부분 대각을 이룬다고 한다.

아무튼 명상과 수행을 하는 사람에게는 쿤달리니가 지대한 관심사임에는 분명한데 그 현상의 장본인, 그것도 모든 과정을 통과한 사람이 있다는 것이다. 그런가 보다 하고 잊고 있다가 어느 날 영수와 함께 모처에 산다는 그를 찾아갔다. 호칭은 그냥 땅빛 선생이라고 하자.

그를 만나 어느 두부 요릿집에서 저녁을 먹은 뒤 주변 풍광이 좋은 호반 카페로 옮겨 얘기를 나눴다. 초등학교 학력이 전부라고 했는데 직업은 노동자, 당시의 나이는 마흔 정도였다. 자기의 학력이 낮은 이유는 전생에 인디언 전사였는데 그때 자연과 부족의 전승을 통해서 인간 세상의 지식을 배울 만큼 배웠기 때문이라고 했다. 유쾌하고 활기 넘치는 가운데 명상에 대한 많은 고견을 들었다. 영수는 많은 것을 얻어 가려는 심산인 듯 땅빛 선생에게 틈만 나면 개인적인 질문과 지도를 요청했다. 나는 당시 산골 명상원의 프로그램을 책임지고 있었다. 쿤달리니니 기니 하는 것에 명상 수행자들은 관심이 많아서 책이 아니라 경험으로 아는 분과 함께 명상캠프를 하고 싶다고 부탁하자 선생은 거절하였다. 공적인 자리에는 어울리지 않을 것 같다는 거였다.

'존재는 모든 면에서 풍요로운데, 어울리지 않은 자리에 끼어 보는 것도 그 풍요성을 만드는 것이 아닌가?' 하는 식으로 청에 청을 거듭하여 다음 캠프에 오겠다는 승낙을 받았다. 그러면서 명상에서의 부동심, 불퇴전(不退轉)의 용기와 자세에 대해 몇 차례 강조하였고, 산골 명상원의 시설 보수 문제로 조언을 구하자 실무 노동자답게 전문적인 용어를 써 가며 식견을 피력했다. 헤어지기가 못내 아쉬운 듯 시동을 꺼 놓은 차 안에 앉아서도 많은 얘기를 한다. 쿤달리니 현상에 관해서도 이야기를 들었다. 그것이 일어났을 때의 육체적인 현상, 그리고 그가 마지막 관문 앞에서 어떤 위기에 부딪혔으며 또 그것을 어떻게 통과했는가 등등. 나는 몇 가지 의문점이 떠올랐지만 그냥 흘려보내기로 했다. 자정이 훨씬 넘어 비를 뿌리는 고속도로를 질주하여 숙소에 돌아오니 딱 일 분 못 미치는 새벽 두 시였다.

막상 캠프가 열리는 날은 오전부터 계속 비가 쏟아졌다. 명상원에 묵고 있던 몇 사람마저 돌아가서 더욱 한산해 보였다. 점심시간 무렵 서울 반포에서 주부 한 분이 노란색 경차를 몰고 캠프에 찾아왔다. 그 것을 신호탄으로 뒤를 이어 예상 밖의 얼굴, 미지의 새로운 얼굴, 호기심과 시선을 끌어모으는 얼굴, 가족, 연인, 부부 등등 다양한 참가자들이 속속 도착하면서 마치 장막에 쌓여 있던 이번 캠프의 비밀이 하나 둘씩 드러나는 것 같았다. 철로가 파손되고 도로가 유실되는 강한 호우를 무릅쓰고 결국 예약 인원에 비해 서너 배 가까운 사람들이 도착하여 축제 분위기가 무르익었다. 훗날 어느 여자 분은 죽을 각오를 하고 그곳에 왔다고도 했다. 그만큼 쿤달리니에 관해, 깨달음을 성취한 각자(覺者)에 대해서 관심이 많았던 것이다.

영수는 장 보랴, 픽업하랴, 매너 좋게 방 배정하랴, 참가비는 꼭꼭 챙기랴, 고참 자원봉사자로서 노련미를 발휘하며 동분서주했다. 특별 강사로 초빙된 땅빛 선생이 프로그램 시작 이십여 분 전쯤에 제자 몇 명과 마침내 도착했다. 설마 이런 곳에 명상원이 있겠나 싶을 정도로 외진 산골이어서 찾아오는 데 어려움이 있었다고 했다.

명상원 원장과 사전에 인사를 나누는데 흥미로운 일이 발생했다. 땅빛 선생보다 열 살 이상 많은 원장은 나이와 관계없이 대뜸 '스승님'이란 호칭을 사용하여 다소 곤혹스러운 장면을 만들기 시작한다. 그러면서 당신에 관한 이야기를 들었다, 당신을 신뢰한다, 나는 당신을 스승으로 모실 모든 준비가 되어 있다, 앞에는 어둠 뒤에는 절벽……. 우리를 도와 달라고 한 것까지는 그런대로 넘어갈 수 있었다. 그러던 원장의 말투가 갑자기 단호해졌다. 오늘 정해진 프로그램 시간만 채우고 돌아간다면, 그런 사람은 필요 없다. 계속 남아 있던지, 당장 돌아가던지 양자택일을 제시한 것이다. 스승으로 모시겠다고 해 놓고선 억지를 쓰니 거의 쫓아내려는 심산인가?

땅빛 선생은 "스승 이전에 자기 자신에 귀의해야 하는 것 아닌가? 진정한 명상인이란 스승과 제자 게임을 파기하고 홀로 가야 하는 것 아닌가?" 하고 말했다. 쿤달리니니 깨달음이니 뭐니보다는 이벤트 자체, 축제 자체에 흥미를 느꼈던 나는 그런 상황이 당혹스러웠다. 선생이 그런대로 대처를 잘한 덕에 중재에 나서자 상황이 그럭저럭 마무리되고 마침내 넓은 명상홀로 그와 함께 올라갔다.

숨을 죽이고 그를 바라보는 많은 참가자에게 땅빛 선생이 이야기를 시작한다. 먼저 자신은 무식하고 평범한 시민임을 주지시키며 명상이란 자기 사랑이며 절대 긍정이라는 취지로 얘기를 풀어 나간다. 얼마나 사랑하면 보고 또 보고, 보고픈 그 님과의 사랑이 명상이라 하겠는가. 어떠한 경우에도 긍정적일 것, 절대 긍정을 통해서만 수행은 앞으로 나갈 수 있으며 그를 통해 새로운 변화가 일어남을 선생은 역설했다. 그날 땅빛 선생이 한 얘기를 요약해 보면 대충 이러하다.

버릴 것도, 두려워할 것도 없으며 문제를 만들고 있는 것은 사념 자체이며, 존재하려는 '욕망'의 현상학일 뿐이다. 그 사념 너머에, 의식에 대한 의식 너머에 무엇이 있는가?

생각하는 나가 되었든, 명상하다가 이런저런 높은 경지에 이른 누구로서의 높은 나가 되었든, 윤회하는 실체로서의 이러저러한 영혼이 되었든,

특정한 주체로서의 개별적인 영혼의 가능성, 영혼'들'이란 있을 수 없다. 오직 하나의 영혼만이 있을 뿐인데 이는 주시자와 주시되는 것으로서가 아닌, 주시 자체로서의 순수 의식, 유일 절대 불변, 편재만이 있다.

이런저런 모든 말, 수행이나 방편에 대한, 옳고 그름에 대한 모든 말, 지금 자기가 하고 있는 모든 말 등 일체의 말을 버려라……

뒤이어 질의응답 시간이 있었다. 수행 중에 일어나는 강렬한 성욕에 대하여. 윤회와 전생에 대하여. 주화입마, 마장(魔障), 귀신 씌움 등을 비롯하여 인간은 왜 태어나는가, 여자와 남자, 순수 욕망과 존재에의 욕망, 세속적인 욕망 등의 차이점은 무엇인가 등등의 물음이 이어졌다.

땅빛 선생은 즉석에서 비교적 명쾌하게 답변한다. 그중엔 도대체 무슨 애기를 하는지 알아듣기 힘든 요령부득의 질문자가 있어서 시간 초과를 알리는 종소리가 계속 울리는 가벼운 해프닝도 있었다. 난삽함이 극치에 이른 질문 내용을 눈살 한 번 찡그리지 않고 주의 깊게 끝까지 듣고 확인하여 대답하는 선생의 인내심이 기억에 남는다.

마침내 그날 일정이 모두 끝났고 땅빛 선생에 대한 다양한 의견이 나왔다. 편안한 사람이다, 이미 알 만한 사람은 아는 얘기다, 논란의 여지가 많은 불충분한 대답이다, 강한 감명과 내적인 도움을 받았다, 경지를 떠나 상황에 동요되지 않는 태도 명쾌하고 힘 있는 답변 지칠 줄 모르는 에너지가 인상적이다, 아니다, 말하는 도중에 다리를 떤다든지 하는 행동거지에서 깨달은 사람이라고는 믿을 수 없는 무의식적인 태도가 보였다, 명상 에너지 현상에 관한 설명에 주관적인 편협성이 들어 있다, 아예 포괄적이지도, 개별적이지도 않은 모호한 답변이다 등등……. 반응들엔 저마다의 해석이 담겨 있었다.

일부 참석자들이 다음 프로그램을 젖혀 두고 선생과 대화를 계속하기 위해 찻집에 모여든 가운데 한쪽에선 나눔과 축제의 시간이 벌어졌다. 그 열기가 너무 강해 원장이 자다 말고 깨어나 몇 번이나 통제를 시도했지만 효력이 없었다.

한편에선 선생을 둘러싸고 날이 밝도록 질의응답을 벌이는 사람들, 한편에선 축제 열기에 휩싸여 맘껏 억눌린 자유와 에너지를 발산하는 사람들, 결국 양자 모두 새벽의 끝까지 간다.

비는 부슬부슬 내리고, 먼저 잠을 청한 자에게는 내일을 위한 숙면이, 뒤늦게 돌아가는 자에게는 오늘을 이어 보고 싶은 시간이, 저마다 아쉬웠을 캠프 첫날이 그렇게 끝이 났다. 그 여파로 다음 날 새벽에 열리는 프로그램 참가자는 소수에 그쳤다. 비중 있는 다른 프로그램 하나도 취소되었다. 역시 비범한 사람의 힘과 파장은 무시할 수 없는 것인가? 하하하.

선생이 하룻밤을 꼬박 새운 뒤 거마비도 마다하고 아침에 돌아가자 남은 사람들은 삼삼오오 모여 이야기꽃을 피웠다. 열기가 대단해서 일요일인데도 자정이 넘어서야 서울로 떠나는 사람이 열 명 가까이 될 정도였다. 그렇게 모든 명상캠프를 통틀어 '쩡! 소리 나는 캠프'가 끝나고 얼마 되지 않아 영수도 그곳 생활을 정리하고 사회로 돌아갔다.

나는 그보다 몇 달 늦게 도시로 돌아갔다. 어느 날 우연히 강남의 한 카페에서 땅빛 선생 일행을 만났다. 상깃이란 산야신이 라이브 공연을 하는 작은 카페였는데 선생이 여제자들과 함께 앉아 있었다. 서로 반갑게 인사를 나눴다. 땅빛 선생이 이끄는 모임에도 참석했던 상깃도 무척 반가워했다. 하지만 나는 얼마 못 가 깽판을 놓기 시작한다.

다음 날 상깃은 내게 상종 못 할 인간이라고 심하게 핀잔했다. 술에 취한 내가 선생이든 다른 사람들이든 도대체 무슨 말을 하지 못하게 하는 바람에 선생도 안 되겠던지 갑자기 일어나 가 버렸다는 것이다.

그 후 영수와 만나 술을 한잔하는데 선생에 대한 얘기들이 화제로 올랐다. 선생을 소개한 건 그였지만 자신도 궁금한 게 많았던 모양이다. 그럴 수 있으리라. 평범한 이들은 비범한 이들에 대하여 많은 관심을 갖게 마련이다. 오히려 누구보다도 훨씬 더 많을지도 모를 일이다.

형 생각에는, 하면서 묻는 말이 땅빛 선생은 정말 자기 말처럼 신비로운 쿤달리니가 모두 열려서 뻥 뚫린 사람인가, 그래서 진짜 깨달은 사람인가 하는 것이었다. 서울에 와서 안 일이지만 웬만큼 명상이나 수행을 했다는 사람들은 그런 문제에 정말이지 관심들이 많았다.

나는 몇 가지 사적인 견해를 밝혔다. 나는 그냥 '그 사람'에 관심이 있었노라고. 처음 그를 찾아갔을 때 나는 인사만 하고 아무 말도 하지 않았다. 그런데 그는 거의 두 시간 동안 깨달음에 대해서, 구도와 명상에 대해서 얘기했다. 그런 질문은 하지도, 할 생각도 없었고, 그를 찾아온 목적도 말한 바 없는데 지레짐작으로 그렇게 말하는 것은 이상하지 않은가?

내가 강남 카페에서 깽판을 놓은 것은 이런 이유에서였다. 선생은 젊은 여제자들에게 법문을 하던 중이었다. 나와 인사를 나눈 뒤 자기 제자를 소개시키는데 첫마디가 "어디 어디 대학원 다니는 중이에요." 였다. 글쎄, 사람을 소개시켜 달라고 했더니 그 사람 학력부터 소개시키나? 이상했다. 그것도 어디 대학원생이라는 걸 강조라도 하듯 세 번씩이나 말한다. 난 초등학교 졸업이 전부인데 날 따라다니는 제자는 명문대 대학원생입니다ㅡ. 이런 얘기란 말인가?

비범한 사람들은 또 그렇게 평범한 것들에 대해서 관심이 많은가 보다. 아마 평범한 사람들보다 더 많을지도 모를 일이다. 이를테면 돈, 지위, 학식, 명예, 경력, 권위…… 땅빛 선생이 그렇다는 말은 아니다. 아무튼 그가 하는 얘기는 순수의식이니 유일한 주시자니 시종일관 도에 관한 것이었다. 그러니 자연 듣고 싶은 맘도 없고 따분함은 더해 가고 해서 딴지를 좀 걸었다고 했더니 영수는 짚이는 게 있는지 공감을 표했다.

하지만 무슨 상관이랴. 땅빛 선생이 진짜 깨달은 사람이라면 좋은 일 아닌가? 만약 그가 그렇지 않다면 그건 자기 일이다. 그를 받들든 말든 그건 그 사람들의 일이다. 무슨 문제가 있나? 어느 경우에도 너 자신과는 상관없는, 직접적인 관계가 없는 일 아닌가? 했더니 영수는 이번에도 고개를 끄덕였다.

그 몇 년 뒤 어떤 일 때문에 땅빛 선생과 만나고자 했으나 영 연락이 닿지 않았다. 어찌 되었건 그는 강남의 카페에서 일이 있기 전까지는 내게 무척 우호적이고 따뜻하게 대해 주었었다. 아무래도 안 되겠다 싶어 영수에게 전화했더니 매우 뜻밖의 소식이 들려왔다. 땅빛 선생이 여자 문제로 구설에 올라 이끌던 모임을 폐쇄하고 은신 중이라는 것이었다. 하하하. 땅빛 선생에게 놀랐다기보다는 영수의 그 빈틈없는 정보력에 감탄하고 말았다. 평범함과 비범함은 그렇게 맞물려 있나 보다.

잠시 영수 얘기를 좀 더 해 보기로 하자.

서울 생활로 다시 돌아간 얼마 뒤 영수는 한 여자를 알게 된다. 인사동에서 만나기로 한 친구와 같이 왔는데 처음엔 별로 관심이 가지 않았다. 지방에서 잠시 서울에 나들이차 온 여자였는데 나이는 영수보다 많은 데다 하는 일도 미술이니 퍼포먼스니 지방 예술계에선 나름대로 왕성한 활동을 하는 전위 예술인이었다. 파란만장한 삶의 곡절과 광기에 가까운 신기(神氣)를 지닌, 영수가 좀체 경험하지 못한 세계의 사람이었다. 술을 잔뜩 마시고 헤어졌는데 새벽 세 시쯤 그 여자가 몹시 보고 싶었다고 한다. 과음으로 몸이 엉망이었지만 차표를 끊어 그 여자가 있는 전주로 달려갔다. 그리고 마침내 그들은 서울에서 함께 살게 된다. 많은 사람이 그 여자와 후배가 결혼하는 것을 반대했다고 한다. 그중에는 스님도 있고, 유명한 예술가, 명상가라는 사람도 있었다. 아마 영수의 어머니 그리고 나 정도만이 찬성했을 것이다.

지금 영수는 무얼 하고 있는가? 그 여자와는 헤어졌다. 말은 하지 않았지만 상처깨나 받았을 것이다. 그리고 여전히 이 거대한 도시의 한구석에서 열심히 살아가고 있다. 나는 그를 통해 또 다른 기인들을 만나기도 했지만 그와의 만남은 늘 일상적인 그런 기분의 만남이어서 특별한 어떤 날은 기억해 낼 수 없을 정도다. 하지만 한 평범한 남자가 여전히 미지에 찬 생의 여로와 뒤안길들을 어떻게 통과하고 있는가를 한동안 지켜보니 상당히 극적인 요소가 많았다.

평범한 사람들은 비범한 사람들의 삶에 자극받아 흔들리곤 한다. 하지만 비범한 사람들은 왕왕 평범한 삶에 의해 무너지곤 한다. 비범할 것을 끝없이 요구하는 이 도시 속에서 우리 대부분은 비범한 자들의 지옥을 거쳐 평범한 것들의 세계로 다시 돌아오고 마는 그런 여행자들이다.

그렇지만, 평범하거나 비범한 특정 부류의 삶이 있는 게 아니라 진정으로 살아 있거나 죽은 그런 삶이 있을 뿐이라고 말해야 옳으리라. 진실한 삶과 거짓된 삶, 그런 삶이 있을 뿐이라고 해야 옳으리라.

땅빛 선생은 지금은 어떤 모습을 하고 있을까? 그를 다시 만나게 될지 영 못 만나게 될지 잘 모르겠다. 만나더라도 내가 또 깽판을 칠지 어떨지도 잘 모르겠다. 어찌 됐건 서로가 크게 웃으며 술 한잔 나눌 수 있으리라. 그와 나의 가슴은, 모든 가슴들은 서로 다르지 않으니 말이다.

쿤달리니 수행자에 관한 보고서

밀교 수행자

대각(大覺)을 한다는 건 어떤 것일까? 죽어라 도를 닦고 있는데 궁극적인 진리의 비전이 휘익! 순간적으로, 한꺼번에 쏟아져 들어와서 그리되는 건가? 아니면 하나님의 은총이나 성령 같은 것이, 보이지 않는 신이나 영의 지혜가 어느 날 내 안에 빛처럼 쏟아져 들어오는 것인가? 해 보질 않았으니 알 수가 있나?

아무튼 명상을 하고 깨달음에 관심이 있는 이들은 대부분 그런 식으로 생각하지는 않는 것 같다. 앞에도 언급했지만 쿤달리니 에너지란 게 있다. 요가 수련서나 기타 명상 서적을 읽다 보면 자연히 알게 되는 말이다. 명상 모임에 갔다가 전혀 그렇지 않을 것 같은 사람들이 쿤달리니나 차크라 에너지에 대해서 비상한 관심이 있다는 것을 알고는 놀란 적이 있었다. 이를테면 '아, 나한텐 언제 쿤달리니가 일어나나?' 하는 식의 얘기가 자연스레 흘러나온다. 요가를 비롯한 수많은 명상법은 이 에너지를 일깨우는 것이 절실한 목표로 되어 있다.

서구의 한 심리학자에 따르면 이것은 정신 심령 에너지의 한 형태로서 '의식 에너지'라고 한다. 척추 밑에 잠자고 있던 이 에너지가 활성화되면 보통 일곱 개의 에너지 센터를 통과하게 되는데 정수리에 그 마지막 종착지, 우주적인 의식의 자리가 있다고도 한다. 거기까지 모두 경험한 사람은 구십 퍼센트 가까이가 궁극적 깨달음이라고 불리는 것, 사마디(samādhi, 삼매三昧), 인간이 도달할 수 있는 최종적인 개화를 성취하게 된다는 것이다.

이 에너지가 활성화되기 위해선 수많은 생에 걸쳐 수련을 해야 된다는 말도 있지만, 한 임상 관찰에 의하면 서구의 정신병원 환자 중 많게는 팔십 퍼센트가 이와 관련된 증상으로 억울하게 수용되어 있다고도 한다. 우리나라 정신병원 사정은 어떨까? 누군가 조사를 해 본다면 재미있는 결과가 나오지 않을까?

나로선 더욱 알 길이 없는 노릇이다. 아무튼 많은 이들이 알게 모르게 이와 관련된 정신병을 앓거나 이 에너지를 각성시키기 위해 노력하고 있는 것이다. 동양과 서양의 접목을 시도하며 인간성의 다른 차원을 탐구하는 과학자나 일반인에게도 중요한 문제임에는 분명한데 직접 명상을 하고 명상 계통의 일을 하면서 나는 쿤달리니와 관계된 이런저런 사람을 만나곤 하였다. 그런 말들은 전혀 몰라서 심심하기만 할 독자들은 그저 우주와 연결된 생명 에너지 정도로만 생각해 두자. 지금부터 말하는 사람은 그 방면의 수행과 깊은 관련이 있는, 나와의 인연이 꽤 오래된 친구다.

그는 내가 명상의 명 자가 뭔지도 모르던 시절 우연히 알게 된 사람이었다. 나는 그에게 일어난 비상한 상황을 곁에서 직접 보게 되는 행운을 얻었다. 당시엔 그에게 일어난 일이 무엇인지 전혀 알 수 없었다. 나중에 이런저런 책을 뒤지다가 그것이 쿤달리니 폭발과 관계된 거라고 짐작하게 되었다. 그 이후로 몇 년에 한 번씩 그를 만나곤 했다. 그가 대체로 명상 얘기하는 걸 좋아하지 않아서 그저 술을 몇 잔 걸치고 세상살이 이야기를 나누었을 뿐이다. 자신 또한 길을 가는 사람일 뿐 할 얘기가 없다는 것이었다.

그는 자신이 마지막 관문을 통과한 것은 아니라는 점을 분명히 해두었는데 나는 바로 그 점이 흥미로웠다. 최초의 에너지 폭발 이후 그가 어떤 변화를 겪었으며 무슨 일이 일어나고 있는지에 대해서. 그는 이렇게 말했다.

"알아서 생각하시게. 당신이나 나나 다를 바가 뭐가 있나?"

"당신은 어쨌든 축복받은 사람이다. 정말 나와 처지가 같다고 생각하나?"

"글쎄, 나는 당신만큼 행복한 인간이다. 그리고 당신만큼 불행한 인간이다. 그밖에는 달리 할 말이 없다."

"예전에 당신이 '꽃사슴 잡으러 산에 갔다가 사자를 만났더라. 돌아올 수 없는 길, 혼자인 줄 몰라라.' 그렇게 말했던 것이 기억난다. 무슨 뜻이었나?"

"인간의 마음 혹은 의식의 밀림 그 깊은 곳에는 우리를 한순간에

삼켜 버리는 사자가 산다. 사람들이 마음의 세계를 깊이 탐구하거나 명상 같은 것을 하면서 자기 자신 속으로 들어가기 시작할 때 그 속에서 아름다운 사슴 한 마리를 붙잡고 나와 버리려고 하지만, 그러면 만족스러울 것 같지만 실은 그렇게 될 수가 없다. 산이 깊어지는데 그 속에 어찌 사슴만 살겠나? 사나운 늑대도 있고 그보다 더 무서운 사자도 있고. 나는 아직 늑대 정도한테 물린 것에 불과하다."

"명상이 일종의 진정제는 아니라는 뜻 같다. 그런가?"

"부분적으로는 맞다. 호기심이 아닌 탐구, 자기 자신이 된다는 일은 그렇게 어설픈 일은 아니다. 적당한 지점에 멈춰 서서 타협할 수 있는 일은 아니다."

"늑대는 무엇이고 사자는 무엇인가?"

"늑대든 사자든 우리가 있는 세상에서 저 너머가 있다는 것을 알기는 어렵다. 우리는 다 같이 모르기 때문에 이것이 맞다 아니다, 서로 티격태격하는 것이다. 그것이 설령 아주 작고 사소한 것일지라도 자신이 정말 경험으로 알고 있는 것은 남들에게 전해 주기 어렵다.

그런데 마음 밖의 세계나 일상과 상식의 차원을 넘어선 경험에 대해서 누군가 그것을 말로 전해 줄 수 있겠는가? 착각하지 마라. 나는 진짜 모른다. 아는 자는 말이 없다."

"하지만 당신은 모른다면서도 사자라는 말을 썼다. 무슨 뜻으로 한 건가?"

약간 말장난 같았는지 그가 웃더니,

"불가지의 것이 존재한다고 말하지 마라. 그것들의 존재야말로 아마 우리가 가장 원했던 그것이다. 하지만 내 마음에 남아 있는 욕망의 찌꺼기들과 두려움이 문제였다. 그러면서도 화살은 이미 내 시위에서 벗어나 있었다. 그것이 어디로 갈지, 내 인생을 어떻게 통제할지 나는 알 수 없었다. 하지만 나는 과거로 돌아갈 수도, 돌아가고 싶은 마음도 전혀 없다."

"늑대란 당신에게 쿤달리니 현상 같은 것이 일어난 것을 뜻하기도 하나?"

"그렇다. 꼭 그런 것은 아니라도 명상이나 수행을 하다 보면 어떤 일이든 일어나기 마련이다. 당신도 그렇지 않나?

쿤달리니든 소주천(小周天), 대주천(大周天), 환정보뇌(還精補腦)든 그것이 어떤 신호야 되겠지만 그 자체에 매달리는 것은 멍청한 일이다. 사람들은 그것들을 신비하게 생각하는 것 같은데 원래 누구나 있는 것 아닌가?"

"당신이야 그런 일을 경험했으니까 그렇게 얘기할 수 있지만 대부분은 그렇지도 못하다."

"내가 보기에 쿤달리니 속에 특별히 영적인 것이란 없다. 실은 영적인 것이란 도무지 없다. 무엇이 영적인 것이고 무엇이 그렇지 않은 것인지 나로선 모르겠다.

많은 성자의 말과 경전들이 있다. 깨달음이니 진아니 영적이니 그것들은 또 다른 환각일 뿐이다. 누군가 아무리 그것들을 많이 알고 있다 하더라도 그는 아무것도 불태우지 않은 것이다. 인생의 수많은 일과 실패야말로 도이고 수행인데 어쩌란 말인가? 대체로 우리가 영적인 각성이라 부르는 것도 우리가 선택할 수 있는 의식적인 진화라기보다는 그러한 선택 자체가 인간에게 강제된 경우가 대부분이다. 물론 그 스펙트럼의 어떤 국면도 다 자연스러운 일이긴 하지만 그 스펙트럼, 그 진화 자체도 뛰어넘은 어떤 곳에 궁극의 진리가 있지 않은가. 영적이든 무엇이든 어딘가에 도달하기 위해 애를 쓰기보다는 먼저 이 삶 자체 속으로 깊이, 더욱더 깊이 들어가야 한다."

"삶 자체를 능가하는 에너지는 없다는 뜻도 되는가?"

"나는 오히려 이 인생보다 신비한 에너지는 없다고 말하고 싶다. 또 쿤달리니란 먼저 어떤 신령스러운 별개의 힘이라기보다는 인간 현실의 진상, 그 상징이기도 하다고 말하겠다.

물론 대부분의 쿤달리니는 잠들어 있다. 대부분의 사람이 잠들어 있는 것이다. 그것이 일단 각성되면 그 에너지는 계속해서 위를 향해 상승한다. 어느 센터에서 막히게 되면 온 힘을 모아 장벽을 해소하고 다시 위의 지점으로 나간다. 올바른 인생 역시 그렇다고 생각한다. 그것은 멈춰 있지 않으며 계속해서 깊어져 간다. 그것은 매일매일 새롭고 매일매일 변화한다. 그것은 당위나 목표가 아니라 삶의 에너지가 가진 현상 자체다."

"하지만 잠들어 있는데도 자신은 깨어 있다고 믿는 사람들이 많다."

"자기기만은 삶의 전형적인, 그리고 아주 오래된 방법이다. 비난하거나 혐오하거나 가책할 필요는 없다. 어쨌든 많은 사람이 자신에게 쿤달리니 현상을 강요하고 조작해 내듯 대부분은 자신의 삶을 기만하고 있다. 기껏해야, 조직의 목표, 게임의 목표에 지나지 않는 것, 외부로부터 주어지고 강요된 목표를 위해 일생을 허비하며 위로한다. 그런데 진정한 일은 내면에서 일단 일어나면 절대 꺼지지 않는다."

"진정한 일? 어떤 일 말인가?"

"흠, 봄이 오면 풀은 스스로 푸르네, 그런 일이다."

"좀 어렵다."

"우리가 흔히 나의 어떤 것이 죽어 갈 때 '내면에서 빛이 나타난다.' 라는 표현을 쓰곤 한다. 그런데 이 빛이란 단순히 정신적이거나 문학적인 표현이 아니라 말 그대로 진짜 빛이다. 그 내면의 빛이란 우리가 빛이라고 알고 있는 범주를 넘어 있지만 진짜 빛이다.

그것은 온통 빛이고, 온통 하얗고, 온통 그것이며, 눈부시게 맑고 금강석처럼 단단하며 번쩍거린다. 그 빛, 아니면 어떤 불꽃을 단 한순간이라도 일별하는 것, 그런 경험을 의미한다.

그것은 다음 생에서도 타오른다. 쿤달리니가 되었든 다른 무엇이 되었든 모든 것은 이 삶 속에 있는데 일단 잠에 빠진 자신을 깨우지 않으면 안 된다."

그는 '시작'이라는 말을 무척 강조하는 듯이 보였다. 어디선가 시작을 해야 한다. 어디선가 잠들어 있는 자신을 깨워야 한다. 그러면 그다음의 일들이 계속해서 일어난다…….

"그런 의미에서 명상이나 수행을 하는 것은 아주 효과적이다. 길거리에 지나가는 아무나 붙잡아 대신하게 해도 역시 똑같은 모양이 되는 그런 삶, 물건처럼 대체할 수 있는 삶에서 마침내 자신만의 역사라고 할 만한 것이, 각본 없는 드라마가 시작되는 것이다. 먼저 깨어나야 한다는 것, 어디선가 시작해야 한다는 것, 그것이 과거에 붙들린 자신을 바꾸고 독특한 자기 색깔의 삶이 열리기 위한, 꿈에도 상상할 수 없었던 새로운 에너지가 일어나기 위한 첫 번째 조건이라고 생각한다."

"좀 구체적으로 얘기해 달라. 쿤달리니 에너지에 관한 많은 책과 체험기가 있는데 그에 대해선 어떻게 생각하나?"

"나도 끝까지 가 본 것은 아니므로 단정적으로 말할 수 없다. 부정확한 얘기들이 많았다. 여기저기서 빌리고 짜깁기한 얘기들, 공상과학소설들……"

"예를 들면?"

"음, 신지학 같은 것이 그랬다. 그들 자신도 모르고 하는 것 같은 중요한 얘기들도 있지만 명상에 관한 한 신지학 대가들이란 대개 믿을 수 없는 사람들이었다. 기독교적 조건화 때문인가?

리드비터(C. W. Leadbeater)만 하더라도 자기가 무슨 대마스터의 지도 아래 쿤달리니를 사십 며칠 만에 완성했다며 소위 전문가들을 상대로 공갈을 푼다. 또 자기가 전생에 그리스 신비학회 일원이었는데 전생 투시를 통해서 그때의 지식들을 일러 주노라 이런 식으로 떠드는데, 내가 듣기엔 모두 거짓말이다. 크리슈나무르티가 득도를 하기 전에 겪었던 현상들에 대해 신지학회 회장인 애니 베전트(Annie Besant)건 리드비터건 꿔다 놓은 보릿자루처럼 멍청히 있기만 했었다. 그 많은 지식으로도 왜 크리슈나무르티가 저러고 있는지 한마디도 설명할 수 없었다.(이는 오래전 번역된 크리슈나무르티 전기에 보면 나오는 내용이라 한다.)

우리나라에도 무책임한 사람 많다. 쿤달리니 체험은 물론 명상으로
할 수 있는 모든 체험은 자기가 다 해 본 것처럼 책에 써 놓은 사람도
있던데 무책임하다는 생각이 들었다. 모르는 것에 관해서는 다들 그렇
지 않나? 내 경험으론 비의적인 것에 관한 한 오쇼만 한 인물이 없다.
그는 많은 도움이 되었다."

"그렇게 말하는 당신도 신뢰할 수 없는 부류에 들어갈 수 있다."

그가 웃었다.

"자신이 경험한 것 이외엔 아무것도 믿지 마라. 체험이나 자기 과거
에 대해서 이랬었다 저랬었다 아무리 떠들어 봐야, 그것이 신비적 체
험이든 아니든 하나의 허상에 의해 재정의되고 조립되고 있는 허상의
파편들일 뿐이다. 어떤 경험이 있었다면 그냥 입을 다무는 게 좋다. 그리
고 스스로가 침묵하지 않는 경험이라면 그다지 중요한 경험도 아니다."

"아까, '꿈에도 상상할 수 없었던 에너지'라고 말했다. 그에 관한 당
신의 경험에 대해서 말해 달라."

"어떤 경험 말인가? 그것 자체도 꿈이고, 묻는 당신도 듣고 있는 나
도 또한 꿈이 아닌가? 잠시 나타났다가 사라질 덧없는 꿈."

여기서 좀 장황하긴 하지만 그와의 이상한 인연에 대해 잠시 짚고
넘어가자. 88올림픽이 열리던 해이거나 그다음 해 여름이었던 것으로
기억된다. 강화도의 한 선착장에서 배를 타고 들어가는 석모도 보문사
에 바람을 쐬러 갔다가 그만 배를 놓치고 말았다. 그곳 어시장의 한 술
집에서 독작을 하다가 비슷한 처지의 한 무리의 사람들과 합석을 하

게 되었고, 어쩌다 보니 금세 친해졌다. 호탕은 하지만 속기나 뺑이 심해서 술기운이 아니라면 잘 섞이지 않을 사람들이었다. 그중 한 사내가 눈길을 끌었다. 더벅머리 때문에 나이를 알 수 없었는데 주변 사람들이 그를 어렵게 대하는 것도 그렇고 나는 그가 처음엔 만행 중인 스님인 줄 알았다.

"어디 계십니까?" 하고 공손히 물으니 "서울 삽니다." 한다.

"서울 어느 절에 계시는데요?"

"난 그냥 보통 사람입니다."

평이한 대답에 호기심이 생겨 더 물었다.

"가장 큰 고민이 무엇입니까?"

"고민이랄 게 없습니다."

"무슨 생각 하십니까?"

"생각 별로 안 합니다."

"문제는요?"

"문제도 없고 궁금한 것도 없고 그래요."

술기운이 사람 잡는다고 내가 계속해서 물었다. 왠지 가방끈도 길고 공부도 많이 한 듯 보여서, "본인이 생각하시기에 자신의 그릇 크기가 어떻다고 생각하십니까?" 하니 "생각해 본 적 없어요."라는 대답이 돌아온다.

그쯤 해서 그와 같이 있던 사람들이 어디 좋은 데(색싯집 같은 곳)를 간다며 우르르 몰려 나갔다. 나도 따라가고 싶었지만 마침 돈이 없었다. 자리에 남아 "왜 저런 사람들과 어울리시죠? 아무리 봐도 아닌 것 같은데?" 하니 "그런 말이 무슨 뜻인지 모릅니다." 했다.

묘하게 정이 가는 사내였다. 둘만 남게 되자 마치 오랜만에 만난 옛 친구나 선후배 사이 같았다. 그도 술이 거나하게 돌자 점차 말수가 늘어나기 시작했다.

그는 언제부터인가 고리를 찾기가 힘들었다고 말했었다. 그것뿐이었다. 다음 해 그다음 해도 그렇게 지나갔다. 그리고 그것에서 벗어날 수 없었다고 한다. 예전에 지녔던 목표들이란 쓰레기통에 잘게 찢어 버린 서류 뭉치를 되살리는 것처럼 번거로운 일이었고 아무리 찾고 싶어도 다시는 찾을 수 없는 그런 일이 되어 있었다.

무언가 잘못되지 않았을까? 그런 생각조차 할 수 없었다고 말했다. 대신에 어떤 진공 상태가 있었다. 참 아무 말도 하지 못하게 하는 그런 진공 상태. 자신과의 어떤 관계라고 할 만한 것으로 들어갈 수가 없었다. 그렇더라도 뭐가 잘못되었다는 생각도 들지 않고, 자신에게 절망하고 있었던 것도 아니었다고 한다.

그러면 무엇이었을까? 그는 말하지 않았지만 나는 왠지 착잡해져서 계속해서 술을 퍼마셨다. 한때는 그의 전부였던, 그의 영혼 깊은 곳을 얼어붙게 하거나 뜨겁게 했던 사랑을 잃은 고통 뒤에 오는, 혹은 당초에 그의 목표였던 것을 완전히 박탈당한 뒤의 슬픔 끝에도 찾아오는, 아주 깊은 고통 뒤에도 영혼이 파멸하지 않고 언젠가는 빛처럼 환하게 웃음 지으며 사랑을 보내는 그런 것. 그런 걸 맘속에 품고 있었단 말인가?

아무튼 사내는 아무리 생각하고 따져 본들 자기 자신은 절망을 한다든지 무언가 새로운 것을 찾는다든지 했던 것도 아니었다고 한다. 그냥 '관계'라는 걸 세울 수가 없을 뿐이었다고 한다. 그래서 어느 날 명상이란 걸 해 보았다고 한다. 생각지도 못한 어떤 일이 일어났다. 그는 그것이 무엇인지는 잘 설명하지 못했다.

"당신도 일단 앉아. 그냥 죽었다치고 앉아."

그렇게 나에게도 명상을 권했다. 움직이면 죽는다. 쿨쿨 자고 있는데 집 안 가득 불길이 치솟는다. 눈 똑바로 뜨고 죽기 아니면 살기로 앉아 보라는 것이다. 잿빛 사고에 익숙한 사람들에게 정말이지 뜬금없는 얘기일 것이다. 하지만 나는 당시에 남모르게 명상을 해 보고 있었고, 그 몇 달 전에도 명상처(處)를 찾는답시고 여기저기 돌아다닌 적도 있어서 사내와 나는 한층 친해졌다. 어떻게 여인숙에 들어갔는지 모를 정도로 엄청나게 술을 마셨다. 그도 나도 담요와 요 위에 노란 물이 나올 때까지 토사물을 쏟아 냈다.

다음 날이다. 정오쯤 되어 이상한 일이 벌어졌다. 전등사에 들렀다가 버스 터미널로 가는 중이었다. 맑게 갠 허공을 번쩍번쩍 비추고 있는 햇볕은 투명하고 섬세한 금속질의 광택을 머금고 솜사탕처럼 몸에 감겨들었다. 꽃들과 나무들은 자기 앞을 스쳐 가는 사람들에게 얘기를 건넬 듯 말 듯했다. 그리고 그는 창백한 얼굴로 '안 되겠는데, 안 되겠는데……' 하고 중얼거리며 몇 번인가 잠시 멈추다 말다 하면서 나를 뒤따오고 있었다.

같은 버스에 올라타서 그를 보니 안색이 몹시 창백했고 이마에는 식은땀을 흘리고 있었다. 버스가 출발하여 열어 놓은 창문 사이로 시원한 바람을 맞고 있는데, 건너편 좌석에 따로 앉은 그가 갑자기 작은 경련을 일으켰다.

"어?"

그는 무언가에 사로잡혀 약간 당황해하는 듯했다. 내가 다가가 부축하려 하자 버스에서 당장 내리자고 했다. 나는 그가 구토라도 하는 줄 알고 급히 버스를 세웠다.

어느 한가한 시골 마을 정류소에 내리자마자 그는,

"힘센 뱀들이 배 속에서 목구멍 위로, 머리로 기를 쓰고 올라오는 것 같아."

하고는 바로 자리에 앉아 가부좌를 틀었다. 눈을 지그시 감았다가 다시 뜨는데 한순간 섬뜩한 안광이 쏟아져 나온다. 이내 눈을 감고 허리를 곧게 펴며 자세를 바로 한다. 삼 분여 정도의 시간이 지났을까? 나는 그가 갑자기 간질 발작이라도 일으키는 줄 알았다. 너무 갑작스레 일어났다. 아니, 어느 순간부터 시간의 흐름이 끊어져 버렸다. 그의 숨소리가 차츰 거칠어지더니 사람의 그것이라고는 믿어지지 않을 만큼 곧장 격렬하게 변했다. 사지가 뒤틀리듯 경련을 일으키며 얼굴이 이상하게 일그러져 갔다. 엄청난 전압이 그의 몸에 흐르고 있는 것 같았다.

괴물. 미친 주술사 같은, 발광하는 것 같은 숨소리, 억센 힘이 온몸을 조이고 있는 듯 부들부들 떨리는 사지와 몸체, 심장의 피가 혈관을 뛰쳐나와 마구 흐르고 뒤집히는 듯 불끈거리는 핏줄들, 시시각각 변해 가는 안면의 근육들. 사람의 얼굴이 그렇게 많이 변해 갈 수 있을까?

그러다가 그의 경련이 조금씩 잦아들었다. 거의 본능적으로 자세를 고정하며 지그시 눈을 감은 채 꼼짝도 하지 않는다. 이따금 굉장한 황홀경이 온몸에 스쳐 가는 듯한 표정. 고요.

얼마나 시간이 흘렀을까? 깨어난 그는 두 손으로 얼굴을 가린 채 햇살이 흥건히 흐르는 길바닥에 한동안 앉아 있었다. 이상한 침묵이 주변에 흐르고 있었고 나도 말없이 두어 시간가량 그 옆에 앉아 있었다.

그가 일어나 비틀거리며 말없이 걸어갔다. 다시 여인숙엘 들어갔다. 그는 곧바로 자리에 누운 채 일어나지 않았다. 마치 임종을 준비하는 사람처럼 보였다. 가부좌를 했던 그의 두 다리에는 불에 그을린 듯 거무스레한 반점이 누룽지 조각만 한 크기로 군데군데 퍼져 있었다. 그리고는 하루 반나절 동안 내내 누워 있기만 했다. 나는 몹시 당황스러웠고 머릿속에는 별의별 생각들이 스쳐 지나갔다. 이상 시인의 어떤 글에 보면 죽기 전에 얼굴에서 하얀 열이 나오다가 그냥 사망해 버렸다는 사람의 얘기가 나온다. 그가 그런 경우가 아닐까? 죽으면 어쩌나 등등.

그것이 내가 목도한 쿤달리니 에너지의 폭발 현상이었다. 요가 행자들이 말하듯이 그것이 인간의 개화를 위한 신비주의적 과정인지 생리학이나 기타 과학으로 규명할 수 있는 현상인지는 알 수 없다. 아무튼 그때의 경험으로 인해 나는 본격적으로 수행에 관한 책들을 뒤져 보게 되었다.

"그때 당신에게 일어난 일은 쿤달리니 폭발 같은 것인가?"

"그렇다. 그러나 모두가 열린 건 아니었다. 머리 꼭대기까지는 아니고 네 번의 폭발이 있었다. 그것들이 정확히 어느 센터인지는 나도 모른다. 모든 것이 내가 전혀 모르고 있는 상태에서 일어났다."

나중에 읽게 되었지만, 오쇼도 어느 책에선가 최초의 본격적인 쿤달리니 폭발은 네 번에 걸쳐, 제4신체까지 열린다는 것을 의미한다고 했다.

"그 상황을 구체적으로 얘기해 줄 수 있나?"

"그것은 전혀 예측 불가능한 상황이었다. 나는 명상을 한 지 일 년도 되지 않았었다. 차크라니 쿤달리니란 말도 전혀 들어 본 적도 없었는데, 나중에 책을 보고 알게 되었다. 전등사에 있을 때 왠지 참선을 하고 싶다는 생각이 자꾸 들었다. 계속해서 속이 울렁거리는데 그 정도가 심해져 갔다. 심지어 버스 안에서는 갑자기 알 수 없는 뱀 대가리 같은 힘이 아래서부터 목구멍까지 치밀어 올랐다. 토할 것만 같았다. 그렇지 않아도 전날 마신 술 때문에 구토할 지경이었는데 거의 미칠 것 같았다. 버스에서 내리자마자 몸 어디선가 우우웅- 하는 소리가 들렸다.

황급히 자리에 앉자 엄청난 전압이 순식간에 몸 안에서 소용돌이치더니 어느 순간 팍! 하면서 안에 있던 어떤 막이 터지는 것 같았다. 책에서는 물라다라 차크라, 즉 회음부 쪽에서 시작되는 것으로 나와 있지만 나는 다리 하반신에서부터 시작되는 것 같은 느낌을 받았다. 그리고 그 강압적인 전기 회오리가 더욱 진동음을 내며 위로 올라가더니 회음부, 복부, 가슴 부위에서 팍! 팍! 팍! 모두 네 차례의 파열음을 내며 폭발했다. 회오리는 가슴 부위에 이르러 더 이상은 올라가지 않았다. 그리고 엄청난 전압 같은 힘이 나를 꼼짝 못 하게 붙잡아 맸다.

그러고는 나도 모르게 거친 호흡, 내가 통제할 수 없는 거친 호흡이 일어났다. 그렇게 하는 수밖에 없었고 이대로 죽을지 모른다는 두려움이 밀려왔다. 그래서 나는 사람들이 꾸준히 명상을 하면서 마음의 공포와 두려움을 걸러 내야 한다고 말하고 싶다. 내 경험으로는 쿤달리니 폭발은 내가 준비를 하고 있을 때, 최적의 상태가 되었을 때 오는 게 아니다. 불시의 상황에 막무가내로 덮친다. 시간이 어떻게 지났는지는 모르지만 그 사이 몇 가지 일이 일어났는데 순서는 정확히 기억 못 하겠다."

"어떤 일이었나?"

"당시엔 엄청난 멀미가 일어나서 몹시 힘들었다. 그 와중에도 생전 처음 경험하는 황홀경 또 죽음에 대한 공포, 그런 것들이다. 어느 것이 먼저고 나중인지는 기억나지 않는다. 황홀경 속에서 잠깐이긴 하지만 나 자신을 함허 선사(조선시대 고승)나 예수와 동일시했다. 때로는 선사, 때로는 예수의 재림이라는 환각이 생겼다. 그건 좀 이상한 일이다. 나는 기독교인도 아니고 오히려 교회를 싫어했다. 함허 선사는 중국인인지 한국인인지조차 모르고 있었다. 왜 우리가 전등사인지 어딘지 갔을 때 함허 선사의 행장기가 적힌 비문을 보지 않았나? 그때 무의식 속에 저장되었던 것 같다."

"니체는 어떤 책에서 예수가 말한 부활이란 개념, 혹은 신의 아들이란 선언이 그 사실적인 의미에서보다는 전체적인 심리적 변용의 감각에 대한 다른 이름, 존재적 전환의 극적 감정에 대한 표현이라고 한 것이 생각난다. 혹은 지복의 상태에서 나오는 표현이라고 했던 것도 같다. 또 심리학 용어 중에 그리스도 환상 혹은 메시아 환상이라는 개념도 있다. 그런 환상은 수행하는 사람들 사이에도 마지막 입구에 들어가면서 종종 일어난다는 말을 들었다. 예수나 그 비슷한 어떤 사람과 자신을 동일시하는 환상에 빠져 있었던 것 같은데?"

그가 미소를 띠며,

"좌우지간 당신은 아는 게 많구나. 맞다. 나는 육체적으로 힘든 상황 속에서도 지복의 감정에 근접한 어떤 상태에 올랐다. 그것은 너무 황홀해서 나의 과거는 사라지고 신의 아들과 같은 무한성의 감정에 도달했다. 확실히 잠깐이나마 그런 환상에 빠져 있었다. 하지만 유감스럽게도 마지막 입구에서 생기는 환상은 아니었다.

대단히 강렬한 죽음에 대한 공포도 있었다. 너무나 강렬한 어떤 유혹과 극도의 위기감, 자칫 오랜 생 동안 돌아올 수 없는 미망의 세계로 빠져들 것 같은 위기감 사이에서 쉴 새 없이 요동치는 것 같았다. 그리고 곧 죽음과 같은 무엇이 찾아왔다. 그것은 너무나 거대해서 그 속에 빠지는 순간 그 즉시 나의 모든 존재는 이 세상에서 사라질 것만 같았다. 그때 나는 필사적으로 누군가의 이름을 부르고 있었다. 나를 도와줘. 나를 구해 줘. 나를 세상으로 돌려보내 줘."

"누구였는가?"

그가 껄껄 웃으며,

"그건 바로 당신이었어."

"오, 저런……! 하긴 그때 당신 주변에는 나밖에 없었으니 그럴 만도 하겠다. 물에 빠진 사람 지푸라기라도 잡는 심정이었겠군."

"그럴 것이다. 아마 전생에 우리는 친구였는지 모르겠다. 마음속으로 필사적으로 불렀다. 오오- 이대로 놔두다가는 전신이 까맣게 타고 뇌수가 파열해 버릴 것만 같다. 이름을 간절히 부르며 살려 달라고 외쳤다. 하지만 아무도 나를 구해 줄 수 없을 것 같았다. 내면의 처절함과는 달리 엄청난 자석 같은 힘과 침묵이 나를 끌어당긴 채 놓아주질 않았다."

"곁에 있던 나도 어렴풋이 그런 것을 느꼈다. 침묵이란 말 없음이 아니라 어떤 물질적인, 혹은 에너지의 상태처럼도 느껴졌다."

그가 웃으며,

"당신이 그만큼 예민해서 그렇게 느꼈을 수도 있고, 그 이후로 명상을 해 왔기 때문에 그간에 쌓인 데이터를 통해 그때의 경험을 재해석하고 있는지도 모르지만, 맞는 말이다. 침묵이란, 또 용기라든지 자비심이라든지 이런 것은 단순히 마음의 상태가 아니라 더욱더 미세한 에너지의 방사, 그런 것이다. 이것이 왜 단순한 좋은 사람이나 도덕가들이 곧잘 이중적이고 위선적인가 하는 이유이기도 하다. 혹은 나약자나 비겁자, 악당들이 그 반대가 될 수 있는 이유이기도 하다. 명상이란 절대 관념적인 세계가 아니다. 그것은 내가 가진 생명력의 에너지 상태, 파동을 질적으로 바꾸는 것이다. 그에 따라 내 의식이나 도덕적 행동에도 변화가 온다. 절대 도덕적 행동이 먼저가 아니다."

그런 것도 같다.

"당신에게 에너지 폭발이 일어나던 상황 속에서 경험한 세계는 어떠한 것이었나? 그것이 마지막 관문은 아니라고 했는데?"

그는 잠시 생각에 잠기더니 이렇게 말했다.

"주위가 온통 바늘 끝 하나도 들어갈 틈이 없으리만큼 단단하고 완벽한 다이아몬드로 변해 있는 듯한, 투명하고 질감이 분명한 침묵으로 뒤덮여 있었다. 새들이 어디선가 우르르 몰려와 지저귀고 물이 찰랑거리는 소리, 나뭇가지를 스쳐 가는 바람 소리, 모든 것이 그 미세한 떨림의 골과 내밀한 습기까지 너무나 맑고 선명하게 느껴졌다. 흐르는 물조차도 한 개, 한 개, 구슬알이라도 셀 때처럼 그 텅 빈 공간들이 보이고 새들의 교성이 한 울림, 한 울림, 머리를 쪼개듯이 들려왔다. 공기는 유리알처럼 투명하고 팽팽하게 긴장되어 있었고 물이 온몸에 흘러내리고 있는 것 같았다. 물로 꽉 차 버린 것 같았다. 숨이 멎을 듯한, 날카롭고 순수하며 폭발 일보 직전의 관능과 물이 물로 변하는 듯한 그런 무심함이 짓누르는 듯한 무게를 머금고 가득 충만해 있었다. 뭐랄까, 예리하게 빛나는 칼로 어장처럼 드넓은 비닐 온실을 가르듯 잘라 낼 수 있을 것 같은 그런 고요의 압박감…… 온몸에 심한 멀미가 일어나는 듯한 격심한 고통도 함께 있었다. 그런 일이 일어날 줄 알았다면 내가 뭔가 대비를 하지 않았겠나? 하지만 그것은 말하자면 나의 현 상태와는 관계없이 그냥 삽시간에 덮쳐 왔다. 그러다가 모든 것이 끝났다."

덮쳐 왔다? 그리고 물이라? 문득 예전에 그가 추었던 어떤 춤이 생각났다. 춤이라면 술 먹고 나이트클럽에서 추는 춤 이외에는 아는 것이 거의 없었는데 지금도 그 모습들이 또렷이 기억날 정도로 대단히 인상적이었다.

그가 강원도에 있는 친구의 별장에서 혼자 지내고 있을 적의 일이다. 턱없이 넓은 거실에 앉아 우리는 오리지널 사찰 음악 테이프들과 뉴에이지 음악들을 듣고 있었다. 무슨 곡인가가 멎더니 한동안 침묵이 내려앉았다. 이어 들릴 듯 말 듯 조용하고 웅숭깊은, 천국에서 들려오는 듯한 신성한 음악 소리가 흘러나오기 시작했다. 그 끝없는 음의 세계를 헤집고 그가 자리에서 일어나 천천히 몸을 흔들었다. 무언가 가슴에 사무쳐 차오르는 것을 견딜 수가 없다는 듯. 그는 지그시 눈을 감은 채 천천히 거실 가운데로 들어섰다. 느릿느릿한 동작으로 춤을 추면서.

"뭐하는 거야……."

나는 무슨 말을 하려다 말고 조용히 입을 다물었다. 거실엔 한층 깊어진 침묵이 검흐르고 있었다. 처음에는 약간 어쭙잖던 그의 춤은 갈수록 의심스러운 경지를 보여 주었다. 매지구름처럼 장내를 뒤덮고 있는 기이한 선율과 음색의 변화에 맞추어 시위적시위적, 자빠질 듯 내달릴 듯 여러 가지 모습으로 흐너져 간다.

부러진 나뭇가지처럼 풀썩 내려앉더니 화석이나 된 듯 납작하게 굳어 있다. 꼼지락거리다가 뒤집어진 개미처럼 마구 발을 구르다가, 뒹굴었다가, 어지러울 정도로 빙글빙글 돌다가, 투그리고 있다가 원시적으로 마구 격렬하게 몸을 떤다. 다시 부드럽고 느린 몸짓으로 변한다.

한동안 그렇게 이어지며 아주아주 곱다랗게 여성적으로, 우아한 황홀경 속으로 빠져들고 있다. 마치 그의 몸 안에서 아름다운 여자 하나가 스르르 빠져나와 춤을 추고 있는 듯이 보였다. 그러다가 그것은 어느 순간 남자와 여자가 함께 움직이고 있는 것처럼 느껴졌다. 처음엔 전희와도 같았다. 그래 보였다. 서로가 서로의 몸짓들을 염금하며 먼 하늘가를 맴돌더니 차츰 명상적인 상태 속으로 전화해 간다. 껴안음도 성교도 아니고, 마치 먼 종소리처럼 사라져 가는 그러면서도 아주 강렬해지는, 핏속 가득 차오르며 번져 가는 부드러움, 말할 수 없는 부드러움 그 자체로 변해 가는 것 같았다.

그 안으로는 공중 방전을 일으키듯 질기고 원시적인 생명력의 외침, 통제할 수 없는 격정, 섬광처럼 찰나 간의 처절한 비명과 절규가 들려나오는 것 같다. 그것들은 너무나 멀리멀리 사라져 가서, 마침내는 그 절규가 나온 알 수 없는 근원으로, 마치 먼 바다를 향해 쏜 한 발 총성처럼 아득히 먼 공의 세계로 사라져 버리는 것 같다. 섞일 수 없고 대립되는 것들의 싸움이 그렇게 한곳을 향해 동시에 사라져 가는 것 같았다.

갑자기 모든 것이 인큐베이터 안처럼 조용해졌다. 그 안에서 숨을 쉬고 있는 아이의 모습을 보고 있을 때처럼 무구한, 커다란 우주가 함께 숨을 쉬고 있는 듯한 이상한 고요가 느껴졌다. 모든 긴장이 사라진 것 같았다. 순간적으로 모든 게 맑게 변해서 그냥 한 방울의 물이 된 것 같았다. 그것이 물이라는 단어를 통해 연상된 그에 관한 기억이다. 다시 이야기로 돌아가 보자.

"여인숙에 들어간 뒤 한동안 꼼짝도 안 했는데?"

"에너지의 회오리가 물러간 뒤에도 몇 번의 여진이 있었다. 그 이상한 에너지의 폭동에서 깨어난 나는 엄청난 고통과 함께 무언가, 생전 듣지도 보지도 못한 어떤 거대한 에너지의 물결이 바로 앞에 밀려와 있는 기분에 잠겼다. 하지만 그것이 무엇인지는 나 자신도 몰랐다. 그것은 아주 커다란 죽음처럼 보였다. 그 속에 뛰어드는 순간 자신은 완전히 사라져 버리고 말 듯한. 무어라 이름 붙일 수 없는, 끝없이 휘황한 아름다움 같기도 한. 육체적으로도 몹시 힘들었지만 나는 내가 며칠 안에 죽을 것 같다는 생각이 들었다. 죽을 자리를 찾아가야 한다고 생각했다. 그런데 다행히 아직도 이렇게 살아 있다. 아마 내가 준비가 덜 되어 있거나 존재계가 보살폈기 때문인 것 같다."

"무슨 뜻인가?"

"에너지의 회오리가 (가슴 부위를 가리키며) 이 위로 더 올라갔다면 나는 그 전압을 견디지 못하고 죽었을 거라는 얘기다. 확실히 오쇼의 말은 맞다. 어떤 불가사의하고 개인적 의지로는 전혀 통제할 수 없는 우주적 에너지가 어떤 누구를 덮칠는지는 아무도 모른다. 그리고 그것이 당신을 덮칠 때 그것이 확철대오(確哲大悟)나 삼매로 이어질지 육체적 생명의 종언이 될지는 누구도 장담할 수 없다. 그러므로 나는 사람들이 백 퍼센트 살기를 바란다. 이 인생의 풍요로움과 아름다움과 온갖 맛들과 색깔들을 편식하지 말고 다양하게, 최대한 살기를 바란다. 물론 명상을 꾸준히 하는 것도 중요하다. 우주적 전압이 내려오고 안 오고는 우리가 선택할 수 있는 문제는 아니다. 하지만 삶을 살고 즐기는 방식은 우리가 선택할 수 있지 않은가? 빈곤한 삶에도 쿤달리니가 일어날 수 있지만 그런 사람은 그것을 감당할 수 없을 것이다."

"이 세속의 삶을 부정하지 않고 그 안에서 그를 통해 수행하는 게 탄트라의 길이라고도 하는데 그런 의미에서 당신도 밀교 수행자 같다. 그 폭발이 있기 전에 다른 현상들은 없었나?"

"이런저런 일이 있었다. 사람들이 신기하게 생각하는…… 그래 봤자 뭐하나? 아상만 커지고 착각에 빠져 헤매기 쉽지. 설령 마지막 입구에 이른다 해도 상과 집착이 남아 있다면 변하는 건 없다. 장난감이 좀 더 고가로 변했다 뿐이지."

"이런저런 일이란 어떤 일들인가?"

"당신도 명상 책 꽤 보지 않았나? 호기심, 이런저런 지식을 수집하는 것은 아무 도움도 되지 않는다. 궁금증이란 일종의 병, 마음의 병이다. 그것은 명상이나 진리나 삶의 진실과는 전혀 관계가 없다. 명상의 길은 내 경험으로 보면 그런 식으로 시작되지 않는다. 쿤달리니든 뭐든 내적 세계에서 일어나는 다른 성취들도 마찬가지다. 매일매일이 나락의 끝이며, 가슴이 타오르고 모든 세포가 굶주려 있으며 자신이 품고 있는 의문이 어떤 것으로도, 세상의 무엇으로도 해결되지 않을 때 어떤 일이 일어난다. 대부분의 지식이나 이론이란 그 탐구에 뛰어드는 것을 보류시키고자 하는 마음의 속임수다. 사람들은 자기가 의식적으로 무언가를 하고 있다고 믿지만 그것들은 모조리 무의식적인 것이고, 욕망 자체가, 강렬한 욕망 자체가 강렬한 꿈 이외에는 아무것도 아니라는 것을 모른다. 말하자면 우리가 의식적이라는 것, 지성적이라고 생각하는 것 자체가 엄청난 무의식의 한 종류일 뿐이다."

"그래도 당신 개인의 체험을 듣고 싶다. 쿤달리니 폭발이 일어나기 전의 전조 같은 것이 있다면 사람들에게 약간은 도움이 되지 않겠나?"

"그런 태도는 결과에 집착하고 목적에 도달하기 위한 일종의 관리주의적 관점에 불과하다. 아무것도, 어떤 일도 일어나길 바라지 말고 그냥 명상해라. 전자오락실에서 잠시 노는 기분으로 하라. 모르고 시작하는 게 더 낫다. 그래 봤자 죽기보다 더 하겠나? 명상하려면 더 뻔뻔해지고 태연해지고 배짱이 있어야 되지 않겠나? 어떤 일을 성취하기 위해서 열심히 이런저런 수행을 했더니 마침내 이러저러한 일이 일어났다더라, 이런 식으로 얘기하는 사람들은 죄다 뻥쟁이요, 재능 없는 작가 나부랭이다."

"그런데 그런 사람들이 의외로 많다. 또 처음에는 어느 정도 그럴 수밖에 없지 않겠나?"

"처음에도 신기하고도 특별한 일, 선택받은 기분, 뭔가 큰 게 터질 것 같은 그런 기분도 들겠지. 복권 사서 대박 한번 터뜨려 보겠다는 심보하고 다를 게 뭐 있나?

몸이 끈적거린다든지, 여기저기 바늘로 찌르는 듯한 통증이 느껴진다든지, 팔짝팔짝 앉은 채로 뛰게 된다든지, 한 번도 배워 본 일 없는 자세로 명상하게 된다든지, 춤을 춘다든지, 감각이 예민해진다든지, 예지력이 생긴다든지, 상대방의 마음이 읽힌다든지, 몸이 갑자기 몇 배나 커진 것 같다든지, 또 뭐가 있었더라? 음, 머리 부분에 심한 압박이 느껴진다거나 알 수 없는 희열감이 생긴다든지 뭐 그런 것들인데 실제로 중요한 것은 매 순간의 경계에 임해 자기 마음을 지켜보는 것이다. 좀 지나면 다 덧없는 일이다."

"당신은 명상을 시작한 지 일 년도 안 되어 에너지 폭발이 일어났다고 말했다. 그런 얘기를 들으면 당신은 전생에 수행자였던 것 같다. 당신의 전생에 대해선 어떻게 생각하는가?"

"전생이 뭐였던 나는 항상 지금의 나이고 이 지금의 나는 이대로의 나일 뿐이다. 또 전생, 전생 하는데 전생을 알기 위해 무슨 초능력이 필요하다고는 생각지 않는다. 당신의 번뇌 속으로 깊이 들어가 보라. 그러면 한 점 번뇌라 할지라도 얼마나 우주적인 것인가를 알게 될 것이다. 사람은 진저리 나는 깊은 번뇌의 계곡 속에 몇 번 굴러떨어지다 보면 번뇌의 아주 깊은 밑바닥에 도달하게 되는데 그러면 그 업이 너무나 뿌리가 깊어, 그 번뇌의 깊이가 아득하여 도저히 이 세상에서의 어떤 일만으로 생겼다고는 생각할 수 없는 어떤 일별에 도달하게 된다. 전생을 찾기보단 차라리 즐겨 지옥에 떨어지는 사람들, 지옥의 그 밑바닥으로 내려가는 사람들이 훨씬 아름답고 지성적이며 용감한 사람들이다.

전생에는 내가 누구였다 저랬다 해 봐야 뭐하겠나? 십 년 전에는 십 원짜리로 떡 사 먹었는데 지금은 천 원짜리 떡볶이 장사한다, 뭐 이런 얘기지. 이 삶 속에서 자신의 번뇌의 가장 깊은 뿌리로 들어가는 게 더 낫다."

"특별한 에너지 현상 이후에 당신에겐 어떤 변화가 있었나?"

"생각해 본 적 없다. 생각을 한들 생각이란 늘 흐르지 않는가? 생각이 있더라도 붙잡지는 못한다. 그렇다고 나는 아직 자신으로 돌아간 것은 아니다. 그러므로 지금과 같은 이야기도 있는 것 아닌가? 내 경험으로는 우리가 진리를 찾아가지 않는다면 고뇌가 우리를 찾아온다. 그렇지만 끔찍한 것을 알지 않는 한, 겪지 않는 한 인간은 진리를 바라지 않는다."

"당신은 심각한 구도자처럼 보인다. 어떻게 생각하나?"

"맘대로 생각해라.

명상이나 진리는 반드시 양단간의 길이다. 쟁기를 지고 뒤를 돌아보는 자는 신의 나라에 절대 들어갈 수 없을 것이다. 설령 자기 뒤에 그간 가꿔 놓은 황금빛 곡식의 바다가 있다고 하더라도 과감히 벗어던지고 나와야 한다."

그러면서 그는 다소 무거운 얘기를 한다.

"진리는 처음엔 무섭다. 당연히 그렇지 않을 수 없다. 우리는 대부분 끔찍한 세월 동안 거짓을 진리로 오인하고 숭배하면서 살아왔기 때문이다. 세상의 환락은 너무나 깊어서 우리는 또 자신의 참나를 잊어버렸던 것이다. 누가, 무엇이 그를 깨울 수 있을까? 도덕이란 인간의 지독한 독이다. 인간의 껍데기를 제거하면 아주 낡고 누추하고 추악한 골조가 하나 나오는데 그것이 그의 뼈대를 이루는 심리적 구조물이라는 것이다. 그 구조물이란 것, 사람들의 인격은 수없이 분열되어 있고 중첩되어 있으며 실은 인간은, 자신을 신뢰하는, 자신의 존재를 신뢰하는 인간은 아무도 없다. 어쨌든 사람들이 수련을 하는 것은 좋은 일이다."

"당신 말대로 모든 인간이 그런 식이라면 사회적으로 생존하기가 어렵지 않은가?"

"그렇겠지. 하지만 당신도 내게 그런 말을 하지 않나? '너는 차갑지도 뜨겁지도 아니하니 내 입에서 오양 씨처럼 뱉어 내리라'."

도스토옙스키 소설에도 나오는 성서 구절이다.

"사람들은 모두 미쳤다. 그런데 그걸 모른다. 적당히, 비겁하게 미쳤기 때문이다. 나는 미친 사람들을 어느 정도 이해하게 되었다. 그들에겐 삶의 순간순간이 공포일 수도 있다. 그래도 그 끝까지 들어가 봐야 한다. 미친 사람들과 천재들이 있다. 그들이 미치는 것은 당연하다. 왜냐면 그들은 아마 마음 밖의 세계, 혹은 너무 깊은 마음의 세계에 들어갔기 때문이다. 돌아왔을 때 이 세상이 그들을 미치게 한다. 마음은 안정을 구하기 위해 과거로 회귀한다. 물론 지옥은 없는 게 좋겠지만 그러나 그 지옥을 통과하지 않을 수가 없다. 지옥을 통과하는 과정에서 생기는 일이다. 마음은 무력하다. 마음의 회오리 가운데 있다는 것은 대단히 위험하다. 인간의 마음은 예컨대 당신이 어두운 아파트에 돌아와 전깃불의 스위치를 넣을 때조차 깨지는 유리그릇처럼 섬세하고 어리석고 취약하며 아픈 것이다. 그 마음의 세계를 벗어나는 것은 언제쯤일까? 아마 사람은 어느 순간 영적인 절정에 있다고 하더라도 다시 굴러떨어져야 하는데 굴러떨어지면서 다시 업장의 습기가 쌓여 가고 그것을 풀어야 하는데 그것을 풀기 위해서는 지독한 악몽을 겪지 않으면 안 된다……."

나는 그저 입을 다물고 있는 수밖에 없었다.

"하지만 어떡하겠는가? 인간의 마음을 연구할 필요는 없다. 차라리 마음을 넘어서는 것을 연구하는 편이 십생(十生)은 절약할 수 있다. 고뇌와 대화하면서, 고뇌가 나를 깨워 가르쳐 주는 대로 가장 순수한 침묵의 공간으로 내려가 거기 서 있고 앉아 있어야 한다. 더할 것도 없고 뺄 것도 없다. 완전은 사념, 행복감, 성취, 이론 속에 있는 것이 아니다. 무(無) 속에 있다. 이것이 고통이 준 나에게 준 첫 번째 자각이다. 저 너머에서 들려오는 시, 정일한 세계에서 들려오는 아득한 목소리, 가슴의 침묵."

"그러한 자각들은 쿤달리니 현상과 어떤 관계가 있는가?"

그는 다소 의아해하는 표정을 지었다.

"쿤달리니는 사람들에게 하나의, 혹은 또 다른 체험을 줄 수는 있다. 그러나 모든 사람이 같지는 않겠지만 쿤달리니는 위험한 에너지다. 그것은 좀 더 강렬한 질투, 관능, 좀 더 급격한 체험들을 가져다주기 때문이다. 온순한 것과는 정반대라 맑은 날 천천히 배를 저어 가는 그런 것과도 다르다. 차라리 급류를 건너가는 것과 같다면 모를까. 어쨌든 그것은 하나의 체험이라는 면에서는 같다. 칠십육 밀리 화면과 와이드 화면, 텔레비전 화면과 영화 화면의 차이 같은 것이다. 그것은 길들이지 않은 야생마와 같기 때문에 평소 마음공부가 필요하다."

문득 "지상에서의 마지막 생애에서는 모든 카르마가 정리되는 관계로 강렬한 고통을 수반하게 된다."라는 어떤 각자의 말이 떠올랐다.

"그것은 당신의 구체적인 경험에서 나온 것인가?"

"어떤 일도 실은 내면에서 일어난다. 아니, 자기 내면과 상관없다면 어떤 일도 일어나지 않은 것이나 다름없다. 그런데 더 들어가면 그곳에는 경험하는 자가 없다. 경험되는 것도 없다. 경험한 것들마저도 없다."

"나는 특별히 쿤달리니와 관련된 당신 내면의 경험들을 묻고 있다."

"내면의 경험이라…… 그러고 보니 나에게 고뇌란 푸른 뱀처럼, 불타는 뱀이 불꽃처럼 온몸을 치렁치렁 감고 있는 것처럼 느껴졌다. 어느 부분이 화악 붉은 화염과 섬광을 일으키며 더 거세게 타는데, 그러면 지글지글 타고 끓어 오른 마음의 기름이 뚝뚝 떨어져 내리는 것 같았다. 나선형으로 감아 올라간 고뇌의 푸른 불 뱀이 위에서 타오를 적에는 아래의 고통은 죽은 듯 보이지만 실은 그렇지가 않았다. 그것은 위로 기어오르다가 아래로 내려가서 다시 예전의 그곳을, 혹은 새로운 부위에 고뇌의 통각 자리를 만든다. 지난 이십 년 동안 한 십 년 이상의 세월이 그러했었던 것 같다."

그의 얘기를 들으니 생각나는 말이 있다. 한 밀교 문헌에는 쿤달리니가 각성되면 불가피하게 찾아오는 '고난의 시기'와 '온기의 시기'가 있다고 한다. 수행자가 삼도 육계를 윤회하는 중생들의 모든 고통과 즐거움과 미혹의 세계를 체험함으로써 그들에 대한 이해와 연민을 넓혀가는 시기라는 것이다. 그의 얘기를 듣고 있노라면, 그런 밀교 책자 속에 나오는 한 편의 소설 같이 아름다운 경험처럼 여겨진다. 하지만 직접 들어 본 그의 말은 좀 달랐다.

"허무가 계속해서 진드기처럼 따라붙고 또 그 위에 몇 번의 숨 막힐 듯한 노력, 마치 온 집 안에 불이 난 듯한, 물에 빠져 허우적거리는 사람이 물속에서 필사적으로 무언가를 잡아채려고 버둥거리는 노력이 있고, 그 위에 어떠한 상상력으로도 예측할 수 없었던 끔찍하고 뼈저린 몇 차례의 타격, 그 사이사이의 신비들, 그런 것들이 없는 한, 그런 것들이 좋은 말로 도와주지 않는 한, 어떤 이가 사람들이 말하는 진리를 찾아간다는 것은 불가능한 일이다. 거기다가 필요한 것은 본인의 나쁜 성질이다. 도박, 탐닉, 파멸에의 광기…… 극단적인 성향에 맡긴 채 몸과 재산과 일과 사랑을 망치는 천부적인 재능 같은 것들 말이다. 그래도 이런 정도만으로도 누군가 그 길에 들어섰다면 그것도 대단한 행운인 줄 알아야 한다고 생각한다."

당사자에게 있어서는 실존적인 처절함, 한계 상황과의 조우 그 자체인 듯싶다. 영적인 진화에 있어서 마주치는 내면의 투쟁이란 한갓 관념상의 회의나 갈등이 아니고 그야말로 용광로 속에 들어가 있는 듯한 그런 경험인지도 모른다.

"그것들 역시도 에고의 이런저런 모습들인데 에고에 대해선 어떻게 생각하나?"

"에고든 참나든 단어나 생각에 방점을 찍지 말고 침묵과 빈 공간에 무게를 두는 것이 좋다. 음, 명상 책에는 에고를 사념이라고 하지만 사념이 하나의 단어는 아니다. 그것은 그 사람에게는 무엇보다도 생생한 실재며, 지옥의 불길, 강렬한 고통이다. 그런데 바로 그것이 꿈인 것이다. 또 에고의 입장에서 보면 그렇게 말하는 사람이 역시 꿈처럼 보인다. 누가 꿈을 꾸고 누가 꿈에서 깨어난 자인가? 당신이 말해 달라."

이번에는 내가 웃고 만다.

"하하하. 나도 모른다. 일체의 에고적 현상에 대해선 어떤 관심도 가지지 말라, 이런 뜻 같다. 하여간 당신은 내가 아는 수행자 중에서는 요즘 말을 가장 잘 사용하는 것 같다. 요새 사람들에 대해서 어떻게 생각하나?"

"글쎄…… 정보화 시대니 뭐니 해서 사람들이 많이 변했지만 그래도 여전히 사람들을 지배하는 밑바닥의 정서는 하나의 기다림 같다. 물론 문학적인 감수성조차도 거의 사라진 사람들은 외부적인 일에 온통 주의를 빼앗긴 채 살지만…… 예컨대 약속이 있는 것도, 보고 싶은 누군가 있는 것도 아니지만 무언가를, 누군가를 막연히 기다리고 있는 듯한 기분에 사로잡힐 때가 다들 있지 않나?"

"글쎄, 어른이 되고 현기증 나는 속도로 돌아가는 이 사회의 한 구성원이 되어 바쁘게 남들처럼 살다 보면 그런 기분도 언제 그랬냐는 듯 까맣게 사라지는 것 같던데……."

젊은 날의 나 자신은 확실히 그럴 때가 있었다. 담배를 피워 물다가 블라인드 커튼 사이로 쏟아져 들어오는 석양빛을 바라볼 때, 낮잠을 자다가 소스라치듯 놀라 일어나 앉아 있을 때, 도심을 걷다가 갑자기 날이 어두워질 때…… 사람들은 무언가를 계속해서 기다리며 산다. 그런 기분 속에 하루하루를 보낸다. 무엇인가를, 무언가 지금 이상의 것이 일어나도록, 왜 아직 오지 않는 것일까 하면서. 아마 의식의 밑바닥에서 되풀이되어 들려오고 있는 것은 그 소리뿐인지도 모른다.

왜 아직도 오지 않는 것일까? 사랑을 기다리고 있는 것일까? 이제까지의 삶과 모든 것을 한 번에 바꿔 줄 결정적이고 결론적인 그런 빛의 체험을 기다리고 있는 것일까?

그는 이렇게 말한다.

"아니다. 그것은 실은 영원한 것, 전혀 물들지 않은 것, 완전히 순수하고 평화로운 것, 아무에게도 해롭지 않으며 방해받지 않으며, 용서받을 것도 용서할 자도 없는 것…… 자궁 속과 같은 것, 언젠가 한번은 존재했으나 지금 여기 없는 것에 대한 어떤 기억일지도 모른다. 사람들이 사랑이라는 것 속에서 구하고자 하는 것은."

한참 침묵이 흐른 후 그는 조용한 어조로 이렇게 말했다.

"그런데 그 기다림이란 단지 에너지의 상태일 뿐이다. 명상을 해 보라. 다들 그렇게 살고들 있지만 어느 날 마음속에서 기다림 자체가 사라져 버린다. 어떤 종류의 기다림도. 마치 그런 것은 한 번도 존재하지 않았다는 듯이. 허무든 기다림이든 그것은 그의 에너지 어딘가가 병들어 있다는 것, 전체적으로 활성화되어 있지 않다는 징후다."

"그럼 그 기다림이 조건 없는 단순한 충만감과 행복감으로 바뀐다는 뜻인가?"

"그렇다. 혹은 무한정한 수용성이라고도 할 수 있다."

"보통 명상을 하는 부류들은 사회적인 문제나 정치적인 입장에 있어서 별다른 식견들이 없어 보였다. 우리가 매일같이 숨 쉬는 자본주의에 대해서 묻는다면 어떻게 말하겠나?"

"글쎄, 원론적으로밖에는 얘기할 만한 것이 없다. 식견이란 다 어디서 빌려 온 것들이다. 인간은 그 자신은 아니었기 때문에 그가 만들어 낸 것의 노예가 되는 데 기꺼이 동의해 왔다. 전에도 그랬고 앞으로도 그럴 것이다. 모든 주의란 인간이 스스로 주체로 여기면서 사실은 노예화되는 방식의 일종이다. 누가 한 말인지 모르겠는데 사실 자본주의는 아무 주의도 아니다. 그것은 그저 자본의 물적 과정의 한 단계를 지칭하는 것뿐이다. 사유재산이라는 물적 소유와 그것을 향한 개인의 탐욕을 긍정하고 조장함으로써 생기는 동력에 기초한 체계가 어떻게 영혼을 가질 수 있겠는가? 하지만 우리의 영혼, 말하자면 입보다 더 깊은 어떤 입은, 금전이나 권력, 명예 같은 음식들에는 아무 관심도 없다. 때문에 성공만 한 실패는 없다. 자본주의가 보여 주는 것은 그 말이 가진 역사적인 새로움이다."

"오늘날의 종교에 대해선 어떻게 생각하나? 백 년 후에는 다 없어진다고 하는 사람도 있는데."

"그렇게 된다면 아주 좋은 일이다. 하지만 그러기 위해서는 인간의 의식이 그만큼 변하지 않으면 안 될 것이다."

"어떤 문제가 있다고 보는가?"

"알다시피 자본주의의 거래라는 생존 방식은 종교에도 침투해 있다. 예컨대 거기서는 모든 게 거래로만 존재한다. 노태우 정권 때던가? 한 번은 정부에서 종교에 대해서도 세금을 부여하려고 한 적이 있었다. 신문을 보니 헌금 수입에 세금을 부여하려는 정부를 향해 고위 성직자라는 어떤 자가 당연하게도 이렇게 응수했다. '헌금은 하느님과의 비밀 거래이므로 공개할 수 없다.' 신과 거래를 하는 이 자들은 누구인가? 영혼과 천국과의 거래, 그것도 암거래를 자신들이 허락받았노라 주장하는 이 자들은 누구인가? 나는 특정한 종교를 지칭하는 것은 아니다. 성직자들이다. 그들의 말 속에는 삼류 심리학 정도는 있지만 영혼은 없다. 영적 현상들은 있지만 참된 가르침도 그 현존도 없다. 부활에 대한 어떠한 통찰도, 내적 방법론도 없으며 그저 떠들어 대고 있을 뿐이다. 누구도 본 사람이 없기 때문에 사람들은 넘어간다."

"하지만 종교의 순기능도 있지 않나? 영혼에 대한 위험하면서도 심오한 비전들이 나름대로 보호되고 전승된 것은 종교의 그늘 때문이지도 않은가?"

"자본주의 속의 종교는 돈을 벌고 세력을 확장하는 모든 조직과 마찬가지로 그중에서도 가장 지능적이며 정치적인 고등 사기다. 그들은 자신들만이 어떤 권력보다도 더 위에 있다고 믿고 있기 때문에 정치가들이 자기들의 견해나 이익에 반해 저희 맘대로 까부는 것을 절대 용납하지 않으며, 수많은 윤똑똑이들을 양성하여 다른 종교나 사상과 간음함으로써 유행에 맞는 다양한 종교 상품의 개발에도 노력을 게을리하지 않는다. 그들은 사람들의 불행과 타락을 아주 싼 값으로 분할 독점해서 막대한 이익을 챙기며 터무니없이 거들먹거리고 있다. 때문에 그들은 이 지상에 천국을 건설하고, 믿기 전에 사유하는 것을 누구보다도 반대하는 자들이 된다. 그렇게 되면 그들의 수입원이 거덜 나기 때문이다. 요컨대 조직화된 종교란 차원 높은 진리를 죽이는 가장 간단한 방법이며 진리에 대한 환상, 자기기만의 유희, 선택된 자의 은밀하고 짜릿한 쾌감만이 제공될 뿐이다. 이런 정도는 누구나 다 알고 있는 얘기다. 그런데 문제는 이런 것이다. ─ 진리란 자신 속에 있거나 그렇지 않다면 전혀 없다. 이 점을 사람들이 깨닫지 않는 한 지금과 같은 형태의 종교 조직들은 미래에도 역시 존재할 것이다."

"시대가 많이 변했다. 기술공학적 이념에 끌려가고 있는 현재의 정보화 시대에 대해선 어떻게 생각하나?"

"모든 이념은 환각제다. 이런 사회든 저런 사회든. 정보의 바다니 정보의 고속도로니 이런 것들은 대부분 끝없이 아가리를 벌리고 있는 사념들의 밑도 끝도 없는 수다들, 그 놀이터, 게임장이다. 진지하든 가볍든 기본적으로 그것은 사념의 연장이고 확대이고 강화이며 무한 번식이다. 이것은 우연인 것처럼 자본의 운동 방향과 맞물려 있다. 그것은 존재적으로는 사념체란 부분이 전체를, 환각적인 기호들이 진실을, 현실을 지배하고 대체하고, 정신적으로는 거짓과 진실을, 자유의 가능성과 억압의 가능성을 마구 뒤섞어 놓아 한 줄기 온전한 지성, 성찰의 빛마저 눈뜬장님으로 만들어 놓는다. 이는 또한 모든 국가가 보증인으로 나선 치밀하게 연출된 메시아주의적 소용돌이 때문에 한 줌 자본가 세력이 전 세계 시장을 다시금 획득하고 지배하는 데 기여하고 있다.

어떤 책을 보았는데, 그 사회가 말하는 방식은, '빌게이츠는 일렉트릭 반 고흐를 더 좋아한다'라는 이상하게 도착된 제목의 책에서, 정말 웃기는 제목이다, 분명히 드러난다. 이런 식의 문답이다.

'빌 게이츠 회장은 원본과 복사본의 차이를 알고 계십니까?'

'물론입니다. 하지만 회장님은 복사본을 더 좋아하십니다.'

말도 안 되게 교활한 자본과 현실과 승자의 논리다. 복사본들의 무한 재생산, 환상 산업을 통해 자본은 새롭고도 막대한 이윤을 축적한다. 몇 가지 진선미의 가치가 범벅된 이념의 틀 속에서 사람들은 꿈의 세계와 그 기호들, 복사본 세계의 무한 증식을 위한 먹이가 되어 버린다.

어떤 사회도, 어떤 문명도 인간의 목표가 될 수 없다. 자기 자신 이외의 다른 목표는 없다. 자기 자신, 진리 이외의 다른 목표는 모조리 거짓이고 인간을 착취하기 위한 장치들이며 끝없이 개발되는 신종 마약에 지나지 않는다. 물론 인터넷이 불가피하게 가져오는 인류 문명의 진화도 있을 것이다. 영적 진보를 위한 긍정적인 기여도 있을 것이다. 누구도 예측하기 어려운 변화무쌍함과 빛과 그림자의 양면성도 있을 것이다. 하지만 근원적인 결단은 오직 개인을 통해서만 일어나고 그를 통해서만 존재한다. 마음의 세계에서 무심의 세계로 넘어갈 수 있는 가? 자아의 세계에서 무아의 세계로, 유위법에서 무위법의 세계로 어떻게 넘어가야 하는가? 이것은 오로지 인간 존재의 근본적인 고통에 직면한 한 개인의 실존적인 결단을 통해서만 일어날 수 있다. 그것을 끝없이 외면하고 미루고 있는 한 정보화 사회든 비정보화 사회든 오늘은 이렇게 흥했다가 내일은 덧없이 사라져 가는 한때의 바람처럼 모두 한바탕 꿈속의 일에 불과하다."

"그래도 현재의 우리 사회는 과거 선배들, 기성세대의 노력에 힘입어 많은 기회와 풍요를 누리고 있다. 세대 간의 간극에 대해선 어떻게 생각하나?"

"기성세대든 젊은 세대든 그것들은 결국 한 개인의 마음의 신선함에 대한 문제다. 또 자기 마음속의 기성세대를 완전히 파괴하는 것은 즐겁고도 좋은 일이다. 그것은 영혼을 발전시키는 아주 좋은 방법이다.

기성세대란 뭐냐? 입으로는 온갖 좋은 말을 하면서도 자기의 아들 딸들만은 무슨 수를 써서라도 좋은 대학에 보낸다. 한때 존경깨나 받던 어떤 분은 진보적 진영의 유명한 문인이었으며 맹렬한 이론가였다.

그는 그러면서도 자기 두 아들들은 모두 삼수를 시켜 최고 일류 대학 그것도 법대와 의대에 들여보냈다. 이것이 기성세대다. 그들의 머릿속에 든 것과 겉모습은 저마다 다를지 모르지만 그들이 풍기는 살의 냄새, 피의 맛, 똥의 색깔, 눈물의 염도, 동공의 깊이 등은 한결같이 시금털털하고 맛이 없고 그렇고 그러며 머리를 아프게 한다. 그들은 동일 원 선상의 다른 위치에 놓인 점들일 뿐이다.

모든 과거의 찌꺼기들은 완전히 털어 내는 게 좋다. 속해 있는 원 자체에서 뛰쳐나오는 것, 나는 반항아들을 좋아한다.

내가 무슨 진보나 지성을 반대하자는 것이 아니다. 그것들이 너무나 오랫동안 삼 층에서부터 집을 올리고 있었다는 것이다. 이상적으로 말하자면 자기 자신이 곧 그것인, 존재와 사랑으로부터 출발해 있는 것이 아니다."

"그건 쉬운 일이 아니다. 모든 주장이 그러했듯 그저 하나의 새로운 주장일 수도 있다. 어떤 식으로 시작해야 하는가?"

"머리를 굴리기 시작하면 어떤 일도 쉽지 않다. 그것이 머리의 특색이지 않은가? 방법은 간단하며 전면적이어야 한다. 이제껏 중요하다고 생각해 왔던 모든 원리를 자기 안에서 파괴하는 것, 백지보다도 더 하얗게 깨끗이 지워 버리고 모든 가치를 거듭 파괴하는 것, 이건 이론이나 지식이 필요하지 않다.

이성과 지식, 인과론의 철리 — 이것이 세계를 파악하고, 이끌어 가는 주요한 원리라고 사람들은 생각한다. 하지만 인과론이 일어나고 있는 세계의 밑바닥을 응시해 보라. 그러면 인과론에 따라 움직이는 세계 역시 마음이 만들어 낸 영상, 사념의 구름이라는 걸 알게 될 것이다. 원인에서 결과로 가는 어떠한 행위에도 목적이 있는 것은 아니다. 실은 유일하게 존재하는 것은 현재라는 영원뿐이다. 시간이란 공간의 변화다. 시간도 공간도 초월해 있는 영원에 있어서는 순간만이 완성될 뿐이고, 모든 행위는 그 자체로 완결된다. 휘발유에 라이터 불을 붙여 불길을 만드는 것은 원인과 결과, 시간과 상대적 공간들의 세계지만 불은 역시 하나의 허공에서 타오른다. 이 허공은 무엇인가? 그 허공을 알고 있는 또 다른 허공은 무엇인가? 그것은 체험될 뿐 증명 가능한 어떤 것도 아니며 '한' 의식 이외의 다른 것도 아니다."

"허공의 일이란 너무나 멀어 보인다. 그 허공의 일들을 나에게 보여 줄 수 있나?"

"실은 당신 자신만이 유일하게 존재하고 있다. 아는가? 그것은 체험의 문제다. 머리가 잘려 나간 체험의 문제.

그 절대적인 존재감에 비한다면, 그 무한한 투명성과 순수의 전일성에 비한다면, 아무리 심오한 사상이나 좋은 의도라 하더라도 너무나 멀리 떨어져 있어 보인다. 그것들은 인간의 존재성을 진정으로 바꾸는 일들에는 턱없이 무력하고, 한때의 입맛을 돋우고 표면만을 치장하는 일에는 달콤하고 근사하다. 사유로는 건질 수 없는 의식의 세계와 존재 체험도, 그에 뿌리 하는 대상 없는 사랑의 범람성, 그 순수한 잉여의 에너지도 그것들은 알지 못한다."

"그러니까 그것을 어떻게 안단 말인가?"

"모든 상황은 결국 '한' 상황이다. 그것들이 결국은 '한' 상황이라는 점에서는 그 자체로 좋은 것도 나쁜 것도 없다. 모든 상황을 즐기고 또 즐기는 것, 모든 상황에서 전체적으로 깨어 있는 것, 그것이 어떤 상황이라도 자신 앞에서는 낯빛이 변하게 하는 것이다. 사람들은 왕으로 태어나 노예처럼 살다가 개처럼 죽는다. 모든 상황을 차별 없이 즐겨라. 받아들여라. 모든 상황에 깨어 있어라. 그것이 처음으로 왕으로 사는 일이고 처음으로 왕으로 돌아가는 길 아닌가?"

"당신은 누가 들으면 깨달았다고 말할지도 모르겠는데?"

"맘대로 생각해라."

"아무튼 당신의 말은 쉬운 얘기는 아니다. 명상이든 참나 찾기든 무언가를 시작하려는 사람들을 위해 좀 더 알기 쉽게 얘기해 줄 수 없는가?"

"'삶 자체는 모든 관념을 비껴 지나간다.'는 말이 있다. 아무리 좋은 생각도 그저 생각일 뿐이다. 당신이 돈 문제든 여자 문제든 가정 문제든 당신 자신에게 절실한 문제와 그로 인한 괴로움에 빠져 있다면 제아무리 좋은 생각이라도 무슨 도움이 되겠나? 그렇게 생각하면 모든 고통이 사라지고 돈 문제든 여자 문제든 알아서 잘 풀린다는 건가?"

그도 그렇게 괴로울 때였다고 한다. 어떤 말, 어떤 생각도 그의 마음을 짓누르고 있는 고통의 만분의 일도 가라앉히지 못했다. 젊은 날 하늘 아래 그렇게 숨을 쉬고 있다는 것마저도 힘이 들었다고 한다. 휴학을 하고 방파제 공사 현장에서 일한 적이 있었다고 했다.

"수백 수천 대의 덤프트럭이 흙을 갖다 붓더군. 대부분은 쏟아지자마자 파도의 물살에 떠내려가 버렸어. 흔적조차 없이. 마치 영원히 속수무책이라는 듯. 그래도 밑에서부터 돌멩이들이 하나둘씩 쌓여 가더군. 계속해서 쏟아붓는 거지. 그러다간 방죽이 물살 위로 솟아오르고 마침내 거대한 방파제가 완성되는 거야. 그런 생각이 들었어. 무거운 것들만이 가라앉는다."

침묵이 잠시 흐른다. 이 이야기를 들려주면서 그는 이렇게 덧붙였다.

"그때 내가 깨달은 것은 이런 것이었어. 진실은 살아남고 거짓은 흩어진다. 거짓으로는 아무것도 이룰 수 없다.

명상이란 것도 그렇지 않을까? 인생의 모든 파도와 환란으로부터 지켜 줄 수 있는 어떤 것. 하지만 한 번에 그런 방파제를 만들겠다는 생각, 이번 생이든 저번 생이든 언젠가는 이루겠다는 생각, 다 버려라. 그냥 기다려라. 그리고 그냥 명상하는 것이다.

당신이 어디서 무엇을 해 먹고 살든, 어떤 상황에 부닥치든 자신의 바다를 향한 걸음을, 큰 걸음이든 작은 걸음이든 그 걸음을 중단하지 않는다면 언젠가는 전혀 상상하지 못했던 일이 일어날 것이다. 어떤 파도에도 무너지지 않는 중심이 생겨날 것이다. 그리고 그것마저도 부서지는 날이 올 것이다.

거기에 대해선, 그 부서지고 난 뒤의 일에 대해선 나도 아는 게 없다. 삶 속으로 계속해서 들어가라. 어떠한 상황도 받아들이고 불꽃처럼 살아라. 진실은 살아남고 거짓은 흩어진다. 하지만 길 위에 멈춰 선 자에게는 아무 일도 일어나지 않을 것이다."

4장
산야신

"

인생을 빛과 풍요와 놀이로

채우는 것은 쉬운 일인데

그것은 다름 아닌 있는 그대로를 받아들이는 것이다.

행복은 이미 거기에 주어져 있다.

고생 끝에 얻는 행복이라면

대관절 어떤 종류의 행복인가?

이 세상을 바꾸고, 자신의 부가가치를 늘리고,

무언가를 열심히 해야만,

이런저런 목표 지점에 도달해야만

비로소 행복해질 수 있다고들 말한다.

힘겨운 노고나 불행의 과정을 필히 전제로 하지만

올지도 안 올지도 모르는 불확실한 미래의 행복?

매우 비경제적이고 불합리하며 모순된 정의 같다.

행복이란 과정이나 결과가 아니라 본성이다.

"

한국인 조르바

쾌락주의자 상깃

상깃, 잘 지내지? 지금부터 상깃 얘기나 하려구. 무슨 애길 어떻게 할는지는 모르겠지만 너무 쫄지 마. 그래도 옛날에 몰래 사귀던 여자가 한밤중에 마누라한테 전화해서 폭탄 날리는 것보다는 나을 테니까.

한때 상깃과 나는 여자에 관한 한 쌍벽을 이루는 라이벌이라는 소문이 나돈 적이 있다. 그때 우리 두 사람은 말도 안 되는 소리라며 일축해 버렸다. 가끔 둘의 사정거리 안에 같은 여자가 있었다며 사람들은 수군거렸지만 정작 우리 둘은 서로의 영역을 존중하고 자기 스타일을 지키며 사이좋게 잘 지내고 있었기 때문이다. 아무튼 상깃은 산야신(구도자란 뜻의 인도 말. 이 책에선 주로 오쇼의 제자들을 가리킨다.)들 세계에서는 단골 메뉴로 회자되는 인물이었다. 첫 번째 이유는 그가 여러 산야신들과 마찬가지로 인생이나 행복, 사랑에 관한 다른 정의를 택했으며 그렇게 살고 있기 때문일 것이다. 그 내역이나 완성도에 대해서 왈가왈부하기 전에 그에 대한 이야기를 계속해 보자.

상깃은 좋은 사람이다. 그것이 문제라면 문제였다. 자기 딴엔 좋은 일을 하고도 왕왕 욕을 먹었다. 다방면에 걸쳐 많은 욕을 먹었는데, 그로 인해 가끔은 상당한 후유증과 우울이 그를 덮치긴 했어도 그는 변함없이 좋은 사람이었고, 명상을 사랑했다. 말로만 그런 것이 아니라 실제로도 열심히 했다. 적어도 그것 말고는 달리 할 것도 없을 때는 더욱 그래 보였다. 인터넷 게시판에 시리즈로 티를 내서 그렇지…….

아무튼 그가 무슨 일을 하든, 그에게 어떤 일이 생기든 사람들에게 그것은 하나의 농담, 즐거운 추억거리였다. 가장 좋은 것은 그 자신에게 있어서조차 그러했다는 것이다. 또 그것은 사람들이 산야신이라고 부르는 소수자의 무리들이 삶을 대하는 방식이기도 했다.

어느 해 겨울이다. 신촌 귀신들이 다 모였다는 한 락카페의 23주년 기념행사에서였다. 약간은 어벙 띤 한 연주 팀을 이끌고 그 자리를 빛내 주러 온 상깃은 자신을 이렇게 소개했다.

"저는 신촌의 영원한 백수 원건희입니다……."

그것은 예쁘고 똑똑한 여자와 결혼을 했으며 붕어빵 아들까지 둔 학부형으로서는 지탄받아 마땅한, 한 가문의 수치일 수도 있겠지만 그는 그 불명예를 충분히 섭렵하여 즐기고 있었다.

달리는 이런 식이다.

어느 날 부인이 점쟁이를 찾아가 상깃의 사주를 보았다. 그의 대답은 한 마디뿐이었다.

"되는 일 없다."

뭘 하겠다고 손대기보다는 아무것도 안 하는 게 상책이라는 것이다. 그와 같은 사주를 전문적인 용어로 말하면 '관살혼잡격(官殺混雜格)'이라 한다. 보통 그런 경우 남자는 직업을 갖기 어려웠다. 거기다가―다른 소견으로는―여자로 태어났더라면 창녀를 면치 못할 팔자였다. 이에 상깃이 하는 말,

"오케, 오케. 그거 얼마나 좋은 건데."

그래서인지 그는 한때 국가 대표급 연애쟁이였다. 국제적인 무대라고 할 수 있는 푸나 아쉬람에서도 서양 여자들과 연애를 할 수 있는 한국 산야신들을 꼽으라면 상깃은 당연히 톱 쓰리로 거론될 정도다. 실제로 그는 명상 히피족들의 새로운 메카로 떠오른 호주 바이런 베이에서 일찌감치 몇 년간 하는 일 없이 보내며 자신의 소질을 십분 발휘하기도 했다. 그 덕분인지 영어는 좀 한다. 기회가 생기면 한 마디라도 더 하지 못해 안달이긴 하지만 자신도 신기해한다.

"나처럼 몇 단어 가지고 영어 잘하는 사람도 없을 거야."

그가 구사하는 영어 문장은 삼 형식을 넘어가지 않았다. 동네 바둑 10급 정도의 실력이긴 하지만 반상 앞에 앉으면 돌 하나에 목숨을 걸었다. 그와 대국했던 한 경험자의 말에 따르면 처음엔 아마 1단 정도는 되는 줄 알았다고 한다. 어쨌든 다섯 점을 깔고 지면 열 점 깔고 두자고 우겼고, 그래도 깨지면 다음 날 또 두자고 우겼다.

아무튼 그의 주된 관심은 인생을 풍요롭고 아름답게 보내는 거였다. 또 그렇게 만드는 일이라면 언제든 한몫할 용의가 있었다. 그렇다고 거

창한 일을 한 건 아니었다. 이를테면 명상캠프에 와서 남들이 못 드는 냉장고 번쩍 들어 등에 지고 옮기기, 더운 날 뒷동산에 장롱 다섯 짝만 한 물탱크 묻기, 오후 세 시에 찾아오는 고양이와 놀아 주기, 인간에게 학대당하고 시궁창 생쥐처럼 더러운 개 목욕시키고 밥 주고 심지어 뽀뽀까지 해 주며 사랑해 주기, 명상 시작 십 분 전 누군가 망가뜨린 앰프를 사력을 다해 고쳐 놓기, 술 먹고 꼬장 부리는 망나니 친구 수습하기, 추운 새벽 일어나 강원도에서 인천공항까지 가서 손님 픽업해 오기…….

일이 끝나면 사람들은 종종 상깃의 존재를 아예 잊거나 심지어 귀찮아하는 이도 있었다. 하지만 그는 사람들이 좀 더 신나고 서로의 기쁨을 나눌 수 있는 일에는 늘, 언제나, 때로는 짜증 나고 뾰로통한 얼굴을 하긴 해도 결국엔 끼어들었다. 사람들이 그를 찾으면, 천부적인 솜씨로 몇 안 되는 재료를 이용해 호화판 안주상도 봐 올리고, 캘리포니아 록과 헤비메탈류의 노래도 불러 주고, 자신이 선정한 최고급의 음악도 틀어 주고 그러다가 사람들은 그를 잊고, 혹은 투덜대다 다시 또 그를 찾는다.

그게 꼭 나쁘다는 것은 아니지만 여자라면 정말 창기 아닌가? 여자로 태어나면 집시나 창녀가 되길 기꺼이 원하는 남자, 좋게 말하면 상깃은 향락적인 창녀와 신화 속 시시포스와의 잡종 교배의 소산이었다. 산 정상까지 도달했다 싶으면 바위는 굴러떨어져 내리고 그 바위를 묵묵히 또다시 밀어 올리는 저 용감한 시시포스.

창녀건 시시포스건 무진 애를 써도 사회적인 번듯함과는 거리가 멀다거나 매사 영 안 되는 팔자라는 게 있다는데 상깃은 그런 면에서 물 샐 틈 없는 조건을 갖춘 사람이었다. 열 받으면 몇 놈쯤 늘씬하게 패 주는 조폭 기질, 방송 탄다 싶으면 미장원 가서 헤어스타일부터 고치는 딴따라 기질, 허구한 날 방에 틀어박혀 있어도 좀이 쑤시지 않는 백수 기질, 천 원밖에 없어도 천 원을 더 꾸어 이천 원짜리 담배를 사는 날탱이 기질, 메뉴는 자기가 고르고 계산은 저쪽이 하는 와중에도 로또를 십만 원씩 사는 한탕 기질, 돈 없이도 기회가 오면 언제든 여자와 연애하는 바람족 기질……. 그런 사람이 어떻게 이 위선적인 사회의 영달이나 모범 답안들과 손을 잡을 수 있겠는가?

그래도 그는 백수이면서도 명예를 간수할 줄 아는 백수의 지존이었다. 수사자를 닮은 듯한 태연자약한 게으름과 해결사다운 행동력(아무도 술값을 계산하지 않고 있으면 결국 자신의 카드를 쓰는 것도 그중 하나다. 실제로 그의 별자리도 사자자리다.)를 겸비했다는 뜻이다. 바람둥이지만 보기 드문 로맨티스트이자 세계주의자였으며 빌린 돈을 안 갚아도 여느 뺀질이와는 다른, 섬세한 스타일스트였다.

어느 날 상깃이 갑자기 호주에 가겠다고 법석을 떨기 시작했다. 그의 주머니 사정을 알고 있던 나로선 그냥 한국이 지겨워서 여행을 좀 가고 싶었나 보다 하고 생각할 뿐이었다. 그런데 얼마 뒤 그는 진짜 호주를 다녀오고 말았다. 그 이유가 더 놀라웠다. 한참 전에 연락이 끊어졌던 예전의 금발 미녀 친구로부터 어느 날 호주로 와 줄래, 나 돈도 많이 벌었어, 하는 전화가 왔던 것이다. 그가 가진 매력의 실체는 뭘까?

그에겐 뭘 해도 미워할 수 없게 하는 그 무언가가 있었다. 영원히 놀고먹어도 절대 인생의 낙오자처럼 보이지 않게 하는 그 무언가가 있었다. 그는 영원히 상심해할 수 없으며, 절망에 빠지지 않을 것이다.

그의 작업 대상에 들었던 많은 여자를 인터뷰(?)해 본 결과 과반수 가량이 다음과 같은 의견을 내놓았다. 즉 그의 작업 시나리오는 상당히 치밀하고 세련된 것이어서 좀체 거부할 수 없게 만드는 무엇인가가 있었다고 한다. 물론 근자에 관찰된 바로는 많은 경우 애당초, 혹은 절호의 기회에서 결정력의 부재를 드러내곤 했지만 사람들은 어떤 경우에도 그를 이렇게 이해하곤 했다. 쾌락주의자 상깃, 조르바 상깃. 그것은 정말 어떤 이들에게는 가문의 영광, 혹은 가문의 오랜 숙원 사업과도 같은 찬사이리라.

상깃의 인생이 365일 24시간 내내 그러했던 것은 아니다. 그도 성실한 가장, 존경받는 아빠, 사랑스러운 남편의 역할로 많은 시간을 보냈다. 하지만 이런저런 일이 잘 풀려 가도 상깃이 하는 말은 '존재계가 보살피는지' 혹은 '명상발이 받아서인지'라고 겸손해하며 흐뭇해하였다. 곧 임무 중심자라기보다는 어디까지나 명상 중심자였던 것이다. 혹은 그렇게 자신을 이해하고 싶었던 것이다.

오쇼의 제자로서 깨달음을 얻은 것으로 알려진 키란 바바가 친견 모임을 열 때면 뒤에 앉아 있는 상깃을 불러 자기 옆에 앉히길 좋아했다는 이야기는 그가 빼놓지 않고 하는 자랑 중 하나다. 역시 깨달은 산야신인 아상가가 한국에 왔을 때 상깃은 자발적으로 그의 헌신적인 종이 되었다. 그것은 거의 보기 드문, 아무 대가도 바라지 않는 사랑과 헌신이었다. 그런 모습을 보인 산야신은 상깃 이외엔 아무도 없었다.

그의 주장이나 의견들이, 말도 안 되는, 순진한, 혼자만의, 무책임한…… 그런 말이라고 반박당하고, 정곡을 찔리고, 매도당해도, 그렇게 당하는 것이 어찌 보면 일리가 충분히 있긴 해도 그것은 단순히 그런 것만은 아니었다. 가슴의 일이 아니면 말하지 않는다 — 그런 것은 대부분 그가 가진 가슴, 사랑 때문이다. — 고 말하고 싶다. 그를 움직이는 것은 어디까지나 감정의 언어, 가슴의 어법이었기 때문이라고.

그리고 그것이 그를 완전한 질곡 속에서 살아가야 할 힘겨운 팔자, 대부분이 어둡고 음습한 인생의 밑바닥과 파멸의 늪으로 떨어지기 일쑤인 통상적인 운명으로부터 상깃을 구출해 냈다고 생각한다. 그가 그토록 배, 그러니까 성적인 욕망이 대단히 강하다고 일반적으로 알려져 있음에도 아무튼 그것은 그 가슴의 살아 있음에 비하면 부차적인 것이다. 더 깊은 이유가 있다. 무엇보다도 그는 명상을 사랑했던 게다. 여자들에게 관심을 보이는 것보다도 더욱 그는 명상할 기회와 공간들을 찾아다녔다. 언젠가 용맹정진 위파사나 캠프가 해제될 무렵 그는 그 시간이 끝나는 것이 두렵기조차 하다고 말했었다. 그 말의 이면에는 그 나머지 인생들이 그만큼 힘겹다는 그런 뜻이 포함될 수도 있을 것이다. 하지만 그것은 오히려 명상에 대한 그의 사랑이 그만큼 진심이었다는 것, 삶과 동떨어져 있지 않다는 것의 반증이 아니겠는가?

그는 자신의 스승을 사랑하고 존재계를 사랑하고 여자들을 사랑하고, 섬세함과 부티 나는 것을 사랑하고, 음악을 사랑하며 자기의 글을 사랑하고, 자기의 명상 체험도 사랑한다. 그는 심지어 자기의 치통까지도 사랑하는 것 같다. 머리가 뽑혀 나갈 듯한 통증에 사로잡히면 그는 명상을 해 보고 찬물을 마시고 술을 끊고 아파하고 다시 명상하고 그 것에 대해 게시판에 방뇨하기 시작한다. 그는 어쨌든 사랑하는 것이다.

상깃의 인생이 하기 좋은 말처럼 쉬웠다고는 생각지 않는다. 그의 모 든 사연을 세세히 알고 있는 것처럼 구는 것은 말도 안 되며, 위에 적 은 글들이 어느 정도 진실을 담고 있는지는 글쓴이조차 모른다. 그러 나 사람들이 야유를 하든, 새삼스레 그를 달리 보든 어찌 됐든 하여간 에 몇 사람이라도 즐거워하기만 한다면 상깃은 언젠가처럼 이렇게 말 하리라는 것을 나는 안다.

"오우, 노 프라블럼. 더 더, 얼마든지 더 나를 갖다 쓰세요."

상깃 괜찮지?

내가 그렇게 물으면,

"핫하, 이 양반이 글쎄."

멋진 구레나룻 회색 수염, 눈가에 패인 세월의 잔주름을 드러내며, 나이 어린 내 어깨를 툭툭 치며 사람 좋게 웃는 그의 얼굴이 지금도 눈앞에 선하다. 몇 번의 풍파를 겪은 뒤 상깃은 홀연 전원생활의 모습 이 물씬 풍기는 양평의 한 수련원에서 평화로운 나날들을 보내고 있다 고 한다. 손수 무공해 농작물을 기르고 고명한 선생의 가르침에 따라 수행하고, 알아듣기 어려운 강의를 듣고…… 더없이 만족한 삶을 누리 고 있다고 한다. 좋은 일이다. 그러나 우리네의 어리석음과 욕망은 그 리 쉽게 끝나는 것은 아니다. 참으로 지혜롭기는 쉽고도 어려우니 어 디서 가늠하랴. 나가르주나의 이런 말이 생각난다.

어리석은 사람은 수면의 잔물결과 같다.

그들이 하는 일은 곧바로 사라지기 때문이다.

올바른 사람은 바위에 새긴 조각과 같다.

그들의 사소한 행위도 오래가기 때문이다.

바위처럼 듬직한 체구를 지닌 상깃, 좋은 일이 오래가길 바란다. 자꾸자꾸 생기길 바란다.

어이, 요새는
작업 안 해?

푸하하 붓다 길연

　시인, 티베탄 펄싱 요가 전문가, 테라피스트로 알려진 길연의 산야
신 이름은 칸투다.
　티베탄 펄싱 요가는 티베트와 중국의 고대 사원에서 승려들의 깨달
음을 준비하는 명상 테크닉으로 전해 내려오던 것이다. 미국인 산탐 디
라지 박사(본명은 제임스 루돌프 멀레이)가 현대 과학기술 문명의 코드와
접목시켜 이십오 년간에 걸쳐 재해석, 재창조한 끝에 빛을 보게 되었
다. 창안자 디라지는 이십여 년 동안 알코올 중독자로 살았다고 한다.
할리데이비슨 오토바이에 술이 담긴 링거병을 매달고 거기에 튜브를
꽂아 마시면서 최고 속도로 질주하던 꼴통이었다. 그러던 어느 날 티
베트 라마로서 살았던 전생의 삶을 기억하고 당시의 스승 두잠 림포체
도 만났다고 한다. 우여곡절 끝에 디라지는, "티베트가 멸망할 때 커다

란 고목이 티베트 고원에 쓰러지면서 이백여 개의 깨달음의 씨앗들이 이 세상으로 흘러내려 왔다. 내가 그 씨앗 하나를 가져와 여러분께 선물하고자 한다."라고 말하게 되었다. 그러고는 1998년 티베탄 바르도의 마지막 수행 과정인 '템플'을 전수하고 9월 25일 육체를 떠났다.

생전에 오쇼도 찾아갔다. 오쇼는 전생에 티베트의 위대한 라마였지만 그때도 매우 반역적인 기상이 넘쳤으며 디라지의 전생 스승과는 같은 시대에 살았다고 한다. 디라지를 보고 오쇼가 웃으면서 "전생에 너의 스승은 전통만 고집했다. 그 스승에 그 제자라고 당신 또한 그럴 셈이냐?"라고 하자 디라지가 이때 크게 자각하는 바가 있었다고 한다.

아무튼 나는 산야신도 티베탄 펄싱 요가 그룹의 멤버도 아니지만 길연 부부와는 꽤 가깝게 지내 왔다. 부창부수(夫唱婦隨)라고 젊은 날의 칸투와 마찬가지로 화려한 꼴통으로 명성이 자자한 길연의 부인도 역시 산야신인데 이름은 물야라고 한다. 내가 처음엔 물야를 잘 몰라서 그들의 지인에게 "저들은 어떤 사이라고 해야 하나요?" 하고 물으니 즉각 "피 튀기는 사이죠."라는 대답이 돌아왔다. 그만큼 그들 부부의 엽기적 생활은 늘 화제였다. 예컨대 물야의 생일을 기억하지 못하는 길연이 어느 날 갑자기 물야에게 몽둥이로 한 대 맞았다. 벌떡 일어나 그가 하는 말,

"오늘이 물야 생일이로군."

어느 날 길연네 집에서 열리는 화투놀이가 화제에 올랐다. 길연은 계속 잃기만 한다기에,

"정말이에요? 물야가 가만있지 않을 텐데?"

길연의 친구가,

"그렇죠. 많이는 아니고 조금만 잃지. 물야가 무서우니까."

또 이런 일도 있었다. 길연은 젊은 시절 뻐드렁니여서 양치질을 게을리했다고 한다. 그 탓에 썩은 이빨이 많았다. 물야가 자발적으로 시집을 오고 나서 장인어른이 그에게 틀니를 달아 줄 정도였다. 그러던 어느 날이었다. 명상캠프에서 산야신 일당들이 프로그램에는 안 들어가고 한산한 식당에 모여 태평세월을 구가하고 있었다. 내가 얼굴을 들이밀자 어젯밤 무리를 한 탓에 안색이 안 좋아 보였던지 물야가 부군이 보는 앞에서 '외간 남자'인 나에게 손수 얼굴에 오일을 발라 주는 영광을 베풀었다. 이를 보던 누군가가 어젯밤 나눔의 시간 때 내가 했던 "난 여자에게 전혀 관심이 없습니다."라는 썰렁한 멘트를 지적하면서,

"그럼 남자한테 관심 있다는 뜻인데…… 혹 나한테?"

걱정이 앞선다며 조크를 던졌다. 다들 깔깔 웃다가 트랜스젠더에 관한 화제로 옮겨 갔다.

"칸투와 물야가 서로 남자, 여자 바꾸는 건 어때?"

농을 했더니 물야가 대뜸,

"그럼 내가 칸투의 틀니도 해야 돼?"

깔깔깔.

길연이 가평 산골짜기에 만든 오두막집에 얽힌 비사도 있다. 길연이 하루 종일 오두막집을 지어 놓으면 밤새 물야가 맘에 안 든다며 다 부셔 버렸다. 참다못한 길연이 화가 치밀어 "이걸 그래!" 하며 엉겁결에 때리면 물야가 몽둥이를 들고 쫓아왔다. 잡히면 죽는다는 생각에 도

중에 한 대 흠씬 얻어맞은 것도 잊고 부리나케 근처 친구 집으로 피신, 시퍼런 상처를 내보이며 벌벌 떨고 있는데 마침내 공포의 물야가 찾아와 고작 한다는 말이,

"무슨 일 있었어?"

길연과 물야는 나이 차가 열일곱 살이나 났지만 이렇듯 일곱 살 어린애들처럼 천진난만 환상의 커플, 배꼽 빠지는 엽기 부부였다. 한번은 길연과 친했던 한 여자 산야신이 우스개로 이런 얘기를 지어내기도 했다.

길연이 한창 연애 행각을 벌일 때였다. 은밀한 방 안에 단둘이 들어가 탁자를 마주하고 앉아 분위기 있는 음악 틀어 놓고 있는 무드 없는 무드 다 잡았다. 기대에 부푼 상대방이 한참을 끈질기게 기다려 봤지만 제기랄 놈, 실제 상황은 일 분 만에 끝이었다고. 깔깔깔.

내가 위 내용의 글을 겁도 없이 온라인상에 올렸더니 이를 본 물야가 물이라는 닉네임으로 슬쩍 댓글을 달았다.

"맘대로 생각하시게. 그리고 당신도 엽기 아닌감? 호호호."

해서 내가, "물, 잘 지내지? 사랑해." 그랬더니 물이 냉큼, "물벼락 맞고 싶으면 와!" 하였다. 푸하하.

인생은 농담이고 놀이다. 길연이나 물야 등 대개의 산야신들에게는 그러했다. 심각한 것은 아무것도 없었다. 있어도 그때뿐이었다. 한번은 이런 일도 있었다.

길연이 어느 날 내가 다니던 직장에 놀러 왔다. 마침 길연의 아들뻘 되는 후배 산야신도 그 회사 직원이었는데 그날이 마침 그의 귀빠진

날이었다. 직원들이 모여 생일 케이크를 자르고 덕담을 나누는데 사장님의 호의로 그 자리에 '길연 선생'도 초대되어 한마디 하게 되었다.

"이 친구가 저를 첨 본 것은 자기가 초등학교 3학년 때라고 주장하는데(같은 동네에 살았었다.) 제가 이 친구를 본 것은 이 친구가 어엿하게 자라서 인도에 왔을 때였어요. 그런데 제 옛날 여자 친구와 팔짱을 끼고 걸어가더라고요."

사람들은 그 얘기가 이해가 안 되는지 꿀 먹은 벙어리처럼 가만히 있었다. 길연보다 한두 살 적은 회사 사장님이 이리저리 계산을 해 보더니, "길연 선생님, 그럼 그 여자 분은 선생님보다는 나이가 적고 여기 김 군보다는 많고 이렇다는 뜻이죠?" 하고 더듬더듬 묻는 것이었다. 이에 길연이 "네 네, 그렇죠, 그렇죠." 해서 그 자리의 대다수 사람이 경악을 금치 못한 적이 있었다.

일반인의 관점에서 보자면 이해하기 힘든 관계, 털어놓기 힘든 일이었을 것이다. 시비를 다투기 전에 대부분의 관점이란 사회적으로 조건화된 마음 때문이 아닌가? 한 명상캠프에 처음 참가했던 어떤 여자 분이 이런 글을 올린 적이 있다.

명상캠프에서 가장 인상이 깊은 것은 뭐니 뭐니 해도 사람들이다. 외모에서부터 뚜렷한 개성과 야성을 지닌 산야신들. 그런데 이들은 공통점이 있다. 어떤 화제에도 거리낌이 없고 솔직하며 유머 감각이 풍부하다. 일반 사회의 가치나 관념이 침투한 적조차 없는 듯한 영혼들을 보는 것은 신선한 충격이었다. 게다가 이들은 여행 경험—특히 인도 여행—이 풍부하여 마르지 않는 샘물처럼 이야깃거리가 솟아난다.

맞는 말이다. 요컨대, "당신들은 어떻게 그리 태평하고 신선할 수 있죠?" 하고 물으면 그들은 즉각,

"뭐가 그리 심각한데요?"

하고 되물을 것이다.

심각한 사람은 결코 신선해질 수 없으며 신선한 사람은 심각해지지 않는다. 먼저, 그 점을 얘기하고 싶다.

그런데 길연의 과거를 어느 정도 알면 다소 뜻밖이지 않을까? 초등학교 졸업이 전부인, 정규 교육과는 조기에 담을 쌓은 운명적인 아웃사이더이며, 한국의 히피족들이 들락거리던 유명한 락카페의 초대 디제이며, 심지어 한때는 마약에 대해서도 익숙한 사람이었다는 걸 아는 사람은 별로 없다. 배우고 익혀 할 줄 아는 것도 많았다. 앞서 말한 것 외에도 번역이나 저술 활동, 눈을 통해 삶과 영혼의 드라마를 읽어 내는 아이 리딩, 돌과 보석을 이용해 심신을 치료하는 스톤 테라피, 타로, 점성학, 전생과 그 이전의 전생 그리고 그 이전의 전생의 전생까지 탄생과 죽음 이전의 세계로 인도하는 바로도 명상, 만트라, 탄트라…….

매년 외국을 쏘다니고 소년 같은 얼굴에 은발을 휘날리며 농담과 재치를 즐기는 이 테라피스트를 두고 한 꺼풀 벗은 사람이라고 하지만 그 이면에는 그처럼 다채로운 자기 실험과 방랑의 세월이 있었던 것이다.

어느 날 일을 후닥닥 끝낸 뒤 가평에 있는 길연의 오두막집엘 갔다.

산골의 저녁, 길연은 러닝셔츠 차림으로 장작을 패다가 손님을 맞는다. 얼마 전에 지었다는 오두막 사랑채에서 손수 만든 산야차와 과일, 과자 등을 먹으며 한담을 나누는데 다도에 정통한 어떤 분이 "이 차를 마시니 행복해지네요." 했대서 이름을 '행복차'로 바꿨다고 물야가 자랑을 한다. 구멍이 숭숭 뚫린 사랑채에 앉으니 본채 건물이 한눈에 들어온다.

무너져 앉을 듯한 낡은 슬레이트 지붕, 장작 아궁이가 보이는 마당의 이끼와 잡초. 그 한가운데 소담스레 핀 이름 모를 노란 꽃만 없었다면 전형적인 폐가 그대로였다. 작은 마루들, 그 아래 발을 헛디뎌 자빠지기 쉬운 섬돌, 잔뜩 허리를 굽혀 출입해야 하는, 해서 이마빡 부딪쳐도 아프지 말라고 스펀지를 붙여 놓은 방문들을 드나들며 길연이 자신의 건축 작품(?)들을 화장실 빼고 샅샅이 공개했다.

한 곳 한 곳이 설명을 안 듣고는 들어가기 어려운 비밀스러운 은신처 같다. 비뚤비뚤한 서까래, 대충 이어붙이고 세운 벽, 고금에 찾아보기 힘든 토종 집이라며 길연이 자랑하는데 자신만의 행복한 공간을 만들기 위해 게으른 가운데도 나름대로 공들인 흔적이 역력했다.

그들이 사는 가평의 오두막집은 마치 소꿉장난 살림을 차려 놓은 듯했다. 창문도 문짝들도 부엌도 샤워실도 그릇들도 모두 앙증맞았다. 부엌 옆 조그만 샤워실의 수도를 틀면 물도 '펌 펌 펌' 하며 티베탄 식으로 나온다.(티베탄 펄싱 요가의 주 동작을 펌핑이라고 함.) 설거지할 때도 펌 펌 펌, 마당 수돗가는 약간 세서 펑 펑 펑 소리를 냈다.

어느 날 여자 손님이 부엌의 조그만 식탁에 앉아 창밖 옥수수 밭을 바라보고 있는데 갑자기 방 안에서 주먹질하는 소리가 들려왔다.

탁!

"아야! 왜 그래?"

탁!

"내 꺼야!"

이어지는 툭탁 소리.

"어떠냐?"

길연의 의기양양한 소리와 함께 부엌에서 뛰쳐나온 물야가 몹시 아쉬운 표정을 짓고 있었다. 둘이 대단한 싸움이라도 한 줄 알고 겁먹은 얼굴로 사연을 물으니,

"응~ 요구르트 지가 먹으려고 갖다 논 거 내가 먹으려고 집었더니."

하며 태연히 냉장고에서 다른 것을 꺼내 먹었다.

아! 서너 살짜리 애들처럼 요구르트 하나를 갖고 목숨 걸고 치고받는 이 광경에 그곳에 묵고 있던 어느 여자 손님의 심장은 벌렁벌렁 놀래느라 하루도 편한 날이 없었다. 하지만 물야의 말처럼,

"요새 이 정도는 평화 무드. 전엔 더 심한 전쟁이었어. 랄랄라~."였던 것이다.

암튼 그날 안방에 들어가자 길연 선생이 탄트라를 주제로 했다는 자신의 신작 시집 원고를 보여 준다. '이 세상 자궁이여, 당신에게 잠시 쉬어 가리라' 그 집에 그 제목인 듯했다.

시를 감상하는 사이 물야는 저녁 식사 준비를 한다. 얼마 전 내가 관여한 명상캠프 때 내놓은 음식 수준이 별 볼 일 없다며 공개적으로

비난한 탓인지 다소 긴장한 표정으로 상을 내왔다. 식사 내내 긴장이 안 풀린 모습으로 반응을 살피는 물야의 모습이 평소답지 않았다. 한 그릇을 맛있게 먹었다.

웃고 떠들다 보니 어느덧 길연의 탄트라 강의가 시작되었다. 탄트라는 부부나 사랑하는 연인들이라면 피해 갈 수 없는, 수천 년간 베일에 싸여 있다가 현대인에게 갑자기 모습을 드러낸 사랑의 요가다. 이 또한 티베트가 망하면서 세상에 흘러들어 온 많은 깨달음의 씨앗 중 하나다.

이 분야에 관심을 가진 사람들이 제대로 알지도 못하면서 많이 하는 탄트라 행법이 있다. 사정을 하지 않기 위해 항문 부위를 조이는 방법인데, 그 위험성에 대하여 길연 선생께서 지적한다. 이건 할 때는 효과가 좋은지 몰라도 죽을 적에는 그 부위의 긴장이 한꺼번에 풀려 온갖 오물을 와르르 배설한다고. 제3의 눈에 의식을 집중하는 방법 역시 마찬가지다. 그 부위에 축적된 긴장이 확 풀리면서 팽그르르 세상이 돌아가는 고통과 현기증 속에서 죽게 된다. 길연의 실전 경험이 궁금해졌다. 그 혼자 지내던 산골에 어느 겨울날 제 발로 찾아와 얼음을 깨 가며 밥을 지어 주던 물야가 결혼 후 3개월 만에 마각을 드러내며 몽둥이찜질을 시작했다는 얘길 들어 보면 글쎄……

아무튼 최상의 탄트라는 무위자연 상태에서 에너지가 교류하면서 일어나는 절정의 경험이다. 강요나 콤플렉스, 노력이 배제된 무위의 자연, 리듬을 타는 자발적인 에너지의 교류 — 이것이 핵심이다. 그러고 보니 길연 물야 부부의 집이나 삶이 그를 닮아 있는 듯도 보였다.

길연이 또 대안요법이나 심리 상담과 치료를 직업으로 하는 테라피스트, 심리요법가들이 빠지기 쉬운 함정에 대해서도 산야신으로서의 오랜 경륜을 실어 한마디 했다.

나는 너의 문제점을 알고 있다. 너는 이러저러한 자다. — 어떤 사람이 한 사람의 상처나 심리 구조에 대해서 알게 될 때 자칫 아는 자로서의 에고가 강화되기 쉽다, 알게 모르게 배는 권위의 위험성, 그로 인한 독선과 지배욕만큼 해로운 것도 없다.

피시술자에게도 역시 함정이 있다. 자신이 안고 있는 여러 문제와 고통 때문에 세션을 받다 보면 무한히 열려 있는 자신의 자유와 존재성에 주목하기보다는 과거의 부정적 경험에 의해 고정된 유한한 자기에게로 기울어 더욱 좌절하기 쉽다는 것이다.

좋은 거라고 해서 조금이라도 더 누리려고 욕심을 내다가는 큰코다친다는 것, 몸이 원하는 대로, 가슴과 직관이 이끄는 대로 흘러갈 것, 아는 척하는 자신에게 홀딱 반해 살지 말 것, 아무리 어려운 경우에도 희망을 발견하고 부정적인 것을 긍정적인 것으로 바꿔 줄 것 등등, 길연의 훌륭한 강의가 끝났다. 특히 왜곡되기 쉬운 섹스에 관한 탄트라의 시각, '강하면 강한 대로 약하면 약한 대로 서로의 에너지를 가만히 느끼는 것이 최고의 엑스터시다. 자신의 어떤 상태에도 저항하지 않는 것이다.'라는 견해는 많은 것을 시사한다.

길연은 매년 유럽에서 열리는 티베탄 펄싱 요가 그룹 모임을 위해 출국할 계획이라 했다. 부디 경비 조달 잘해서 무사히 다녀오길 빌어 주곤 이웃에 사는 다른 산야신 집으로 다 함께 자리를 옮겼다.

유지 크리슈나무르티가 "유기체는 그 자체로 이미 특별히 평화로운 지복의 상태다."라고 말한 것이 생각난다. 그 때문에 우리의 몸은 우리의 생각과는 달리 쾌락이라든가 기쁨에 아무 흥미도 없다는 것이다. 특정한 쾌락의 감각을 구하고자 하는 것은 우리의 욕망이 만들어 낸 생각일 뿐이며, 몸은 우리가 생각을 통해 만들어 낸 어떤 것에도 전혀 관심을 두지 않는다. 거부할 뿐만 아니라 지복이라고 부르는 감각을 느끼는 순간 몸 자체는 그것을 고통으로 전환시켜 버린다는 것이다.

몸과 쾌락의 숨겨진 진실에 대한 보기 드문 통찰이다. 비약일는지 모르지만 명상서에서 흔히 말하는 '내려놓으라', '비워라' 하는 의미와 통하는 얘기 같다. 비어 있음의 상태가 곧 가장 자연적인 상태며 가장 평화롭고 충만한 존재 상태라면 모든 인위나 에고의 사념은 당연히 부담이 되고 고통이 되지 않겠는가?

그렇다면 이것은 단지 몸에 대해서만 진실인 것은 아니다. 인생을 빛과 풍요와 놀이로 채우는 것은 쉬운 일인데, 그것은 다름 아닌 있는 그대로를 받아들이는 것이다. 행복은 이미 거기에 주어져 있다. 고생 끝에 얻는 행복이라면 대관절 어떤 종류의 행복인가? 이 세상을 바꾸고, 자신의 부가가치를 늘리고, 무언가를 열심히 해야만, 이런저런 목표 지점에 도달해야만 비로소 행복해질 수 있다고들 말한다. 힘겨운 노고나 불행의 과정을 필히 전제로 하지만 올지도 안 올지도 모르는 불확실한 미래의 행복? 매우 비경제적이고 불합리하며 모순된 정의 같다. 행복이란 과정이나 결과가 아니라 본성이라는 것 — 이것이 탄트라의 입장이다. 내려놓으라. 있는 그대로를 받아들이고 즐기라.

그렇다면 차라리 그전과는 다른 정의, 삶에 대한 다른 태도를 택해야 하지 않는가? 당장 행복해지기. 그 작은 예를 든다면 아마 이런 것도 포함될 것이다. 나는 일 년에 몇 차례씩은 나보다 한참 위의 연배인 그에게 버릇없이 실수를 저지른다. 막말도 하고 대놓고 인터넷 게시판에서 그의 마누라를 비난하기도 한다. 그런데 그는 내 실수나 공개적인 비판에 대해서는 늘, 도무지 관심이 없다. 관심이 있다면, "어이, 요새는 작업 안 해? 여자하고 뭐 없어?" 정도다.

하하하.

물야를 제외한 어떤 여자와의 섬씽도 언제나 반겨 주고 전폭 성원해 주는 산야신 동네의 달관한 악당 같으니라고.

우리는 우주를
방랑한다

가슴의 빛 카라

어떤 평범하고 조용하게 흘러가는 인생 속에도 실은 삶의 모든 과정들이 들어 있다. 아무도 모르게 숲 속에서 홀로 핀 꽃 한 송이에도 봄 여름 가을 겨울이 일어나고 지나갔듯이…….

어느 모임의 휴식 시간에 복도에 나와 있는데 모르는 여자가 내게 말을 걸어 왔다.

"이따 끝나고 술 한잔할래요?"

얼굴에 눈물 자국이 있는 것이 수심이 가득했다. 그 산야신의 이름은 카라였다. '빛의 방출'이라는 뜻이다. 그녀가 어둑어둑한 홀 안에 들어왔을 때의 환하고 당당하던 첫인상이 생각난다. 왜 그렇게 기억되는지 알 수가 없다.

"그건 그때 삼 주짜리 그룹 명상이 마악 끝나고 나서라 그런 거야."

훗날 카라는 웃으면서 그 얘기를 한다. 명상을 하면 오라들이 밝게 변한다고. '그런 것도 몰랐어?' 하는 투다.

그녀는 단아한 분위기와는 달리 박하 담배를 즐겨 피는 애연가였다. 무슨 사연이 있는 것일까?

그녀는 부산에서 나고 자랐으며 단란한 가정의 평범하고 착한 딸이었다. 훔친 동전을 양말 가득 담아 하낫둘 하낫둘 보무도 당당하게 안방을 지나가다가 아버지한테 걸려 '뒈지게' 얻어맞기도 하는 순진한 아이였다.

대학은 서울에서 미대를 다녔다. 그 나이에 어울리는 지적 열망도 있어서 마가렛 미드의 책에 반해 서점에 갔으나 구할 수 없었다. 학교 도서관에서 발견하고는 꼭 읽어야겠다는 맘에 도난 검색대가 있는 것도 잊고 책을 들고 나오는데 삐이익 삐익 소리가 들렸다. 듣고 있던 사람들 모두가 숨을 멈추고 물었다.

"그래서 어떻게 됐는데?"

"그냥, 이건 서점에 없는데, 읽어야 되는데, 읽어야 되는데…… 그런 맘뿐이었어."

쩝, 그녀의 지적 탐구열과 어린애 같은 순진함에 다들 당황해하며 입맛을 다신 기억이 난다.

그녀는 학창 시절부터 절집에도 자주 출입해서 스님들 세계나 그곳 살림을 잘 알고 있었다. 대학 때는 사귀던 남자가 다른 여자와 관계를 가진 걸 알고는 충격을 받았다고 한다. 어떻게 나와 사랑하면서도 다른 사람과 잘 수가 있을까! 그것은 그녀로서는 이해할 수도, 용납될 수도 없는 남자들의 세계였다.

그 뒤로 남자에 대한 긴장이 많아졌다. 그래서 그녀는 혼기를 훌쩍 넘기고도 연애 한 번 변변히 못 한 채 독신녀로 지내고 있었다. 늙으신 어머님한테 죄를 짓는다며 자신을 책망하기도 했고, 그 때문에 못 마시는 술을 마시기도 했다. 나에게 말을 걸어 왔던 그날은 어머님이 병원에 입원한 날이었다.

"절대 두 번은 만나고 싶지 않아요."

하고 자신의 인생에 대해 말한다.

그래도 나름대로는 잘 꾸려 가고 있었다. 정갈하고 섬세한 솜씨를 느끼게 하는 한지 공예가였는데, 저런 옷은 어디서 났을까 싶은 아름다운 천연 염색 개량 한복을 즐겨 입었고, 머리는 깎지 않았지만 자신을 비구니로 여기며 사는 듯한 느낌을 주었다. 어떤 이가 "카라는 산야신보다는 비구니나 불교 신도로 살았으면 더 편하고 낫지 않아?" 할 정도로.

이는 그녀의 정적인 에너지, 온건하고 보수적인 심성을 두고 하는 말이었다. 허나 반항아적인 풍모에 이르지는 않는다 하더라도 공허하고 위선적인 사회의 형식주의와 억압들로부터 벗어나고 싶다는 열망은 카라 역시도 매한가지였다. 자유로운 농담과 심각하지 않음은 그런 산야신들의 눈에 띄는 특징이자 그들의 흔한 기호품이다. 단정하고 차분한 것을 좋아하는 그녀지만 여느 산야신처럼 야한 농담도 곧잘 하여 사람들의 배꼽을 빠지게 하곤 했다.

어느 명상캠프에서 기공 시간이 있었다. 난생처음 기의 세계와 실체를 접해 보고 많은 사람이 깊은 관심을 보였다. 프로그램이 끝나고 그 바로 뒤에 일어난 에피소드다. 강사가 시범 삼아 참가자들의 한쪽 손가락에 커져라 커져라 했더니 세 사람 정도를 제외하고 참가자 대부분의 손가락이 커진 일이 있었다. 캠프 기간 내내 음악을 주로 담당했던 상깃이 신기했던지 물었다.

"내 거시기가 좀 짧은데 그것도 커져라 커져라 하면 커질까?"

시험해 보겠다며 꽤 엄숙해 보이는 기공 선생님에게 개인 지도를 청하려고 일어났다. 아름다운 흰옷 차림으로 제집 안방이나 되듯 명상홀에 활짝 누워 있던 카라가 일어나지도 않고 이런 농담을 했다.

콩나물 장사를 하시는 어떤 분이 비싸기도 한 비아그라를 타서 콩나물을 길렀단다. 시장에 내다 팔았더니 반품이 쏟아져 들어왔다. 콩나물을 끓여도 당최 숨이 죽지 않는다는 것이 그 이유였다. 하지만 콩나물 장수가 하는 말. "문제 없슈. 비아그라 콩나물을 조개와 섞어 끓이면 전혀 상관 없시유." 과연 조개와 같이 끓인 콩나물은 시장 콩나물처럼 먹기 좋게 시들해졌다는 이야기다. 하하하.

이런 일도 있었다. 또 다른 캠프가 시작되기 전 카라, 리아녀(필자의 당시 여자 친구), 여자3 등과 함께 명상원 밭에서 열무와 배추를 뽑고 있었다. 땅이 길러 준 수확물이 너무나 풍성하고 뽑는 재미도 쏠쏠하여 그런지 여자들끼리 우리 언젠가는 다 함께 전원에서 같이 살자고 한창 재밌고 감동적으로 얘기한다. 그때 카라가 잘생긴 열무를 골라 뽑다가 천연덕스레 말했다.

"리아녀, 남친 고추랑 똑같은 거 뽑으면 보여 줘."

리아녀, '카라 언니가 저런 남사스런 농담을!' 하고 눈이 동그래지더니 이내 나를 한 번 째려보며 말한다.

"언니~ 쬐그만 건 캐지 말고 묻어 두래매?"

하하하.

그녀는 친구란 단어보다는 도반이란 말을 더 좋아했다. 서울 근교의 산과 호수로 둘러싸인 한 마을에서 다른 마을로 이사 가는 날이었다. 아예 전날부터 도착해 하룻밤을 자고 이삿짐 운반을 거드는 도반들도 있었다. 이사 당일 다들 식당으로 몰려가 점심을 먹는데 한 아이가 파리채로 파리를 잡으려 하니 아빠는 "세게! 세게!" 하고, 엄마는 "아프니까 살살, 살살" 때리라고 해서 다들 배꼽을 잡고 웃었다.

웃음이 그치자 카라의 농담이 그 뒤를 이었다. 자기 엄마는 누가 웃긴 얘기를 해도 절대 웃는 일이 없으시단다. 평생 딱 한 번! 밥을 먹다가 딱 한 번 본인이 우스갯소리를 하여 웃긴 일은 있었다. 이런 얘기였다.

밥 위에 파리가 앉았다. 누군가 파리를 잡았다. 파리가 죽으면서 하는 말,

"내가 먹으면 얼마나 먹는다고."

듣고 있던 사람들이 졸도 직전까지 웃어 댔다. 이때의 이사를 계기로 급속도로 친해진 한 도반과 카라는 연애를 하고 마침내 결혼에 골인한다. 산골 명상원의 모임에는 늘 같이 붙어 다니더니 한번은 카라

혼자만 왔기에 내가 농을 걸었다.

"이제 서로 바람피울 때도 됐지?"

"난 그 사람을 백 프로 신뢰해."

"그래? 난 카라한테 백 프로 관심이 없는데?"

"쳇!" 하고 대꾸도 않고 사라지던 그녀의 뒷모습이 생각난다.

그녀가 좋아했던 산골 명상원은, 항상 새로운 사람들 그리고 그곳 작은 카페의 음악 소리며 무수한 파티들, 숲으로 둘러싸인 통유리 밖의 광경들이 사람들을 유혹하곤 했다. 결혼한 이후에도 그곳에 대한 카라의 사랑은 변함이 없었다. 인생에서 가장 행복한 시간이 있다면 바로 그곳, 같은 관심과 애정을 가진 사람들이 함께 모여 명상을 하는 그 시간이라고 카라는 몇 번이고 말했다.

그녀가 빠짐없이 참석했던 용맹정진 기간에는 새벽 4시부터 그곳에서 명상이 시작된다. 그보다 반 시간여 전에는 누군가 종을 들고 참가자들의 숙소를 돌며 잠을 깨우고, 고요한 명상 음악이 흐르는 가운데 입구에서 나눠 주는 따뜻한 허브 차를 마시며 하나둘씩 입장한다. 바늘 떨어지는 소리 하나 들리지 않는 정적. 새벽 네 시면 깨어나 노래를 부른다는 이름 모를 새소리뿐. 그리고 멀리 철로에서 들리는 새벽 기차 소리.

어느 토요일 정오 무렵 산언덕엔 운무가 피어오르고 계속해서 비가 내렸다. 빗줄기를 감상하고 있는데 여자 자원봉사자가 부리나케 찾아와, "오빠, 오빠, 달마 홀로 좀 가 봐!" 호들갑을 떤다. 가 보니 달마 홀에 있던 담요와 요, 베개 등이 분류별로 차곡차곡 개어져 쌓여 있는 것이 꼭 종갓집 큰며느리가 시아버지 옷 다려 놓은 듯하다. 주말 자원 봉사자로 선출된 카라의 작품이다. 그다음으로 고약한 냄새가 코를 찌르는 화장실을 혼자 쭈그리고 앉아 청소하는데 마치 강아지 목욕시키듯이 정성을 쏟는다. 그렇게 주말 프로그램 겸 자원봉사를 마치고 집으로 돌아갔던 그녀는 한 주일을 못 참고 이틀 뒤면 다시 찾아오곤 했다.

그곳에선 많은 명상캠프와 축제가 열렸다. 사람들은 그곳에서 "새로운 인류의 출현을 보았다."고도 하고 "생에 처음 만나는 자유를 느꼈다."고도 하였다. 자연환경과 어우러진 현대적 명상과 자유로운 축제 분위기도 분위기이지만 그곳에 처음 오는 사람들을 감동시킨 것은 카라와 같은 이들의 순수하고 따뜻한 마음씨였다.

구도심에 찬 진지하거나 유쾌한 사람뿐만이 아니라 떠나간 연인, 깨어진 가정, 무심한 남자…… 그로 인해 가슴에 상처가 가득한 여자들도 많이 찾아왔다. 그녀 자신이 그런 상처를 받기도 했던 카라는 그들의 훌륭한 벗이자 상담자였다. 그들이 버림받고 배신을 당하고 할 때마다, 자신의 얘기를 털어놓다가 마침내는 연체동물처럼 몸도 가누지 못하고 흐느껴 울 때마다, 그리고 그날따라 비 오는 밤이거나, 달빛이 창창할 때마다 그들을 다정히 껴안고 등을 다독거리며 위로해 주던 카라의 모습이 생각난다. "괜찮아, 괜찮아." 하면서. 그러면 통곡으로 이어질 뻔한 그녀들의 울음소리가 새벽이 밀려오듯 잦아들곤 하였다. 그곳에는 말썽쟁이, 막무가내 꼴통, 아무에게나 반말과 쌍욕을 일삼는 주정뱅이 도반도 있었지만 그런 이도, 처음 보는 젊은 여자도, 또 다른 누구도 그녀에겐 '한 식구'였다.

"우린 한 식구야."

그것은 삭막한 도시인이 가져 보기엔 참으로 낯선 감정이리라.

몇 년 후 나는 인도 푸나에서 우연찮게 카라와 그의 남편, 여러 한국 친구들과 같이 머물게 되었다. 대부분은 산골에서 함께 지낸 적이 있는 터라 어울려 잘 먹고 잘 놀며, 가끔 융숭한 파티를 즐기며 잘 지내고 있었다. 거기에 죽치고 있던 한 독일 친구가 어느 날 내게 물었다.

"헤이, 네 코리안 패밀리는 다들 어디 갔냐?"

"오잉, 패밀리? 난 혼자 왔는데……?"

그러고는 독일 친구가 한참을 떠들었다. 얘기인즉슨 한국 사람들은 모여 있으면 전부 한 가족처럼 보인다는 것이었다.

"왜, 다른 나라 사람들도 자기들끼리 밥 먹고, 수다도 떨고 그러잖아?"

아니란다. 한국인들만의 분위기가 있는데 너네 나라 사람은 모두 가족 같다고 했다. 흠, 한번 생각해 볼 말이었다.

그 무렵 거기엔 나보다 좀 늦게 그곳에 온 젊은 후배 하나가 있었다. 일본에서 성장기를 보낸 외로운 친구였다. 한번은 그 후배와 함께 리조텔로 가다가 입구에서 카라를 만났다. 그녀는 그즈음 굉장히 힘들어하고 있었다. 먼저 떠난 남편을 따라 장밋빛 꿈과 희망을 안고 인도에 왔지만 얼마 되지 않아 청천벽력 같은 결별 선언을 듣고 이혼에 합의한 뒤 별거 중이었다. 몸 상태도 안 좋아서인지 한동안 못 봤는데, 오랜만에 만나니 무척 반가워하면서 점심이나 같이 먹자고 했다. 그녀의 마음 상태가 벌써 정상으로 돌아왔을까 싶기도 하고, 가끔 들어 주기 좀 힘든 이야기도 있었다.

"난 네 횡설수설 듣고 싶지 않아. 안녕~."

내가 거절하고 돌아서자 후배 녀석은,

"어떻게 그런 심한 말을!!!"

말도 안 된다며 경악한다.

"난 이래서 한국 사람 정말 싫어! 싫어!! 다른 나라 사람 같으면 절대 있을 수 없는 일이야!"

짜식 놀래긴. 그보다 더 심한 말도 하는데……. 나로선 그녀의 이혼 소식이 뜻밖으로 들리지 않았다. 백 프로 신뢰한다든지 백 프로 소유라든지 하는 말들은 대개 언어의 기만일 뿐이다. 파탄이라는 것은 더 성장하고 변해야 한다는 신호일 수도 있다. 자기 자신을 깊이 기만하거나 계속해서 꿈속에서 살고자 할 때는 아무도 그를 일깨워 줄 수 없으므로 인생이란 망치가 그를 내리쳐 버리는 것이다. 그녀도 그런 정도는 알고 있었는지라 마음을 굳게 가져 보았지만, 어쨌든 아프지 않은 상처는 없으며, 환자는 들리든 안 들리든 신음을 지르고 있는 법이다.

며칠 뒤 카라의 저녁 초대를 받았다. 나한테 거절당한 일 따윈 그저 웃고 지나가는 그런 일조차도 못 되었다. 예정에 없던 그 후배도 끼워 주었다. 카라와는 서로 일면식도 없는 사이였다.

"걔도 데리고 갈게."

"노 프라블럼."

후배 녀석은 차려진 한국 음식을 보더니 나에 대한 그전의 집중 성토는 싸그리 잊어버리고 냠냠 쩝쩝 와구와구 엄청 먹어 댔다. 비슷한 일이 그날 이후에도 몇 번 있었다. 그때마다 후배는 정성스레 내놓은

음식을 인도식으로 수저가 아닌 두 손으로 와구와구 입안에 처넣기까지 하며,

"형, 누나. 우리 한국 가서도 이럴 수 있는 거야?"

"그걸 말이라고 하냐?"

"정말? 와 신 난다! 한국에서도 우리 같이 모여 이렇게 지내자!"

짜식, 한국 사람 싫다고 할 때는 언제고? 후배는 정말 좋아했다. "이런 것이 한국 사람만의 정이라는 건가 봐요?" 하면서.

"작년에 '휴머니버시티(Humaniversity)'에 갔었거든요." 하고 후배가 운을 뗀다.

그곳은 한때 뉴욕에서 총질도 하고, 마약도 하던 전직 갱스터가 인도 스승의 부탁으로 만든 네덜란드의 명상 학교다.

"근데 서양 애들이 부러워하고, 자기들한테도 있어야 되겠다고 하는 게 바로 이런 마음, 인간과 인간의 정이라는 거더라고요."

그곳 보스인 비레쉬(Veeresh)랑 바에서 한잔하는데 "사람과 사람 사이가 계산적인, 합리적인 커뮤니케이션 말고 말 이전의 느낌과 가슴으로, 조건 없는 포용성과 나눔의 마음으로 인간적인 교류를 나누는 것, 그것을 회복시키는 것, 이런 것이 자기가 하는 프로그램의 목적"이라고 했단다. 한국식으로 말하면 '정', 인간의 고향적인 정서로 돌아가게 한다는 그런 것.

후배 녀석이 맛본 것은 카라가 차려 준 오랜만의 푸짐한 한국 음식이 아니라 그 안에 든 정이란 것일지 모른다. 생전 처음 보는, 어떤 이해관계도 없는 사람에게도 최선을 다해 준비하고, 넉넉히 퍼 주고, 한

식구처럼 안아 주는 따스한 온기, 이런 거 말이다. 그 독일 친구가 한국 사람들은 너나 쟤나 할 것 없이 다들 한 가족 같다고 말한 것도 그런 것 때문이리라. 하지만 그것도 카라 같은 사람이 그곳에 있을 때나 그랬었다는 거지 그 후 오랫동안 푸나 아쉬람에서의 훈훈한 얘기는 좀처럼 들을 수 없었다.

그녀가 일 년여의 인도 생활을 정리하고 한국에 돌아왔을 때 나는 일부러 연락을 하지 않았다. 소문에 듣자하니 그녀는 생활이 몹시 궁핍해져 이삼월에도 보일러를 못 틀고 있다 했다. 그동안의 공백으로 한지 공예품의 거래처들이 모두 떨어져 나가 한때는 공장 생활을 하고 있다는 얘기도 들려 왔다. 그러다가 우연히 연락이 닿았다.

"야, 인모 너, 명상 잡지하고 있다며? 그럼 진작 연락했어야지."

다음 날 정기구독을 신청했다는 그녀의 전화가 왔다. 나중에 통장을 확인해 보니 이 년 치 구독료가 입금되어 있었다. 통장에 찍힌 금액을 보니 가슴이 아려 왔다. 그녀의 마음 씀씀이를 알고 있었던 터라 진작부터 그것이 마음에 걸렸던 것이다.

매년 겨울에는 그녀와 소식을 나눌 수 없었다. 어느 사찰의 동안거에 들어가 정진 중이었기 때문이다. 그러던 어느 해 봄에 만난 그녀는 과도한 수행으로 인해 신경쇠약에 걸려 있었다.

캠프에 와서 일 좀 거들어 달라고 했더니 지체 없이 좋다고 한다. 건강을 생각해서 1박 2일만 도와 달라고 했더니 청하지도 않은 온갖 준비물을 정성스레 챙겨 첫날 아침부터 찾아왔다. 명상캠프가 끝난 뒤

일주일 동안 앓아누웠다고 한다. 그러면서도,

"저번 캠프 아주 좋았어. 언제든 불러 주면 또 갈게."

그 명랑한 목소리가 또 한 번 가슴을 아리게 했다. 아직도 그녀는 자신의 상처를 치유하는 중이어서 힘겨워하는 모습을 완전히 감추지는 못했기 때문이다.

그러던 어느 날 카라가 투병 중이라는 소식이 들려왔다. 척추염을 앓고 있어 거의 움직일 수 없는 상태라는 것이었다. 상깃과 함께 문병을 갔다.

카라는 분당에 있는 어느 재활의료센터에 입원해 있었다. 하반신 마비로 꼼짝도 못 한다더니 병상에서 일어나 우리를 맞는다. 보조보행기에 의지해 여기저기 화장실이나 자판기 등을 안내도 해 준다. 대형 병원을 수차례 들락거리며 위험한 고비를 많이 넘긴 듯했다.

"의사 선생님도 굉장히 놀라워해. 기적적인 일이래."

쾌활하게 자신의 투병기를 얘기한다.

아무렇지도 않은 듯한 표정이었지만 나는 순간순간 그녀의 눈에서 불똥처럼 튀어나오는 삶에 대한 강렬한 욕망과 죽음에 대한 공포를 보았다. 명상하는 산야신으로서 평정심을 유지하기 위한 안간힘과 그에 비례하여 더욱 지독해지는 에고의 욕망과 집착의 불꽃도 읽혔다. 나는 지금 지독해야 돼, 나는 지금 지독해야 돼…….

그날은 셋이서 병원 밖으로 나가 늦도록 놀았다. 카라는 주변의 괜찮은 레스토랑이나 주점, 카페 등을 잘도 알고 있었다. 그녀는 내 머리를 콩콩 쥐어박으며,

"야, 인모야 웃겨 죽을 뻔했어." 한다.

선물 대신 봉투에 현금을 좀 담아 카드와 함께 주었는데 거기에 "카라, 빨랑 일어나서 옛날처럼 같이 즐겁게 놀자." 이런 식으로 쓴 걸 두고 하는 말이었다. 글씨체도 그렇고 꼭 초등학생 수준이라며 어린애 같다고 놀린다. 그날은 그렇게 보냈다.

받은 돈으로 여기저기 다니며 다 써 버린 뒤 즐겁게 놀다가 헤어졌다.

그리고 그 얼마 후 카라는 죽었다.

그녀의 죽음은 충격을 주었다. 일찍 죽은 친구들이 더러 있긴 했지만 그렇게까지 충격은 아니었다. 난치병이라든가 뭔가 그럴 만한 이유가 있었기 때문이다. 그러나 카라의 죽음은 미처 예상치 못한 급작스러운 일이었다. 마치 죽음이 우리를 언제든 데려갈 수 있다고 새삼스럽게 알려 준다는 듯.

그녀가 죽고 나서 얼마 후 카라를 위한 '데스 셀러브레이션'이 열렸고, 일부 친구들은 '데스 계'를 만들기도 하였다. 내가 죽고 나면 누가 길 떠나는 나를 위해 죽음을 축하해 주고 기쁘고 행복하게 이 세상을 떠나게 해 줄 것인가? '데스 계'는 자신이 죽고 말 때 명상하는 친구들의 축하 속에서 이 세상을 떠나기 위한 셀러브레이션을 약속하는 계 모임이었다.

죽음을 축하하며 받아들이는 것, 내가 한때 살았던 이 세상을 슬픔이나 불행 속에서가 아니라, 마지못해서가 아니라 흔쾌히 즐기면서 축하의 에너지 속에서 이별하는 것. 그것이 산야신들만의 독특한 데스 셀러브레이션이었다.

칸투는 자신의 부친 장례식에서 덩실덩실 춤을 추었다고 하지 않았던가? 다시 태어날 수밖에 없다면 행복하게 죽은 자가 행복한 얼굴로 태어날 것이다. 괴롭게 죽은 자는 다시 태어나서도 괴로운 얼굴을 짓고 있을 것이다.

예전에 푸나 아쉬람에서 카라도 종종 아무 데서나 춤을 추곤 했다.

"와이? 무슨 좋은 일 있어?"

지나가는 외국 친구들이 그녀에게 물으면,

"어, 얼마 전에 이혼했어. 이혼을 축하하는 중이야."

그러면 어떤 이들은 함께 덩달아 춤을 춰 주곤 하였다.

속마음이야 갈기갈기 찢어지고 새까맣게 타 버려서 처참했을 테지만 그것이 산야신 카라가 보여 줄 수 있는 최대한의 위엄이기도 했다.

실은 명상가에게 있어서 죽음의 순간이야말로 해탈로 가기 위한 훌륭한 기회이기도 하다. 다시는 이 세상에 태어나지 않을 수 있는 기회, 영원의 우주 혹은 참나와 합일할 수 있는 절호의 기회. 그렇게까지는 못 하더라도 자신의 다음 생의 모습을 스스로 선택할 수는 있어야 한다. 행복한 삶, 명상할 수 있는 삶, 도반들과 다시 만날 수 있는 삶.

친구들이 모인다. 평일 서너 시, 당일 오전에 공지를 올렸는데도 한 사람 한 사람 모여들더니 홀 안이 가득 찬다.

고인의 영정 앞에 장미꽃을 바치며 추모 행사를 벌인다. 각자 고인과의 추억을 얘기하며 마지막 인사를 한다. 낯선 죽음길을 축하해 주며 즉각 해탈하여 다시는 돌아오지 말기를 부탁하는 이도 있으며, 말을 끝내지 못하고 엉엉 우는 이도 있고, 농담을 하여 폭소를 터트리게 하는 이도 있다.

그리고 축하의 춤이 이어진다. 아쉬람에서 축제 때 쓰던 음악과 고인이 즐겨 들으며 춤을 추던 음악이 들려온다. 누군가 흐느끼는 소리가 들려온다.

"나한테 와서 친구들아, '나 가기 싫어! 나 가기 싫어!' 하고 울어요."

사람들은 춤을 멈춘다. 축제 분위기가 일어나지 않는다.

오쇼는 제자들에게 말하곤 했다. "나의 전(全) 가르침은 예배가 아니라 축하다. 축하야말로 가장 기본적인 것이 되어야만 한다. 삶과 죽음 모두를 축하하라!"

데스 셀러브레이션을 진행하던 친구가 마침내,

"자, 지금부터 십 분 동안, 아니 축하 에너지가 일어날 때까지 웃음 명상을 하겠습니다."

시작 벨 소리와 함께 사람들이 사정없이 전력으로 웃기 시작한다. 데굴데굴 구르고 배를 움켜잡고, 엄청난 에너지가 폭발하며 무겁던 분위기가 깨끗이 사라져 버린다.

다시 축하의 춤이 이어진다.

이제야 사람들이 무거움을 벗어던지고 축제의 열기와 하나가 된다. 춤, 춤, 춤.

이제 망자 역시도 이별의 슬픔, 세상에 대한 한을 잊고 이 춤판에 들어와 무아경에 빠져 춤을 추기 시작한다.

그리고 마지막으로 카라에 대한 기억 하나. 어느 해 가을 산골의 축제에 사람들이 모였던 적이 있다. 그날 마지막 밤 프로그램이 끝나자 사람들이 숲 속으로 이동했다. 타오르는 캠프파이어의 황금빛 불길이 커다란 소나무 가지 높이까지 뿌옇게 너울거렸다. 그 너머 고요하고 청허한 밤하늘은 마치 천만 년 호수의 비경처럼 보였다. 밤하늘 가득 총총히 반짝이는 별들이 매우 아름다웠다. 두꺼운 얼음에 정을 몇 방 친 듯 별들이 뿌옇게 부서져 있었다. 그렇게 부서지는 별빛 사이로 카라가 전화를 걸어 나에게 이런 말을 했었다.

"가슴에 덕이 없는 자는 길을 알아도 하늘이 돕지 않는다."

그 카라는 지금 까마득한 별과 나 사이의 거리보다도 훨씬 더 멀어져 버렸다. 오래전 이역만리 떨어져 있는 한 산야신이 자신을 그리워하는 한국의 한 산야신에게 보낸 편지 중의 시 한 편이 떠오른다.

우리는 우주를 방랑한다.

여로는 항상 낯설지만

사랑 속에 있을 때 우리는 서로를 잘 알아본다.

5장
신(新)
도인

"
영적인 능력과 참된 지혜는

반드시 비례하지도 일치하지도 않는다.

영적인 능력은 종종

사람들의 지성과 지혜의 샘을 막아 버린다.

내가 경험한 바로는

명상인들이나 수행자들은

많은 경우 그 때문에 더욱

어리석어지기 일쑤였다.

"

세상과
조화되지 못하면
순수함도 왜곡된다

해피타오 한바다

한바다 선생에게 만나고 싶다 하니 강남대로변에 있는 한 빌딩으로 오란다. 그의 제자가 경영하는 회사의 사무실이었는데 일요일에도 꽤 분주한 모습이다. 자신의 조언으로 주력사업 외에 외국의 천연자원 개발 사업을 최근 추진 중이라고 한다. 한바다는 바로 전날인가 금강산 관광을 마치고 서울로 돌아온 참이었는데, 개인 신분이 아니라 무슨 남북협력기구의 공식 인사 자격이었다고 한다. 정부 인맥이 누구인지 물어보니 거물급 인사도 끼어 있었다. 그 부인이 남편의 신병 치료를 위해 한바다와 연을 맺고 있었고 그 연이 금강산 시찰 관광까지 이어진 모양이다. 얼마 전에 상암 월드컵 경기장에도 VIP 초청 표로 다녀왔다고 하면서 쾌활한 표정으로 한마디 했다.

"에이 매치라고 하기에 직접 봤더니 다들 뻥 축구 수준이더구먼."

세상과 조화되지 못하면 순수함도 왜곡된다 **213**

한바다는 어린아이처럼 그 모든 일을 즐기고 있는 듯이 보였다. 광주민주화운동 희생자를 위한 행사에도 다녀왔다고 한다. 이에 대해선 각별히 한국적 집단 무의식의 상처와 그 치유와 관련해 자신의 '사심 없는' 역할과 함께 진지한 모습으로 얘기하기도 했다.

이런 유의 일들은 이 땅의 영적 스승이나 지도자들 주변에서 구도의 차원과는 상관없이 심심찮게 벌어지는 풍경이다. 사업적 영감과 방향을 주는 조력자, 난치병의 해결사, 고위층과의 인맥 형성, 몇 가지 부수적인 특혜들 혹은 한 사회의 집단의식과 관련한 영적 치유자 역할…… 그런 역할을 떠맡거나 자처하면서 소위 영적 스승들은 때로 노선을 갈아타다가 탈선과 무법의 경계로 접어들기도 한다. 그가 좋은 스승인지 사이비인지는 관심 밖의 일이었으나 최소한 여자 문제에 관해서만큼은 내가 알고 있는 한 별다른 잡음은 없었다.

어쨌든 그를 알게 된 것은 일 때문이었다. 나는 그즈음 명상적인 견지에서 성(性)에 대한 위선적이지 않으면서도 독특한 글을 써 줄 적당한 필자를 찾고 있었다. 그의 책들을 적극적으로 읽은 적은 없지만 한바다라는 사람이 생각났고 그를 잘 안다는 한 지인의 소개가 있었다. 전화를 하니 '생각이 끊어져 있는 상태'가 많아서 글은 쓸 수 없다고 하기에 그날 내가 직접 찾아가기로 한 것이다. 강남에서는 점심을 같이한 뒤 헤어졌고 그다음 날인 월요일 새벽부터 일어나 계룡산 자락에 있는 그를 찾아갔다. 한바다와 그의 여자 제자 한 분이 반갑게 맞아 주었다. 점심까지 맛있게 얻어먹었는데, 나중에 약간의 우여곡절이 있었다. 처음에는 잘 풀렸다. 내가 질문하면 한바다는 이런 내용으로 답변했다.

"……현재의 인류는 성에 대한 억압의 시대에서 프로이트를 거쳐 이해의 시대로, 다시 성에 대한 체험의 시대로 진입했다. 그 전환점에서 오쇼 같은 사람은 대단히 중요한 역할을 했다. 그가 나타나 성에 대한 체험의 시대를 전면적으로 열어 놓았다. 오쇼 같은 사람들, 성자 보살은 일부 부작용이 있더라도 작은 부작용은 감수하고 전체 흐름을 바꿔 준다.

그를 판단하기 전에 이제껏 전통적인 수행법이나 일반인의 삶 속에서 성의 문제가 여전히 미결된 채로 남아 있었다는 것을 알아야 한다. 왜 오쇼가 나타났을까? 누군가 과감하게 성의 문을 열어 놓아야 했던 것이다. 그제야 인류는 성의 문제를 자기 발전의 과정으로 체험하는 시대로 들어선 것이다……."

공식적인 대담이 끝난 뒤 부근의 한 민속식당으로 자리를 옮겨 저녁과 함께 술을 한잔하면서부터 문제가 생기기 시작했다. 일찍부터 제자들을 지도해 온 데다 명상수행계에 꽤 알려져 있는 그에게 내가 그다지 고분고분하지 않았기 때문이다. 그는 나에 대한 좋은 의도에도 불구하고 봉변에 가까운 무례한 상황을 몇 번이고 마주쳐야 했다. 그럼에도 장시간의 만남 내내 나에 대한 이해심과 사랑을 가지고 응해 준 그에게 감사를 전한다.

이와 같은 정황들을 세세히 기록할 수는 없었지만 존칭이나 경어를 가급적 생략한 것은 독자들이 그러한 정황을 이해하는 데 도움이 될 것 같아서다.

또 이 글에 대해서는 사전에 읽어 본 사람들 사이에서 공개 여부를 두고 찬반양론이 많았다는 것도 미리 밝혀 둔다. 찬성파들은 꽤 후한 점수를 주었지만 반대파들은 매우 강경했으며 거기다가 끈질기기까지 하였다. 가장 큰 이유는 한바다가 '영적 스승' 역할을 하며, 그들이 보기엔 마치 성자나 되듯 제자들에게 대접을 받고 있다는 점 때문이다.

하지만 나는 처음부터 그러한 사항들을 신중하게 고려하였으며 나름대로 말해진 것, 드러난 것의 내부를 통찰하기 위해 노력했다. 고로 나의 주관적 판단을 내세우는 것은 최대한 피했다. 다만 명상의 일반적 주제들에 대한 한바다의 식견에 대해서는 앞부분에, 그의 개인적 삶과 경험, 정신세계에 대해서는 뒷부분에 나눠 실어서 독자들이 자신의 혜안을 발휘하도록 배려하였다.

수행과 지성

성에 관한 질의응답이 끝난 뒤엔 주로 명상수행에 관한 자유 대담이 이어졌다.(이하 저자는 윤, 한바다는 한으로 표기했다.)

윤 오랜 수행에도 불구하고 그 사람의 전체적인 지성은 아주 평범하거나 오히려 더 편협해진 것 같다는 인상을 받을 때가 종종 있다. 반면 명상 관련 지식도 많고 소위 열린 의식의 소유자이긴 하지만 수행 자체는 별다른 진전이 없이 제자리에서 맴돌고 있는 사람도 있다. 초보자들은 특히 지성이나 명상 어느 것도 성숙한 상태가 아닌 이상 명상 수행의 길로 들어설 때부터 많은 혼란을 겪게 된다. 바르게 시작한다는 것은 어떤 것인가?

한 이성적이란 통제를 의미하는데 그럼에도 당연히 이성적인 능력이 먼저 활성화되어야 한다. 그리고 공법이 따라가야 옳다. 수행의 길에서는 성의 문제를 비롯한 여러 가지 유혹과 자신이 통제할 수 없는 부분이 닥치기 때문이다. 그러한 문제들을 올바르게 헤쳐 가기 위해서는 이성이 주인이 되어야 한다.

윤 너무 일반적인 얘기인 것 같은데?

한 먼저 이해해야 할 것은 수행의 실질적인 완성은 개개인이 각각 다르다는 점이다. 물론 모든 수행자에게 환정보뇌의 과정은 반드시 필요하다. 그런데 성 에너지가 먼저 열린다면 그것만으로는 에너지가 제대로 상승하기가 곤란하다. 성 에너지가 먼저 열리는 것보다는 성이 (이성에) 포함되는 상태에서 열리는 것이 옳다. 순서가 바뀌면 에너지가 모이지 않는다.

윤 한국인이기 때문에 처하게 되는 여러 왜곡된 환경이 있을 것이고 당연히 심리적으로도 상당히 왜곡된 상태에서 명상을 하지 않을 수 없다. 그런 한국인을 위해서 얘기를 해 달라.

한 한국인이든 아니든 먼저 자신의 마음의 왜곡된 구조를 통찰하는 것이 중요하다. 그리고 수행이란 몸을 빌려서 하는 것인 만큼 자기 몸과 마음의 관계를 정확히 이해해야 한다.

서양에도 성경 같은 책을 보면 성에 관한 미묘한 상처들을 많이 발견할 수 있지만 우리나라 여자들은 단순히 '여자'라는 말만 들어도 자궁이 아파 오는 여자들이 많다. 그만큼 사회적으로 여자들에 대한 억압이 심해 그로 인한 상처가 그네들의 기저 체계에 남아 있다는 것이다.

수행을 하고 싶어 하는 한국 여자들을 예로 들어 보자. 그들은 대부분 가슴이 발달되어 있다. 세상을 도우려는 자비심도 많다. 그런데 자꾸 머리가 아프다거나 겉보기엔 어느 모로 건강한 신체인데도 의외로 힘이 없는 여자들이 있다. 그녀의 성 문제가 어디선가 막혀 있기 때문이다. 성과 관련해 특별히 문제가 되는 사건도 없었다고 하지만 그만큼 성에 관한 아픈 기억이 있었기 때문이다. 그래서 자꾸 그 기억들을 밀어내려다 보니 머리가 아프다거나 이상적인 배우자와 결혼을 해도 성생활이 거의 불가능해진다거나 그 무의식의 저항 때문에 자기 에너지 전체를 발휘하지 못하게 된다. 세상에 대한 사랑과 수행에 대한 갈망, 그리고 일견 그에 적합해 보이는 배우자나 환경, 기회를 만났어도 밑에서는 힘이 받쳐 주지 않는 것이다.

윤 어떻게 극복할 수 있는가?

한 첫 번째는 자신이 먼저 자기의 상처를 직시하고 감싸 주어야 한다. 상처에 대해서 감사하는 마음이 되어야 한다. (앞에 놓인 잔을 가리키며) 이 잔을 보는 방법은 잔만 보는 방법이 있지만 그 주변 전체 속에서 잔이 놓여 있으며 잔의 역할이 있다는 것도 생각해야 되지 않나? 그것이 잔을 보는 두 가지 방법이다. 못생긴 잔이네, 금이 간 잔이네, 이렇게 생각할 수도 있고, 누군가는 물을 따라 마시고 누군가는 차를 따라 마신다고 생각할 수도 있다. 있는 그대로 받아들이고 그것에 사랑을 보내야 한다.

여자 분들에게는 충격적인 얘기일 수도 있겠지만 치유 단계에서 일어나는 구체적인 얘기를 해 보자. 가슴 에너지는 발달했지만 성이 꽉 막혀 있어서 유폐된 상처를 가진 여자들이 있다. 만약 이런 여자들이 성 센터가 열리고 가슴 에너지도 더 열리는 쪽으로 점점 변화해 가면 얼마 동안은 자궁에서 엄청난 냄새가 나기 시작한다. 민감한 사람들은 그것을 느낄 수 있다.

성 센터가 동결되면 에너지가 흐르지 않는다. 위와 아래가 연결이 되지 않기 때문이다. 힘이 항상 없다. 은폐된 진실은 본인이 말하기도 꺼리고 자기 자신이 뭔지도 모른 경우가 허다하다. 이해하기 위해선 저항하는 마음을 버려야 한다. 포용해야 한다. 그렇게 해서 막혀 있던 상처가 풀려나가면 그때까지 은폐되었던 상처로부터 굉장히 강렬한 냄새를 동반한다.

그것은 내 경험으로도 맞는 얘기였다. "나한테는 어떤 냄새가 나나?" 하고 물으니 듣고 있던 사람들이 크게 웃는다. 그런대로 괜찮다고 하기에, "하지만 나도 상처가 많은 사람이다." 하니 다시 웃음.

한 에너지는 명상을 통해 집중되어야 하는데 대부분 자기 안의 왜곡된 문제로 인해 겉도는 경우가 대부분이다. 이 점은 당신이나 다른 사람들도 마찬가지다. 왜곡된 자신의 문제를 이해하게 되면 에너지가 풀리면서 점차 강렬해지는데 그러면 물라다라 센터(회음부 부근에 있는 첫 번째 차크라. 기본적인 생명 활동을 관장한다.)의 섹스 에너지는 엄청난 에너지가 되어 심장을 열면서 척추를 따라 위로 상승한다. 그렇게 하여 외부적 충격이나 스스로 만든 동결 상태에서 풀려나가는데 이런 현상이 일어나는 것과 진리에 대한 열망은 별개의 것이다.

윤 무슨 뜻인가?

한 다시 말해 강렬한 구도 정신으로 아무리 열심히 수행을 해도 자신에 대한 이해가 없이는 누구도 완전하지 않다. 밑이 살아나 위와 연결되어 에너지가 전체적으로 잘 흘러야 한다.

성과 명상

윤 스님들처럼 독신 상태에서 대각을 구하는 경우도 많다. 성을 배제한 깨달음에 대해선 어떻게 생각하는가?

한 모든 대각에는 반드시 성 에너지가 포함된다. 성 에너지란 생명 에너지이고 모성애이며 이것이 쿤달리니 에너지이고 쿤달리니 에너지란 지구를 떠받치는 힘이다.

윤 문명이 발달했다 하지만 인류의 전반적인 의식은 그다지 높아진 것 같지 않다. 성도 많이 개방되었다고 하지만 그래 봐야 예전보다 더 쾌락주의적이 되고, 그로 인해 어떤 이들은 더 커져 버린 성적 자극과 욕망 속에서 허우적거린다…… 어떻게 해야 진화할 수 있는가?

한 인류는 희생자 의식에서 자기경험의 주인의식으로 변해야 한다. 그동안 힘이 없어 당했다는, 희생자 의식이 강했다. 실은 힘이 없는 게 아니다. 힘이 있어야 희생당할 무엇도 있는 게 아닌가? 그간의 과거가 이러저러했다는 걸 문제시할 게 아니라 그것이 어떤 과거였든 지금 주인 의식을 갖고 바라보는 것이 중요하다.

윤 여자들의 성을 억압함으로써 남자들 자신도 왜곡되고 억압되었다. 어떻게 보는가?

한 성이 왜곡되고 억압되었다고 하는데 억압은 상처가 아니다.

'억압은 상처가 아니다.' 이 말을 보다 정확히 이해하기 위해선 약간의 설명이 더 필요할 듯하다. 한바다는 이전의 대담에서 이런 취지의 얘기를 한 바 있다.

명상인이든 일반인이든, 스승이든 제자이든 성 때문에 여러 가지 문제가 일어난다고 한다. 하지만 어떤 것도 성에 관한 한 자연스러운 일이다. 누구는 성이 억압되어 있다느니 왜곡된 형태로 숨어 있다느니 하는 것 또한 자연 반작용의 이치에서 보면 자연스러운 일이다.

성은 내 두뇌에 속하는 부분이 아니다. 머리로부터 떨어져 있는 독립적인 현상이다. 의지와는 무관한 자연의 힘, 신의 힘이기 때문이다. 극복이란 불가능하다. 완전한 통제는 불가능하다. 방향을 바꿀 수 있으나 통제는 불가능하다. 그린데 인류의 모든 문명은 싱 에니지를 통제하는 것으로부터 시작되었다. 성에 대한 억압은 인류의 진화 과정에 있어 불가결한 요소였던 것이다.

짐승과는 달리 인간은 두 발을 딛고 일어섰기 때문에, 척추를 세웠기 때문에 진화할 수 있었다. 그것은 두뇌를 발달시키려는 의지가 있었다는 것이다. 그러므로 성 에너지를 어느 정도 저축해야 할 필요가 있었다. 성 에너지를 과도하게 소비하게 되면 지성적으로 되는 것은 불가능하기 때문이다. 현대의 인류가 고도의 지적 진보를 이룬 것은 성에 대한 일정한 억압이 있었기에 가능한 일이었다.

한 성적 억압과 관련해 중요한 문제는 우리 각자가 자신들에게 일상적으로 심리학적 처벌을 가하는 데 익숙하다는 것이다. 성기를 갖고 놀던 어린아이가 자라나면서 몽정을 겪게 되면 단순한 생리적 현상으로 받아들이지 않고 죄의식 속에서 자기 자신을 처벌한다. 수행자들 역시도 그렇다. 예컨대 선도를 수행하는 사람이 몽정이나 유정을 하거나 강렬한 성적 욕구에 부딪히면 자신이 무언가 커다란 잘못을 저질렀으며 자신의 수행이 바른길을 가고 있는 것이 아니라는 허탈감과 가책감에 빠진다. 그런 것은 자기 것이 아니다. 억압한 자의 가해 의식이든 억압받은 자의 피해 의식이든 따지고 보면 양자모두 희생자 의식이며 자기 것이 아니다.

윤 명상 수행인들에 있어서의 성 에너지의 억압은 어떻게 보는가? 어디까지 허용될 수 있는가?

한 성 에너지를 활성화하고 승화시키기 위해 억압을 가한다는 것인데, 그런 것이 쿤달리니 요가 같은 것의 단점이기도 하다.

윤 구체적으로는?

한 남자와 여자는 다른데 같은 방식을 적용한다는 게 문제다. 여자는 처음부터 하트가 열린 상태다. 성 에너지를 활성화시켜 그곳으로 흡수해야 한다. 남자는 단전에서 시작하기 때문에 이미 활성화된 성 에너지를 보존해서 하트 부위로 올라가야 한다. 가슴 아래 센터가 모두 연결되어 에너지가 흘러야만 환정보뇌를 할 수 있다. 아무리 상위 센터를 열기 위한 목적 의식만 붙잡고 있어 봐야 의지로는 환정보뇌가 되지 않는다. 진정한 성 에너지의 승화가 일어나지 않는다.

윤 일반적으로 쿤달리니 에너지의 상승은 아래로부터 위로 열려 가는 것으로 알려져 있다. 하트는 단전보다 위에 있는 에너지 센터 아닌가? 위에는 열렸는데 아래는 막혔다는 것이 가능한 얘기인가? 완전히 열려 있다라기보다는 상대적으로 더 열려 있다는 뜻인가?

한 물론 그렇다.

명상과 이론들

윤 오쇼 같은 이는 전생의 수행 에너지에 대해 말한 바 있었다. 예컨대 하타 요가처럼 육체 중심의 수행은 육신의 죽음과 함께 그 생에서의 성취는 다 사라진다고 한다. 반면 에텔체(Etheric Body, 육체 다음의 두 번째 신체. 일명 정기체精氣體. 기 혹은 프라나와 관련 있다.)나 아스트랄체(Astral body, 세 번째 신체. 일명 성기체星氣體. 무의식이나 꿈의 영역과 관련 있다.) 등등 미세체 차원의 수행 에너지는 그

생에서의 성취만큼 보존되었다가 다음 생으로 이월된다고 하는데?

한 쿤달리니 에너지 체계는 여러 가지가 있다. 저마다 다르다. 육체 레벨의 쿤달리니도 있고 에텔체 레벨의 쿤달리니도 있다. 다른 레벨의 쿤달리니도 있다. 육체적 현상도 저마다 다르다. 하지만 잠재의식이 모두 떨어져 나간 경우에는 고피 크리쉬나 다른 사람의 책에서 보는 바와 같은 폭발이 없다. 심리적 저항이 없기 때문이다. 어느 레벨이든 잠재의식이나 무의식의 저항을 해소한다는 것이 중요하다.

그곳 응접실에 한바다의 제자가 출판한 책이 있었는데, 각종 명상 수행 방법과 여러 미세신(微細神, Subtle Body, 육체를 조대신粗大身 Gross Body이라고 하는 데 반해 보이지 않는 내적 신체를 뜻한다.), 에너지체와의 상관관계에 대한 내용도 들어 있었다. 한바다에게 물어보니 자기한테 배운 내용을 임의로 편찬했을 거라고 했다.

윤 저 책을 잠깐 보니 일반적인 요가나 기공은 육체 차원의 수련, 선도 에너지 체계는 무슨 차원, 쿤달리니 요가는 어떤 미세체와 관련되며, 크리야 요가는 멘탈체(Mental Body, 네 번째 신체. 상념체)와 관련된다. 이런 식의 이야기를 한다.
반면 오쇼는 이와는 다른 주장을 하고, 또 다른 이는 선도나 기공 체계를 탄트라 체계의 현상이나 용어와 동일하게 해석하기도 한다. 이렇게 되면 수행자들이 자기에게 일어나는 현상에 대해서 아주 다

른 진단을 내리게 되고 그리하여 혼란을 겪지 않을 수 없다. 이런 문
제는 어떻게 생각하나?

한 맞다. 그것은 매우 중요한 문제다.

윤 그래서 명상을 하는 사람들은 자기에 대해서 소설가가 되기 쉽
다. 자신의 수행 체계에는 적용되지 않는 다른 체계에서 일어나는 현
상과 성취 정도를 자신에게 강요하고 허구를 창조해 내기 때문이다.

한 그렇다. 그런 식으로 몸을 망치거나 병이 생기는 사람이 많다. 중
요한 문제. 그러나 핵심은 어떤 명상법을 통하든 지식을 통한 수
행이 위험하다는 것이다. 지식이란 단지 참조 사항일 뿐이다. 현재의
자기 상태를 이해해야 한다. 지식을 통한 이해의 체계는 인도든 한
국이든 불가든 요가든 저마다 다르다. 그러므로 첫 번째는 자기가
스스로 볼 수 있어야 한다. 나머진 다 자기 믿음이다. 자기 마음을
이해하기 전에는 아무리 수행에 집중해도 에너지는 열리지 않는다.
그래서 나는 마음법(관법, 심법)이 가장 중요하다고 생각한다. 마음법
을 통하지 않으면 여러 가지 문제들이 생기기 쉽다.

윤 관(觀)한다는 그 마음 자체도 대부분 신뢰하기 어렵다. 우리 마
음은 몸과 욕망에 철저히 구속당해 있지 않은가?

한 당연히 마음은 몸에 영향을 받고 결부되어 있다. 관법이란 그런 저런 제 마음의 상태를 주시하는 것이다.

윤 자신이 마음을 주시하고 있다고 착각하고 있는데 불과할 수도 있다. 일종의 강요된 감각의 유희가 아닌가?

한 마음의 유희가 마지막이다. 그것은 지켜보는 자가 부분화되어 나타나기 때문이다. 이것이 사라져야 한다. 명상을 하면서 지켜본다 지켜본다 하지만 대부분 사람들은 머리만 아프다. 진짜 주시는 전체가 되어서 (지켜보는 것이 아니라) 지켜봐지는 것이다.
지켜봄에는 수준이 모두 다르고 그 한계를 넘는다는 것은 정말 어렵다. 사람들은 주시를 하다가도 대개 피곤해서 중도에 집어치운다. 한계에 오면 도망가는 것이다. 그래서 스승이 필요하다. 전체적인 이해를 하기란 정말 힘들다. 대부분 머리로 판단하고 있는 것에 불과하기 때문이다.

윤 서양은 물론 이웃 대만이나 일본, 우리나라만 하더라고 명상에 대해 아주 세밀하게 과학적으로 접근해 가고 있다. 그런데 여전히 선생들은 걸핏하면 네 마음자리를 보아라, 그렇게 말한다. 맞는 얘기이긴 하지만 그런 식으로 해서 현대인의 마인드를 설득할 수 있겠나? 명상과 과학은 만나야 되지 않나?

한 과학에도 한계는 있다. 검증할 수 있는 데이터에 의존하기 때문이다. 임상 데이터라는 것도 검증할 수 있는 전기 신호에 의존한다. 그것이 어떻게 정확할 수 있겠는가?

윤 임상 실험만이 아니고 여러 수행법을 몸소 실천해 보면서 검증해 가는 자기 실험도 있다. 첫 단추를 잘 꿰어야 되지 않겠나? 무책임한 선생들이나 이론가 때문에 혼란이 많다.

한 원래 헷갈리게 되어 있다. 어떤 것도 결국은 주관적인 체험이기 때문이다. 실험적이 아니라 실용적으로 접근해야 한다. 어떤 것을 진리라고 알면 안 된다. 어떤 것도 다 방편 아닌가?
내 입장은 어디까지나 실용적이다. 어떤 레벨에서 도움이 되는가? 모든 수련은 나름대로 장점이 있다. 그것을 취하는 것이 훨씬 중요하다. 이 모든 문제에 대한 나의 결론은 이런 것이다. 머리 위는 깨쳐야 하고, 가슴은 열어야 하며, 그 밑으로는 치료해야 한다는 것이다.

윤 그 방법은 무엇인가?

한 가슴 밑의 에너지 센터가 열리면 생명 에너지의 파이프라인이 커진다. 그런데 에너지대가 커진다고 해서 그걸 가지고 결국은 무얼 하겠나? 바람을 피운다든지 해서 사람들을 지배하고 조정하려 한다든지, 돈, 명예, 여자…… 환정보녀가 되기도 전에 에너지가 다 잡아

먹힌다. 단순히 에너지가 커진다면 이런 것은 선가든 불가든 어디든 마찬가지다.

반면에 제3의 눈을 연다든지 하는 식으로 위만 열려 한다면 나중에는 막혀 있는 밑의 에너지들에 방해받기 마련이다. 밑의 에너지 센터들은 치유해야 한다. 일상적인 생활을 해 나가는 것, 정상적인 결혼 생활을 하는 것도 그 방법이다. 결혼할 사람이 안 하면 병들게 마련이다.

치유를 위해서는 무엇보다도 자기 이해가 중요하다. 에너지는 흘러야 한다. 지금 나의 상태가 이렇다 저렇다 규정하면 할수록 더 막힐 뿐이다. 머리는 깨치고, 가슴은 열어야 하며, 그 밑으로는 치유해야 한다. 이것이 어떤 에너지체와 관계된 수행을 하던지 그와는 상관없이 내가 가진 결론이다.

상처의 치유, 의식화

윤 가슴의 상처들을 이해하고 알 수는 있어도 그 밑의 상처들은 스스로 인식하기는 정말 어려운 노릇이다. 그것들은 어떻게 이해하고 치유할 수 있는가?

한 맞는 말이다. 그 밑의 상처들은 무의식에 속하기 때문이다. 의식화시켜야 한다.

윤 구체적으로 얘기해 달라.

한 당신도 마찬가지만 어떤 사람이 가슴에 상처가 많다면 그것은 가슴이 열렸기 때문이다. 그것은 문제가 되지 않는다. 이미 가슴이 열려 있기 때문에 상처를 많이 받는 게 아닌가? 문제는 대부분 마니푸라 센터(배꼽 주변에 위치하는 에너지 센터. 추진력, 현실화 능력과 분노나 경쟁심, 불안, 좌절감 등 인간의 하위 감정들과 관계있는 에너지 센터) 이하 단전 그 밑의 에너지 센터와는 단절되어 있다는 것이다. 마니푸라 센터가 열려야 이 우주의 깊은 에너지가 들어와 활성화된다. 마니푸라 센터가 긴장되어 있으면 그 밑으로 에너지가 내려가는 것이 방해받는다. 이런 사람들은 보통 겉으로는 자유롭고 개방적으로 보이면서도 실은 매우 보수적인 성향을 갖게 된다. 여전히 경직되어 있다는 것이나.

그런 남자들이 연애를 할 때 보면 그 점을 잘 알 수 있다. 서로 깊은 연애를 하고 있는 중이라도 상대방은 미세하게 그것을, 그 긴장을 느낄 것이다. 본인은 무척 개방적이고 관대하지만 여자들은 깊은 곳에서 자신이 상대방에게 소중한 존재가 아니라는 것을 느낄 것이고 그것은 보이지 않는 깊은 충격으로 작용할 것이다. 자유롭게 사랑하는 연인들이 이래저래 헤어지는 것은 그런 이유 때문이다. 마니푸라가 긴장되어 있다면 설령 그가 하트가 열려 있는 사람이라도 상대방에게 푸근한 느낌, 사랑받고 있다는 느낌을 줄 수 없는 것이다.

윤 마니푸라의 상처는 어떻게 생기나?

한 대부분은 부모와의 관계에서 발생한다. 혹은 그가 자궁 속에 있을 때 생긴 무의식과도 상관이 있다. 스스로가 받아들여지지 않았다는 것, 소속감을 느끼지 못했다는 것에서 온다. 그것이 그를 배꼽 아래와 연결시키지 못한다. 부모가 자신을 배신했다거나 해서 소속감을 느끼지 못하면 내적으로 불안해지고 에너지는 응고되며 그 부위에는 긴장이 생긴다. 대인 관계에서 돌 같은 사람이 되어 버린다. 아버지가 바람을 피우고 엄마를 폭행하고 그렇게 되면 본인은 절대 아버지처럼은 되지 않겠다는 결심을 하는데, 그게 심해지면 여자를 만나도 성관계를 못 할 정도가 된다. 그러한 긴장 때문에 상대방이 따로 놀기 시작하면 본인도 역시 결국 아버지와 비슷한 행동을 하게 된다. 자궁 안에 있을 때 혹은 어린 시절 부모와 자기 사이의 긴장이 있어서 스스로 용납을 못 하게 되고 이것이 잠재의식에 기계적인 습관으로 남게 된다.

윤 이성 관계나 다른 인간관계가 깨졌다든지 껄끄럽게 되었을 때는 그 이외에도 여러 반응이 있을 수 있는데?

한 상대방에게 어떤 방식의 감정적 대응을 하든, 단순히 잠시 화가 났을 뿐이라든지, 그럴 수 있는 일이라고 이해는 하면서도 상대방이 우습게 여겨진다거나 측은하기까지 한다든지, 결과는 다 받아들여도 과정상 옳지 않았다든지, 이 모든 것은 마니푸라 센터의 긴장에서 비롯된 일이다.

결국은 모든 작용이 내 안에 있는 에너지 현상이다. 어떤 부정적인 감정들도 결국은 에너지 현상이며 수행자들은 그 점을 이해하고 받아들여야 한다. 그럴 때 밑의 센터들에 치유가 일어나고 가슴은 열리며 위를 깨우치게 된다.

남녀 문제와 인격

윤 명상인들은 일반인보다도 더 남녀 관계가 화목하지 못한 경우가 많다. 그래서 오히려 명상에 대해 매우 부정적이고 거부하는 태도를 보이는 사람들이 꽤 있는 것도 사실인데?

한 물론 그런 문제는 수행자들이 더 많이 부딪친다. 일반인들은 매일 술 마시고 사람 만나고 그렇게 마취 상태에서 살다 보니 문제 자체가 흐려지고 가려지고 파묻혀지지만 명상인들은 솔직하고 사회적 은폐막이 없기 때문에 빨리 헤어지는 것이다.

윤 그런데 (명상에 대한 부정적인 시각이 일리도 있는 것이) 다른 면에서 보면 많은 이들이 명상을 한다고 하지만 그들의 인격이 실제로 닦여지는 것도 아니지 않은가?

한 그렇다. 흔히 말하는 인격이란 대체로 껍데기다. 명상은 마음이 고요해지는 것이고 이것이 인격의 기초다. 그렇게 해서 삶의 동기와 행동이 바뀌어야 한다. 내면이 탁한데 인격이 그럴듯하면 뭐하나? 명상에 탐닉하고, 도피적인 명상을 통해서는 인격의 변화가 오지 않는다. 그뿐만 아니라 잘 마감질된 인격이란 것도 성이 혼란을 불러일으킨다. 성이 치유되지 않는 한 인격이 변화하기는 어렵다.

윤 그 문제에 대해서 조금 더 얘기해 달라.

한 에너지 센터가 다 열리면 모든 센터에 유포되고 에너지가 막힘없이 흐르게 된다.(그럴 때 진정한 인격의 변화가 온다는 뜻인 듯) 그 이전에 섹스를 방편적으로 억압하는 것도 좋지만 (너무 일방에 집착하지 말고) 해 보기도 하고 안 해 보기도 해야 한다.

한바다의 영적 여정과 의식의 세계 그리고……

윤 당신은 지금까지 『마하무드라의 노래』와 『3천 년의 약속』, 두 권의 책을 냈다. 당신의 영적 여정과 각 시기들의 차이점에 대해 알고 싶다.

한 수행상의 많은 체험을 했지만 어느 날 영적인 혼란이 나에게 닥

쳐왔다. 나는 내가 어디로 가는지 모르고 있었다. 그 흐름을 다시 한 번 꺾어 마음을 정화할 필요성을 느꼈다. 그래서 『마하무드라의 노래』에는 전문적인 이야기들이 주종을 이룬다. 그 책이 1986년부터 1990년까지, 말하자면 마음의 수술과 관련한 공부를 말한 것이라면 『3천 년의 약속』은 미래의 비전을 말한 것이다.

영적인 것에서 거기로 넘어가는 데는 몸이나 한의학, 선도에 대한 공부가 있었다. 그전에는 줄곧 영적인 것을 추구해 왔는데 내가 그 것들, 몸에 대해서는 매우 부족하며 더 모르고 있다는 것을 알게 되었다. 나에게는 몸에 관한 공부가 영적인 차원보다 더 어려웠다.

『마하무드라의 노래』 이후 『3천 년의 약속』이 나오기까지 나는 '해 피타오'(한바다가 만든 영성계발 공동체)를 시작하고 주장하였는데 이 것은 마음공부만이 아니라 삶과 명상과의 조화를 꾀해 보자고 한 것이다. 요즘은 인터넷이니 성이니 많은 것들이 표면화되고 시대가 바뀌었다. 육체 공부, 한의학, 침술 공부를 한 것은 그 때문이다.

그것이 나로선 마음공부의 끝인지도 모르겠지만 평화와 행복, 이 세 상을 반대하지 않고 포용하고 성도 긍정하고, 그런 것과 관계가 있 다. 그것은 마니푸라 센터와 그 아래가 열리는 것을 의미하기도 했 다. 그 이전의 시기에 나는 확실히 영적으로 편중되어 있었다.

윤 어떤 계기가 있었나?

한 어느 날 인사동에서 제자와 얘기를 나누다가 여관에 들어갔다.

그런데 옆방에서 소리가 들렸다. 그 소리가 거슬리고 짜증이 났다.

윤 아, 그 소리. 나는 아주 좋던데? (폭소)

한 왜 거슬리나? 나 자신에게 반문했다. 거슬릴 이유가 없다. 모든 것을 받아들이고 즐기자. 백 프로 받아들이자. 그 순간 나는 엄청나게 행복했다.

윤 그때가 언제였는가?

한 아마 1994년에서 1995년쯤의 일일 것이다. 그리고 나는 한 꺼풀 벗었다. 이 세상 모든 것이 엄청나게 행복했다. 그리고 밑바닥 깊은 곳이 풀렸다.

윤 당신은 『마하무드라의 노래』를 썼을 때 이미 모든 센터가 열렸다고 했는데 지금 그 말은 모순되지 않는가?

한 사하스라라 센터가 열리고 모든 센터가 다 열려도 세상에 존재하면서 사람들로부터 상처를 받는다. 사람들이 가진 파장과 탁한 에너지에 대해 민감해지고 그것들이 심장과 마니푸라에 충격을 준다. 그것들이 다 풀어졌다는 것이다. 그때의 경험은 대평화, 대열반, 완전한 풍요, 엄청난 지복, 모든 것에 대한 긍정이었다. 예를 들면 나는 평생 돈을 번 적이 없다. 돈을 벌 기회는 많았지만 나는 돈에 대해 부정적이었다. 그런데 왜 돈에 대해 반대하고 그것을 막은 건가? 나는 일체에 대해 긍정적이 되었다.

윤 말하자면 영혼의 진리를 추구하느라 물질적인 것에 대해 부정적이었다는 뜻인데 일반인들이 보기엔 단순히 부정적인 상태에서 긍정적인 상태로의 전환(대각과는 다른), 일반적인 심리현상의 일종일 수도 있다. 어린 시절은 어땠나? 부모에게서 받은 상처는 없었나?

한 그런 의미에서라면 나는 축복받은 사람이다. 나는 부모에게서 받은 상처가 전혀 없었다.

윤 그게 가능할 수 있나?

한 나는 고뇌를 끊기 위해 영적인 길에 들어선 것이 아니다. 나는 어려서부터 신이나 진리에 대한 그리움과 열망 속에서 살았다. 나의 첫 번째 이상형은 요가난다 같은 사람이었다. 나는 영적인 측면에서 복 받은 사람이다. 내가 살던 마을은 비록 스무 가구가 될까 말까 한 작은 동네였지만 영능자들이 많았다.

윤 영능자?

한　그렇다. 내 어머니도 그런 성향이 매우 강한 분이었지만 세속적인 생활에서 추방당한 샤먼들이 마을에 꽤 있었다. 그들의 집단 거주지에 가깝다고 할 수 있을 정도로. 나의 아버지는 인자하고 너그러우며 대단한 호인이었다. 내가 받은 상처는 부모에게서 받은 것이 아니라 이 삶 속에서 받은 상처였다.

윤　어떤 상처 말인가?

한　나는 화려한 어린 시절을 보냈다. 학교에선 줄곧 일등에다 전교회장을 맡았다. 그런데 어느 날 아버지가 동네 사람으로부터 몇 푼안 되는 빚을 지자 우리 집은 매일매일 빚쟁이한테 시달리게 되었다. 아버지는 내 앞에서 뺨까지 얻어맞았는데 그런 모습은 자존심 강한 나에게는 죽기보다 싫은 장면이었다. 엄청난 모멸감에 흙구덩이에 얼굴을 파묻은 적도 있었다. 정말 죽고 싶었다. 어린 마음에 돈은 원수구나, 돈에 대한 거부반응이 생겼다. 그것은 부모에게서 받은 것이 아니라 삶 속에서 받은 상처들이었다.
『마하무드라의 노래』의 시기에서 『3천 년의 약속』까지의 기간으로 돌아가면, 그전의 나의 영적인 케어와 밝음은 이 세상에 완전히 소속된 밝음이 아니었는데 지구에 안착됐다는 느낌으로 종결되었다는 것이다. 엄청난 행복의 느낌이 찾아왔다. 과거에는 영성적이고 신을 향해 걸어갔지만 밑바닥에선 줄곧 어떤 부분이 막혀 있었는데 그것이 풀린 것이다.

곤란한 이야기들

한바다는 2002년 월드컵 직전 『3천 년의 약속』에서 한국팀의 8강 진출을 예언한다. 그 책은 월드컵 4강 진출 전까지 상당히 많이 판매되었다가 예언이 빗나가자 매출이 급감했었다.

윤 곤란할 지도 모를 질문을 하겠다. 『3천 년의 약속』에 관한 것이다. 까놓고 말하면, 과연 대각을 이루었다는 사람이 시중 점쟁이나 하는 예언을 하는가? 거기에 내가 모르는 무슨 깊은 뜻이 있다고 하더라도 그것은 너무 포퓰리즘적 아부가 아닌가? 영적인 문제가 그렇게 대중적 가치와 포장된 상품 수준으로 그러니까 높은 가치가 낮은 가치로 환원되고 유포되는 것에 대해서는 나는 회의적이었다. 또 그 책에서 말한 월드컵 8강 신출과 관련한 예상마저도 일부 빗나가지 않았는가? 이런 문제들에 대해선 어떻게 생각하나?

한 예언 자체가 맞다 안 맞다는 중요한 게 아니다. 칠십 프로가 맞든 육십 프로가 맞든 하나의 진전이다.

윤 그럼 선생이 대각했다는 것을 전제로 하면 월드컵을 예언한 데는 필연적인 사유가 있었나?

한 필연과 우연의 상황이다. 나는 그것을 쓰지 않았고 내 제자가 녹

취하여 쓴 것이다. 나는 그가 그것을 책으로 만들리라고는 생각지 않았다.

윤 그 책의 궁극적인 메시지는 무엇인가?

한 나는 (내게 일어난 모든 일을) 숙명으로 받아들인다. '해피타오'를 만들기 전 나는 육 개월간 완전한 행복과 평화, 풍요의 세계를 보았다. 그리고 미래에 대한 비전도 보았다. 그것들을 나눠 주고 싶었다.

윤 그 역시 주관적인 비전은 아닌가?

그러자 한바다도 조금 피곤하다는 듯 "마치 심문을 받는 것 같군." 하고 푸념을 했다. 하하하. 하지만 이내 원래의 얼굴을 되찾고는,

한 모든 비전은 주관적인 비전이다. 그렇지 않은가? 내 마음의 상태는 일반인이 이해하기 힘들다. 지구의 어떤 개념이나 언어로 설명할 도리가 없다.

윤 하지만 그 역시 (체험하는 주관이 있는 여러 체험 중의) 한 체험이 아닌가?

한 체험 자체가 있었다. 에너지의 흐름 자체. 이것은 설명이 불가능

하다. 나는 완전한 행복에 도달했다. 그리고 그 행복의 에너지는 한국 역사에 있어서도 순차적으로 발생하고 있으며 앞으로도 그럴 것으로 생각한다. 나는 '해피타오'를 시작한 이후 광주로 내려갔다. 이 흐름을 이해시켜 주기 위해서다. 광주에선 많은 아픔이 느껴졌다. 그것을 어떻게든 풀어 주고 싶다.

말을 들어보면 무척 선한 사람이다. 그래도 질문은 질문이다.

윤 오늘날의 마인드는 무심의 세계마저도 언어화, 논리화하고 학술화하는 데 익숙하다. 당신이 네거티브한 상태에서 '해피타오'의 긍정적인 세계로 옮겨 갔다는 것은 심리학적으로 볼 때는 그다지 새로운 것도 아니다. 기존 패러다임으로 당신의 과정을 해석하면 마음의 세계를 떠난, 객관화가 불가능한 내적인 현상이라는 것도 절대적인 비언어의 세계에 머무는 것이 아니라 사회적 조건이나 기타 등등과 연루된 특정 심리의 주관적 현상으로 치부될 수도 있다. 그런 식의 문제 제기가 있을 적에 명상인들은 대체로 취약한 경우가 많아서 이 사회의 주류로부터 진지한 이해나 온건한 관심을 받지 못하고 만다. 어떻게 답변할 것인가?

한 모든 명상은 심리학적이다. 나는 보수적인 논객들하고 부딪칠 일도 없다. 그들이 사용하는 논리들은 대체로 불교 이데올로그들이 하는 얘기들이다. 나는 소명의식을 느꼈는데 월드컵 사건에 개입해야 되겠다는 것이다. 내가 예언한 바에 대해서 책임을 져야 한다는 것이다. 집단 심리가 월드컵 이후로 변했지 않는가? 나는 자기 혼자만이 아니고 (행복의 에너지가) 세속적으로 퍼져 나가길 바랐다.

윤 집단 심리가 영적인 이슈와 무슨 관련이 있는가?

한 (집단 심리니 영적인 이슈니) 모든 관점이나 패러다임은 다 장난이다. 내가 만든 장난이다. 한국인은 불행에 익숙해져 있었다. 월드컵을 통해 행복 체험을 집단적으로 공유하게 되었다. 일부 반대 의견도 있지만 그 이후 이런저런 부작용에도 불구하고 많은 변화가 있지 않았는가? 한국인의 불행 의식을 집단적으로 풀고, 함께 갖고 가면서 의식의 변화가 동반되었다. 그리고 모든 영적인 체험은 다른 상황, 예컨대 공산주의 국가에 가서 그걸 얘기하는 사람들은 바보가 된다. 당신은 인터뷰를 시비를 거는 것처럼 한다. 하지만 나의 과거는 흘러갔다. 그에 대한 가치 평가는 이렇게 저렇게 매겨지겠지만 나로선 설명할 필요가 없다.(그때그때의 상황에 맞춰 내면에서 일어나는 대로, 에너지가 흘러가는 대로 자신을 전체적으로 맡겼을 뿐이었다는 뜻 같음.) 내가 변명을 해야 하나?

윤 내 질문의 의도는 그런 것이 아니었다. 아까 말한 대로 누군가는 지탄을 받거나 오해를 사더라도 이야기를 해야 되지 않나? 그래야 명상에 대해서 일반인들도 공감하고 이해하는 다리 역할을 할 수 있지 않나?

한 그 말은 맞다. 내가 그렇게 한 것은 나의 도박 성향 때문이기도 하다. 사실 누가 그런 일을 하겠나?

윤 나는 고상한 명상 담론들의 말놀이 게임을 부수고 싶었다. 그런 뜻에서 아까 여관방 소리 사건 같은 것은 아주 신선하게 들렸다. 당신처럼 말하는 사람도 드물 것이다.

한바다는 미소를 지으며,

한 (대개는 이해하기 쉬운 일은 아니지만) 나는 운동권 사람들을 좋아하게 되었다. 그들도 나를 좋아한다. 나는 같이 가야 할 사람들을 도와주고 싶었다. 나는 야한 언어는 써도, 남을 공격하는 언어는 사용할 수 없다.

이때쯤 목도 마르고 해서 술을 한잔하기로 했다. 한바다 선생은 바로 전날에도 술을 꽤 했다는데 흔쾌히 동의했다.
"몇 살이냐? 그런 질문은 아무도 안 했는데 해 줘서 고맙다. 내 마음을 아니까 한잔하자."
같이 건배를 하고 쨍! 잔을 부딪쳤다. 한바다 선생은 내적 체험의 언어화에 대한 문제를 다시 화제로 삼는다.

"언어를 떠났을 때 언어를 다시 끄집어내는 일은 대단히 어려웠다. 책을 두 줄 이상 읽을 수가 없었다. 아무것도 아닌 개념도 이해할 수가 없었다. 언어에 적응하는 데 일 년 이상 걸렸다. 『마하무드라의 노래』를 쓸 때는 처음엔 말도 안 됐다. 지금에 와서 손을 보고 짜 맞춘 것이 그 정도다. 끊임없이 새로운 탐구를 해라. 자, 형이라고 불러도 좋다. 술 한잔하자."

내가 여러 번 삐딱하게 나가 보았지만 한바다는 내게 뽀뽀까지 하며,

"나한테 선생 자는 빼고. 아까 한 번도 안 들어 본 질문이라 오리지널리티가 있었다. 질문 잘했다. 당신도 백 퍼센트 자기 언어로 떠들어라. 상대방 언어로 떠들면 안 돼. 자기 색깔이 없으면 망해. 어중이떠중이 다 모으면 색깔이 없고 백화점처럼 돼 버린다. 명상 잡화상이지 그건 아니야. 자기 소리를 분명히 말하고 그래야 살아. 나는 당신을 도와주고 싶다. 명상의 시대가 올 것이다. 반드시 확고하게, 현실 탓 말고 분명하게 자리 잡길 바란다."

술잔이 오고 가는 기탄없는 분위기 속에서 내가 잊을 만하면 뭐라 뭐라 딴지를 거는데도 한바다는 나를 위해 이런 얘기를 해 준다.

"자기 색깔 살리면서 성질은 더러워요. 그게 한계야. 세상과의 조화, 죽기보다 어려워. 하지만 세상과 조화되지 못하면 순수함도 왜곡된다."

나로서는 아주 두고두고 생각해 볼 얘기였다. 시간이 몹시 늦어서 마지막 질문을 던져 보기로 했다.

"오쇼 같은 사람은 일체의 스승과 제자 관계도 부정했다. 당신은 스승인가?"

"나는 이미 스승으로 되어 있다. 스승과 제자의 관계는 필요성이 있어서 만든 것이다. 쌍방이 도와주는 관계다. 그 관계들 속에는 일부이긴 하지만 세력화하는 것도 있다. 그것은 그들의 문제다. 나는 (제자들을 위해) 어떤 방법이라도 다 쓴다. 뭐가 잘못되었나?"

그렇게 묻는 내가 잘못된 것 같았다. 아니 뭐 나도 잘못된 건 없지. 한바다도 잘못된 게 없는데 왜 내가 잘못되었나? 하하하.

누군가를 도와주고, 무언가를 나눠 주고 싶어 하는 그의 진리는 현재 행복한가 보다.

진리든 행복이든 사람은 자기가 갖고 있는 만큼 나누어 줄 수 있다. 사랑 많은 이는 사랑을, 상처 많은 이는 상처를, 거짓된 자는 거짓을, 다른 이에게도 줄 것이다.

돈이나 명예, 외모, 학벌 같은 것 말고 당신은 어떤 진리를 갖고 사는가? 있다면 당신의 그 진리는 행복한가? 그 진리로 인해 당신은 행복한가? 당신의 행복을 나눠 줄 수 있는가? 아직은 여물지가 않아서 여전히 진행 중인 상태인가? 아니, 진행을 하고 있기라도 한 건가?

겁나게 무서운
퍼 주는 여자

파드마 삼바바의 여인
태백 선생

　괴팍하고 무서운 아줌마 스승이 있었다. 대학생 딸을 둔 이혼녀지만 어디서 그런 괴력이 솟아나는지 툭하면 제자들을 조르고 꺾고 비틀고, 딱지 접듯 납작하게 눌러 버리거나 숫제 두드려 패곤 했다. 뼈가 몇 번씩 부러졌다는 여제자들도 있었다.

　"어휴, 어쩌나 힘이 센지."

　그녀를 만나러 가는 중이었다. 전날 저녁부터 새벽 여섯 시까지 퍼마신 술에 절어 버린 피곤한 몸으로 인적 하나 보이지 않는 산길 도로를 가고 또 가고 있었다. 굽이굽이 휘감아 들어간 산등성이 저 멀리 구름 위로 떠오른 눈 덮인 산마루가 나를 내려다보고 있었다. 설마 저곳 어딘가, 저 아스라한 풍경의 끝자락 그 꼭대기 어딘가가 지금 내가 가고 있는 곳이라고는 미처 생각할 수 없었다. 92년식 똥차로 해발 천 미터

지점까지 기어 올라가는데 새로운 푯말이 보였다.

↗ 200m

마침내 태백시로 들어서자 때아닌 눈발이 휠휠 내리기 시작한다. 서울에서 출발할 때는 흐드러지게 핀 개나리 진달래를 봤는데 해가 떨어져서 도착한 곳은 눈 덮인 산들의 지붕마루였던 것이다.

그곳이 그 여자가 태어난 곳이었다. 자신은 그곳을 벗어나서 살지 않겠노라고 말하곤 했었다. 다른 곳은 숨을 쉬고 살기엔 공기가 탁하고, 시끄럽고, 같잖은 다툼들로 너무 번거로웠기 때문이다. 그런 이유 뿐만이 아니었다.

그녀는 기이하게도 천이백 년 전에 열반한 파드마 삼바바의 제자로 자처하고 있었고, 자신의 제자들에게 공성(空性)에 이르는 어딘가 난해한 행법을 가르치고 있었다. 파드마 삼바바는 티베트에 처음으로 불교를 전파한 금강 밀교의 대스승으로 『티베트 사자의 서』의 저자다. 한동안 티베트 왕국의 국사(國師)로 왕궁에 머물다가 히말라야로 들어간다. 그곳에서 중요한 저작들을 남기고 제자들을 지도했다고 한다. 자신과 파드마 삼바바와의 전생의 인연을 내비치는 그녀에게 '태백(太白)'은 바로 '히말라야'(눈의 지붕)였다. 이름 뜻으로 보나 풍광으로 보나 그곳은 한국 땅에서는 히말라야와 가장 비슷한 곳이었던 것이다. 물론 그런 것들은 어디까지나 그쪽 얘기다.

하지만 내가 보기엔 그 여자에겐 그녀만의 가르침 방편들과 내면의 과학에 속하는 특이한 능력들이 있었다. 그 외에도 일반인이라도 한눈에 알아챌 수 있는, 흉내 내기 어려운 독특한 능력이 하나 더 있었는데, '얀트라'라고 부르는 일종의 명상 그림에 관한 것이다. 내 눈을 맨 처음 사로잡은 것도 바로 그 그림들이었다.

내가 발행하던 작은 명상 잡지의 신년 특집 인터뷰를 진행하기 위해서 맨 처음 '삼사라 요가원'이란 곳으로 그녀를 찾아갔을 때의 일이다. 몇 명의 여제자들이 반갑게 맞아 주었지만 가장 먼저 눈길을 끈 것은 요가원 내부를 온통 장식한 수많은 얀트라들이었다. 삼면을 장식한 장방형의 거울, 그 위의 둥그런 거울들, 탕카(탱화) 몇 점과 입체 파풍의 초상화 두 점도 있었다.

같이 간 후배가 뭐라 하건 말건 나는 얀트라들을 하나하나 둘러보느라 여념이 없었다. 다채롭고 독창적이며 충분히 이채로운 작품들이었다. 사용된 물감이나 붓의 터치, 제작 방식, 혹은 금은박지나 시디 등 사용된 부속 재료의 순진함과 자유로움 등으로 보아 직업적으로 정련된 그 분야의 전문 화가가 만든 것은 아닌 듯했다.

"여기 있는 것들은 누가 그린 건가요?"

한 여제자가 답했다.

"모두 선생님이 직접 그리신 겁니다. 어떠세요?"

"내공이 없으면 그릴 수 없는 그림 같네요."

선생이란 사람이 파드마 삼바바와 어떤 관계가 있든지 이만한 공력의 보유자라면 만나 보는 것도 헛된 일은 아닐 것 같았다.

그곳에 가기 전의 일이다. 나도 알고 있는 점성학의 대가 한 분이 그 선생에 대해 이렇게 말했다고 누군가 나에게 알려 주었다.

"나중에 그 선생의 천궁도를 보더니 '어, 이건 파드마 삼바바의 전생이 다시 태어난 걸로 나오는데?' 이랬다는 겁니다."

나는 이 무슨 소린가 싶어 그의 얘기를 집중해서 들어 보았다. 그리고 다음 날부턴 관련된 인물을 만나 좀 더 자세한 얘기를 들어 보았는데, 천궁도 얘기는 와전된 것이었다. 그럼에도 직접 현장을 찾아가 보니 일반적인 도인이나 수행자와는 다른 통찰력을 지닌 듯이 보였다.

기실 그 여자가 가르치는 수행 체계는 티베트 밀교의 그것과 흡사한 구석이 있었다. 얀트라나 종자자(種子字) 같은 것이 중요한 역할을 하고 있었던 것이다. 이곳 제자들의 선생이란 사람이 각 개인의 얀트라와 종자자들을 명확히 보고 표현해 낼 수 있다는 것이 좀 이상하긴 했다.

믿든지 안 믿든지 요가원 사방을 가득 채운 얀트라들은 그 주인공의 비범한 능력에 대해서 무언의 시위를 하고 있었다. 그것들은 취미 삼아 그린 것이 아니라 그 선생이 직접 만난 사람들의 얀트라를 투시해 내고 하나하나 손수 제작한 것들이라고 한다. 한겨울 산간벽지의 야반삼경에 팬티 바람으로 거리를 활보하는 괴팍한 행동들과 영적인 초능력과 예술적인 재능으로 범벅이 된 이상한 아줌마.

그날, 도시적인 사고방식에 익숙한 내가 물었다.

"이 작은 산간 도시보다는 저 넓은 도회지에 당신을 필요로 하는 사람이 많지 않겠어요?"

"내가 도시에 나가 봐라. 이놈 저놈들이 나를 여기저기 끌고 다니며 내 등골을 다 빼먹고 말 거다."

"여기 있더라도 일반인들이 당신을 절대 가만히 놔두지 않을 걸요."

그녀가 과연 언제까지 숨을 수 있겠는가? 뭐든지 돈으로 만들어 보려는 기회의 사냥꾼들, 성공을 위한 살인자들로 득시글거리는 이 세상에서 말이다. 그리고 그날 어떻게 냄새를 맡았는지 보잘것없는 나조차도 그녀를 찾아가지 않았던가?

처음 오는 사람들에겐 늘 그렇게 하는 것인지 제자들은 자기들 선생을 만나기 전 나의 내공(?)을 몇 가지 시험했다. 놀랍다면 놀랍고 무덤덤하다면 무덤덤한 그런 일이었는데, 상세히 기록하자면 너무 장황해지는지라 그냥 생략한다. 그 시간이 끝나고 화장실에 갔다가 손을 씻고 요가원 강당으로 들어오니 못 보던 여자가 위아래로 나를 훑어보며 서 있었다. 위아래 검은 옷에 검은 모자를 썼다. 머리가 짧아서 멀리서 보면 남자처럼도 보인다. 후배에 의하면 쉰둘이라고 한다.

'오늘 찾아온 자식이 이놈이야? 별거 없네.' 하는 표정이다. 인사를 하니 제자 한 사람이,

"아주 편안한 모습으로 있었습니다."

하고 거든다. 그러자 여인은,

"옛날 그 모습 그대로 하고 왔군."

알 수 없는 말을 하며 앉으라고 한다. 나는 빡빡머리에다 노숙자를 연상케 하는 낡아 빠진 녹색 반코트에 트레이닝복 바지 차림이었다.

여인은 '네가 만든 잡지, 그것도 책이냐?' 하는 식의 말로 포문을 연다. 그런 건 아무도 안 본다, 누구한테도 도움이 안 되는데 왜 만드느

나……. 그런 식으로 잡지가 얼마나 형편없는 쓰레기인지 공격하기 시작한다. 내 외모에 대해서도 불만이 많은 것 같다. 신년 특집으로 한 건 하려고 왔는데 초장부터 낯박살을 당하고……. 그러고는 꽤 잘나가는 트렌드 잡지사 책임자가 몇 차례나 인터뷰를 청해 왔었다는 얘기도 한다. 그래도 기회를 엿보기로 하는데 아예,

"인터뷰가 뭐야? 그냥 말과 글이잖아? 그런 거 나 안 좋아해. 인터뷰 같은 건 안 한다. 알았지?" 하고 쐐기를 박는다. 엿장수 맘대로다. 될 대로 되라는 기분이 들었다.

"그럼 그냥 놀다 가겠습니다."

"그래, 왔으니 놀다 가거라."

노는 것도 한 직업이다. 나중에 허락을 하든 말든 그래도 슬슬 작업을 걸어 볼까 하는데 그녀는 나의 기맥 상태를 직접 점검하기 시작했다. 요가 블루스―손발 이외의 다른 신체까지 접촉이 이루어지는 일종의 탄트라 블루스 같은 것이었다. 그럴 때 보니 과연 힘이 세긴 셌다. 그 와중에 그녀의 구박과 나의 모르쇠식 대꾸 그리고 다소간 상스런 농담이 계속 오고 갔다. '야, 넌 왜 이렇게 힘이 없냐?' 하면, '한번 시험해 보실래요?' 하는 식이다.

시간이 꽤 흐른 것 같다. 기맥 상태 점검이 끝난 뒤 그녀와의 대담이 이어졌다. 그녀는 비가시적인 나의 내면에서 일어난 이런저런 현상들을 설명해 주는데 나는 듣는 둥 마는 둥 했다. 그러자 그 여자는,

"넌 네가 아직 누군지 모르겠냐? 정말 모르겠어?"

답답하다는 듯 물었다. '불멸의 영혼, 참나는 고스란히 거기에 있건

만 내가 나로 알고 있는 것은 하나의 환영, 그 안에서 왜 나오지 않고 있느냐?' 그런 말로 들렸다. 하지만 어쩌란 말이냐? 내 수준이 이 정도인 것을.

나를 안타까이 여긴 그녀는 그 이후로 기회가 될 때마다 내게 무언가를 퍼 주기 시작했다. 내가 저질스러운 농담을 하건 말건, 철석같이 한 약속을 개떡같이 저버리건 말건, 심지어 그 여자가 매우 아끼는 나이 많은 제자와 대판 쌈박질을 벌이는 경우에도 그녀는 늘 나에게 무언가를 주고 또 주었던 것이다.

그 여자가 태어난 집안은 태백에선 제법 풍족한 축에 속했다고 한다. 서울의 모 여대에서 바이올린을 전공했다. 태백의 집 한 채 값이 사십만 원 정도 하던 시절에 아버지가 팔백만 원짜리 바이올린을 사주었다고 한다. 하지만 어느 날 바이올린 연주가 싫증 난 나머지 때려치우고 만다. 결혼도 하고 딸도 낳았다. 가구업을 하면서 고아원, 요양원 등 온갖 자선사업도 했다고 한다. 덕분에 수십억 원대의 빚더미에 올라앉아 감옥살이까지 했다. 자살도 시도하고 이혼도 했는데, 자신을 스스로 미친년이었다고 표현하였다. 그녀의 손목을 보면 아직도 맥을 끊었던 자국이 두어 개 선명하게 남아 있다.

그녀는 머리가 꽤 좋았는데 ─ 자기 말로는 ─ 스스로 잘나서 그런 건 아니라는 사실을 나중에 알게 되었다고 한다. 감옥은 민주 투사들에게만 아니라 그녀에게도 공평했는지, 그곳은 영적 수행으로 들어서기 위한 입문처이자 좋은 학교였다. 그곳에서 수행과 관련한 많은 책을 읽고 직접 해 보기도 했던 모양이다. 그런데 머리 좋은 그녀가 유독 잘 읽을 수가 없는 책이 한 권 있었다. 다름 아닌 『티베트 사자의 서』였다. 그 이유를 알게 된 것은 자기의 의식 어딘가—그의 제자로부터 자궁이라고 들었음.—에 감춰져 있는 파드마 삼바바의 비의를 발견하고 나서의 일이었다고 한다.

글쎄, 맨 마지막 부분은 역시 믿거나 말거나에 속한다. 특집으로 잡지에 연재 중인 오쇼 관련 코너에 대해서 비판적이기에, '오쇼도 전생에는 티베트 라마였다고 하는데 이 여자는 왜 안 친한 거야?' 하는 생각이 들어 이유를 물었더니, "너무 장황하다."고 한다.

사실 오쇼 책들 중에는 경전에 대한 해석과 강의가 많은 부분을 차지한다. 그것들은 어찌 보면 명상과는 거리가 먼 현대인들을 위한 우회적인 고육지책일 수 있다. 내면세계의 과학에 대한 명백하고 세밀한 지식을 토대로 곧바로 해탈로 들어가는 수행의 실천을 강렬하게 추구하는 입장에서는 일리 있는 얘기였다. 하지만 오쇼는 이렇게 말한 바 있다. "나의 말은 명상을 위한 방편이다. 나는 그대에게 어떤 메시지를 주기 위해 말하는 것이 아니라, 그대의 마음이 작용하는 것을 멈추기 위해 말한다…… 이것은 강의가 아니다. 이것은 단지 그대가 더욱 고요해지게 하려는 방편일 뿐이다." 아무튼 오쇼나 크리슈나무르티의 책들은 명상을 하든 하지 않든 구도자든 아니든 누구라도 볼 수 있다. 하지만 밀교 요가의 비전들은 먼저 우리에게 요구할 것이다. 자, 당신은 구도자인가, 아닌가? 준비는 되어 있는가, 어떤가? 그렇게 말이다.

"현재의 티베트 밀교 관련 번역서들의 문제점은 어디에 있다고 보시나요?"

나는 점점 더 인터뷰 모드로 들어간다.

너무 어렵다.─이것이 선생의 대답이었다. 하긴 그러한 책들에 붙어 있는 여러 계통의 수많은 주해들과 전문 용어들, 이론과 비교들을 보면 이 또한 맞는 말이다. 그녀는 밀교 서적들이 만화처럼 쉬워져야 한다고 말한다. 이론과 지식의 바다는 그저 말들의 바다일 뿐.

"그럼 선생은 선생이 알고 있는 것들을 정리해 놓으실 생각인가요?"

그리 물으니, "당연하지. 이미 해 놓았다."고 답한다. 그녀는 자기가 아는 비의들을 요가원 내부에 붙어 있는 얀트라와 탕카들 속에 정리해 놓았다고 한다. 대화를 계속하다 보니 분위기가 점점 좋아졌다.

그녀는 내가 일주일 전에 속달로 부쳐 준 잡지에 대해서도 몇 가지 조언해 준다. 그새 어디서 났는지 지난 호까지 손수 들고 그 호의 편집 후기를 직접 읽어 내려가며 그 부분이 가장 마음에 들었다고도 말한다. 이런 내용이었다.

가을이다. 작년이던가? 어느 게시판에, "가을엔 이별이 많았다. 올가을엔 이별할 일도 없겠구나 하는 생각 먼저 들었다."라는 식의 글을 쓴 적이 있었다. 그랬더니 밤이 뼛속까지 시리다는 어떤 이가 서글픈 메일을 보내오기도 했다. "인생이 어디 그리 어제 한 약속처럼, 생각처럼 되던가? 내게는 너무 오래된 일만 같아서 이별이란 것이 정말 그렇게 슬프고 가슴 아픈 일일까도 싶었다. 그래? 그렇다면 이별이란 것도 해 보는 게 좋겠는걸? 근사하잖아?"라는 식의 답신을 주었던 것이 기억난다. 하하하. 이제 겨우 3호째를 끌고 나오는 참인데 재주 많고 식견 있는 지인들이

거듭거듭 많은 것을 버리고 많은 것을 바꾸라고 한다. 그런 일 말고 어떤 이는 또, 죽기보다 힘들 거야, 그래도 버려라, 그렇게 얘기한다. 결국은, 그래야 하지 않겠나? 계속해서 길을 가야 하지 않겠나?

다 읽고 난 뒤 그녀는 제자들에게 다시,

"쟤는 쟤를 몰라."

하더니 네 영혼을 다 찍어 놓았다며 휴대전화에 저장해 놓은 사진들을 보여 준다. 그 감쪽같음과 심증 아닌 물증 위주 정신이 나는 약간 신기했다. 내공 실험 시간 중의 태양 명상을 하면서 내가 보았던 태양의 모습, 눈을 감은 뒤에 나타났던 일련의 현상들이 고스란히 찍혀 있었던 것이다. 하지만 나는 대수롭지 않다는 듯 여전히 야한 농담들을 섞어 가며 딴청을 부렸다. 계속해서 쏟아지는 그녀의 얘기들은 대략 이러했다.

너는 집과는 인연이 없다. 불시착한 영혼이다. 전생에 한 번도 여자로 태어난 적이 없이 남자로만 태어났다. 영혼이 상당히 맑다. 그것은 네가 전생에 한 번도 축생으로 태어난 적이 없기 때문이다. 그리고 네 환생은 이번 생으로 끝난다 등등.

또 뭐가 있더라? '112'라는 숫자와 나와의 연관성에 대해서도 말해 준다. 그것은 인간이 통과할 수 있는 모든 의식 세계를 상징하는데 내가 그렇다는 것이다. 하긴 그간 고생도 많이 했고, 이런저런 사고도 많이 쳤으며 전전한 직업만 해도 한 다스는 넘을 테니 영 일리가 없는 것만도 아니다. 아무튼 그 정도면 솔깃하기도 하련만 나는 그저 한 귀로 흘려듣는다.

그녀 식으로 되받아치면 좋은 얘기든 나쁜 얘기든, 참말이든 지어낸 말이든 그냥 하나의 말이지 않은가? 더구나 나 자신이나 다른 누구도 어느 것 하나 검증할 수 없는 얘기였다. 내 마음을 눈치 챈 것일까?

그녀는 제자들에게,

"야, 쟤 얀트라 어떻게 나오는지 한번 봐 봐."

하니 한 제자가,

"계속해서 풀바예요. 지금도 풀바네. 금강 풀바. 네 번째 계속 그렇거든요."

이게 무슨 일인가? 옆에 있던 제자는 천연덕스럽게,

"안 보이세요? 풀바잖아요? 가운데 글자(씨앗 만트라인 듯)도 있고……."

그분의 눈엔 모양이건 색깔이건 글자건 분명히 보이는 것 같았다. 그때쯤 나는 믿을 수도 안 믿을 수도 없었다라기보다는 어느 정도는 그녀 말이 맞겠지, 그런 생각을 하고 있었다. 왜냐면 아까의 호흡 명상 중에 있었던 현상들, 그리고 방에 들어가 영혼의 모습을 보고 있을 때의 경우를 보면 그들은 분명 내가 몸 안에서 느끼는 것들, 내 눈에 보이지 않는 비가시적인 현상들을 눈으로 보고 있는 것처럼 얘기했기 때문이다.

선생과 제자들은 계속해서 나의 얀트라가 가진 성질들에 대해 얘기를 늘어놓았다. 풀바, 금강승, 종자자. 바즈라(금강저), 도르제(열십자 모양으로 생긴 금강저), 옴 만트라…….

처음 들어보는 말이 많았다. '풀바금강'를 예로 들면 어느 책에는 이런 주해가 붙어 있다.

"무상요가부의 분노본존. 몸의 아랫부분이 풀바금강저로 되어 있어 풀바금강이라 한다. 풀바금강저가 마구니를 찍어 죽이는 데 사용되는 법구인 것처럼 풀바금강 수행도 주로 번뇌의 적과 마구니를 항복시키고 수행의 장애를 물리치기 위하여 하는 수행이다."

안 그래도 몇몇 친구들은 농담 삼아 내게 '술과 여자를 밝히는 티베트에서 온 파계승'이라는 표현도 쓰는데 최소한 내가 어떤 전생에 밀교 금강승의 수행자였던 시절이 있었단 말인가? 알 수 없다. 모든 것이 뒤죽박죽이었다.

그쯤 해서 날이 저물었고 후반전도 끝이 났다. 차편을 알아보고 서울로 돌아갈 시간만 남은 것이다. 그리고 그때까지도 나는 무덤덤한 상태였다. 이번 방문기를 써야 하나 말아야 하나? 자칫 하면 그냥 한 '명상 무당'의, 절반의 진실과 절반의 황당함으로 버무려진 특이한 얘기밖에는 안 될지 모른다. 쓴다면 무슨 얘길 쓰지? 허락은 할까? 에이, 하든 말든 그냥 몇 가지만 간추려서 올려야겠다. 그렇게⋯⋯.

그때쯤 그녀는 또다시 넌 네가 누구인지 정말 모르겠느냐고 몇 번이고 또 묻는다.

그래 모르지. 모르는 건 모르는 거다. 별다른 소득도 없이 날이 저물어 가서 기차 편을 알아보니 이미 막차를 포기해야 되는 상황이었다. 버스를 타기로 하고 후배와 함께 일어나려는데 선생과 제자들이 그냥 가면 안 된다며 저녁을 먹고 가라 한다. 태백 지방 막걸리 생각이 절실한 후배의 심정도 아는지라 몇 번 사양해 보았지만 소용없었다. 정성껏 차린 저녁을 남자들끼리만 맛있게 해치웠다.

출발하기 전까지 이십여 분의 시간이 남은 것 같았다. 그녀는 아무리 얘기해도 자신을 알아보지 못하는 내가 딱했던지 그때부터 내게 이것저것 바쁘게 퍼 담아 주기 시작했다.

그날의 이야기들도 잡지 게재를 허락했고, 그림 촬영도 허락했으며 마음에 드는 것을 골라 보라 하면서 아예 나를 이끌고 각 그림의 의미를 설명해 주기 시작했다. 후배와 함께 사진을 찍는 동안 선생이 명상지를 들고 나를 부른다. 게재된 사진들을 보며,

"이게 뭔지 알아? 이게 바로 도르제(금강저)야." 하면서 이러저러한 뜻이 있다고 설명해 준다. 후광을 두르고 있는 옛 선인의 사진을 가리키며 나의 오라 상태에 대해서도 설명한다. 그리고 또 그림 하나를 가리키며,

"이건 뭔지 알아?"

"모릅니다."

"허, 어디서 자료는 잘 찾아가지고. 이건 호흡법을 도상화시킨 것이다."

나는 의외의 설명에 허를 찔린다. 나로선 그저 이미지 사진으로 사용했던 것이었다.

"어떤 호흡법인데요?"

"자, 이렇게 하는 거다."

그녀가 그 그림의 해설과 함께 호흡법 한 가지를 일러 준다. 회음부

에서부터 좌우로 기 호흡을 한다. 그림에 있는 것처럼 하나씩 올라가며 호흡한 뒤 마지막엔 정수리로 한다. 설명을 따라 해 본 나는,

"어? 이거 굉장히 좋네요."

감탄한다.

"어떻게?"

"아까는 호흡을 셀 수 없었어요. 호흡을 지켜보면 제멋대로 날아가다가 다시 오다가 그랬는데, 이걸 하니 좀 더 안정되네요."

선생이 "그래 넌 그게 문제야, 그런데 이것도 아냐?"

그 또한 일종의 편술이고 정통이 아니라며 다른 호흡법 하나를 가르쳐 준다.

"하다 보면 손바닥이 자꾸 벌어질 테니 꼭 붙여. 어떠냐?"

"좋은데요. 좀 전 것보다 더 나은 것 같아요."

확실히 그랬다. 내가 눈을 뜨지 않자,

"옳지, 옳지 잘 돌아가네."

하더니,

"이번엔 머리 위로 안쪽의 기운을 구름처럼 만들어 띄워 봐."

"네, 띄웠습니다."

"그럼 그 구름으로 천막을 친다고 생각하고 머리 위로 우산을 만들어."

"네."

"만들었냐?"

잠시 있다가,

"네, 마치 은빛으로 빛나는 커다란 나뭇가지 밑에 앉아 있는 것 같

은데요."

"그 나무 밑에서 계속 명상을 하는 거야."

내가 명상하고 있는 동안 선생은 제자들과 몇 마디 얘기한다.

"얘는 말이야, 이 수인 저 수인도 안 되고……."

눈을 뜬 내게 "나 같으면 에너지를 회음부로 모으겠다."고 하며 그 방법을 일러 준다. 두 손의 엄지와 검지 부분으로 마름모꼴을 만들어 하단전 부위에 붙인 다음 명상을 통해 생긴 에너지를 회음부에 저장하는 것이다. 선생이 계속해서 지시를 내린다.

"그리고 거기다가 ×표를 쳐. 그다음 도르제를 걸어. 그 가운데에 꼭 짓점을 찍어. 꼭짓점 위에 하트 모양을 붙여 놓으면 더 좋고."

그것이 '보유'라고 하였다. 에너지가 흩어지지 않도록 저장해 놓는 방법이라는 것이다. 밀종 공법에 나오는 '보병기(寶瓶氣)'의 수행 방법과 비슷했다. 분별하고 산란한 에너지를 지혜롭고 집중된 기운으로 바꾸려면 요가를 수련하여 우리 몸을 단련해야 하는데, 그 방법은 단전 아래로 움직이는 하행기를 끌어올려 보병 속에 가두는 것을 익히는 것이라고 한다. 곧 호흡을 통해서 아래로 흐르는 기는 끌어올리고 위로 흐르는 기는 끌어내려 병처럼 만든 아랫배의 단전 부위에 가두어 두는 단련을 되풀이하는 것을 말한다고 한다. 이렇게 하여 좌우맥으로 흩어지던 산란한 기운들이 중맥으로 모이게 되고 지복의 열인 배꼽불이 힘을 얻게 된다고 한다. 선생의 설명에 의하면 보병의 위치는 단전이 아니라 회음부였다.

나는 즉시 해 보았다.

"이것도 좋은데요. 위에 우산을 띄울 때처럼 희열도 있고 안정감도 있고."

나는 선생에게 그간 해 오던 명상의 문제점들을 얘기했다. 사실 몇 년 동안 이렇다 할 진도가 없었던 데다 오히려 퇴보하는 느낌을 받을 때도 꽤 있었던 것이다. 선생이 그에 관해 친절하게 설명해 준다. 그리고는 제자 한 분에게 내게 줄 명상법을 적어 오라고 시킨다. 더불어 명상할 때 사용하는 둥그런 거울도 하나 챙기라 하며 이런저런 간편한 수련법도 함께 하라고 말한다. 그것들을 적어 제자가 들고 온 종이를 보니 무슨 난수표 책자처럼 상당히 복잡 난해했다. 그것들을 대충 받아 가방에 챙겨 넣자 아직도 모자란지 다른 그림을 주겠다며 후배의 여자 친구 몫으로 주었던 그림을 빼앗아(?) 서울에 올라가면 나에게 주라고 얘기한다. 그리고,

"에라 모르겠다."

하면서 내 뒤통수 부위에 손가락으로 힘을 가하며 기(氣)까지 넣어 주었다. 이 모든 일이 불과 이십여 분 사이에 벌어진 일이다. 다 끝난 뒤 최측근 고위 제자(?) 한 사람이 우리를 버스 터미널까지 차로 태워다 주었다.

버스가 출발하자 심한 멀미가 치밀어 올랐다. 후배는 내가 쏟아 낼 토사물이 걱정되는지 자리를 바꾸려고 한다. 제자들이 저녁상을 차려 놓고는 아무도 먹지 않은 게 생각났다.

"새벽 수련 있거든요. 먹으면 큰일 나요." 했었다.

그런데 나한테는 저녁을 먹자마자 도대체 몇 가지를 퍼 준 거야? 어

이쿠, 오늘 차 안에서 직사하게 고생하겠는걸.

"이놈의 여편네가 밥도 금방 먹었는데 이상한 걸 집어넣다니."

나는 중얼거리며 한 시간가량을 버스 안에서 얼굴이 하얗게 질리도록 고생했다.

서울에 올라온 나는 그녀와 한 약속을 한 가지도 지키지 못한 것 같다. 어렵사리 허락을 얻은 한국 최초의 인터뷰 기사는 인쇄 직전 잡지를 말아 먹었고, '112'만 원을 갚아야 되지만 되레 용돈을 얻어 썼으며, 어디 예쁜 여제자가 있으면 한탕 놀게 소개 좀 시켜 달라며 되지도 않는 소리를 늘어놓곤 했다. 나는 여전히 무심했고 뻔뻔했지만 그녀의 퍼 주기는 계속되었다.

하루는 그녀가 측근 제자들과 함께 서울 제자 집을 방문했다. 토요일 집들이인지라 초저녁부터 와 있던 내가 다른 이들과 한창 주거니 받거니 하다가 나중에 도착한 선생에게 말했다.

"선생이 파드마 삼바바와 어떤 관계가 있는지 알게 뭐란 말인가? 그보다 중요한 것은 당신의 가르침이 효과가 있느냐 없느냐 아니냐? 내가 보기에 당신은 아무튼 영적인 능력은 있는지 몰라도 영적인 지혜는 없다. 순 촌뜨기다."

그녀는 그럴 줄 알았다는 듯 말했다.

"쟤는 원래 하고 싶은 말 못 참고 사는 놈이다."

사람들에게 한 나름의 해명(?)이다. 그날 나는 집안에 제사가 있었다. 그녀는 사업하다 망한 내게 교통비나 하라며 돈까지 쥐여 주고는 그 자리를 먼저 떠났다.

또 어느 날 그녀가 제자들을 이끌고 일산에 나타났다. 나를 위해 기맥을 점검하고 기를 불어넣어 주더니 옆의 제자가 가지고 있는 소위 문중 비급—그녀가 그간 가르쳤던 수많은 수행법이 적혀 있는 책자를 빼앗아 나에게 준다. 그럼도 몇 개 더 받았다. 그날 떠나려는 내게 그녀는 또 "용돈 좀 줄까?" 한다.

그 이틀 뒤에는 그녀가 무척이나 아끼는 나이 많은 제자 한 사람과 그의 집에서 막걸리를 마시다가 대판 싸움을 했다. 그 전에도 그는 나와 친분이 있던 분이었다. 그의 집에서 밤새 통음하다가 뒤엉켜 잠들기도 여러 번이었는데, 웬만하면 차갑고 오만불손한 나를 고맙게도 좋아해 주었다. 심지어 자기가 죽으면 시신을 수습해 달라고 내게 부탁할 정도였다.

그날 그는 자기를 찾아온 내가 반가웠던지 아예 형 동생 의형제를 맺자고 했다. 그런 판에 싸울 일이 무엇이 있겠나? 그런데 나는 그 순간 이후부터 태도가 백팔십도 변하면서 싸가지 없이 한 번도 안 하던 반말지거리에 툭툭 상다리를 차며 건들거리더니, 마침내 노기를 못 참은 그에게 머리통을 한 대 맞고는 술상을 왕창 엎어 버렸던 것이다. 그것도 모자라 한판 드잡이를 하며 마루에서 댓돌 아래로 함께 엉켜 굴러떨어지다가 마당에 있는 맷돌로 머리를 찧어 죽이겠다며 으르렁거리기까지 하였다. 그 이튿날 나는 그 양반에게 전화를 걸어 사과를 했는데 그도 사람들도 그 이유를 몰라 했다. 글쎄 왜 그랬을까? 사실 나는 그분에게 아무 유감이 없었다. 형 동생, 조오치.

나도 그러고 싶었다. 하지만 나이도 다르고 살아온 삶도 다르지만 형도 아니고 동생도 아니며, 누가 더 잘난 것도 아니고 못난 것도 아닌 한 자리가 있었으니 그저 그 한 자리를 시험해 보고 싶었던 것이다. 제 아무리 의리 좋은 형 동생이면 뭐하나? 다 속절없이 떠내려가는 거품 같은 관계인 것을. 어떻게 알았는지 태백의 선생께서 나와 통화를 하면서 물었다.

"너 아무개랑 싸웠다며? 왜 그랬냐?"

"그냥 그러고 싶었어요."

"그래 잘했다. 그놈의 성질이 어디로 가겠냐?"

푸하하하. 그녀를 직접 만났더니 그와 나는 전생에서도 한바탕했다고 한다. 그녀는 간단히 나의 무례함의 죄를 사해 주었다. 그리고 그분께는 별도의 애정과 관심을 보이며 걱정했다. 아까운 놈, 한심한 놈, 제발 정신 좀 차려야 될 텐데 하면서. 그녀를 욕하든 말든, 떠나든 말든 그녀에게는 아까운 사람과 괜찮은 사람 두 가지가 있는 것 같았다.

두 번째로 태백을 찾은 그 날은 그녀의 제자가 요가원을 개원하는 조촐한 행사가 있었다. 이미 넉 달 열흘 전부터 참석하겠다는 약속을 수차례 했던지라 이번에는 차마 어기기가 어려웠던 것이다.

그 전날엔 일산에서 길연 선생의 티베트 요가 명상원 개원식이 있었다. 그곳에서 후배를 만나 새벽녘까지 술을 같이 마신 터였다. 자기도 그 선생과 인연이 있는 것 같다며 따라가겠다는 것이다. 서로 운전을 미루며, 후배 녀석은 차 안에다 질펀하게 토사물까지 쏟아 가며 간

신히 태백에 도착하니 선생과 제자들은 그때까지 행사를 미루고 있는 중이었다. 처음 내가 그녀를 만났을 때와 비슷한 상황이 후배에게도 베풀어졌다. 후배는 어깨 관절이 360도 가까이 뒤틀릴 지경인데도 눈 하나 깜짝 않는다. 요가 블루스가 끝나갈 무렵 선생이 눈을 감고 있는 후배에게,

"네 앞에 있는 사람이 누구로 보이냐?"

후배가 말했다.

"사랑이요."

"잘 보았구나."

글쎄, 누구는 이런 수작을 두고 그 나물에 그 밥이라고도 한다. 이런저런 사연과 함께 선생을 떠나거나 등진 사람들도 대부분 그렇게 말했다. 그날 개원식의 주최자던 원장도 그중의 한 사람이었다.

그녀는 작년 여름 때만 해도 어떤 일로 불만이 있었는지 자신의 스승에게 감히 원격 사기(邪氣)를 날려 보내 위해를 가했다고 한다. 무협지에서나 나올 법한 그 소식을 듣고 나는 자초지종을 알기 위해 그녀에게 새벽녘 전화를 건 적도 있었다. 그런 상황을 염두에 두고 이런 경우는 도대체 무슨 경우냐고 물었더니 선생은 태연히,

"걘 한두 번이 아냐. 그전에도 나를 일곱 번이나 떠났다가 다시 돌아왔거든."

몇 가지 행사가 끝나자 선생이 친히 명상 무용을 시연했다. 일종의 기 무용이다. 제자를 불러 함께 추니 그 제자가 말없이 운다. 개원식 주최자던 원장도 그를 지켜보다가 말없이 운다. 이제는 다시 돌아왔으

니 기뻤던 것일까? 끊임없이 너는 네가 누구인지 아직 모르느냐고 묻고 때리고, 공성에 들어가는 명상법을 시키곤 하는 그녀의 잔소리와 매질이 생각나서였을까?

그런데 축하를 하기 위해 오리라 생각했던 몇몇 제자들이 여전히 눈에 띄지 않았다. 무용이 끝난 뒤 내가 선생에게 물었더니,

"너는 그 사람들이 왜 이곳에 오지 않았다고 생각하느냐?" 하고 되물었다. 나는 잠시 생각해 보다가,

"그들은 올 줄 모르기 때문입니다."

그러자 그녀가, "네 말이 맞다."고 했다.

사람들은 눈물을 잊어버렸다. 울음을 잊어버렸다. 슬퍼서, 삶이 힘겨워서, 서러워서, 떠나간 사랑, 이루어지지 못한 사랑에 가슴이 아파서, 사랑받지 못해서, 애타는 정 때문에 눈물이 흐르는 그런 울음이 아니다. 그냥 울음이 솟아나는 것이다. 아무런 까닭도 없이, 어느 날 잠에서 깨어나 문득, 혹은 길을 걷다가 어느 커다란 나무 앞에서, 황혼이 밀려오는 산을 마주하고 있다가, 혹은 흐르는 강물 앞에서, 푸르디푸른 하늘을 올려보다가, 활짝 핀 꽃에 말을 걸다가 갑자기 우는 것이다. 자기 존재로부터 아무 이유 없이 터져 나오는 울음. 그래서 사람들은 길을 찾아 떠나는 것이다.

가지 않은 길들은 너무 많아서 우리는 처음에는 같이 출발했지만 점점 다들 어디로 가고 있는지 알 수가 없게 된다. 친구들은 그곳에서 누군가를 만나고 있을 것이다. 그가 누구를 만나든 무슨 일을 겪든 결국은 아무도 얻은 바 없으며 아무도 잃은 바가 없는 그 자리가 드러날

때까지 각자 자기 길을 가고 있는 것뿐이다.

선생은 그즈음엔 대전에서 임시로 머물고 있었다. 대덕 단지의 모 연구원들을 상대로 수행 공부를 가르치고 있다고 한다.

"얘네들이 밤낮없이 지구를 구하기 위해 우주도 연구하고 이것저것 실험도 하는데 문제가 안 풀려. 머리들은 다 좋아가지고 지들이 요상한 기계도 만들었는데 이 사람 저 사람 실험해 보다가 나한테까지 연결된 거야."

위험하든 말든 선생은 일부러 그들의 실험 대상이 되기로 자처했다. 그리고 그들은 기겁을 했다고 한다. 선생의 실험 데이터가 모조리 0으로 나왔기 때문이다. 그제야 그들이 수행에 관심을 두게 된지라 그들을 위해 강의를 하고 있다는 것이다.

첫날 이것들이 강의실에 모여서는 지들끼리 떠들지를 않나, 건성건성 하는 분위기라 갑자기 소리를 질렀단다.

"야, 이 ×새끼들아! 내가 미친년이다. 느그들이 잘 떠드는지 미친년이 잘 떠드는지 한번 해볼까?"

"촌스럽기는 마찬가지네요."

나는 새로 생긴 요가원의 새로운 그림들을 둘러보았다. 누군가 일산과 비교해서 묻는다. 일산 요가원은 무척이나 화려했었다. 예전 태백 요가원이나 일산 요가원에 비하면 이곳은 또 다른 분위기다.

그녀의 얀트라 그림들은 볼 때마다 새롭다. 다채롭고 무궁한 샘물이 솟아나는 듯한 작품 세계와 대단한 공간 창출 능력을 보여 준다. 일산에서는 삼백육십여 작품이 들어갔다고 하니 하루에 하나씩 작업한 꼴이다. 그중에서 가로세로 십여 미터에 이르는 대작도 있었다. 일 년에 한 차례씩 그런 공사급 얀트라 작업을 하는 것 같다. 그 안의 영적 에너지나 예술성은 둘째치고 일반인이 보기에도 신기함으로 가득 차 있다. 내가 말했다.

"전시회 열어서 팔아먹읍시다. 그거 한 번 열고, 번 돈으로 센터 하나 만들고 그러면 되잖아요?"

그러자 선생은,

"공(空)에서 나온 것을 어떻게 돈을 주고 판단 말이냐?"

"공에서 나왔더라도 생겨 먹으려니 돈이 들었잖아요."

"돈이 공을 따라갔지 공이 돈을 따라갔나?"

"공에서 나온 것은 두 가지 기능이 있습니다. 불교나 힌두교의 예술 작품들 보세요. 당초엔 수행자를 위한 방편으로 만들었을지라도 예술적으로도 위대한 작품이었습니다. 일반인들의 정신세계를 고양하고 미적 감수성을 더욱 끌어 올렸어요. 왜 안 됩니까?"

"쟤 봐라 쟤. 똑똑하네?"

하더니 선생은 대덕 단지 얘기를 꺼냈다. 처음엔 팔십 명 정도가 배우더니 지금은 줄고 줄어 그 사 분의 일이 선생의 지도를 받고 있다고 한다. 그런데 그중에서도 정말 마음을 내어 하는 사람은 불과 몇 명뿐이라는 것이다.

"단순한 장사꾼들에게 넘기는 것은 어리석은 짓이다. 고흐의 작품이 빛을 본 것은 그의 동생이 그림에 대한 안목이 있었기 때문이다. 동생 테오가 고흐를 사랑했기 때문이다. 공에서 나온 것들 또한 그렇다."

그녀의 대답이 그랬으므로 나도 더 이상 말하지 않기로 했다.

그녀는 나를 불러 이만 원만 내놓으라고 한다. 백십이만 원 중 백십만 원은 떼고 이만 원만 받겠다는 것이다. 그러면서,

"나는 죽을 때 공의 세계로 들어가면 그것으로 된다. 근데 네놈이 끝까지 쫓아와서 내 돈 받아 가라고 하면 어떡하나?"

개원식을 마치고 밖으로 나와 보니 새벽 두 시 사십 분. 지방에서 온 남자 제자 두 사람이 술 한잔하고 방에 들자 하기에 그럽시다 했다. 4월 초하루인데, 성탄 전야제라도 되듯 눈이 계속해서 내리고 있었다.

다음 날 태백을 떠나는 날이다. 여관에서 짐을 꾸려 그녀를 만나러 가니 다른 일행들도 떠날 채비를 하고 있었다. 고등학생 딸과 함께 그곳에 온 제자 한 사람이 약간 부스스한 머리를 매만지며,

"선생님, 파마하게 돈 좀 주세요." 나이답지 않은 어리광을 부린다.

"야 이 년아, 지금 지갑에 천 원도 없다." 하니 제자는 아무 소리 없이 일행과 함께 가 버린다.

"저분은 어째 자기 딸한테도 응석을 부리던데요."

"쟤는 어려서는 지 엄마한테, 커서는 남편한테 사랑을 못 받아서 저래. 저거 때문에 진도가 안 나간다는 거 아니냐."

선생은 측은해한다.

그런데 내가 인사를 하고 떠나려 하자 나를 붙잡고는 하얀색 돈 봉투를 주머니에 찔러 준다. 가는 길에 기름값과 밥값 하란다. 내가 완강히 거절하니 기어이 주머니에 넣어 준다. 제자에게는 내게 주기로 한 얀트라 작품을 언제까지 보내라고 이른다. 내가 할 말을 찾지 못하고

우두커니 서 있자,

"야, 떠날 때는 꾸물대지 말고 빨랑빨랑 가는 거야. 그게 떠나는 자의 미덕이야."

그제야 나는 그곳을 나왔다. 하긴 살아 있을 때나 죽을 때나 꾸물대는 연놈들이 무슨 깨달음을 얻고 무슨 해탈을 구하랴. 그녀는 가진 재산 맺은 인연 다 퍼 주고 몽땅 비워서 완전히 가벼워지기를 바라나 보다. 그래야 거칠 것 없는 자유의 세계 속으로, 무한한 대공(大空)으로, 열반의 세계 속으로 들어갈 수 있나 보다.

요즘도 가끔 그녀는 나를 초대하고 나는 또 한밤중이나 신새벽에 선생께 전화질을 해 대곤 한다. 그러면 그녀는 나를 걱정하여 무엇 무엇을 버리라고 한다. 자르라고 한다. 떠나라고 한다. 돈을 받고 팔아먹을 수도 없으며, 그것을 이해하지 못하는 자, 관심도 없는 자, 사랑하지 않는 자들에게는 그나마 국물도 안 돌아가는, 하지만 그런 이들 입장에서 보면 0원짜리 통장보다도 무가치한 그 세계를 위해 열심히 설득하는 것이다.

하지만 모두가 텅 빈 자궁, 텅 빈 공에서 나왔다. 나온 곳으로 돌아가자는데 무엇이 잘못되었단 말인가? 돈을 위해서는 천재도 되고, 노예도 되고, 사기꾼도 되고, 도둑놈도 되고, 웃기도 하고, 울기도 하고, 히죽거렸다가 해죽거렸다가 하면서, 곧 죽어도 그리로는 안 돌아가겠다고 발버둥치는 우리네 인간들이 더 측은한 거지. 언젠가 떠날 때가 되면 꾸물대지 말고 지체 없이 떠나 보리라. 모두 다 돌아가는 그 세계 속으로.

선생을 만난 지 꽤 시간이 흘렀다. 그간 몇 차례 서울로 온 선생을 만난 적이 있었으며 여러 가지 일이 있었다. 나의 에너지 상태에 대한 점검도 몇 차례 더 이루어졌고, 그때마다 선생의 의견도 조금씩 변해 더 구체적으로 되었다. 나는 선생의 어떤 제자보다도 선생의 내공과 가피력(加被力)을 무료로 받는 영광(?)도 얻곤 했다. 그 이유 중 하나는 내가 말을 마구잡이로 함부로 하기 때문이기도 했다. 하지만 선생은 그런 나를 총애(?)하니 복도 많은 놈이다. 아무튼 선생의 모든 수련법을 다 해 보지는 않았으나 내가 직접 해 본 몇몇은 효과가 있었다.

그리고 나는 어떤 방식으로 다른 사람의 만트라나 얀트라, 차크라 상태—어떤 부분이 열려 있고 어떤 부분에 장애가 많은지, 오라의 색깔이나 그 문양, 차크라의 기호—등등을 볼 수 있게도 되었다. 그러니까 선생이나 제자들의 말이 허황한 것은 더욱 아니라는 것이다. 하지만 나의 생각은 변함이 없다. 영적인 능력과 참된 지혜는 반드시 비례하지도 일치하지도 않는다는 것이다. 영적인 능력은 종종 사람들의 지성과 지혜의 샘을 막아 버린다. 내가 경험한 바로는 명상인들이나 수행자들은 많은 경우 그 때문에 더욱 어리석어지기 일쑤였다.

모든 꿈, 모든 곁가지를 걷어치워 버리고 자신의 현재 마음 상태와 곧바로 대면하는 것이 가장 직접적이고 올바른 길이라고 생각한다. 물론 자신에게 일어나는 내적인 현상들을 올바르게 이해하는 것도 가치 있는 일이긴 하지만.

6장

오쇼의 세계, 비하인드 스토리

"

상대방을 변화시키려고 시도하지 않는 것이

사랑이라고 생각한다.

그 사람을 지금 있는 그대로 존중하는 것이다.

이런 사랑은 매우 드물다.

결혼이란 계약서로 맺어지면

선택의 여지나 자유도 없어진다.

사람들은 상대를 바꾸려고 하면서

좌절을 겪게 되는데

그것은 잘못된 시발점이다.

다른 사람을 변화시키려고 하지만

그러나 그것은 당신이 상관할 바도 아니고,

할 수도 없다.

"

완벽한
사람이 되는 게
핵심은 아니다

오쇼의 미디엄 아난도

아난도는 오쇼 라즈니쉬의 비서를 지냈으며 그가 육체를 떠나면서 자신의 미디엄(매개자)으로 지목했던 호주 출신의 산야신이다. 이 때문에 오쇼층 사이에선 많은 화제를 불러 모으며 유명세를 탔는데 일부 사람들은 그것이 곧 오쇼의 후계자를 의미하는 것은 아닐까 생각했기 때문에 더욱 그랬다.

하지만 오쇼의 유언에 따라 그의 아쉬람(수행자들의 공동체)은 '이너 서클'에 속하는 열두 명의 산야신들에 의해 만장일치제로 운영되었다. 이들은 오쇼가 죽기 얼마 전에 오쇼 스스로 공개적으로 지명한 최측근 제자들이었다. 오쇼는 그들에게 자기의 사후 십 년이 지나면 아쉬람의 운영 방침도 바꾸라고 지시했다. 아쉬람이란 살아 있는 스승이 머물고 있는 동안에만 진정한 의미를 지니는 에너지장이며, 그밖에는 하나의 단체(Institution)일 뿐이라는 것이 오쇼의 통찰이었다. 이에 따라 사후 십 년이 되는 2000년도가 되자 '오쇼 아쉬람'은 이름을 '오쇼 메디테이션 리조텔'로 바꾸면서 동시다발적으로 여러 변화를 실행에 옮긴다. 대표적으로는 메인 명상홀에 있던 오쇼 영정 철거, 산야신들에게 오쇼의 사진이 들어 있는 말라(일종의 염주 목걸이) 착용을 의무화하지 않는 것, 일부 명상 참가 시의 복장 자율화 등을 들 수 있다. 게다가 오쇼는 사후 사람들이 자신을 스승이나 교주로 여기는 것을 원치 않았기 때문에 그의 탄생이나 깨달음, 죽음을 축하하는 기념행사들도 모두 사라지고 말았다.

그런데 내 기억에 의하면 그로부터 몇 년 되지 않아 아난도는 '이너 서클' 그룹에서 스스로 탈퇴하고 만다. "그냥 나한테는 안 맞아서."라고 말하는 걸 보면 꽤나 자유로운 영혼이다. 사람들은 탈퇴 이유를 두고 수많은 추측과 낭설을 만들었지만 그녀는 오쇼를 처음 만나던 무렵이나 지금까지도 그저 오쇼를 존경하고 사랑하는 일개 제자이자 구도자, 명상가일 뿐이었다. 영국에서 변호사 생활을 하던 1976년 오쇼가 창안한 다이나믹 명상을 처음 접했으며, 이십 년 이상 세계 각처에서 명상과 컨설팅을 진행하고 있다.

내가 2003년 푸나를 두 번째로 방문했을 때 오쇼 리조텔 내에서 아난도의 모습을 가끔 볼 수 있었다. 그녀는 1996년 한 명상센터의 초청으로 한국을 처음 방문한 적이 있었는데 그때 선물 받은 한국 불상은 여전히 자기 침대맡에 놓여 있다고 말했다. 일부 서양 산야신들과는 달리 한국 친구들이 식사 중에 권하는 냄새 나는 김치도 스스럼없이 먹어 보곤 했다. 첫 방문 때는 완고한 홀어머니와 함께 사는 노총각의 아파트에서 묵느라 불편한 점도 많았을 테지만 언제나 아름다운 미소와 열린 마음으로 한국인들을 대하는 것을 볼 수 있었다. 거의 십 년 만인 2005년 다시 한국을 방문했을 때 나는 그녀의 일정 계획과 홍보 방법에 대해 기획자 측의 자문에 응한 적이 있었고 또 두 차례 열린 그녀의 행사에도 쫓아다녔다. 이 글은 그녀가 오쇼 명상에 대한 강의를 마친 뒤나 또 자신이 진행한 그룹 명상을 끝낸 뒤 참석자들과 나누었던 질의응답과 일화들 일부를 재구성해 본 것이다.

그녀는 분당 신도시의 한 고급 모텔에서 묵었는데 첫 번째 강연장으로 가면서 한국의 신도시 풍경에 꽤 흥미를 보이며 이렇게 말하기도 했다.

"실리적인 면에서 장단점도 있을 테고, 또 어떤 심리적인 이유가 있는 것 같다."

나도 찜질방 같은 곳엘 가면 한국 사람들이 궁금할 때가 있다. 아니, 이 사람들은 왜 편한 자기 집을 놔두고 일가족이 모여 바글거리는 사람들 틈에서 불편한 잠을 청하기를 좋아하는 것일까, 하고 말이다. 한국의 유교적인 가족주의 문화, 단일 민족적 특성, 일제강점기나 남북 분단, 6·25 동란 같은 역사적 상처…… 그런 것 말고 무슨 이유가 있을까 궁금하기도 했지만 벌써 행사장에 도착하고 말았다.

요가나 명상을 공부하는 대학원 과정 여자들이 청중의 대다수를 차지했다. 혼기를 꽤 넘긴 골드 미스와 미시들이 많았다. 아난도는 여기저기 쏟아지는 질문에 매우 명쾌하고 생기 있게 그리고 줄곧 우아

한 태도로 대답했다.(이하 문=질문, 아=아난도)

문 오쇼를 알기 전에 다른 명상을 해 본 적은 없는가?

아 전혀 없다. 나는 변호사였고 호주 태생이다. 캘리포니아 사람처럼 랄랄라 인생을 낙천적으로 즐기는 기질이 원래 없다. 명상에 대해선 관심도 없었고 들어 본 적도 없었다. 수입도 많고 집도 있고 남편도 있지만 일 때문에 스트레스에 시달리고 있었다. 불행했지만 명상이나 탐구에는 전혀 관심도 두지 않았다. 하지만 내면에 뭔가 빠진 듯한 나날의 연속이었다.

스트레스에 지칠 대로 지치다가 1975년도에 런던의 한 친구에게서 명상을 해 보라는 권유를 받았다. 한동안 잊어버리고 있었는데 너무나 자신의 삶에 절망해서 한번 해 보자, 그러면서 시작했다.

그러다가 인도에 갔다. 하지만 구루니 오쇼니 전혀 관심이 없었다. 그저 그의 산야신들이 맘에 들었다. 크레이지 피플! 그런 그들이 좋았다. 그런데 어느 날 오쇼의 다르샨(살아 있는 스승과의 친견 모임)에서의 일이다. 당시엔 이백 명 정도의 사람들이 다르샨에 참석했는데 오쇼는 새로운 사람들을 직접 자기 앞으로 불렀었다. 사람들이 질문하고 오쇼는 대답하고 나는 그런 풍경들을 냉소적으로 바라보고 있었다. 홍! 홍! 하면서.

청중들이 폭소를 터뜨렸다.

아 오쇼에 대해선 음, 심리적으로 대답은 아주 잘하네, 그런 식으로 냉소적으로 바라만 보고 있었다. 그런데 갑자기 오쇼가 내 이름을 불렀는데 뭐, 그냥 남들 하는 대로 그 앞에 앉았다. 나는 줄곧 변호사였고 잿빛 회의적 사고에 익숙한 사람이었는데 그 장소에서 뭘 하겠는가? 그런데 오쇼가 나를 바라보았을 때 어떤 바람이 휙! 나의 내면에서 갑자기 일어났다가 지나갔다.

이게 뭐야? 홧? 냉소적인 변호사인 내게 이게 무슨 일이지?! 그 일을 계기로 나는 이 주만 더 그곳에 머물러 보자고 생각했다. 그러고 나서 다시는 과거에 살던 곳으로 돌아가지 않았다.

청중들, 감동하는 표정이다.

아 작년에 이탈리아로 이사를 하긴 했지만 지난 삼십 년간 나의 베이스캠프는 인도였고, 나는 그곳을 내 집으로 생각했다.

그러자 청중들이 놀라며 — 여성들이 대다수였다. — 누군가 그녀의 가족 관계를 물었다.

문 와우! 그럼 지금은 가족이 아예 없는가? 애들이나 전남편과는 어떻게 지내는가?

아 나는 인도에 가기 전 일과 남편, 집, 모든 것을 다 떠났다.

문 어떻게 그런 일이 가능했나?

아 칠십 년대 유럽에선 혁명적인 일이 많이 일어났다. 아무 의문 없이 그냥 버렸다.

문 지금은 결혼에 대해서 어떻게 생각하나?

아 감옥이라고 생각한다.

문 나는 십구 년간 결혼 생활을 해 왔는데?

아 우리가 누구를 선택할 적에 정말 그의 온전한 모습을 들여다보고 하는 건지 아닌지 생각해 보라. 허니문 때에는 좋겠지만 이놈하고 평생 살아야 하나? 그런 생각을 하면 결혼을 쉽게 선택하진 않았을 것이다. 내 개인적 생각으론 한사람과 계약을 하고 평생 함께 산다는 건 자연스럽지 못하다. 우리는 바뀌기 때문이다.

처음에 핑크빛 안경을 쓰고 상대방이 소울 메이트니 천생연분이니 하지만 색이 바래지면서 실제로 보면 그 사람의 결점이 보이기 마련이다. 사랑이 처음 시작될 때 상대방은 완벽한 사람, 슈퍼맨이 아니라는 것, 그런 것을 투사하지 않고 전혀 없을 때 그의 좋은 점과 나쁜 점을 볼 수 있다. 그러면 같이 살 것을 선택할 수 있다.

상대방을 변화시키려고 시도하지 않는 것이 사랑이라고 생각한다.

그 사람을 지금 있는 그대로 존중하는 것이다. 이런 사랑은 매우 드물다. 결혼이란 계약서로 맺어지면 선택의 여지나 자유도 없어진다. 사람들은 상대를 바꾸려고 하면서 좌절을 겪게 되는데 그것은 잘못된 시발점이다. 다른 사람을 변화시키려고 하지만, 그러나 그것은 당신이 상관할 바도 아니고, 할 수도 없다.

문 함께 살면서 그때그때 부딪치면서 자신의 한계를 알고 깨달아가는 과정도 있을 수 있다. 그럴 때 사랑이란 명상으로 들어가는 길이 될 수도 있지 않은가?

아 물론이다. 관계를 통해서 상대방을 비난하기보다는 당신 자신을 알 수 있다면 당연히 그렇다. (가위바위보의 가위를 손짓으로 표시하면서) 이렇게 한 개의 손가락으로 상대방을 가리키면 세 개의 손가락은 자기를 가리키고 있다. (청중들 웃음.)
왜 내가 그런 반작용을 하는지, 이것은 결국 나의 분노구나, 그런 것을 알게 된다.
다른 사람을 비난하는 게 더 쉽고 재미있을 것이다. 하지만 내 에고의 어떤 부분이 그렇게 반응하는지 들여다볼 수 있지 않은가? 우리는 어떤 상황에서도 자기 자신을 배울 기회로 만들 수 있다.

문 지금은 혼자 지내나? 누군가와 관계를 맺고 있는가? 당신이 말한 있는 그대로 인정하기를 자신도 실제로 실천하고 있는지, 특히 다른 사람의 관계 속에서 그렇게 하고 있는지 궁금하다.

아 혼자다. 처음엔 무의식이라서 사람과의 관계를 망쳤는데 나중에는 많이 배웠다. 관계 속에서 일어나는 역동적인 변화와 상황들을 이해하기엔 시간이 걸렸다. 그러면서 매우 좋은 사람을 놓치기도 했다.

문 당신의 의식은 얼마나 깨어 있는가? 어느 정도의 '지켜봄'인가?

아 가끔이다. 심하게 될 때는 정지를 하고 자기를 보지만 아직도 무의식적이다. 중요한 것은 자기 자신이 어떠한가에 대한 정직이라고 생각한다. 오래전 푸나 아쉬람에서의 일이다.

일을 하는 상황이었는데 거기 싫은 여자가 한 사람 있었다. 내 눈에 그녀의 모든 게 다 잘못된 걸로 비쳤다. 다른 사람은 그렇게 해도 괜찮은데 그녀만 하면 잘못된 거였다. 그녀는 내가 지닌 분노의 단추였다. 나 스스로가 보고 싶지 않은 내 안의 어떤 것을 반영하고 있었다. 실제로는 보기 싫었지만 나중에 자신을 보게 되면서 어떤 부분이 그녀와 같은 건지 알게 되었다. 나는 그녀에게 불평을 늘어놓고 화를 내는 느낌이 좋았었다.

어느 날 의식적으로 끝까지 불평을 하기로 해 보았다. 하루 반나절 동안 그녀에게 불평하고 또 불평했더니 불평도 충분해졌다. 더 이상 할 수가 없었다. 그러자 나는 내게 나 자신을 볼 거야, 하고 말해 주었다. 많은 에너지를 그녀에게 실어 주기도 싫고 지금부턴 나를 볼 거야, 하고 말이다. 그때 나는 의식(깨어 있음)이면 충분하다는 오쇼의 말을 이해하게 되었다. 내 생각에 정말 자신에게 정직하다면 의식적이 되고 깨어 있음으로서 충분하다.

의식적으로 무의식적이 되는 것을 얼마나 할 수 있겠는가? 상대방에게 계속해서 불평을 하는 것 — 나를 안 보겠다는 것이 얼마나 가겠나? 나는 하루의 반을 그렇게 했지만 그래야 몇 시간 동안이다. 결국은 자기 자신을 보게 된다. 나는 지금부턴 의식적이 되고 싶지 않아, 종일 텔레비전만 볼 거야, 이런 것은 아무 문제도 되지 않는다. 내가 명상을 하지만 무의식적이 될 때가 더 많다는 것은 문제가 아니다. 완벽한 사람이 되는 게 핵심은 아니다. 자기 자신에 대해서 정직해지는 것이 가장 중요하다.

문 당신의 '셀프 러브 프로그램'의 프로세스에 대해서 말해 달라.

아 그것은 내 마음속에 끝없이 들려오는 라디오를 끄고 나를 지배하는 생각으로 빠져나오는 것이며, 우리의 원래의 면목, 아무 조건화가 되어 있지 않은 본래 내면의 아이와 만나는 작업이다.

칠십 년대 초의 나에게는 모든 게 다 있었지만 행복하지 않았다. 눈을 뜨면 내가 왜 침대에서 일어나 나가야 하는지 모를 정도였고 자살하고 싶은 충동도 많았다. 그런 시점, 극한까지 가면 사람은 변화할 준비가 되어 있다. 사람들은 일회용 반창고를 붙이고 살면서 괜찮을 거라고, 조금씩 나아지고 있다고 믿는다. 그러나 극한 지점까지

가면 정말 변화할 준비가 되어 있어서 마침내 변화한다. 대부분의 사람은 자기에게 익숙한 의식의 지역, 마음의 편안한 지역에 머물면서 그 바깥으로 나갈 시도를 하지 않는다. 해서 우리가 누군가를 상담할 때 그가 조금 더 좋아지길 원하는 것인지 아니면 전면적으로 변화되길 원하는 것인지 알아봐야 한다.

이상은 오쇼 명상 강의가 끝난 뒤의 질의응답이다. 다음은 '머리에서 가슴으로'라는 그룹 요법 명상이 끝난 뒤 셀러브레이션에서의 질의응답 내용이다. 이날은 산야신이거나 오쇼에 대해서 익히 알고 있는 사람들이 많이 참가했다.

문 오쇼가 몸을 떠날 때 당신을 '미디엄'으로 지목하였다. 십오 년이 지났는데 어떤 느낌인가? 오쇼가 그렇게 한 것은 어떤 뜻이 있다고 보는가?

아 나는 왠지 이유를 몰랐었다. 지금은 나를 느낄 뿐이다. 내 생각엔 엉뚱한 사람이 튀어나와 내가 오쇼의 영매요 메신저라고 할지 몰라서였던 것 같다. 오쇼가 육체를 떠난 이후 많은 사람이 오쇼의 메시지를 받았다며 찾아왔다. 대부분 멍청하고 어리석은 메시지였다.

이 말에 장내가 폭소의 바다에 빠져 버렸다. 나 역시 한국에서 그와 같은 사람들을 만난 적이 있었는데 다 멍청하고 어리석어 보였다.

아 오쇼가 이렇게 저렇게 하라 했다고 많은 이들이 말했다. 하지만 오쇼는 육체를 떠난 이후 누구에게도 이래라저래라 말한 적이 없다. 육체에 있을 때 하고 싶은 얘기는 다 했을 것이다. 내가 공식적인 영매라 하지만 여태까지 아무런 오쇼의 메시지도 없었다. 그 이상은 모르겠다.

문 명상을 많이 했는데 혹 깨달았나?

아 당신이 깨달은 만큼 나도 깨달았다.

또다시 장내 폭소. 변호사 출신답게 언변이 자유롭다.

문 오쇼의 가르침이나 깨달음의 향기와는 상관없이 당신 자신이 깨달은 것이 있다면 우리에게 무엇을 말해 주고 보여 줄 수 있는가?

아 내가 '나눈다'라는 표현을 썼는데 보여 준다라기보다는 오늘 했던 것처럼 워크숍이나 명상 테크닉을 가지고 나눌 수 있다는 것뿐이다. 각자의 체험이라는 것은 명상을 하면서 나오는 것인데 명상을 통한 진정한 체험이란 마음이 이해할 수 없는 것이다. 그런 맥락에서 나의 체험은 당신에게 도움이 안 될 수 있다.

오쇼는 깨달은 스승으로서 자신의 인생을 많은 이들과 아름답게 나눴다. 마음은 항상 머리로 이해하려 하고 계속해서 우리의 자아를 지배하려고 한다. 사람들은 하나의 지식 박스가 있다 치면 그 비둘기집의 구멍 같은 자기의 구멍을 통해 모든 체험과 정보들을 정리해 자기만의 지식 박스를 구성하려 한다. 하지만 명상의 본질적인 부분은 마음을 넘어가는 것이며 그럴 때 마음은 어쩔 줄 몰라 한다. 스스로는 이해할 수 없기 때문에 마음은 머리로 이해하려 한다. 그런 생각이 들 때는 마음에게, 이것은 너의 일이 아니야, 하고 말하자.

마음에게 계속, 너는 현실적으로 유용하지만 내가 너를 버리는 건 아냐, 걱정하지 마, 거기서 쉬어, 난 여기서 굉장히 아름다운 체험을 하고 있어, 명상 끝나고 보자, 네가 실제로 보면 명상 체험은 너에도 좋고, 영적인 삶을 주는 거야, 명상 체험이 마음을 위협하고 죽이려고 하는 건 아니다, 하고 말해 보라. 그래서 마음이 이해하고 수긍하면 명상에도 협력하게 될 것이다.

하지만 명상을 시작할 때 마음은 항상 명상을 방해하려 한다. 지금은 명상할 시간이 아니고 중요한 일이 많아, 하는 식으로 말이다. 이해가 가는가? 마음의 움직임을 이해해야 한다.

문 명상은 무언가를 '하는' 것이 아니라 '있는 그대로' 존재하는 것, 명상을 하고 안 하고에도 얽매이지 않는 것, 모든 사람이 원래 갖고 있는 것, 어떤 것에도 자유로워지는 것 아닌가?

아 참으로 훌륭한 생각이다! 하지만 그런 생각조차도 체험하기 전까지는 전혀 쓸모가 없다. 체험이란 마음을 깨부수고 넘어가는 것이다. 그런 상태에서는 더 이상 질문이 떠오르지 않는다.

문 나는 아무에게나 '사랑한다'는 말을 하고 다닌다. 그것이 나의 종교다. 사랑을 전파하겠다는 것이 나쁜 건가 좋은 건가?

이 질문자는 시도 때도 없이 그 소리를 하고 다니는 데다가 상대방의 의사를 무시하고 스킨십을 시도하기 일쑤여서 가끔 원성을 사는 사람인지라 장내는 폭소가 만발했다.

아 당신이 기분이 좋으면 좋은 거고 아니면 아닌 거다. 내가 좋아하는 오쇼의 말 가운데 '진리라는 것은 작용하는 것이다.' '현실로 드러나는 것이다.'라는 것이 있다. 그것이 작용한다면 당신의 진리가 있는 것이다.

문 앞으로도 한국을 방문할 계획이 있는가?

아 미래에 대해선 나는 모른다.

그곳에 참석한 한 인도 산야신이 벌써 작정한 듯 손을 들었다. 한국 IT관련 업계에 스카우트되어 근무하면서도 자비를 들여 오쇼 명상센터를 운영하기도 했던 사람이었다. 한국 사람들은 "명상이 끝난 후에도 술을 마신다. 마셔도 너무 마신다."며 고민을 호소하자 아난도는 말하기를 "그것은 당신의 기준이다. 당신 나름의 어떤 조건화된 가치 기준으로 보기 때문에 생긴 문제 아닌가?"라며 그 문제 제기에 찬동은 커녕 반론을 가했다. 명상이 끝난 뒤 그들이 무엇을 하건 그것은 그들의 선택 사항이다, 살아 있을 때도 오쇼는 누구에게도 이래라저래라 한 적이 없었다, 내 기억으로는 오쇼 생시에도 아쉬람 내에는 바가 있었던 것 같다…… 그렇게 말해 주어 인도 산야신은 약간 풀이 죽긴 했지만 술 좋아하는 한국 친구들은 환호하였다. 역시 술깨나 마셔 댈 것 같은 한 남자가 질문을 이어 갔다.

문 나는 올해 마흔한 살의 남자로서 여태껏 생활에 필요한 욕망을 위하여 살았다.

통역자에게 "그렇게 전했죠?"라고 말해서 폭소. 통역자가 "정확하게 옮겼다."고 확인해 주어서 다시 폭소.

문 나는 전에 두 시간 정도 한 것 말고는 명상을 해 본 적이 없다. 명상이 뭔지도 모르지만 인생의 전환점을 만들기 위해 이번 2박 3일 워크숍에 참여했다. 이 워크숍이 끝나면 내가 무엇을 해야 할지 가르쳐 달라. 당신이 다시 올 날만을 기다릴 수도 없고……. (청중들, 그의 뻔뻔한 태도에 폭소.)

아 이 워크숍은 그것이 끝난 이후에도 사회 속으로 들어가서 할 수 있는 테크닉을 배우는 것이다. 그것을 하는 것은 본인에게 달려 있다. 당신의 변형은 누구도 대신해 줄 수 없다.

어떤 사람이 스위치를 누르듯이 당신에게 바로 체험을 줄 수 있는 것은 아니다. 모두가 이해해야 할 중요한 것은 지금 이 순간에 있어서 나의 변형을 막고 있는 것은 무엇인가 하는 것이다. 누군가 지금 이 순간에 완전히 자기를 받아들이고 평화롭게 있는가? 그래서 자기 현재의 있는 그대로에 만족하고 떠오르는 욕망을 놓고 스스로 만족할 수 있는가? '미래의 언젠가, 다음 생에서건 이번 생에서건 명상에서 성취할 수 있다.'고 생각이 드는 사람은 손들어 봐라.

여기저기 손을 드는 사람들이 있었다.

아 그럼 그 언젠가 되겠다고 하는데 지금 안 되는 걸 막는 것은 무엇인가?

'욕망', '깨달음이 없는데도 거기에 맞추려고 하는 것' 등등의 대답이 나왔다.

아 우리가 할 수 없다고 믿는 것이다. 옳은 지적이다. 지금 우리가 이렇게 모인 것도 다른 사람과 비교해서 모인 것이기도 하며, 우리 자신을 변형시키기 위해서 많은 것을 해야 한다고 생각하기 때문이다. 하지만 우리 자신이 태어날 때부터 그랬는가? 어머니 자궁에서 나왔을 때부터 현재의 나는 안 좋아, 발전하고 변형시켜야 돼, 그렇게 생각했을까?

아니다. 그것은 하나의 조건화, 자라면서 배운 교육의 조건화에 지나지 않는다. 우리가 지금 현재 있는 그대로는 좋지 않다는 무의식적 조건화로 인해 우리 모두가 지금의 나와는 다른 더 나은 사람이 되고자 노력하게 된다.

우리도 작은 씨앗에서 출발하지만 그 안에 모든 것이 담겨 있었다. 자신만의 독특한 존재로 성장할 수 있는 씨앗으로 말이다. 우리는 그렇지만 어리석게도 다른 사람이 되어야 한다고 생각하고 있다.

얼마나 지혜롭지 못한가? 우리가 지금과는 다른 보다 나은 사람이 되어야 한다는 생각이 나라는 씨앗을 바위처럼 누르고 있다. 그런 모든 생각이나 관념은 나의 참나, 본래의 나와 관계가 없다는 것을 알아야 한다. 자기가 지금 자신과 동일시하며 나라고 생각하는 그 나는 원래의 나가 아니라 교육받은 것에 지나지 않으며 명상은 그런 것을 잘 가늠할 수 있도록 해 준다.

그래서 명상은 특별한 무엇을 하는 게 아니라 그것을 깨우치는 것이다. 그래서 원래부터 있던 자연스러운 것들이 씨앗에서 나오도록 하는 것이다. 하지만 문제는 우리가 여러 가지 생각들과 자신을 동일시한다는 것이다. 나의 문제를 제외한다면 나라는 존재는 무엇인가? 내가 무엇을 얘기해야 하나? 내가 아무런 문제가 없다면 누가 다른 더 나은 자기가 되기 위해, 깨달음을 얻기 위해 시도를 하겠는가?

우리는 그런 것들에 굉장히 집착하느라 정작 나라는 씨앗을 누르는 바위를 치우는 것을 등한시하고 있다. 나라는 동일시, 그것을 치유하는 방법이 명상이다. 그런 문제들이 없다면 지금 당장에라도 변형이 가능하다. 자신의 사회적 자아와 참나를 동일시하는 마음은 그나라는 신분, 정체성 없는 나는 누구일까에 대해선 두려워한다. 내가 해 볼게, 해 볼게, 깨닫기 위해서 계속해서 해 볼게 하지만, 그 해볼게라는 것은 어떤 변명에 불과하다.

마음속으로 앞에 그릇이 있다고 가정해 보자. 실제로 있다치고 직접들지는 말고 든다, 든다, 들고 있다 계속해서 마음속으로 상상하고 노력해 보라. 그릇이 들리는가? (잠시 사이를 둔 후) 그냥 들어 보라. (사람들이 눈을 감고 그릇을 드는 시늉을 한다.) 변형이라는 것은 그와 같다고 말할 수 있다.

문 오쇼에 대해서 말해 달라.

아 이 얘기는 오쇼가 미국에서 추방당하고 난 이후의 일이다. 인터폴의 수배 명단에 들어간 오쇼 이름 옆에는 일급 위험인물이라 적혀 있었다. 테러리스트에게나 붙이는 것인데 오쇼는 그것을 즐겼다. 오쇼와 우리는 세계 투어를 할 때 모든 나라에서 제재를 받았다. 어떤 나라의 공항에서는 총을 들이대면서 여권 제시를 요구하고, 당장 떠나라 명령했다. 어떤 때는 서른여섯 시간 동안을 계속 떠돌아다닌 적도 있었다. 그리스에서 오쇼가 경찰에 체포된 이후 우리는 오쇼와 함께 프랑스, 스위스, 스웨덴을 거쳐 런던에 도착했다.

조종사 문제로 런던에 하루 동안 체류하는 것이 불가피한 상황이었다. 히스로 공항에서 오쇼는 바로 체포되어 감옥에 갇히게 되었다. 그곳은 모든 불법 체류자들이 구금되는 곳으로 굉장히 추하고 구역질 나며 누추하기 짝이 없는 곳이었다.

오쇼는 늘 단순하지만 완벽한 의상에 청결을 유지하며 지냈다. 보통 에어컨이 돌아가고 대리석으로 된 굉장히 아름다운 곳에서 지내다가 사람들과의 만남을 위해 역시 에어컨이 돌아가는 롤스로이스를 타고 붓다 홀로 가곤 했다. 그는 새로운 로브를 즐겨 입었는데 롤스로이스에서 아주 편안한 자세로 있다가 우아하게 내리는 그 모습을 보았을 때에는 참 깨달은 사람이 된다는 게 쉬운 일이구나, 하는 생각을 하기도 했었다.

그가 감옥에 있는 동안 우리는 공항에서 그가 빨리 나오기를 학수고대하고 있었다. 마침내 범죄자를 호송하는 창살이 쳐진 수송 차량에서 경찰들이 오쇼를 데리고 나왔다. 그가 범인 수송차에서 내리자 호위 대원들이 총을 가지고 뛰어 나와 그에게 겨누었다. 마치 무서운 야수나 위험한 테러리스트라도 되기나 하는 것처럼. 알다시피 오쇼는 냄새에 대한 천식증이 있었고 하루에 두 번씩 샤워를 했는데 사십팔 시간 동안 전혀 샤워를 못 한 상태였다. 우리는 걱정이 되어 울기도 했다. 마침내 오쇼가 밖으로 나왔을 때였다……. 오쇼가 우리를 발견했다.

아난도는 이 말을 하면서 손수건을 꺼내 흐르는 눈물을 닦았다.

아 굉장히 활짝 웃는 미소로 우리를 맞이했다. 그 모습은 강연을 위해 롤스로이스에서 내릴 때의 모습과 하나도 다르지 않았다. 강의하러 나올 때의 그 모습, 늘 굉장히 새롭고 아름답고 우아한 그 모습 그대로였다.

바로 그때 나는 깨달았다. 이게 깨달음이란 거구나 하고. 상황이 어떻든 평상심을 지닌다는 것, 어떤 상황에서도 마음이 동요하지 않는 그런 상태 속에 존재한다는 것. 바깥의 상황이 어떻든 상관없이 똑같은 상태를 유지하며 방해받지 않는 것, 어떤 나쁜 상황 속에서도 그냥 자기 자신이 되는 것, 이것이 아름다운 오쇼의 길을 배우는 레슨이었다.

박수가 터져 나왔다. 아난도가 청중들을 향해 마지막으로 말했다.

"자, 다음 댄스 셀러브레이션에서는 오쇼 스타일로 춤을 추겠습니다."

우레와 같은 박수와 환호성 속에 아난도의 강연이 모두 끝났다. 그녀는 한국에서의 두 강연의 마지막을 모두 오쇼에 대한 일화로 마쳤다. 같은 내용이었는데 두 번째 강연에선 오쇼 산야신들이나 적극적인 참여자들이 많아서 그랬는지 이야기를 하면서 몇 번이나 눈물을 훔치는 것이 인상적이었다. 아난도는 댄스파티 때 자신이 가지고 온 음악 시디들을 직접 틀어 주며 정해진 시간까지 디제이 역을 모두 마친 뒤 땀에 절어 행사장을 나섰다.

한번은 차를 타고 가면서 내가 "당신은 여전히 아름답고 우아하다."고 운을 뗀 뒤 아직도 이십 대 남자가 작업을 걸어온다는데 정말이냐고 농담 삼아 물으려던 참이었는데, 이 말을 꺼내기도 전에 "나도 이제 나이가 많다."라는 답이 돌아왔다.

시종 환한 미소와 밝은 에너지, 우아한 자태를 잃지 않고 명상의 향기를 전해 준 푸른 눈의 구도자에게 깊은 감사를 전한다.

돌아오지
않는 자

오쇼와의 농담 따먹기
무대책 스님

놀기 좋아하는 한 그림쟁이와 함께 봄가을로 산천을 주유하던 때가
있었다. 그때 만난 한 땡추의 이야기다. 그가 한 얘기에 의하면, 홍신
자 씨나 석지현 스님보다도 일찍 인도에서 라즈니쉬를 만났다고 한다.
1970년대 초반쯤의 일이라 하던가? 땡추의 이름은 잘 생각도 안 나고
그냥 무대책 스님이라고 해 둔다.

유럽에서 삼 년가량 히피처럼 떠돌던 무대책은 인도로 들어갔다. 그
곳에서 그는 한동안 동양에서 온 사두(Sadhu, 수도자) 행세를 하며 곳
곳을 떠돌아다녔다. 그러다가 외국인들이 많이 모여든다는 푸나로 들
어갔다.

인도 사람들은 가난해서 동냥질도 못 하겠고 이왕이면 돈 많은 서
양인이 많이 모인다는 푸나로 들어가 차비라도 얻어 낼 심산이었다.

그가 거기서 만난 '불환(不還, '돌아오지 않는 자'란 뜻인데 여기서는 라즈니쉬를 말한다.)에 대한 얘기를 간간이 영어를 섞어 가며 이렇게 들려주었다.

"허, 그 사람, 난 몰랐는데 양놈들한테 꽤 인기가 있었나 봐."

무대책 스님이 아침마다 산책하던 오솔길이 있었다. 하얀 로브 차림에 샌들, 길고 우아한 수염을 기른 인도 사람을 만났다고 했다. 그가 두 손을 모으며 먼저 인사를 해 왔다.

"그것도 이렇게 가슴에다 하지를 않고 이마 있는 데까지 올리고는 먼저 인사를 하더란 말이야. 미소를 씩 지으면서 말이야. 저쪽에서 천천히 걸어오는데 그 걸음걸이하며 동작 하나하나가 굉장히 우아해. 우아하다 못해 우아 그 자체더구먼.

아따, 풍채도 풍채지만 되게 점잖더구먼. 나도 합장하며 인사를 했지. 씩 웃으면서 사라지는데, 뭐랄까 마, 전신 가득 지성적인 빛이 가득차 있는데 내 곁을 지나갈 때는 훈훈한 바람 같은 것이 온몸에 스으윽 배어들더라. 그 기운에 취해 잠깐 멍하니 서 있었지.

내가 왔던 방향으로 천천히 걸음을 옮겨 놓고 있는데, 뭐야, 아주 커다란 미풍을 기다랗게 끌고는 휘이익 사라지는 것 같더구먼. 어따, 그 기운이라는 게 말할 수 없이 마, 편안하고 좋더라 이거지."

아침마다 그를 만났다고 했다. 그럴 때마다 그는 늘 먼저 인사를 했고 그렇게 거대한 에너지의 바람을 몰고 오면서 자신을 스쳐 지나갔다. 그러던 어느 날 하루는 그가 걸음을 멈추고 무대책 스님에게 영어로 물어 왔다.

"당신은 내게 무슨 질문이 있는가?"

그에게는 세계 각처에서 온갖 종류의 사람들이 저마다 자기의 심각한 질문을 들어 메고 끊임없이 찾아오는 중이었다. 그 숫자는 점점 더 늘어났고, 대개는 그곳에서 일정 기간 그와 함께 머무르거나 아니면 아예 자리를 틀었다. 그 정도는 알고 있었지만 무대책 스님도 한때는 삼세제불(三世諸佛)을 일격에 격살시킨 무시무시 선승. 해서,

"나는 질문을 할 필요가 없는 사람이다."

딱 부러지게 말했더니, 그 사람이 다시 물었다.

"만약 질문을 하게 될 때가 온다면 어떻게 하겠는가?"

무대책 스님은 이번에도 간단하게 응수했다.

"당신이 내게 돈을 준다면 질문을 하겠다."

그가 껄껄껄 웃었다. 그렇게 웃는 사람은 처음 보았다고 했다. 웃음이 향기를 머금은 꽃이라면, 그 꽃봉오리가 파악 터지며 주위 가득 기분 좋은 웃음의 향기와 파장을 날리는 것 같은.

"당신은 물질주의자인가?"

"그렇다."

그는 고개를 끄덕이더니 무대책 스님 곁을 지나쳐 사라졌다.

그 며칠 후다. 무대책 스님이 습관대로 산책을 하려는데 로브를 입은 서양인 두 사람이 길 입구를 막고 서 있었다. 그중 하나는 갈색 수염을 기다랗게 길렀는데 꼭 셰퍼드처럼 생겼다. 갈색 수염이, 여기는 자기의 스승이 산책하는 길이니 들어가서는 안 된다며 무대책 스님을 제지했다. 허허, 이놈들이…… 무대책 스님이 말했다.

"플리즈, 기브 미 어 브레이크(제발, 그런 말도 안 되는 얘기 하지 마). 그는 당신들의 스승일 뿐 나의 스승은 아니다. 뭘 모르는 모양인데, 당신 스승이 내가 산책하는 길에 들어왔다."

무대책 스님은 그들이 막건 말건 소 닭 보듯 하며 유유히 그 길을 산책하기 시작했다. 그 후로는 흰옷을 입은 라즈니쉬의 모습을 볼 수 없었다. 그러던 어느 날 갈색 수염이 산책로에 다시 나타나 무대책 스님을 기다리고 있었다.

"어쩐 일이냐? 또 못 가게 하려고?"

"당신의 얘기를 전했더니 나의 스승이 이렇게 말했다. 그 길은 그 사람의 길이다. 그로 하여금 그 길을 다니게 하라."

흰옷을 입은 사람은 그렇게 말하고는 자기의 산책로를 바꾸었다는 것이다. 그것은 그 제자들 사이에서는 파격적인 사건으로 회자되었고, 그날부터 무대책 스님을 대하는 서양 사람들의 시선이 완전히 달라졌다. 자기네 스승이 그렇게 특별한 조치를 취하기는 처음 있는 일이라는 것이다. 무대책 스님은 한술 더 떠 갈색 수염에게 이렇게도 말했다.

"네 스승한테 이렇게 전해 달라. 주위에 예쁜 여자들도 억수로 많던데 이왕이면 하나만 소개시켜 달라고."

와하하하. 갈색 수염이 배꼽이 빠져라 웃었다. 무대책 스님은 한층 동양의 기인으로 소문이 났다. 덕분에 그곳에 머물고 있던 어느 인도 부자의 숙소에 초대되어 얼마 동안 호의호식하며 지낼 수 있었다. 인도 부자는 흰옷 입은 사람의 제자였는데 한국의 불교 미술이나 종교적 전통에도 상당한 관심을 보이더라고 했다.

"나는 그 흰옷 입은 사람이 그 정도인 줄은 몰랐지. 그때도 국제적인 사람이긴 했지만 나중에 알고 보니 이건 세계적인 거물이야. 젠장, 그렇게 유명해질 줄 알았으면 좀 친해지는 건데……."

말을 마친 무대책 스님은 입맛을 다셨다. 농담하듯 그렇게 말을 하긴 했지만 눈빛은 멀리를 바라보듯 아련한 빛을 담고 있었다. 그 흰옷을 입은 사람은 자기가 유일하게 만난 '불환'의 존재라고 했다. 이제는 모든 것을 다 벗어 던져서 다시는 이 세상으로, 인간의 몸으로는 돌아오지 않는 자. 그가 정말 그런 사람이었는지는 몰라도 무대책 스님은 자기가 태어났다가 내뱉어진 땅으로 돌아와 동가식서가숙 몇 푼 돈도 벌었고, 때로는 돈을 벌기 위해 허둥거리기도 했다.

나는 무대책 스님에게 이 얘기를 몇 번이나 들었다. 무대책 스님 또한 역시 그때마다 질리지도 않고 얘기해 주었다. 자기 나름으로 더 재밌게 하느라고 그런지 나중엔 처음 얘기와는 달리 약간 각색이 되는 흠이 있기도 했다. 놀기 좋아하는 한 그림쟁이 말에 따르면 무대책도 한때는 선풍을 뽐내던 선승이요, 여차하면 장정 몇 놈의 목이라도 단칼에 베어 버릴 듯한 칼잡이요, 그 어렵다는 쌍단소를 독공으로 터득한 풍류 도인이었다. 하지만 서산에 해는 떨어지는데 이룬 것도, 가진 것도 없고 정처 없이 떠돌아야 하는 인생이었으니 고달프기도 했으리라. 그래서 그 '그것을 이룬 자'의 모습이 더욱 뇌리에서 떠나지 않고 있었으리라. 다시는 이 바람 많은 세상으로 돌아오지 않는 자, 모든 고뇌, 모든 슬픔, 모든 죄악과 정욕과 윤회의 사슬을 여읜 자…… 그런 자의 현존, 그 분명한 실재에 대한 서늘한 감동과 회한, 그리움, 그런 것들이 이 나이 먹은 방랑객의 심중에 나부끼고 있었으리라.

누군가는 말했다. 진지한 이들은 대개 숭배하지 않으면 멸시한다. 그러나 어떤 이는 숭배나 멸시, 두 가지 경우를 모두 벗어나 있는데 이 사람, 흰옷 입은 사람이 그러한 것 같다. 무시하기엔 너무 위대하고 혁명적이었으며, 숭배하기에는 너무 빈틈없이 너 자신으로 존재하라, 혼자 서라, 하고 망치를 내리쳤기 때문이다.

다른 이유 때문에 나는 이 이야기를 두고두고 기억하기도 한다. 사람들이 자기 방식의 옳음을 고집하고 주장하며 서로 다툴 때마다, 서로 다른 색깔, 서로 다른 가치관, 서로 다른 삶의 방식의 우열을 놓고 시비를 가리고 비난하고 충돌하고, 도무지 자기와는 다른 것은 내버려두지 않는 사람들을 대할 때마다, 돌아오지 않는 그 할아버지의 아름답고 우아한 말이 생각나곤 했다. 극단적으로 반대되는 것처럼 보이는 것들에도 그렇게 말할 수 있는 그 무한한 사랑, 그리고 삶에 대한 깊은 이해와 긍정.

"그 길은 그 사람의 길이다. 그로 하여금 그 길을 다니게 하라."

7장
명상에의 길

"

아무리 읽고 또 읽고

그럴듯한 해석 체계에 능통해서

지혜로운 사람처럼 보인다고 해도

자신의 직관 내부 어디선가에는

알고 있는 것이 있지요.

나는 더 깊이 못 들어가고 있다는 것.

가슴의 열망과 갈망에 비해

여전히 공허하다는 것.

자신은 속일 수가 없다는 것을

알고 있는 거죠.

"

새장 속의 새,
눈물을 흘리다

붓다 지(知)를 꿈꾸는
타로이스트

그녀는 쾌활한 아가씨였는데, 그 내면은 지옥이었다. 나와는 잠시 한 직장에도 있었고, 지금은 친한 후배의 여자 친구이기도 하다. 하지만 소식을 모르고 지내는 기간이 훨씬 많았다. 그녀가 인사동이나 신촌 등지의 번화가에서 노상 타로이스트가 되었다는 사실을 안 것도 그 업을 시작한 지 한참 지난 후의 일이다.

본인의 말에 따르면 한국에선 "거리로 나선 최초의 타로이스트"였다. '남자가 아닌 여자로서' 그렇게 할 수 있었던 데 대해서 그녀는 스스로 대견스러워하는 눈치였다.

"처음 거리에 나왔을 때는 불안과 긴장이 이루 말할 수가 없었어요. 그러다가 첫 손님을 받았을 때의 기억은 지금도 너무나 생생해요!"

그것도 고객이 자신의 상담에 꽤 만족했기 때문에 두고두고 잊을 수 없는 행복한 추억이 되었다. 사례로 아주 적은 금액을 받았지만 점차 늘어나 하루에 오륙십만 원 정도의 수입을 올리는 날도 있었다고 한다.

"돈은 꽤 벌었는데 (나중에 거리 생활을 정리하고 나니) 통장에는 이천만 원 정도밖에 없더라고요."

나머지는 술값으로 거의 탕진(?)했다고 한다. 경제생활도 생활이지만 무언가 영성적으로 의미 있는 일을 하고 싶었다. 사무실도 열었다 닫았다 하더니 점성학이나 심리 상담 치유 공부를 하면서 요즘 다시 타로 상담 사무실을 열었다고 한다.

처음 타로에 관심을 두게 된 계기는 무엇이었을까? 한 젊은 친구가 타로 상담을 하고 있는 곳엘 우연히 들렀다고 한다. 자신이 끌려 선택한 타로카드를 뒤집고는 물끄러미 바라보다가 그는 이렇게 말했다.

"새장 속에 갇힌 새네요."

그 말을 듣자 알 수 없는 눈물이 닭똥처럼 뚝뚝 흘러내렸다. 생각해보면 고뇌에 찬 젊은 날들이었다. 아니, 인생 자체가 고뇌 그것이었다. 그녀는 이런 이야기를 한다.

"내 인생은 뭔가 불행했어요. 초등학교 2학년 때 십자가를 만들어 마당에 꽂고 울면서 회개를 했어요."

눈을 감으면 해골이 보였다. 지하 세계, 시커먼 창고 같은 곳이 보이고 마음 깊이 두려움이 밀려왔다. 죽음이란 무엇인가? 명상이란 무엇인가?

"오죽하면 초등학교 6학년 때 그런 책들을 찾아 읽기 시작했을 정도였죠."

두려운 날들의 연속이었다. 아무도 답을 주지 않기에 스스로 묻고 답하는 자체 상담을 하며 그 난해한 죽음의 문제와 타협을 시도해 보기도 했다.

그러다 고등학교 무렵에는 흔히 사춘기의 독약이라 불리는 책들을 보기 시작했다. 헤르만 헤세의 『데미안』, 니체의 철학 서적, 프로이트의 정신분석······.

대학은 철학과를 지망했다. 그렇지만 변한 것은 아무것도 없었다. 낮에는 논리적이었지만 밤에는 지옥이 계속되었다. 이 지옥은 어떻게 만들어진 것일까? 지옥의 원인이 될 만한 뚜렷한 사건이나 계기가 없었다.

"그래요? '아이덴티티'란 용어로 유명한 에릭슨이 '공허는 여성적인 파멸의 형태로서 여성의 내적 체험에 있어서 본위적인 경험 중 하나다.'라고 한 말이 생각나네요."

여자들의 불행감 속에는 남자들은 도저히 이해할 수 없는 어떤 차원이 들어 있다는 게 그녀의 통찰이다.

그즈음 한 여자가 나를 찾아와 이렇게 말한 적도 있다.

"저는 두 살 때부터 우울증을 앓았던 것 같아요. 엄마 배 속에서도 우울했던 것 같습니다."

"대단하시군요. 우울증에 관한 한 모차르트를 능가하는 급이시네요."

우스갯소리로 받았지만, 그때가 이미 그녀가 두 번째 자살을 시도한 지 얼마 되지도 않았던 때였다. 그리고 결국은 세 번째 자살로 생을 마감하고 말았다.

에릭슨의 말은 기본적으로 여성의 생물학적 조건, 곧 남성과는 다른 여성 신체 내부의 수용적 공간 또 월경과도 관련이 있다고 기억된다. 여성은 월경 때마다 피를 흘리며 자기의 자식을 제단에 바치는 비통한 체험을 반복하고 있는 것이다. 하지만 두 살 때부터 우울증이라니? 그녀는 그녀의 문제가 있었고, 마리(타로이스트가 지은 자기의 다른 이름)는 마리의 문제가 있었다.

"우리 집은 꼼짝없는 기독교 집안이었습니다. 스물일곱 살 때까지도 절에 못 들어갔죠. 악마나 우상숭배라 해서."

신심이 강한 기독교 집안이라? 그녀의 내면 속에서 일어나는 분투를 어느 정도는 이해할 것 같은 기분이 들었다. 뜬금없지만 시몬 드 보부아르의 소설 속의 이야기가 생각났다. 『아름다운 영상』인가 하는 제목이었는데, 정확히 기억나진 않지만 대략 이런 얘기였을 것이다.

착하고 예쁜 딸아이가 있었다. 한 열 살쯤. 그런데 딸아이는 어느 날부터 공부도 하지 않고 친구나 가족들과 어울리지도, 밥을 잘 먹지도 않았다. 그러고는 자기 방에 틀어박혀 혼자 훌쩍훌쩍 울었다. 걱정이 된 엄마가 하루는 딸아이의 방에 들어가 조용히 물었다.

"애야, 무슨 일이 있니?"

어린 딸은 눈물을 손으로 닦으며 물었다.

"엄마는 왜 사시나요?"

엄마는 흠칫 놀라며,

"그야 너희와 아빠를 사랑하고 또 그것이 행복하니까? 넌 행복하지 않니?"

딸은 여전히 울음을 그치지 않았다.

"그럼 불행한 사람은 왜 사나요?"

순간 엄마는 멍해지고 말았다.

딸은 울면서 말했다.

"불행한 사람들을 위해서 엄마와 아빠는 무슨 일을 하시나요? 흐흐흑, 세상엔 불쌍한 사람들이 너무 많아요, 엄마. 흐흐흑, 불쌍해 죽겠어요……."

다음 날 거실에 온 가족이 모여 앉았다. 보던 신문을 무릎 위에 접어놓은 아빠의 말을 모두가 진지하게 듣고 있었다. 딸아이는 어느 날 텔레비전 화면에 비친 가난하고 비참한 사람들의 모습을 보고 깊은 충격을 받았던 것이다. 아빠는 그 어린 딸을 진정시키기 위해 이렇게 말했다.

"……그래서 십 년 후에는 과학과 사람들의 이성이나 양심이 모두 발달해서 사막은 옥토로 바뀌고 사람들은 풍족하게 살게 되고 또 의료 기술도 엄청나게 발달해서 웬만한 병은 모두 고치게 되는 거지. 알겠니, 사랑하는 딸아?"

거실 바닥에 엎드려 두 손으로 턱을 괸 채 초롱초롱한 눈으로 듣고 있던 딸이 한마디 했다.

"그럼, 저도 의학자가 될 수 있을까요? 그래서 불쌍한 사람들을 고쳐주고 싶은데……."

아빠가, "그럼 그럼." 하자 언니가 끼어들었다.

"아빠 전 그럼 농학자가 되겠어요. 그래서 아무도 배고픈 사람들이 없도록 할 거에요."

"와, 우리 아이들 정말 착하구나. 좋아 좋아, 그렇게 해서 그러니까 십 년 후에는 사람을 괴롭히는 질병이나 전쟁, 배고픔과 추위 이런 것들이 모두 없어지고 사람들은 서로서로 도와가며 화목하게 살게 된단 말이야. 봐라 세상이 얼마나 발전…… 어?"

아빠는 갑자기 말을 멈추며 어린 딸을 바라보았다. 어린 딸은 그 커다랗고 예쁜 두 눈으로 그렁그렁 눈물을 흘리며 이렇게 말하는 것이 아닌가?

"내가 십 년 후에 태어났더라면 더 좋았을 텐데……."

이것이 어린아이, 소녀의 마음이다. 잠시 스쳐 간 영상 한 편에도 어린 소녀들은 그토록 마음 깊이 피를 흘린다. 완고한 기독교 집안, 무거운 성경책과 십자가에 매달려 피를 흘리는 주 예수 그리스도, 인간의 원죄와 최후의 심판, 악마가 된 대천사장과 지옥으로 떨어진 악령들……. 백지처럼 순수하고 꽃잎처럼 여린 한 소녀의 마음 세계가 감당하기엔 너무나 무겁고 숨 막히며 비통하지 않은가? 니체와 프로이트, 그밖의 예리한 논리로 무장한 철학 서적들이 그 해독제로 채택된 셈이다.

"나는 원래 비판적이거든요."

그녀는 그 말을 좋아하는 듯이 보였다. 설령 그렇지 않았더라도 그렇게 해야 했으리라. 강요된 세계관에 맞서 자기중심을 세우고 자기 세계를 만들어 가기 위해서는.

"재미는 있었지만 소득은 없었어요. 철학이란 게 다 그렇잖아요?"

개념 놀이, 논리 게임, 수많은 이론들의 카탈로그…… 그로부터는 새로운 아무것도 자라 나오지 않았다. 낮에는 논리적이었지만 밤에는 여전히 무의식에서 밀려오는 두려움과 의문들, 수많은 주검이나 악몽, 불행감과 싸워야 했다. 그래도 이 시절 그녀는 영화 제작 동호회의 회장직을 맡기도 하면서 학교 내에서는 인기가 많았다. 그리고 불같은 연애가 시작되었다.

"무척 좋아하는데 내 마음대로 되지 않았어요. 그러던 어느 날 서점에 갔다가 『사랑하는 사람을 만들지 말라』라는 이상한 제목의 책이 어딘가 내 심장, 영혼의 심장을 때렸어요."

제목 자체가 자신이 배운 기독교의 가르침과 너무나 명백하게 배치되었다.

"교회에서는 늘 사랑하라고 말하잖아요. 원수를 사랑하라, 이웃을 사랑하라……."

그 책의 저자는 오쇼였다. 비록 정식 저서도 아니고 이 책 저 책에서 꿰맞춘, 제목도 출판사 맘대로 갖다 붙인 그런 책이었지만, 명상에 대한 관심이 부쩍 생겨났다.

대학을 졸업하고 별 탈 없이 직장 생활을 하는데 어느 날 뜻밖의 남자가 나타났다. 한 고등학교 선배가 만나자고 해서 별 생각 없이 나갔더니 그 선배 대신 어느 해병대 군의관이 멋지게 군복을 차려입고 문밖에 서 있었다. 대학 1학년 때부터 지극정성으로 자기에게 잘 대해준 선배였는데 당시에는 맘에 드는 구석이 하나도 없었다. 그래도 최고 남편감으로 쳐 주는 의사가 자신을 잊지 못하고 프러포즈를 하니 아주 싫지만은 않았다. 주변의 알고 지내는 병원 원장 사모님에게 물어보았는데, 이런 대답이 돌아왔다.

"어, 의사 부인 할 만해."

아주 편하다고 해서 까짓 결혼까지도 생각해 보았다.

"우리 부모님은 벌써 병원 차리는 데 얼마나 들까 걱정하기 시작하셨고……."

그렇게 두 사람의 결혼은 기정사실화되었다. 부모님과의 상견례를 마치고 서울에 있는 선배 부모님 집으로 상견례를 가기로 한 날이다. 하지만 그녀는 그날 자기가 살고 있던 도시에서, 그 남자 그리고 자신의 가족들로부터 돌연 사라져 버렸다.

"그와 결혼하면 안 될 것 같았어요……. 하필 그때 농담이긴 하지만 한 친구가 '야, 순결치 못한 마음으로 시집가면 안 되지.'라고 말하기도 했고……."

여기서 순결치 못한 마음이란 속되다거나 불순한 그런 것이 아니라 그 사람에 대한 사랑이 진심으로 일어나지 않는다는 정도의 의미다.

"어느 날 그 오빠와 데이트를 하는데 입을 맞출 수가 없었어요. 입도 맞출 수 없는데 어떻게 매일같이 함께 살 수 있을까?"

그런 생각이 들었다고 한다. 그래서 달랑 삼백만 원을 들고 무작정 서울로 올라왔다. 군의관 오빠는 병원선을 탔다고만 전해질 뿐 그 이후의 소식은 알 수 없었다. 그녀는 생계를 위해 여기저기 뛰어다녔고, '새장 속의 새'란 말에 눈물을 흘렸고, 타로를 배워 거리로 나선다. 걸으로야 도심에서 볼 수 있는 타로카드 점술사지만 스스로는 '거리의 프로이트', '집시 심리학자'임을 자처하며 모종의 혁명을 꿈꾸기도 했다. 고향에서 떠나올 때와 비교하면 외적으로는 많은 변화가 있었지만 내면은 그다지 변한 것이 없었다.

"당신의 그 변함없는 고뇌는 무엇 때문인가요?"

"마음을 멈출 수 없으며 생각이 너무 많고, 상처를 많이 받아요."라고 그녀는 답한다.

"그것을 해결하기 위해서 당신이 해 본 것은 어떤 것들이 있나요?"

어떤 명상을 해 보았느냐는 뜻이다. 그녀는 좀 웃는다.

"뭐 딱히 명상을 치열하게 했다고는 할 수 없고, 이것저것 나름대로는 열심히 해 보았죠."

"그러니까 어떤 명상들을?"

"수행자라 할 정도는 절대 아니지만, 그래도 그것들을 하는 동안에는 나로선 죽기 살기로 했어요."

옴 수행과 같은 진언 수행이나 백팔 배 절 수행도 해 보고 또 위파사나 수행 캠프에도 참가해 한 달간 열심히 해 보았지만 머리만 아프고 아무것도 모르겠다고 했다. ○○산에서 있었던 3박 4일간의 단식 명상캠프가 특별히 기억에 남았는데, 알고 보니 단군 할아버지를 모시는 종교 단체에서 주최한 행사여서 모태 기독교인으로서 자연히 마음의 저항이 있었다. 계곡 체험이니 뭐니 종교적 신념과는 관계없는, 자연과 함께하는 명상 체험 시간에도 남들처럼 느껴지는 것이 없었다. 그런데 그 며칠 동안 검은 나비가 날아와 계속해서 몸에 붙어 앉았다.

그것도 똑같은 나비가 매일같이 나타나 앉는 것이다. 그리고 어떤 꿈을 꾸었다. 검은 나비 그리고 무언가 신비로운 꿈. 그녀는 자신의 길에 대한 일종의 계시 같은 것을 받았다고 믿었다.

『무탄트』란 책을 읽고는 조상신의 메시지를 받기 위해 나름대로 열심히 실험해 보기도 했다고 한다. 거기서 무탄트 족은 잠잘 때는 잠을 자야지 왜 꿈을 꾸느냐는 독특한 생각을 가졌지만, 조상신의 메시지를 받기 위해서는 낮잠을 청해 꿈을 꾼다고 했다. 사실 『무탄트』란 책은 픽션인데 아무튼 많은 사람이 그것을 사실처럼 믿고 또 그 때문에 더욱 감명을 받는 모양이다. 그녀는 얘기 중에,

"조상이니 제사니 이런 걸 부모님께 얘기하면, 우리 집 분위기상 머리 깎여 정신병원에 끌려 가지." 하고 자조한다.

"그런데 할머니가 돌아가시고 아버지가 말씀하시길, 증조부가 시인에다가 의학이니 뭐 이런저런 방외지학에 관심이 많았다고 해서 위안이 되었어요."

자신이 선택한 길에 대한 유전적인 정당성이나 혈통학적 보증서를 얻은 셈이다. 타로 상담 경험과 노하우와 통찰력을 쌓아 가며 보람도 많이 느꼈다. 더 이상 거리에 앉아 틀에 박힌 타로 상담만 하고 있을 수가 없었다. 사무실을 내고, 본격적인 힐링 상담을 받기 시작하고 또 추가로 점성학이나 심리 상담 공부를 시작했다. 타로라는 도구를 인간의 구원을 위한 영성의 작업 차원과 연계시키고 싶은 것이었다. 그녀가 개설한 사이버 카페는 회원 수가 점차 증가하고 많은 상담 문의가 들어온다고도 한다. 그녀의 남자 친구는 농담 삼아 이렇게 말했다.

"그녀는 겉으로는 지혜로워 보이지만 곁에서 지켜보면 전혀 안 그렇습니다."

투정하고 토라지고 싸우고 화해하고…… 다른 여자들과 별 차이가 없다는 것이다. 그녀도 웃으면서 그 말을 시인한다.

"맞아요. 나는 아직도 마음의 문제를 풀지 못했습니다. 그리고 명상 인조차도 아니지요."

하지만 또,

"생각의 세계에서 지혜와 직관의 세계로 가고 싶었어요. 이성에서 붓다지(知)의 세계로."

그것이 그녀의 최종 목표였다.

무엇보다도 끊임없이 지껄여 대는 마음의 수다와 그 수많은 상처에서 고요와 평정의 세계로 가고 싶었다. 타로 상담을 통해 경제적 기반을 다진 이후에도 그녀는 다시 명상 여행을 시작했다. 이번에는 인도 푸나의 오쇼 아쉬람에 가기로 결정한 것이다. 그곳에 가기 전 백팔 배 체험을 하기도 했다.

푸나에 있는 오쇼 아쉬람은 밝고 좋은 곳이었다. 지금도 그곳 명상 시간 중에 만났던 할아버지, 배우가 직업이라는 서양 남자 등 여러 얼굴을 떠올리면 미소가 절로 생기며 기분이 좋아진다.

거기서는 주로 어떤 명상을 해 보았느냐고 물었더니 생각나는 대로 몇 가지 이름을 댄다. 그중 나도 경험해 본 적이 있는 '미스틱로즈' 명상 경험에 대해 좀 더 많은 얘기를 나눠 보았다.

이것은 원래 삼 주짜리 그룹 치유 명상으로 일주일은 세 시간씩 웃고 일주일은 세 시간씩 울고 나머지 일주일은 세 시간씩 침묵 명상에 드는, 오쇼가 만든 대표적인 그룹 명상 치유 요법 중 하나다. 그녀가 한 것은 삼 주짜리는 아니고 두 시간 반짜리 미니 '미스틱로즈'였다.

"그걸 하는 동안 웃겨 죽는 줄 알았어요. 거기에 참가한 사람들이 너무 좋았어요……. 다른 사람들한테도 막 알리고 싶어. 너무 좋아, 너무 좋아."

하지만 그들만큼 프로그램에 몰입할 수가 없었다. 억지로 한 시간씩이나 웃고 우는 게 너무 불편했다.

"남들은 안 그런데 내가 제대로 못 하니 이방인 같았죠."

처음에는 다 그런 과정이 있기 마련이라고 말해 주었다. 웃는 근육, 우는 근육이 덜 풀어졌기 때문이다.

"그런지도 모르죠. 그다음 프로그램이던가? 메인 홀에서 영화 상영이 있었어요. 거기서 한 어머니의 메시지가 나오는 장면을 보면서 너무 불쌍해서 눈물이 쏟아졌어요."

대략 그런 것들이 오쇼 아쉬람에서의 기억들이었다. 그곳 사람들은 모두 좋았지만 그곳 프로그램에는 동화될 수가 없었던 것이다. 뚜렷한 소득은 없었고 무언가 미진했다. 왜 그랬을까? 내 주변에는 그곳에 갔다 온 뒤로 눈에 띄게 변한 사람들도 수두룩한데…….

"자신이 생각하는 명상이란 무엇이죠?"

"명상이란 자각에서 출발하는 것, 깨어 있음이라고 생각합니다. 어떤 상황에도 휩쓸리지 않고 관조하기요."

오쇼 책에 많이 나오는 얘기다.

"그래서 그 생각을 실천에 옮겼나요?"

"하려고 하면서 좋아졌어요."

하지 않는 것보다는 좋아졌다는 것이다. 그러나 마음을 멈출 수는 없었다.

"여전히 계속되는 마음의 문제와 관련해 타로는 당신에게 무엇을 의미하나요?"

"운명에 대한 이해, 보이지 않는 전체에 대해 이해하기 시작한 거죠."

단순히 학설이나 교리처럼 신봉하는 것이 아니라 언어적으로, 실생활에서 활용한다고도 말했다. 예컨대 어떤 어려운 문제가 생기면,

"괜찮다고 암시를 주는 것이죠. 그 문제로부터 도피하지 말고 그냥 이건 지나가는 일이라고 자기 최면을 걸어요."

무언가 내가 이해하고 있는 것 이상의 어떤 법칙과 의미가 그 속에 깃들어 있다. 받아들여야 한다. 몹시 마음의 노고와 분투를 요하는 과정에서 '그런들 어떠랴.'라고 자기에게 주문함으로써 어떤 초연함을 갖게 된다는 얘기였다.

"하지만 그 정도는 살다 보면 세월과 함께 배우는 인생 지혜 같은 것일 수도 있는데?"

조금이라도 생각이 있는 노인네라면 그 정도의 지혜는 있지 않을까? 우리는 주제를 바꿔 한 사람의 운명이 다른 사람에게 고통을 주는 그런 운명에 대해서 잠시 얘기를 나눠 보았다. 예컨대 운명적으로 바람둥이 체질이거나 혹은 인생의 어느 시기에는 다른 사람에게 외정을 줄 확률이 몹시 많은 그런 사람이 있다. 모든 게 운명이라면 누

가 그를 비난할 것인가? 이야기가 점점 자기 직업적인 분야로 옮겨 가니 그녀의 말에 활기가 돈다. 그녀는 타로의 악마 카드와 관련해 이야기를 풀어 나간다. 그런 유의 사람은 악마 카드를 뽑는 사람에게서 볼 수 있다 한다.

"하지만 타로에서 보면 그 악마란 나쁘다거나 좋다는 식의 이분법적인 개념의 한편이 아니고 욕망 에너지, 활동적인 에너지가 크다는 것을 의미하죠. 악마적인 마음이라도 에너지 자체의 입장에서 보면 중립적인 것이죠. 욕망은 그 자체가 에너지이기에, 한 욕망이 강하게 일어나고 있다는 것은 그만큼 에너지가 많다는 것이죠. 그것이 소위 연금술의 시초거든요. 타로는 욕망 자체를 도덕적인 관점에서 다루는 것이 아니라 중립적인 에너지로서 이렇게 될 수도 있고 저렇게 될 수도 있는 에너지로서 다룹니다."

그러면서 상담자는 자신의 도덕적인 죄의식, 불필요한 내적 소모에서 벗어나 자신의 실재적인 상태를 좀 더 홀가분한 관점에서, 전체적이고 객관적인 관점에서 좀 더 지혜롭게 대처할 수 있다는 그런 뜻 같았다. 자신의 욕망, 충동의 힘을 완충적인 형태로. "심리 상담은 일종의 이야기이며, 이야기가 곧 치료의 힘이다."라는 관점에서 보면 일리 있는 방편인 셈이다.

하지만 내가 아는 명상은 심리학적 차원을 초월해 있다. 명상에서 보면 인간 심리는 아무리 깊게 파고 들어간다 해도, 인간의 참자아나 궁극적 진실에서 보면 구조적 껍데기이기 때문이다.

"철학이 되었든 심리학이 되었든 타로가 되었든 사주가 되었든 어떤 식이든 의미 부여란 삶에 대한 자의적인, 표면적인 방어기제에 불과한 것 아닌가요? 어떻게 생각하나요?" 하고 내가 물었다. 그녀는 그럴 수도 있다고 순순히 시인한다. 왜냐하면 본인 자신도 자기의 질적인 변화, 존재적 변화를 그것을 통해서는 체험하지 못했기 때문이었다. 그녀의 남자 친구가 덧붙인다.

"이 친구에게 뚜렷한 명상 체험이 일어나지 않는 이유 중의 하나는 주변에 제대로 된 스승이나 안내자를 못 만난 것도 있을 거예요."

일리 있는 이야기다. 하지만 '남자 친구'로서 말하기에는 문제가 좀 있어 보였다. 흔히 남자들이 여자들에게 갖기 쉬운 보호자 본능 같은 것, 일종의 스승 역할이 작동할 수도 있기 때문이다. 다른 질문을 해보기로 했다.

"성에 대한 당신의 관은 어떤가요?"

타로에서 욕망이 하나의 에너지이듯이 성 에너지 역시 명상에 있어서 마찬가지다. 성을 어떻게 대하는지에 따라서 명상은 비상도 할 수 있고 곤두박질할 수도 있으며 내내 제자리걸음만 할 수도 있다.

"생각은 진보적이지만 실제는 보수적이에요."

대답은 아주 진보적인 사람처럼 망설임이 없다.

"성에 대해 자유로워지고 싶다는 욕망도 있고 푸나에 가서는 국제적인 바람둥이가 되고 싶다고도 생각했지만 결국 보수적인 마음 때문에 연애할 때 문제가 되었습니다. 가슴 뛰고 설레는 사랑이나 연애를 하고 싶지만 그렇게 되지 않았어요."

결국 자신도 여느 여자와 다름없었다는 것이었다.

"푸나에서 찝쩍거리는 한국 아저씨가 있었는데 정말 싫었죠."

그녀가 말해 주는 인상착의가 어쩐지 내가 알고 있는 사람 같았다. 내 기억 속에서 그는 꽤 남자답고 학식 있고 예절 바른 사람이었다.

"글쎄, 그 사람이 찝쩍거렸다는 게 구체적으로 어떤 건지? 자기 투사에 의한 감정은 아니었을까요?"

"뭐랄까 그 아저씨가 나를 보는 눈길이나 태도가 나 자신이 마치 먹잇감이 된 듯한 느낌이었어요."

그녀는 한동안 자신이 그로 인해 얼마나 불쾌했는지를 떠올리며 그를 비난하는 일에 열중했다. 내가 웃으며 만류했다.

"어떤 여자들은 자기한테는 그렇게 안 한다고 남자들을 비난하거나 조소하기도 해요. 맘에 드는 상대방에게 적극적으로 구애하는 것이 그곳 분위기이기도 하고, 또 서양 사람들은 대부분 그렇게 하죠."

나로선 그녀의 불쾌감 이면엔 성에 대한 청교도적인 강박증, 유교적인 조건반사가 어느 정도 작용하고 있는 것처럼 생각되었다. 어떤 이는 한국 여자들은 웃음 명상보다도 울음 명상을 훨씬 좋아하고 잘하는 것 같다고 한 적도 있는데, 그녀는 명상에 임할 때 어떤 특징을 지녔을까? 바꿔 말해 어떤 유형의 조건화를 지니고 있을까?

그녀가 오쇼 아쉬람에서 참가했던 프로그램에 대해서 다시 한 번 구체적으로 물어보았다. 나다브라마 명상, 레이키 코스…… 등을 꼽는 걸 보면 생체 에너지 순환이나 기 치료와 관계된, 그러니까 온건한 명상, 감정적인 노출이 거의 없는 프로그램에 집중되어 있었다.

예전에 그곳의 요법 전문가들이 자신들의 경험에 근거, 국가별 성격

특성에 관한 자료라는 것을 내놓은 적이 있었다. 캐나다인, 미국인, 독일인 등인데, 공동 발표에 의하면 "아시아인들은 차라리 자신을 죽일지언정 그의 부모는 죽이지 않는다는 것이 특징"이다. 이것이 무슨 문제가 되나?

"서양적인 심리 요법 작업은 부모의 목소리와 자신의 목소리를 구별하도록 돕는 것이다. 그리고 이것은 대개 부모에 대한 정화적인 반역을 포함한다. 은유적으로 말해 사람들은 자신의 부모를 죽이는 것이다. 서양인들에 비해 아시아인들은 이런 종류의 작업에 단순히 당황하고 만다. 중심 잡기 그룹이라는 게 있다. 어떠한 상황 속에서도 흔들리지 않는 내면의 중심을 확립하기 위한 그룹 명상이다. 그런데 그 명상에 아시아인들은 극도로 잘 반응한다. 그들은 서양인들보다 그런 일들을 훨씬 쉽게 해낼 수 있으며 내면의 고요 속으로 들어갈 수 있는 자연스러운 능력을 갖추고 있다.

하지만 아시아 여인들은 그들의 생명 에너지가 직접적인 방식으로 발산되도록 허용하는 것을 어려워한다. 이들은 이런 작업 중에는 도중에 현기증을 일으키거나 옆으로 쓰러지거나, 뒤로 몸을 숙이는 경향이 있다. 그것은 문화적인 것인데 그들은 생명 에너지 — 성적 에너지의 어떤 공공연한 직접적인 표현을 하는 것이 금지되어 있다."

나와 대담을 나눈 적도 있고, 한국에도 몇 차례 방문했던 독일 요법가 부부는, "유럽에서는 부모에 대한 반항이 아주 강하다. 유럽인들은 대부분 열두 살에서 열여덟 살 사이에 부모에게 반항하고 그들의 생각으로부터 자유롭다. 한국인들은 부모의 생각에서 벗어나기가 아주 어렵다." 다른 각도에서 보면 "자기 권위와 진실한 표현에 대한 문제점을 가지고 있는데 이것은 아주 깊은 조건화 때문이다."라고 한 적이 있다.

유교적인 조건화와 기독교적인 굴레 ― 이것이 그녀의 얘기를 듣다 보면 생각나는 말이었다.

이와 같은 내 얘기들이 자기의 약점을 자꾸 캐내고 찌르며 다소 거슬리게 들릴 수 있음에도 불구하고 그녀는 별다른 동요 없이 잘 받아들인다. 그러면서 다시 한 번 푸나 아쉬람에 가고 싶다고 말했다.

"왜요?"

"뭐, 나한테는 그냥 관광 차원이고, 남자 친구를 위해서요. 꼭 한번 거기 가 봤으면 하는 게 소원이에요."

지금 남자 친구와는 본격적인 교제를 하기 전에 타로를 몇 번씩 보았는데 그때마다 자기와의 인연이 계속해서 암시되어 있었다고 한다. 내친김에 나를 위해 특별히 준비한 타로를 보아 주겠다고 했다. 나의 각 차크라 상태를 보는 타로라며 독자적으로 구성한 것이라고 했다.

그에 의하면 나는 혁명적인 에너지와 독자적인 아이디어, 독립심을 갖춘, 게다가 하데스(지하 세계)의 카리스마와 지혜를 갖춘 인물이다. 내부적으로 강렬한 에너지가 들끓는 영적인 전사, 하지만 지금 현재는 집에서 머무는 자로 나타났다. 앞으로도 별로 집 밖으로 나갈 생각이 없는 것 같다.

"방향성이 없는 거죠. 무언가 뚜렷한 목표가 없는 거죠. 치고 나가시면 좋은데……."

그녀는 그게 좀 불만이다. 그게 아마 나와 다른 점이다. 나는 내 삶에 별다른 불만이 없었고 그저 일어나는 대로 흘러가고 있었다. 무슨 에너지니 어떤 지혜니 그런 것도 내게는 표면적인 일로 여겨졌다.

나중에 그녀는 다른 사람을 통해 내게 이렇게 전하기도 했다.

"처음엔 내가 그것이 문제처럼 얘기하기도 했는데 가만 생각해 보면 문득 무슨 문제인가 싶기도 해요. 집 안에 있는 게 어디가 어때서, 한편으로 아주 좋은 거잖아요."

그녀는 또 이 원고가 책으로 나오면 어떻게 될지 언제 내는 게 좋을지에 대해서도 상담을 해 주었다. 나쁜 얘기는 거의 없고 좋은 쪽이 많았다. 하하하. 자신도 중요한 일이 생길 때마다 타로를 보는 모양인데 맞든 안 맞든 무슨 의미가 있는 걸까?

"당신의 삶은 잘되어 가고 있나요?" 하고 묻자,

그녀는 "삶은 무의미했어요." 하고 말한다. 그러고는,

"하지만 우주와의 연결성을 깨달을 때 그것은 다르게 다가온다는 걸 알게 되었어요."

"어떻게 그 연결성을 깨닫는다는 말인가요?"

"제 경우엔 꿈을 통해서, (주로 타로 점 결과 등을 포함한) 계시를 통해서 전체와 연결되어 있음을 깨닫게 되었다고 할 수 있어요."

"하지만 그 깨달았다고 하는 상태라는 것도 여전히 또 하나의 꿈이 아닌가요? 그때그때의 상징적이거나 모호한 경험들을 일정하게 해석하고 도출해 내는 체계상의 결론들일 뿐으로서, 나타난 상징과 그 해석이 유의미하게 연결되어 있다고 하더라도 어떤 매개체 곧 꿈이나 징조들을 통해 간접적으로 연결되어 있는 것일 뿐인데?"

그녀의 남자 친구도 말하길,

"그렇죠. 아무리 읽고 또 읽고 그럴듯한 해석 체계에 능통해서 지혜로운 사람처럼 보인다고 해도 자신의 직관 내부 어디선가에는 알고 있는 것이 있지요. 나는 더 깊이 못 들어가고 있다는 것. 가슴의 열망과 갈망에 비해 여전히 공허하다는 것. 자신은 속일 수가 없다는 것을 알고 있는 거죠."

그는 자신이 영적으로 의기양양하던 무렵에 꾸었던 한 꿈을 이야기한다.

"제가 꿈에 하얀 옷을 입고 죽은 아버지를 만났는데, 이렇게 말하더군요. 너는 왜 여기 오니? 나는 그게 무슨 말인지 알고 있었죠. 나는 나를 속일 수 없었어요. 나는 아직 거기에 갈 수가 없는 것이죠."

아버지가 있는 곳은 영적인 세계로 그저 책이나 몇 권 읽고 다가갈 수 있는 그런 곳이 아니었다는 것이고, 그런 꿈을 통해 자신의 무의식이 경고를 하였다는 뜻이었다.

그녀도 동의한다. 해석은 있는데 자기 체험은 아닌, 빌려 온 지식이라는 점에서 타로나 점성학 등 소위 영적인 과학의 한계가 있고 또 유혹의 함정이 도사리고도 있었다. 하지만 그것들이 부정적인 것을 극복하는 과정으로서 일정 부분 도움을 줄 수 있다는 점도 존중되어야 한다.

우리는 이 이야기의 앞부분에서 주로 한 인간의 마음 여행이 어떻게 시작되고, 자신의 종교적 신념이 흔들리는 과정이며, 최종적인 해결책을 탐구하면서 과거에 지녔던 세속적 행복에의 꿈과 그것을 포기할 수밖에 없었던 사연 등을 들어 보았다. 뒤에 가서는 무엇이 명상의 장애물인가, 이 무력감은 무엇인가 등을 짚어 보기도 했다.

상황을 이렇게 정리하니 그녀도 수긍하며 자신의 의견을 덧붙였다.

"지금의 나의 수행 방식은 점성학과 타로카드라는 학문입니다."

명상이 에고와의 동일시를 절단하는 데에 주안점을 두었다면 자신의 방식은 에고와의 동일시를 여전히 유지하면서도 그 상태를 자기 이해와 발전의 도구로 삼을 수 있다는 점이 매력적이라는 뜻이다. 나의 관점에서 보기에는 주시, 자각, 탈동일시와 같은 명상의 핵심을 놓치고 만 경우다. 구체적으로 어떤 거냐고 내가 물었다.

"많은 상담자가 왜 살까 하는 고민을 갖고 찾아옵니다. 타로는 상담을 통해 고비를 넘어갈 수 있는 메시지를 전해 주죠. 그 상태가 결정화되어 있는 것이 아니니까요."

"상대에게 구원적인 힘을 전해 주는 일종의 전도사 역할이군요."

타로 상담 자체도 여전히 본인 스스로 극복하지 못한 기독교적인 테두리의 연장선에 있는 것 아니냐는 의미의 질문이었다.

"그럴지도 모르죠."

그녀는 별다른 저항은 하지 않는다.

"고통을 겪고 있지만 사랑이 많아……. 사랑을 주더라도 고통을 겪어 보면서 주는 사랑…… 그래도 살아 볼 만하다고 여길 수 있는 그런 사랑의 에너지를 주고 싶어요."

그 말이 여태껏 어느 한 부분 딱딱해 있던 내 가슴을 좀 움직였다.

"여자와 남자와 수행 차이는 가슴 에너지에 있다고 하죠. 관계를 유지하고 돈독히 하고 사랑을 주고받는 에너지. 남자든 여자든 가슴의 문이 발달한 사람에게는 강력한 카타르시스 요법은 엄청난 충격이 될 겁니다. 모든 사람이 과격한 프로그램이 필요한 게 아닐 수도 있죠. 사실 모든 사람에게 들어맞는 프로그램은 없기도 하고. 당신은 가슴의 길을 가는 사람이라고 생각됩니다."

그녀가 말하길,

"삶을 저버리지 않고 나를 치유하면서 남을 치유하는 성장에의 믿음이 있어요. 나는 그것이 맘에 듭니다."

"당신의 직업이 무엇이 되었든 자기 치유의 과정이기도 한 것 같습니다. 자신도 상처를 받으면서 남의 상처를 치유해 주는 보살 같은 거 말이죠."

그러자 그녀가 한 에피소드를 들려주었다.

"언젠가 한 비구니 스님이 찾아왔습니다. 그녀는 고민을 털어놓으며 너무 힘든 나머지 울었습니다. 그 비구니 스님이 '당신이라면 이럴 땐 어떻게 하나요?' 하기에 '스님, 저도 스님처럼 울어요. 도망치고 싶고 슬퍼하고 고통을 겪고 있어요.' 하고 말했어요." 그러자 그 스님도 울음을 그치고 다시 살아 볼 힘을 얻어 돌아갔다고 한다.

특별한, 명확하고 결정적인 해법을 제시한 것은 아니다. 가슴의 방식, 공감과 수용의 방식이다. 타로에서 보면 마법사 멀린처럼 문제 해결에 주도적인 역할과 답을 제시하는 유형도 있지만 여자 마법사들은 중요한 순간에 수동적 힌트를 주고 사라져 버리는 여신 스타일이라고도 한다.

"저는 제가 명상가라고 감히 말하지는 못해요. 하지만 고뇌 속에서도 단 일 밀리미터라도 전진하는 것. 그것이 제 인생의 목표입니다."

"고뇌가 남아 있는 한 누구나 구도자죠."

그녀도 말없이 동의한다. 우리는 깊이 포옹한 뒤 그날 저녁 만남을 마무리 지었다.

무엇이 답을 줄 수 있을까? 어디로 가야 할지 누가 알겠는가? 이 인생의 신비에 대해. 고뇌가 남아 있는 한 누구나 구도자다. 중요한 것은 단 일 밀리미터라도 전진하는 것 아니겠는가. 언젠가는 그 일 밀리미터가 커다란 차이를 만들 것이다.

좋은 인연은 주어지는 것이 아니라 찾아가는 것

사난다의 명상 인생

서울의 소위 유명 학군 지역에 불황에도 시세가 오르기만 하는 아파트 단지에 사는 여자. 배드민턴이나 골프, 수상 스키 등등 운동 잘하지, 노래방 가면 노래 잘하지, 밥 잘 사지, 그 지역 국회의원이나 구청장과도 두루 친하고 인맥도 넓은데 일을 하면 추진력도 짱이라서 여기저기서 좋은 아이템 들고 사업 좀 같이해 보자는 요구가 끊이지 않는 여자.

그분 어머니 말씀이, "내 딸이 대통령보다 세 배는 바쁘지유."

그런 여자 분이 내가 하는 명상캠프에 참여했다. 얼핏 명상이랑 무슨 인연이 있을까도 싶지만 달마다 빠지지 않고 어떻게 해서든 꼬박꼬박 오는 것이다. 그러고 보면 명상이란 게 무슨 특별한 사람들이나 하는 그런 것은 아니지 않는가?

몇 달 후 그녀는 짬짬이 캠프 일을 도와 달라는 내 제의를 수락한다. 그리고 불과 몇 년 사이 다양한 명상 세계를 체험하며 새로운 삶속으로 날아가 버린다. 그러니까 그녀에겐 어떤 일이 있었던 것일까?

"내 인생은 그냥 평범했어요."

명상캠프 날짜가 성당 예배일과 겹쳐 갈등이 생긴다고 하면서 명상을 하면 어떤 점이 좋은지 내게 묻는다. 그래서 "절간이나 불교 신도들 사이에는 이런 말이 있어요. 삼대 안에 스님이 안 나오는 집안은 재앙이 들거나 망한다고." 했더니 처음 듣는 얘기인지 강한 호기심을 보인다.

"할아버지, 아버지, 내 꺼 해서 한 사람이 한 이백오십 년을 한 번에 산다고 합시다. 근데 그동안 오로지 돈만 벌기 위해 살았다고 하면 어떻게 될까요? 아무튼 이삼백 년 내내 똑같은 일만 하면서 산다면 말이죠."

"나 같으면 미쳐 버릴 거예요. 지금까지 이일 저일 해 본 것도 모자라서 이번엔 또 뭐해 볼까? 지금도 생각 중인데……." 하면서 웃는다.

"내 말이 그 말입니다. 집안이라는 것도 마찬가지여서 성공과 출세를 위해서 사는 사람들만 있다면 삼대 안에 우환이 생기기 마련이죠."

유명 인사나 주변 사람들 예를 몇 가지 드니 "아, 맞아 맞아." 하면서 고개를 끄덕인다.

"동양철학에 '사물이 극(極)에 이르면 악기(惡氣)를 생한다.'는 이치가 있는데, 명상이나 수행이 그 병들고 나쁜 기운을 풀어 주는 거죠. 그래서 후손들이나 나머지 사람들도 잘되는 거고."

"가만 보니 우리 집은 언니 하나가 출가자처럼 지내는데 그래서 우리 오빠나 남동생, 나까지 다 살 만큼 사는 건가?"

들어 보니 오빠나 남동생은 모두 자수성가하여 상당한 자산가들이라고 한다. 좀 더 자세히 묻기에,

"인간이란 돈이 좋고 출세가 좋아도 뭔가 진실하고, 아름답고 고차원적인 삶에 대한 갈증이 있거든요. 그렇게 해서 한집안에 진리와 참 행복을 추구하는 구도자, 명상적인 사람이 나타나서 그가 올바른 길을 간다면, 자기 자신은 물론 온 집안의 카르마까지도 갚게 됩니다. 수행과 명상을 통해서 자신과 집안 전체, 더 나아가 공동체 사회의 정체되고 나쁜 기운도 정화된다는 것이죠."

"예수님이 인간의 모든 죄를 대속했다는 것도 그런 이치인가요?
……우리 언니가 고마운 사람이네."

자신의 언니와 집안 내력에 대해서 그녀는 훗날 이렇게 쓰고 있다. 이하 그녀가 직접 쓴 글의 소제목들은 필자가 반 정도는 임의로 붙인 것이다.

하얀 목련

설날을 앞둔 며칠 전이었다. 방앗간에서 뽑은 흰 가래떡을 자전거에 싣고 따라오시는 떡방앗간 아저씨에게 집을 가르쳐 드리려고 언니랑 둘이 쫄레쫄레 건널목을 건너는데, 그때 언니와 내가 인도 끝에 서서 파란불이 바뀌기를 기다리며 양희은의 '하얀 목련'이라는 노래를 부르고 있었다. 하얀 목련이 필 때면 자꾸 생각나는 사람…… 봄비 내린 거리마다

슬픈 그대 뒷모습 하얀 눈이 내리던 어느 날…….

차도로 내려서는 순간, 우당탕 탕! 끼익- 소리와 함께 2.5톤 연탄 차 밑에 언니와 내가 두 바퀴쯤 구르고, 밀려 나가고, 잠시 세상이 몇 바퀴 돌다가 정신을 차렸다.

언니는 보이지 않고 사람들이 웅성거리며 서 있었다. 나는 바지가 모두 쓸려서 피가 철철 나는 다리를 끌고 언니를 찾았다. 언니는 연탄 차의 번호판으로 찍혀 입언저리에서 피가 나고 머리를 다쳤는지 의식이 없었다. 얼마 후 경찰차가 오는 게 보였다

두 딸을 입원시킨 집안의 '까치설날'은 그냥 조용하고 침울했다. 입원실에 누워 두 자매가 서로 다른 생각을 했을 것이다. 내가 그때 느낀 건 두려움, 사고, 상해, 병듦, 병원, 고통 그런 거였던 것 같다. 때때로 덜컥하고 가슴이 뚝 떨어지는 소리를 들을 때가 있다. 사랑할 때, 누군가에게 깊이 의지할 때, 그것을 놓아야 한다는 걸 직감했을 때.

오랜 시간이 지나갔지만, 그 병실에 누워 있던 몇 주가 예민하던 사춘기 두 소녀의 세계를 바꿔 놓았을 것이다. 전교에서 늘 일, 이등을 나투던 언니. 두 달간의 병원 생활과 그 후유증 치료를 위해 여기저기 병원을 옮겨 다녀야 했던 언니에게는 그간 악착같이 붙잡고 있었던 공부에 대한, 일등에 대한 원치 않은 놓아 버림은 충격이었을 것이다.

매양 한 가지 일을 같이 겪어도 언니와 나 두 사람이 겪는 것은 그렇게 달랐다. 가끔 힘든 일이 생기고 이해심이 바닥날 때 '하얀 목련'이라는 노래가 입속에서 흘러나오곤 한다. 그때 어둡고 두려웠던, 트럭의 밑바닥에서 아련히 느낀 공포가 지금도 생생하다.

언니

나보다는 두 살이 많지만 중학교 때까지도 같은 학년에 같은 학교, 어떤 때는 같은 반 학우이기도 했다. 내가 한 살 먼저 들어가고 언니는 한 살 늦게 들어갔기 때문이었는데 우리가 자매라는 걸 담임 선생님도 모르고 있었다. 같은 방을 쓰던 열아홉 살까지는 내가 누구보다도 언니를 잘 알았지만 그 이후의 행적에 대해서는 거의 아는 게 없다. 교통사고 이후로 우리 집안의 누구도 언니의 삶과 속사정을 알지 못했다. 집을 나가 붙잡혀 돌아오고, 그러다 결국 집 떠나 살더니 대학을 졸업하여 그럭저럭 생활도 꾸려 가는 모양이었다.

그러던 언니는 어찌어찌 명상의 길로 들어서더니 가족들과는 담을 쌓고 저 혼자 공부를 한다고 홑겹 오배자 물들인 옷을 입고 산으로 들로 쏘다녔다. 고기나 생선은 입에 대지도 않았고 심지어 음식점에 갈 때도 김치에 젓갈이 들어갔을지 모른다며 밥과 반찬을 따로 챙겨 들고 다니는 유난을 떨었다.

그러다 큰스님이라는 분을 만나 한 십 년 불경 공부를 하다가 오쇼를 만나게 되었다. 수행한다고, 명상한다고, 침묵 수행 중이라고 통화도 되지 않았다. 그 흔한 휴대전화나 텔레비전도 갖고 있지 않았다. 이번 생에 기필코 깨달아 다시는 태어나지 않으리라며 조석으로 금식하고 희고 작은 발이 곰 발바닥이 되도록 지기와 천기 받는다고 맨발로 흙을 밟고 다녔다. 가냘픈 몸에 까맣게 그을린 얼굴로 자기 혼자서 그러고 다녔지만, 아버지와 어머니는 부모를 찾지 않는 딸년 때문에 언니 얘기를 하다가 가슴이 먹먹한지 눈가에 눈물이 고이곤 했다.

아버지에게 이렇게 저렇게 생각하면 좋겠다고 말씀을 드려도 그건 한 치 걸러 두 치라고, 내가 동기간이기 때문에 그럴 수 있는 것이지 부모 마음은 그렇지 않다고, 추운데 고생은 안 하는지 김장 김치라도 좀 가져다 먹지 한다. 격정의 역사 속에서 아버지를 여의고 전쟁 통에 두 동생도 자기 품 안에서 하늘나라로 보냈지만, 그 슬픔보다도 어디 사는지조차 모르고 안부조차 전하지 않는 큰딸에 대한 서운함이 더 아프고 사무치는 것 같다.

살아가게 되는 모습들을 보자면, 몸만 빌려 태어나는 것이 아니라, 부모의 영혼도 고스란히 함께 담아 태어나는 것이라는 생각이 든다. 이글 보면 릴라(언니가 지은 자신의 수행자 이름. 유희, 놀이라는 뜻) 이년아, 이 나쁜 년아. 부모님께 전화해서 목소리라도 생글거리다가 끊도록 해라. 아버지 어머니, 그렇게 오래 볼 수 있는 건 아니야, 이 멍청아!

두 분 눈에 고인 눈물이, 떨리는 입가가 오래도록 잊히지 않을 것 같다.

아버지와 어머니

아버지는 개고기를 드시지 않는다. 키우던 개를 팔아 서울로 왔기 때문이란다. 소아마비를 앓던 할아버지는 독립운동 하던 큰아버지를 돕기 위해 애썼는데, 해방 후 반란 사건 통에 빨갱이로 몰려 총살을 당했다고 한다. 아버지는 시신을 수습해 손수 묻고, 연좌제의 사슬과 주위의 손가락질을 견딜 수 없어 할머니와 동생 다섯을 데리고 서울로 온 것이다. 나이 열두 살 되던 해였다.

할아버지께서 돌아가시기 전에 산 너머 주막에 손수건을 놓고 오셨다며 아버지에게 심부름을 시키셨단다. 산을 넘는데 어딘가에서 들려오는 "진국아~ 진국아~"하는 소리가 너무 무서워서 뒤도 보지 않고 뛰었다던 아버지. 집으로 돌아오는 길에 부엉이가 "부우엉~ 부우엉~"하고 울던 소리였음을 알았다. 돌아와서는 할아버지가 끌려갔다는 소리를 듣고는 안절부절못하다가 며칠 뒤에 까마귀가 앉아 있던 할아버지의 주검을 수습했다고 한다. 아버지는 한참을 지나고서야 할아버지가 어린 아들을 살리려고 갖고 있지도 않았던 손수건을 가져오라 보냈음을 깨달았고, 그때 들렸던 부엉이의 소리는 틀림없이 할아버지의 목소리였을 거라고 한다.

살점이 뜯기고 뼈가 드러난 제 아비를 안고 절규하던 아버지의 어린 시절, 경제력 없는 어머니와 어린 다섯 동생을 거두어야 하는 장남으로서 그 삶의 무게는 어느 정도였을까.

아버지보다 두 살이 적은 어머니는 남아선호가 뿌리 깊은 충청도에서 태어났다. 어머니도 육 남매 중 장녀였고 딸년들 글 가르쳐 놓으면 시집 가서 편지질한다고 하신 할머니 때문에 배울 기회도 없이 오십 년 동안 문맹자로 살았다.

딸들은 단지 아들들 공부하기 위한 뒷바라지나 해야 한다는 말에 충실하게 길든 채로 글자를 모르면서도 아는 척하고 살아야 했던 시절이었다. 자기가 낳은 아이들의 가정통신문이나 성적표조차도 남편에게 의지해야 하는 열등감에 시달렸고, 자필 서명을 해야 하는 은행이나 관공서 등에 가면 문맹자의 불안과 긴장감은 더욱 커졌다. 서당 훈장의 자식으로 한문과 한글에 능통한 시어머니의 어마어마한 무시와 사회적 차별은

덤이었다.

먹고 사는 일이 어느 정도 해결된 오십 대에 어머니는 글을 배운다. 신설동에 있는 검정고시학원에 다니며 글과 학습이라는 것을 통해 세상을 본인의 눈으로 읽게 된다. 하지만 어린 시절에 관한 이야기만 나오면 우는 어머니. 어머니의 '한'은 어린 시절과 시집살이에 응축되어 있다. 그것이 어머니 일생이기도 하다.

명상 체험 속에서 가장 크게 느낀 것은 몸의 역사가 바로 내 존재의 역사라는 것이다. 어떤 사람이 갖는 이슈들, 그리고 부정을 해도 계속해서 반복되는 패턴은 몸에 새겨진 기억의 반영이다. 그리고 지금 이 순간도 나의 역사는 몸에 다 새겨지고 있다.

아버지가 유년에 겪은 슬픔과 말할 수 없이 숨 막히는 고통들, 그리고 어머니의 한. 삶의 언저리부터 눈물로 살아야 했던 어린 영혼의 서글픔이 하나의 정자와 하나의 난자 속에 무수히 새겨져 나를 만들었을 것이다.

부모님은 생김이 다른 아들과 딸을 각각 둘씩 두셨다. 그런데 형제들 각각 전혀 다른 개별적 인간들이 아니라 하나라는 느낌은 언제부터 생긴 거였을까? 한 사람의 업을 해결하는 것은 결코 그 한 사람만의 업만은 아닐 것이다.

엉뚱한 선물

내가 명상을 시작하게 된 것은 운동 중에 넘어져서 찢어진 무릎 연골판 제거 수술 후 찾아온 외상후증후군과 우울증 때문이다. 병원에서 보기엔 흔한 우울증이고 처방은 매양 항우울증약이지만, 우울증은 저마다 다른 사연을 타고 온다. 나의 경우는 음식을 보면 구토가 나고 심지어 냄새만 맡아도 오심이 심해 여덟 달 동안 거의 먹지를 못했다. 살이 빠져 병색이 완연했다.

먹지 못하니 면역성이 떨어지고 기운도 없고 잠시만 외출해도 독감이 폐렴이 되었다. 불안증이 생겨서 밤이 되면 잠을 자지 못했다. 누우면 심장이 갑자기 크게 뛰고 꼭 죽을 것만 같은 느낌에 가만히 앉아 있어야만 했다. 밤새도록 거실과 주방 불을 켜 놓아야만 했다. 누우면 불안증이 심해져 소파에 앉아 밤을 새우고 잠시 조는 게 하루 수면의 전부였다. 햇볕이라도 잠시 쬐고 싶어 아래층으로 내려가려다 엘리베이터가 덜컹 떨어지는 느낌과 동시에 머리끝에서 뭔가 기운이 툭 하고 빠져 어지럽고, 그래서 다시 위층을 눌러 집으로 돌아가 소파에 눕고……. 오랫동안 그 고통은 끝나지 않을 것만 같았다.

힘없이 눈을 떠 천장을 바라보며 내가 왜 이러나, 몸이 왜 이러나, 무엇이 언제부터 뭐가 잘못된 것일까 자문했다. 몸은 내 몸인데 내 몸이 아니고, 나도 모르는 이 고통은 언제나 끝이 날 것인가. 막막했다. 가만히 있어도 복부 임맥이 얼마나 크게 뛰는지 옆 사람이 맥박 소리를 들을 수 있을 정도였다. 이러다가 죽겠구나 하는 생각마저 들었다.

종합병원에서 받은 검사 결과는 이상이 없었다. 몸이 아픈데 신경정신과로 가라고 한다. 그곳에 가니 우울증 진단을 내리고 약을 주며 안정을 취하고, 기쁜 생각을 많이 하라고 한다. 평소 약을 전혀 먹지 않았던 나는 약 한 봉지에도 의식은 또렷한데 몸이 늘어지며 기분이 이상했고 매일매일 힘겨웠다. 마치 신병에 걸린 사람처럼 원인 없이 고통스러운 날들이 계속되었다.

그러던 중 친구와 함께 살며 명상을 하던 언니가 어느 날 나타나 내게 웃음 명상을 권했다. 웃음 명상법? 웃음이 명상이 돼? 설명해 주는 말로는 어려운 게 없었다. 그냥 웃기만 하면 된다고 했다.

함께 이십일 일 동안 산에 올라가 사십오 분은 웃고, 십오 분은 햇빛에 달궈진 너럭바위에 배를 대고 누워서 이완했다. 이완이란 건 그저 따뜻한 바위에 배를 대고 누워, 아 좋아 따뜻해하고, 어머니의 대지 땅에 감사하며 그냥 편하게 쉬면 되는 것이었다.

웃어야 하는 사십오 분은 긴 시간이었다. 첫날은 뭐 나오지도 않는 웃음을 그냥 억지로 웃으라고 하는데 그저 목소리로만 하, 하, 하, 히, 히…… 얼굴은 웃지도 못하면서 기어들어가는 목소리로 한숨 같은 소리를 내 가며 웃는 시늉을 했다. 이렇게까지 하고 살아야 하나 그런 생각이 들었다.

그리고 둘째 날, 셋째 날…… 햇빛 잘 드는 불암산 정상의 너럭바위에 앉아 언니가 말했다. 사람들 지나가도 개의치 말고 햇볕에 온몸의 습한 기운을 말리며 웃자고, 이 세상에는 너와 너의 웃음만 있는 듯이 그냥 웃으라고 해서 나는 웃었다. 살고 싶었고, 건강해지고 싶었고, 아픈 고통, 먹지 못하는 고통에서 벗어나고 싶었다. 그리고 나를 위해 그렇게 매일 웃어 주는 언니와 그네의 친구에게 고마워서 웃었다.

뜨거운 태양 아래 달궈진 바위에 너부러져 대지의 어머니 흙을 느끼고, 시원한 바람을 느꼈다. 태어나서 처음으로 느낀 따뜻하고 포근한 바람이었다. 저절로 눈물이 났다. 오랫동안 뜨거운 눈물이 볼을 타고, 바위를 타고 흘러내렸다.

그리고 며칠이 더 지나 십육 일차가 되는 날, 식용유 같은 똥이 나왔다. 덩어리는 하나도 없는 것이 그저 노란 기름이 주룩주룩 쏟아졌다. 이거 내가 뭘 잘못 먹었나? 기름 변은 췌장암의 증상이라는데 몸의 불편함이 줄어들고, 조금씩 끼니를 먹고, 가벼운 집안일을 할 때였으니 이거 암 때문에 그동안 못 먹은 건 아닌가 싶어 덜컥 겁이 났다. 병원에 갔더니 문제없다고 괜찮다고 했다. 자고 일어나면 눈에 눈곱이 밤알만 한 크기로 나와 있고, 십팔 일째 되던 날부터는 생리가 이 주가량 흘렀다. 하혈이었다. 생리가 끝나고 산부인과에 가서 검사를 하니 아무 이상도 없다며 몇 살이냐고 물었다. 내 나이를 말하니까 처녀 자궁보다도 깨끗하다고, 난소도 깨끗하고 근종도 없고 아주 깨끗하다며 아기를 더 낳으라고 한다.

웃음 명상을 하면서 닦아 낸 눈물과 올라온 가래의 양이 어마어마했다. 나는 이십삼 일 동안 그녀들의 사랑을 담은 웃음을 잊지 못한다. 나야 살고 싶어서, 어떻게든 살아야 해서 아픔에 몸부림치면서 웃는 웃음이었지만, 그녀들은 존재계 속의 자연과 치유의 기적을 알려 주는 오쇼 명상을 내게 선물하려 했는지도 모른다. 그저 매일 빠짐없이 내 웃음을 깊게 끌어내 준 그들의 웃음소리 때문에 어쩌면 내가 살아났는지도 모른다.

어느 날 언니가 내 앞에 나타나 "세상에서 가장 큰 선물을 할게."라며 기대에 차 있는 나에게 웃으며 전해 준 것은 생소하기만 한 명상이었다. "자 명상이야." 하며 하얀 이를 드러내며 웃던 언니. 지금은 어디서 무얼 하는지……

나는 그녀의 친언니를 이전부터 알고 있었다. 가끔 명상 모임이나 그네들의 친목 모임에 '작은 연꽃'이라는 뜻의 이름을 지닌 한 친구와 함께 나타나곤 했기 때문이다. 그 언니는 동생과 친엄마에게 명상센터에 다니도록 적극적으로 권장했다. 그런데 신참자들이 명상의 재미를 조금씩 알아 갈 무렵 명상센터가 경영난으로 문을 닫고 말았다. 그리고 내가 하는 명상캠프에 그녀가 나타났다.

명상캠프

벼르고 별러서 한 치의 망설임도 없이 서둘러 끊어 놓은 양동행 열차표. 기다리는 날은 빨리도 오는 법. 그렇게 매달 열리는 명상캠프에 첫발을 내디뎠다.

그리고 그다음 달. 성북역에서 기차를 기다리고 있는데 하필이면 그날 캠프가 열리기로 한 명상원에서 공사를 해서 일정이 무산되었다는 전화가 왔다. 명상캠프로 가는 열차표를 예매해 놓고 기다린 며칠이 너무도 아쉽기만 했다. 그저 새로운 명상 시간의 행복감을 놓치고 싶지 않아 아쉬운 대로 야외에서도 가능하면, 아니 그냥 무조건 하자며 우리 가족들이 함께 쓰는 가평의 주말농장을 소개했다. 함께하는 데 동의한 몇몇 분의 성원으로 우여곡절 끝에 명상캠프가 열렸다.

그때의 일을 누가 쓰기를,

"잊지 못할, 끝내주는 아름다운 캠프. 청명한 하늘과 쏟아지는 햇볕, 맑고 시원한 바람, 잘 가꾸어진 너른 잔디밭과 제비꽃들, 목련화, 명상하기 딱 좋은 소나무 숲, 우아하고 위엄 있는 잘 자란 나무, 맨발에 밟히던 부드러운 땅, 그 땅과 하늘과 바람 속에 울려 퍼지던 음악, 밤새 타오르던 벽난로의 장작불, 잘 마른 장작 더미들, 끝없는 춤들, 맛있는 식사, 열정과 순수함과 사랑으로 넘쳐 나던 사람들, 잊지 못할 최고의 캠프, 모두 모두 감사합니다. 아무개님의 사랑 고맙습니다."

명상도 좋았고, 사람들과의 나눔의 시간도 매우 좋았다. 오고 가는 한 마디 한 마디가 어쩜 그리 와 닿던지.

명상캠프는 바쁜 생활에 활력을 주었다. 여행이 그랬고 연애가 그랬지만 명상캠프만큼 나 자신에게 주는 근사한 선물이 있을까 하는 생각이 들었다. 그러다가 나는 다음 해 정월, 그것도 음력 정월 첫날 인도행 비행기를 예약한다.

첫 번째 인도

구정 새해 첫날. 전날부터 가족들에게 양해를 구해 새벽 일찍 차례를 지냈다. 무엇보다 설렘이 시간을 재촉하는지도 모른다. 시간이 어찌 가는지도 모르게 빨리 지나갔다.

새벽 한 시 삼십 분, 뭄바이 공항에 도착하니 낯선 언어와 웅성거림이 나를 둘러쌌다. 무엇부터 해야 하나? 혼자 막막하기만 했다. 다행히 인도에 다녀왔던 명상캠프 회원 한 분이 현지에서 묵을 집을 소개해 주었는데 그 집 주인이 직접 공항까지 나를 데리러 나왔다. 그의 이름은 아발론, 미국인 산야신이었다. 뭄바이에서 푸나까지는 택시로 네 시간 정도 걸린다. 그는 내가 고생할까 봐 밤새도록 달려와 기다렸던 게다.

집에 도착하니 아발론은 여러 가지 주의 사항과 전기 사용법, 뜨거운

물을 쓸 때 켜는 스위치의 위치 등과 아파트 출입 시 알아야 할 것들에 대해 설명해 주었다. 그는 그새 또 경찰서에 입주자 신고를 해야 한다며 여권과 비자 사본을 들고 집을 나섰다.

낯선 집, 낯선 땅. 아파트 베란다 밖으로 보이는 커다란 나무와 까마귀 울음소리, 차가운 대리석 바닥 그리고 덩그러니 남아 있는 나. 한숨 돌릴 여유도 없이 아침 9시 아쉬람의 웰컴 센터로 가기 위해 짐을 푸는데 침대 위에 가지런히 개켜진 머룬 로브 ― 목에서 발목까지 통으로 이어지는 적갈색 원피스 형태의 옷과 숄 등이 눈에 띄었다. 아쉬람 활동에 참여하기 위해 필수적인 것들이다. 산야신 아발론의 깊은 배려가 마음 바닥까지 밀려드는 순간이었다.

왠지 먼지가 꽉 끼어 있는 것 같은 아침 날씨였지만 아쉬람은 나를 이끌고 배려해 주는 것 같았다. 마침내 아쉬람에 입성했을 때의 기분이란. 갑자기 무거운 마음이 사라지고 앗싸 소리가 절로 났다. 며칠 뒤 나는 주저 없이 산야스 신청서를 냈다.

산야스 셀러브레이션 날

잠이 오질 않았다. 새벽 4시.

휴대전화 배터리를 갈아 끼우는데 웬일인지 안테나가 터지더니 그간 보지 못했던 문자 메시지가 다발로 들어왔다. 하나씩 읽으면서 답을 하는데 그만 눈물이 터져 계속 울었다. 한참 부족한 나에게 매일 전해 주는 이 기적 같은 존재계의 사랑을 나는 어떻게 해야 하나.

이곳에서의 기쁨은 일에서 얻는 성취감, 혹은 돈을 벌어서 가질 수 있었던 즐거움과는 사뭇 달랐다. 어떤 것도 누릴 수 있고 누구에게나 허용되는 그래서 평화롭고 휴식이 되는 곳. 그러나 뛰어들지 않으면 아무것도 할 수 없는 곳. 정지된 듯 보이지만 쉼 없이 탄생하고 성장하고 죽어 가는 자연계를 겸허히 받아들이게 하는 아름다운 분위기. 음과 양의 조화, 동양과 서양의 조화, 흑과 백의 조화, 명상과 놀이의 조화, 공간 하나하나가 참 명상적이라고나 할까? 평생 봐 왔던 햇빛마저도 이렇게 다를 수 있을까.

저녁 아홉 시 삼십 분. 아름다운 라이브 음악이 흐르고 산야스 축제가 시작되었다. 생전의 오쇼 말씀과 함께 주위를 둥그렇게 둘러싼 사람들 사이로 방석이 놓인다. 조용한 목소리로 마…… 다야…… 사난다, 나의 새로운 이름이 불려 나가서 자리에 앉았다. 네 명의 이름이 더 불리고 축복의 말씀과 함께 라이브 음악이 들렸다. 보컬이 노래를 하는데 눈물이 또 울컥 쏟아졌다. 축하하러 온 한국 친구들 외에도 많은 사람이 너나 할 것 없이 서로를 껴안으며 함께 웃고 울어 주고 춤추고……. 모든 것이 감사한 하루였다. 피라미드 홀 안에서 연주되는 곡은 때로는 신 나고 때로는 어루만져 주고 때로는 깊은 감동을 준다. 축하하러 온 사람이나 받는 사람이나 너나 할 것 없는 기쁨의 축제였다.

서울에서 그 소식을 접한 나는 오쇼가 생전에 '사난다(Sananda)'라는 산야스 이름을 제자에게 주면서 그 의미를 직접 설명한 책 내용을 찾아내 카페 게시판에 올려 주었다. 간추려 보면,

사난다. '지복의, 기쁨에 찬, 유쾌한' 등을 모두 의미한다. 그것들은

모두 각기 다른 층 위에 존재한다.

'지복에 차 있음'은 절대적으로 내적인 어떤 것, 누구도 외부에서부터는 알아볼 수 없는 어떤 것이다. 이것은 단지 깊이에 있어서만, 표면의 물결들로는 알아볼 수 없는 심연과 같은 것으로서 존재한다. 그대는 그대 존재의 심오 속으로 깊이 들어갈 때, 그때에만 그것을 발견할 것이다.

기쁨은 지복의 외적인 표현이다. 지복은 아니지만 지복의 표면적인 반사다. 그러므로 기쁨이란 지복의 부산물이며, 지복이 없다면 기쁨도 없다. 그리고 같은 이치로 유쾌함이란 기쁨의 부산물이다.

사난다 속에는 그 모든 것이 결합되어 있다. 그 모두가 흡수되어야만 한다. 이 세 가지 중 어느 하나라도 놓쳐 버린다면, 그대는 지복의 차원을 놓치고 있는 것이다.

참으로 지복에 찬 사람은 기쁨에 차 있으며 또한 유쾌하기도 하다. 유쾌함이 일어나지 않는다면 단지 어떤 것이 잘못되었다는 것을 뜻한다. 아마도 그대의 표면이 그대의 깊은 이면과 접촉하고 있지 않으며, 그대의 의식적인 마음이 그대의 무의식적인 마음과 소통하고 있지 않은 것이다. 하지만 모든 다리가 완전하게 잘 작동하고 있을 때는 언제나 이 세 가지 모두는 함께 나타난다. 그것이 곧 기쁨의 완성이다.

모든 여자 산야신들에게는 마더(Mather)를 뜻하는 '마(Ma)'라는 단어를 앞에 붙인다. 이것은 우리 안에 본래부터 깃들어 있는 본성과 우리 각자에게 탄생을 준 그 잠재적 능력을 상기시키기 위한 오쇼의 배려다.

중간 이름 '다야(Daya)'는 카인드니스(Kindness, 친절, 다정함)와 컴패션(Compassion, 연민, 동정심)을 뜻한다. 오쇼는 카비르의 시를 강의하면서 이 단어를 '자비, 관용, 인정, 인정 많은 행위' 등을 의미하는 머시(Mercy)로 번역한 적이 있다. 사난다와 마찬가지로 친절이나 다정함은 자비심의 부산물이고, 자비심은 친절과 다정함의 그 깊은 보이지 않는 내면의 절대적인 사랑, 차별 없는 무제한의 사랑인 셈이다.

사난다. 인정 많고 쾌활한 그녀에게 딱 어울리는 이름 같았다. 하지만 어떤 부분은 현실태이고 어떤 부분은 가능태다. 밖과 안, 의식과 무의식이 진정으로 소통하고 모든 다리가 잘 작동하기 위해서는 어떤 과정이 필요한 것일까?

서울로 돌아온 그녀는 얼마 후 내게 명상센터를 함께 열자고 제안했다. 회원들 사이에서도 같은 의견들이 있었다는 것이다. 나는 그저 지켜보기로 했다. 막상 돈 문제에 부딪히니 동참하기로 한 사람들이 하나둘씩 떨어져 나가고 그녀만 남는다. 그래도 그녀는 뜻을 굽히지 않더니 그해 여름 기어이 센터를 열고야 만다.

명상 마당에 들어온 지 일 년이 될까 말까 한데 명상센터라?

문을 연 지 얼마 후 나이 지긋한 선배 도반이 센터에 찾아왔다. 이런저런 덕담 끝에 좌중에 있던 사람들의 타로를 봐주기로 한다. 명상에 막 입문한 신참자의 타로 결과는 매우 좋게 나온다. 명상센터가 잘될지 안 될지 사난다도 신청한다. '안, 된, 다'로 나온다. 다시 한 번 본다. 역시 '안, 된, 다'로 나온다. 또 본다. 그래도 '안, 된, 다'였다. 계속 본다. 선배 도반은 마침내 "어이쿠, 이건 큰 건데!" 하며 혀를 찬다. 좋은 카드가 나올 때까지 일곱 번가량을 계속 보았지만 말을 타고 가다가 밑으로 떨어지고, 창에 찔리더니 아예 머리가 땅바닥에 나뒹구는 그림이다. 내게 그것은 센터의 흥망성쇠라기보다는 그녀가 거쳐야 할 의식과 영혼의 성장에 관한 이야기로 보였다. 자리가 파한 후 말해 주기를,

"타로란 나의 현재 의식에 준하는 미래의 모습, 마음의 풍경일 뿐이죠. 당신이 현재 집착하고 있는 의식에서 변화된다면 당연히 그에 따라서 미래의 결과나 내면의 상태도 달라지는 것이죠."

"그렇죠? 그렇죠?" 하면서 그녀는 전혀 낙담하지 않는 모습이다. 하지만 나는 그녀가 여기저기서 찔리고, 걸려 넘어지고, 머리통에 충격을 받는 상황들을 계속해서 지켜봐야 했다.

명상이 일이 된다는 것

차 안은 무척 춥다. 시동을 걸어 놓고 한참을 앉아 있으면서 갈까 말까 고민이다. 마음은 두 갈래 길에서 아직도 망설인다.

사실 돌아서면 헛웃음 나오는 어린아이 같은 짓이었다. 센터를 운영한다는 사람이 회원의 말 한마디에 토라져서 새벽 두 시가 넘어 집으로 돌아가고, 그 기분을 풀자고 내처 차를 달리고 달려 강릉 추암 해수욕장까지 가다니. 무슨 생각으로? 생각이야 뭐 물고 물려 꼬리에 몸통에…… 참 지랄맞다는 말이 어울린다. 붉은 여명, 떠오르는 해, 무섭게 부서지는 파도, 떼 지어 나르는 갈매기, 굵고 묵직한 해송. 내가 본 것은 푸른 바다가 아니라 망망한 내 마음의 굴레였다. 이것이 내가 그토록 바라던 혁명

같은 일이던가? 그저 듣기 거북하다고 생각한 말 한마디에, 한편으로는 오해라고 생각하면서도 온 마음을 그 말 한마디에 빠뜨려 놓고는 밤새도록 달리고 달려 이 바다를 보러 왔는가?

센터를 열고 참 여러 가지 일을 겪었다. 프로그램 안내 쪽지에 오는 답글엔, 당신은 장삿속으로 돈벌이를 하려고 어쩌고저쩌고…… 해명해 보란다. 또 어떤 사람은 모든 정보를 비공개로 하고 쌍욕을 보내기도 했다. 긴 밤, 내가 생각한 것은 진심으로 내가 행복한가 하는 물음이었다. 결국 일이 되어 버리고 만 명상이 정말 나를 행복하게 하는가 하는…….

가끔 옷장에 넣어 두었던 로브를 꺼내면 예전 추억이 새록새록 떠올랐다. 낯설었던 푸나의 거리, 혼란스런 차도 때문에 한참을 찻길을 건너지 못했던 때, 뜨거운 태양 빛. 커다란 나무의 향기 없는 꽃들, 까마귀의 큰 울음소리와 낮은 비행, 고요히 책을 읽는 할아버지 산야신, 음악이 끊이지 않던 붓다 글로브, 순간순간 곤혹스러움을 피해 가게 도와준 존재계의 섭리, 고민 없이 보낸 시간들, 명상홀에서의 환희심, 함께 명상하던 사비타, 산야스날의 기쁨의 파티, 아 행복했던 시간들. 옷자락 사이사이 지난 시간이 떠올라 한참을 만지작거렸다.

좀 더 용기 있게 웃어넘길 수 있는 여유가 필요한데, 그것은 어디서 나를 기다리고 있을까? 이 변화무쌍한 삶의 자리, 질풍노도의 관계 속에서 나는 어떤 나무로 자라날 것인지…….

명상센터 운영이 생각대로 되지는 않았다. 의욕적인 자구책들이 되레 적자를 급속히 불려 나갈 때마다 그녀는 자꾸 뒤를 돌아보기 시작한다. 조건이 매우 좋은 사업 제안들이 여기저기서 들어오고, 돌아오라는 유혹의 목소리도 한층 강해졌다. 다른 경제적인 어려움마저 겹치자 마침내 울먹인다.

"이제는 앞으로 나갈 수도 없고 뒤로 후퇴할 수도 없어요……."

하하. 좋아서 하는 일이니까 뜻대로 착착 돌아가면 누구나 하고 모두 잘될 것이다. 예정된, 다 필요하고 피할 수 없는 과정일 텐데 나는 "모든 게 기운, 에너지의 작용이다."라고 말해 주는 정도다.

"기운이 살아 있고 조화로우면 세상일도 잘 풀리는 거고, 설령 시간이 걸리더라도 어떻게 해서든 잘되죠. 기운이 죽어 있거나 탁하고 부족하다면 뭘 해도 망하고 시늉만 내게 되는 것이고."

"기운만큼은 여전히 살아 있어요."라고 그녀는 낭랑하게 말한다.

하지만 전보다 더욱 명상적이어야 했다. 좀 더 깨어 있고, 좀 더 대범하고, 너그럽고, 좀 더 무심해야 했다.

그즈음 그녀는 본격적으로 기 혹은 에너지의 세계로 들어간다. 막연히 생각해 왔던 것처럼 특별한 것, 도달하기 힘든 별세계의 일은 아니었다. 일반인이 보기엔 다소 환상적으로, 그 자신은 매우 구체적이고 세밀하게 그 과정을 이렇게 적고 있다.

에너지 테라피 세션

몸이 둥둥 뜬다. 나 그동안 명상한 거 맞아? 에텔체 세션,(에텔체는 인간의 수많은 고뇌와 질병, 불행, 업과 윤회의 원인들로 가득 찬 저장고이기도 하다. 이 세션은 에텔체의 정화를 통해 그에 상응하는 육체적·심리적 질환을 해소하고 더욱 깊은 명상으로 인도하는 명상치유 에너지 세션이다.)
개인 세션 3일차였다.

기공으로 조금씩 열리기 시작한 기맥이 두둑두둑 터진다. 척추를 타고
등 쪽으로 그리고 엉치뼈 위쪽 전체에 에어백이 하나 들어가 있는 느낌
이다. 그 안으로 따뜻한 물인지, 호~ 하고 분 따뜻한 바람인지 움직임까
지 있다. 혹은 스멀스멀 뱀 한 마리가 오르락내리락하는 것 같다.

보이는 현상계의 모든 것을 합해도 보인다고 하는 것은 보이지 않는
것을 합해 고작 4퍼센트 정도 밖에 안 된다고 하니 이 자연계 우주 안의
보이지 않는 실체가 어마어마하게 많다는 것을 몸으로 확인하고 있다.

세션은 소리 명상으로 시작해서 마지막에 호흡법으로 끝이 났다. 소리
속에 녹아 나오는 나의 트라우마, 공포, 폭력, 히스테리, 편두통, 스트레
스, 우울증, 일중독, 방황, 슬픔, 분노와 좌절, 긴장, 과식…….

셀 수도 없이 많이 했던 소리 명상이었다. 그런데 이게 뭐야? 나 그동
안 명상한 거 맞아? 백날을 해도 소용없었구나, 에너지 세션이란 것이 이
런 도움을 주는 것이구나 하는 생각이 들었다.

늦은 저녁 명상 후에 한 도반의 손을 잡고 누워 이완명상을 하고 있는
데 몸 안 구석구석을 타고 도는 에너지장, 이게 바로 생체에너지겠지. 강
력한 자기장이 몸통을 지나 손을 타고 도반의 손으로 건너갔다. 계속해
서 둥실둥실 부드럽고 따뜻한 에너지의 실체가 느껴졌다. 명상 후 도반
이 눈이 동그랗게 뜨고 내 몸을 통해 전달받은 강력한 자기장에 대해 이
야기했다.

세션을 받은 다른 사람들의 이야기를 듣고도 긴가민가했었는데 에너

지, 기라는 것이 눈에는 보이지 않지만, 느낌으로 가질 수 있는 실체라는 것. 부정적인 생각이나 상념체, 트라우마 등과 같은 정신적인 것들도 보이지는 않지만 실체적인 에너지로서 몸 안에 각인되고 고착된다는 것. 삶에 대한 나의 태도나 이런저런 마음의 장애들도 특정한 에너지 상태의 반영이라는 말이 점점 이해된다.

에너지 현상은 그저 현상일 뿐이라고 명상이란 주시 그 자체라는 말씀도 떠오른다. 현상에 집착하면 현상만 찾게 된다고. 그래도 어쨌든 생명체에 존재하는 에텔체, 그 생명 에너지가 느껴진다.

세션을 마치자 몸 안에 있던 뭔가 알 수 없는 무거운 덩어리들이 밖으로 내던져진 느낌이다. 몸이 가볍다. 그간의 슬픔이라던가, 아픔이라던가, 고통이라던가, 송곳으로 가슴을 찌르는 듯한 통증이 사라져 오랫동안 무거웠던 등과 어깨가 편하다.

사람들은 수많은 선택 속에서 살지만 정작 필요한 선택을 하지 못하는 경우가 많다. 명상이든 명상 세션이든 모든 것은 인연이 닿아야 한다. 인연이 없다면 인연을 만들어야 한다. 마음이 닿지 않는 것은 달고 맛난 것도 절대 먹을 수 없지만, 마음만 닿는다면 천 리 길도 한 걸음 아닌가.

기공 수련

오늘은 도전 세 시간. 준비물은 인내, 평정, 오성.

불도 끄고 휴대전화도 끄고 전화기도 내려놓고 문도 잠가 놓았다. 고요하다.

툭 트인 창 앞에서 먼 밤하늘 별빛을 몸에 가득 담았다가 내놓았다

하니 천천히 손안에 흐르는 에너지. 빛과 기운. 소리와 진동이 느껴진다.

내가 하는 기공은 일명 천부삼일신고대아공(天府三一神誥大我功). 중국과 티베트 밀종, 한국의 많은 공부들과 절기 중에서 핵심만을 추려 한민족 비전과 배합한 공부라고 한다. 대아천정입지보법(大我天頂立地步法), 팔괘공법(八卦功法), 관음대음법(觀音大陰法), 여동빈 선법(呂洞濱仙法), 태양관법(太陽觀法), 원극기공 팔금식(元極氣功 八禽式), 칠성보법(七星步法), 지능기공(知能氣功), 형신장(形神庄), 오원장(五元庄), 평형공(平衡功), 밀종관법(密宗觀法), 금강송(金剛誦), 삼광세수법(三光洗修法)……. 생소하고 번거롭던 단어들이 지금은 편하게 들린다.

기공 수업 시간에 공을 하는 동안 빛을 보곤 한다. 환하고 넓으며 금빛 찬란한 빛이 명상홀 사방으로 쫙 뻗어 백학처럼 기품이 있다. 시범을 보이는 선생님의 몸에서 나오는 밝고 따뜻한 빛이다. 나는 그 빛을 보려고 자꾸 눈을 감았다 떴다 한다. 혹 다른 사람에게서도 보일까 싶어 고개를 돌려 보면 흐릿한 빛이 금방 사라진다.

공을 하는 동안 그 모습은 매우 아름다워 볼수록 멋지다. 꼿꼿한 허리며 탄력 있는 뒤태 그리고 반듯한 목선. 선생님 연세가 몇이신데? 많으시다. 나이가 먹어도 청년 같을 수 있구나 하는 생각이 든다.

매일 하고 있는 수련은 선법 세 시간. 소나무가 많이 심어진 의릉 나무숲에서 하는데 바람이 그대로 몸을 타고 들어오는 느낌. 백회 쪽으로 탁기가 많이 빠지고 머리 전체 에너지가 상승하는 느낌도 든다. 달라지는 몸과 마음의 상태에 나 자신도 놀라워서 그냥 웃음이 몸 안에서 도는 것 같다.

공부 도중 선생님과 관련해 전혀 생각지도 못한 마음 아픈 일이 생겼다. 함께 기공을 공부하던 다정한 친구도 상처를 입고는 연락을 끊었다.

"그래도 공부에 대한 끈을 놓지 마라."

선생님은 그 말을 하고는 서울을 떠나셨다.

높이 올라갈수록 마음의 아주 작은 흔들림이 돌이킬 수 없는 파국이 되어 돌아오는 것을 생생히 목도한다. 하지만 받아들이는 사람의 태도가 상황을 전혀 반대로 변화시키는 것도 보았다.

하루는 얼마 동안 쉬었던 공부를 천천히 기억하며 마음을 정돈한다. 마음을 멀리에 두고 있었던지 생각이 잘 나지 않는다. 오원장 1식부터 4식까지 천천히 공을 하는데 눈물이 주룩주룩 흐른다. 이것은 어쩌면 나의 자기 연민일 수도 있지만 공부를 끝까지 더 하고 싶었던 욕심일 수도 있겠다. 그 욕심마저도 내려놓고 일어나는 대로 받아들이며 순리대로 가야지 공부도 계속할 수 있을 것 같다.

그해 겨울 명상센터는 무척 바빴다. 기공 선생님은 사난다가 기공에 타고난 소질을 지녔다며 더 깊은 공부를 위해 도움이 되니 사람들을 가르쳐 보라는 말을 남겼었다. 더욱 전문적이어야 할 것 같았다. 과거보다는 좀 더 전문적으로 명상적이어야 할 것 같았다.

얼마 후 그녀는 일 년 사이 인도를 두 차례나 다녀온다. 푸나에서는 오쇼가 직접 만든 삼대 그룹명상치유법을, 남인도 케랄라에 가서는 아유르베다의 요가와 마사지, 통증 약초 테라피, 푸드 테라피의 요법가 자격을 모두 이수한다.

인도를 두 번 왕복하는 그 사이 국내에서도 강행군의 연속이었다. 대기업인 S전자 직원들을 대상으로 한 넉 달짜리 힐링 교육, 신문사 힐링 캠프 강사, 공무원이나 장애인 교육…… 그리고 다시 인도로. 고된 날들이었지만 성장의 기쁨, 그녀만의 기쁨이 있었다.

두 번째 인도

프로그램 일정을 소화해 내기에는 몸이 버거운지 몸살이 나 버렸다.

아쉬람 주변을 걷는데 낙엽 타는 냄새가 아스라이 코끝에 스쳐 간다. 아, 이 냄새……. 개들이 많이 보였다. 사람처럼 빈부격차가 심해 쓰레기 더미를 뒤지거나 무작정 관광객을 따라오는 삐쩍 마른 개들. 그리고 아름다운 정원이 서울의 웬만한 작은 공원만 한 커다란 저택의 잘생기고 덩치 크고 윤기가 자르르한 개들. 끌고 다니며 산책시키는 일꾼이 보기 안쓰럽고 개가 주인이 되어 사람을 끌고 다니는 것처럼 보인다.

타고난다는 것은 무엇일까? 자신의 생을 선택한다는 것은 과연 어떤 것일까? 전생의 업으로 혹은 현생의 수행을 통해 다시 태어난 삶은 정말 달라질까? 목에 무겁게 혹 덩어리를 매달고도 보살핌을 받지 못한 채 먹이를 찾아다니는 이름 모를 개에게 먹이를 가져다주는데 업이 지닌 무게와 그 사는 날들의 고통에 생각이 미치니 마음이 아프다.

자신만의 문제, 멈추고 싶은 문제를 의식하기 시작했다면, 그 운명을 벗어나고 싶다면 그 길은 어디에 있을까?

일주일짜리 '노마인드' 그룹에 참가 중이었다. 그룹에 몰입할수록 갇혀 있던 광기, 억압, 분노 때론 슬픔들이 오락가락한다. 이것은 어디에 파묻혀 있던 것인가? 몸속 깊은 기억, 감정의 울타리들이 깨지고 그 안의 것들을 꼼짝없이 쏟아 내야만 한다. 기진맥진하도록 토해 내니 몸이 한결 가볍다. 몸에서 혹하고 빠져나가 버리는 억압에 둘러싸인 진실들.

허용하라. 무엇이든 판단 없이 에너지가 움직이는 대로 표현함을 허용하라. 무엇이 되었든. 깊은 허용은 매 순간 감동을 주고 신뢰를 준다. 또 그룹 리더의 사랑스러운 가슴 에너지. 그리스인 쉴라. 그저 그녀의 에너지가 좋다.

언제나 모든 것이 열려 있는 이곳에서 쉴라를 만나 행복하다. 내가 무슨 문젯거리로 도움을 구하기 위해 누군가를 찾고 있으면 어느 틈에 쉴라가 달려와 나를 안아 주며 말한다.

"돈 워리."

와이? 와이, 돈 워리? 이런저런 질문 속에 도사린 내 걱정을 느끼는지 언제나 뭐든 괜찮다고, 다 된다고 하며 늘 뜨겁게 허깅해 주는 쉴라. 나는 어쩌면 어린아이처럼 때론 중심 없음을 그대로 받아들이는 갈 길 먼 여행자다. 그러나 뒤로 가는 길은 내겐 없다는 생각이 든다.

두 번째 엉뚱한 선물

'본어게인' 그룹. 그리고 그 그룹의 안내자 과정. 무리해서 신청을 하긴 했지만 결국엔 포기하고 물러날 것 같던 코스. 곧 서울로 돌아갈 준비를 하고 있었는데 우여곡절 끝에 극적으로 참여하게 된다. 그간 서운한 마음에 겉으로 속으로 울기도 했었는데 쉴라의 적극적인 지지와 사랑 덕분이다. '노마인드' 그룹 리더인 그녀는 프레젠테이션을 마친 내게 "너무 잘

한다. 떡하니 앉은 것만으로도 포스가 풍겨서 나라도 당장 당신의 그룹에 들어가고 싶었다. 나중에 영어가 익숙해지거든 꼭 아쉬람에서 리더를 해라."라며 격려해 주곤 했었다. 그런 그녀는 나를 꼭 '본어게인' 그룹에 넣을 생각이었나? 내 마음을 깊이 공감하고 이해한 것이리라.

이 공간의 지지. 친구들과의 말 없는 약속. 어떤 것도 하지 말라는 법이 없다. 오로지 나를 위해 허용되는 이 공간. 어린 시절 시간을 잊고 놀던 그 놀이가 사라진 지점, 그 안으로 들어가 표현되지 못했던 것을 꺼내 놓을 수 있는 자유로움. 일부러 만든 것이 아니라, 그저 놀이를 통해 어린 시절과 연결되어서 자연스럽게 일어나는 에너지의 과정이다. 계획 없이 흘러 다니는 이것들…… 경이롭고 행복하다.

그룹 명상이 끝나고 밖으로 나와 메인 명상홀인 오디토리움을 바라보고 앉았는데 뜨거운 눈물이 하염없이 흐른다. 주체할 수 없이 넘치는 사랑이 생겨난다. 그리스 친구이자 그룹 리더인 아난타와 깊은 허깅을 나누었다. 내 가슴처럼 그녀 가슴도 떨리고 뛰는 것이 느껴진다.

우리는 칠 일 동안 정해진 아주 간단한 룰을 가지고 시작하지만 어떤 것도 계획된 것, 결정지은 것 없이 어린 시절로 돌아가 의도 없이 일어나는 놀이에 집중할 뿐이다. 정말 끝내준다. 내면의 어린아이가 밖으로 나오는 순간이다.

매일 바쁘게 지내지만 늘 사랑 속에 사는 것을 느끼는데 그곳에서 전혀 생각지 않게 엉뚱한 선물을 받는다. 서울의 미스틱로즈 명상센터가 국제명상재단의 글로벌 커넥션에 등록되고 푸네 아쉬람에서 인정하는 한국 오쇼 명상센터가 된 것이다. 센터장 교육을 별도로 받고 또 세계

각처의 센터들을 소개하는 행사에도 참여해야 하는 등 할 일이 갑자기 많아졌지만 그간에 해 온 일과 지침이 크게 다르지 않았다. 아쉬람 관계자들은 센터의 인터넷 카페를 보고는 아주 만족하고 기뻐하였다. 지지와 사랑을 담뿍 보내 준다. 그룹 리더나 오래된 산야신들의 태도는 정말 사랑 넘치고 뭐든 지지해 주고, 있는 그대로 늘 노 프라블럼과 미소. 장난기 있는 편안함. 이건 정말 이곳에서만 느낄 수 있는 사랑의 에너지다.

그로부터 봄, 여름, 가을이 지나고 그해 겨울, 사난다는 다시 인도로 향한다.

세 번째 인도에서 온 편지

좀 바빴기도 하고, 예전처럼 인터넷, 전화, 문자 이런 거에 에너지가 안 쓰여요.

그래서 그냥 책도 보고 명상하고, 밥해 먹고 영어 공부하고 단순하게 지내고 있어요.

어제는 쉴라 만났어요.

어찌나 내 자랑을 하는지 옆 사람들한테 한국에서 센터 한다고 소개하고, 자기가 그룹을 함께했는데 프레젠테이션을 할 때의 에너지가 무척 좋았다고, 이번 '미스틱로즈 그룹'을 함께해서 매우 기쁘다고, 챙겨 주고 그러네요.

적은 인원이지만 한국에서 '본어게인 그룹', '노마인드 그룹'을 열었다고 하니까 뜨겁게 허깅해 줘요. 쉴라가 내년엔 나보고 여기서 퍼실리테이터

(테라피 그룹을 진행하고 지도하는 사람)도 하고, 아유르베다 세션도 하래요.

영어 실력 좋아졌다고 매우 기뻐해 주고 ㅎㅎ.

오늘 퍼실리테이터 과정 이수를 위한 프레젠테이션 해요. 좋은 일만 있을 것 같아요.

……

누우면 눈물이 나와요.

어떻게 여기까지 왔나 싶기도 하고, 여기 내가 있던 곳 같기도 하고.

센터에서 보낸 시간이 기억나고, 센터 사람들 하나하나 떠올라요. 앞으로 보낼 시간 더 소중하게 여기려고요.

'미스틱로즈' 그룹은 일주일씩 하루 세 시간 내내 웃고 울고, 완전히 바닥까지 내려가 감정 에너지의 댐을 허무는 대작업이다. 필수 명상이 새벽부터 밤늦게까지 있어서 퍼실리테이터 희망자들이 일어날 때도 잘 때도 별만 보게 된다는 고된 코스였다. 웃음과 울음 모두 두드러지는 참가자였던 그녀는 쉴라의 추천으로 그곳에서 제작하는 관련 명상 시디의 배경 음악 스태프로 참여하기도 한다. 그런 뒤 남인도 케랄라로 이동해 아침부터 저녁까지 한 달 과정에 열흘짜리 하나를 더 집어넣는 식으로 총력을 기울인다.

한국으로 돌아오니 명상센터 문을 연 지 이 년하고 반. 그녀는 오자마자 센터 공간을 두 배로 확장한다. 똑같은 크기의 한 층을 더 얻은 것이다. 많은 이들이 축하를 해 주었다.

"처음 시작한다고 했을 땐 솔직히 어, 명상센터 할 사람은 아닌 것 같은데 했는데, 지금은 너무 잘 어울려요. 멀리서 봐도 명상하는 사람처럼 보인다고나 할까."

건물 주인이나 다른 층 사장님들마저도 '예전보다 훨씬' 예뻐졌단다. 무엇이 달라진 것 같으냐고 내게 묻는다.

"첫째는 웃음이 변했죠. 예전에는 웃어도 어딘가 그늘이 있어 보였는데 지금은 아이처럼 환하게 웃더라고요. 두 번째는 센터 그만두겠다는 소릴 안 한다는 거."

그녀가 막 웃는다. 내게 고맙다며 까맣게 잊고 있던 이야기를 하나 꺼낸다.

하루는 내게 왜 굳이 자기와 센터를 하게 되었느냐고 물었었다. 뭐, 일어날 일이 일어났겠지.

"특별한 건 없고 첫째는 사람이 에너지가 있더라고요. 그리고 운세 돌아가는 게 나랑 비슷하고."

사난다를 알던 무렵 십 년 수기로 변한다는 후천내운이 그녀도 나도 새롭게 시작되고 있었다. 그쪽은 인수대운(印綬大運) 나는 비견대운(比肩大運). 각자 자기 명조 입장에서 보면 전부 좋은 운이었다.

"구체적으로 어떤 거죠?"

인수란 명리학상 인정과 교양의 신(神)이다. 인수운은 특히 윗사람의 후원이나 도움이 많다. 친엄마의 사랑처럼 조건없는 보살핌과 베풂이 있는 운이고, 학문이든 교양이든 배우고 익히며 인정받는 운이었다.

"비견운은 형제 친구들의 도움이 있거나 뜻을 같이하는 사람들이

뭉치거나 동업도 하는 그런 운인데 인류애나 형제애 같은 활동이 많아지기도 하죠."

비견은 좋게 보면 독립독보의 기개가 되어 출중한 상이 되는 운이지만 복록을 나누는 신이라 하여 종종 경쟁이 치열해지는 운세다. 시험이나 선거에서 떨어진다거나 유산 분쟁, 경쟁사 때문에 사업이 망한다거나, 패역불효(悖逆不孝)하니 왕위를 차지하기 위해 형제들이 난을 일으켜 서로 죽고 죽이는 운……. 이런 설명을 하는데 그때 내가 한 이야기 중에 사난다가 두고두고 생각나는 이야기가 하나 있었다고 한다.

그 이야기는 이렇게 시작했다.

"엄마 젖은 하나인데 형제는 여럿이라서 서로 다투는 것과 같은 이치죠. 그런데 좋은 작용하는 경우도 있어요. 형제가 서로 다투기만 하는 것은 아니니까. 이야기를 하자면 이런 겁니다."

형제 열 명이 있었다. 다들 오랫동안 못 먹어서 배는 고픈데 누가 콩 한 접시를 갖다 주었다. 한 사람의 배를 채우기에도 턱없이 모자란 적은 양이었지만 형제들은 공평하게 나누어 먹기로 했다. 큰형이 제일 먼저 먹었다. 아, 잘 먹었다 하고 둘째에게 넘겨주었다. 둘째 역시 자기 몫을 먹더니 아, 잘 먹었다 하며 셋째에게 물려주었다. 그래서 모두가 잘 먹고서는 열째에게까지 접시가 돌아갔다. 그런데 막내가 접시를 보니 원래의 콩이 고스란히 있지 않은가?

그리고 이런 말로 그 이야기를 끝맺었다고 한다.

"이것이 비견의 또 다른 작용이죠. 개인적인 자존감과 독점욕이 아니라 인류형제애적인 사랑이 발휘되는 것. 그런 것이기도 해요."

그녀는 내게 그 이야기를 상기시키며,

"지어낸 것인지 아니면 본인의 경험에서 나온 얘기인지는 모르겠지만 너무 감동받았어요. 이야기도 아름답지만 그런 이야기를 들려줄 수 있는 분과 같이 일하게 되어 정말 감사드려요." 한다.

흠, 어릴 적 동화책 좀 읽은 솜씨일 텐데 지나가는 얘기에 그토록 감동받았다니, 내가 고마울 따름이었다. 작은 일에도 감동받을 수 있다는 것, 많은 사람이 잃어버리고 있는 능력이다. 그것이 그녀를 스스럼없이 앞으로 나아가게 하고 오늘의 그녀를 있게 했을 것이다.

그녀의 오빠와 남동생이 앞다투어 각자 사업을 확장해 집안 경사가 있던 어느 날, 그녀는 그곳에 갔다 와서 "정말 으리으리하게 잘해 놨더라고요."라고 말했다. 초대를 받아 둘러보고 온 부모님도 "애 많이 써서 잘해 놓긴 잘해 놓았네." 했단다. 전에는 그런 것들이 부러웠지만 이제는 그렇지 않다.

"예전에는 앞만 보고 달렸어요. 무엇이 진짜 행복인지는 모르고 남들이 행복이라고 부르는 것을 찾아 앞만 보고 달렸어요."

무릎이 아팠던 것도 실은 그 때문이었다고 말한다. 전에는 그런 생각도 들지 않았었다.

"한 번도 가치 있는 삶이 무엇인지 생각해 본 일이 없었어요. 남들과 비교하고, 무언가를 자꾸 벌리려 하고 이렇게 저렇게 자꾸 자신을 닦달하고."

더 달려야 하는데 아픈 무릎 때문에 어찌할 수 없으니 우울증도 심해졌던 것이다.

"어느 날 아침에 눈을 뜨고 일어나자마자 가치 있는 삶이 무엇인지 처음으로 생각하게 되었어요."

가치 있는 삶, 진정한 삶. 그런 것이 떠오른 그날 이후 자신을 괴롭혔던 열등감이나 비교심, 조바심이 스르르 사라져 버렸다.

"일을 해도 점점 결과에 연연하지 않게 돼요. 예전 습이 남아 있긴 하지만 지금은 그저 일어나는 대로 즐기며 모든 걸 긍정적으로 받아들이게 돼요."

그녀는 자신의 명상 인생을 이렇게 요약하기도 한다.

평범한 성장기를 보냈지만 늘 나라고 하는 대상에 대한 궁금함이 많았다. 청소년기라면 한두 번씩 터뜨리는 반항기는 없었지만 까닭 없는 염세적 사고가 멋스럽게 느껴지고, 고독과 고통을 일부러 찾고, 이유 없는 우울감에 사로잡혀 있던 한때를 뺀다면 나는 평범한 성장기를 보냈다. 나는 그 성장기 안에 지금도 서 있다. 그러나 어찌 보면 평범한 일상조차 지금의 나의 길에 하나하나 녹아들어서 성장으로 가는 발판이 되었던 것 같다.

명상 입문 당시 나는 많이 아팠고, 명상을 통해 소통과 치유, 에너지, 그리고 보이지 않은 힘의 세계를 알게 되었다. 체험을 통한 신뢰가 있어야 전적인 참여자가 된다.

누가 "명상하면 뭐가 좋으냐, 혹 잘못되는 거 아니냐, 당신처럼 되는 거 아니냐?" 하고 걱정하니 사난다는 이렇게 말해 준다.

개들의 나라가 있었다. 어느 날 조물주가 개들의 나라에 선물을 주겠다고 하였다. "너희 중 몇 마리를 인간으로 만들어 주겠다."는 것이다.

검은 개 흰 개 누런 개 모두 모여 회의를 열었다. 선물을 받기 전에 먼저 인간세계를 조사해 보기로 했다. 똑똑한 개들이 파견됐고 임무를 마친 개들이 돌아왔다. 다시금 회의를 소집한 개들은 만장일치로 조물주의 선물을 거절하기로 결정했다. '인간은 똥을 먹지 않더라. 개에서 인간이 되면 똥을 먹을 수 없다.'는 것이 그 이유였다.

"명상을 하면 막연히 무언가 잘못되지 않을까 걱정하는데 그건 마치 개가 인간이 되어서 똥을 못 먹게 될까 봐 걱정하는 것과 같은 일이죠."

하하하.

그녀는 말한다.

"한세상을 사는 동안에 같은 시간들을 부여받아 태어나지만 어떻게 사는가는 순전히 자신의 선택이고, 자신만의 아름다운 삶의 꽃을 피워 내는 것은 그때그때 선택의 순간에 깨어 있는 각성의 힘이다."

유쾌함, 기쁨, 지복 그리고 자비심. 모든 다리들이 이어지기를. 활짝 꽃으로 피어날 수 있기를.

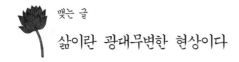

삶이란 광대무변한 현상이다

이곳에 나오는 이야기들을 처음 쓰게 된 것은 2001년도 인터넷상이 었는데, 2006년쯤 대부분의 글이 완성되었다. '새장 속의 새, 눈물을 흘리다'를 쓴 것이 몇 년 전이었고, '사난다의 명상 인생'이 가장 최근 글이다.

이 책이 나오는 사이 여러 등장인물에게 변화가 있었다.

죽은 자들은 소식이 없다. 헤어진 이들도 아무 말이 없다. 다만 그들이 내 가슴속에 있다면 어찌 잊히겠는가?

칸투와 물야는 비록 혼인신고 같은 건 안 하고 살았지만 이혼을 해서 몇몇 지인들을 놀라게 하였다. 뭐, 어떤 이들은 그렇게 오래 지냈다는 게 더 놀라운 일이라고 하지만. 두 사람은 지금은 친구로 잘 지내고 있다. 영수는 과거를 털고 새 삶을 살고 있었는데 이 책에 자신이

358

나온다고 하니 이름을 바꾸어 버렸다. 상깃은 어느 해 모 종합병원의 교수 의사와 명상치료에 관한 프로젝트를 진행한다며 꿈에 부풀어 있기도 했는데 결국은 이용만 당한 채 주름살만 하나 더 늘었다. 이제는 꼬맹이 아들도 듬직한 청년이 되었지만 삶과 여자, 젊은 것들에 대해 예전 솜씨(?)를 발휘하는 버릇은 여전해 보였다. 뭐, 다른 명상인들도 마찬가지지만, 산야신들은 명상을 열심히 하고 있을 때와 그렇지 않을 때에 인간적인 매력이든 정신적인 깊이든 많은 차이가 있었다.

전주환 선생은 "자네 때문에 제자도 생기고, 하하하." 웃으시며 어느 해 연말 직접 전화를 주셨다. 인터넷상에 올린 글을 보고 내게 통사정을 해 함께 찾아간 분을 생전 처음 제자로 거둬들였던 것이다. 선생은 그날 조그만 점포를 개업한 지 얼마 안 된 때라서 내게 새로운 명함을 하나 주셨는데 병기된 어느 보수 단체의 이름과 직함에 나는 약간 의아했다.

"이건 뭐죠?"

"음, 나라를 위하는 사람들의 모임인 것 같더군."

글쎄, 나라를 위한다는 데 보수와 진보가 따로 있을까마는 도인들의 시대 인식에 대해서 궁금증이 일기도 했다. 뭐 단순히 그 동네 자영업자들의 통과의례 같은 거였는지도 모르겠다. 어느 날인가 몇 사람의 청에 못 이겨 함께 선생님을 뵌 적이 있었는데, 그 자리에서 오고 가는 대화 내용을 들어 보니 참 수준 떨어지네 하는 생각이 들었었다. 제아무리 도인을 만나든 바보를 만나든 결국은 자기 수준만큼만 만나게 되는 법이로군, 그런 생각이 절로 났다. 한편으로는 선생은 그런 식으로 자신을 철저히 드러내지 않는구나 하는 생각도 들었다.

무일 선생은 명상센터에서 기공 강의를 하시다가 갑자기 지극히 인간적인 사고를 치고 말았다.

"나도 오십 년을 공부한 사람인데 순간적으로 삐딱하게 나가 봐야 얼마나 나가겠나?" 하고는 자신을 더욱 공부하게 하려는 존재계의 섭리라며 서둘러 강의를 폐쇄하고 서울을 떠났다. 선생의 행적을 둘러싼 안 좋은 소문도 이따금 들린다. 기공 공부에 관해서는 대단하지만 인생의 스승으로 삼기에는 실망스러웠다는 얘기다. 글쎄, 그렇기도 했을 테지만 '어떤 인연을 만들어 가는가 하는 것은 우선적으로 자기 자신의 태도가 아닌가?' 하는 생각도 들었다.

법운의 초상화는 젊은 날의 나에게 기이한 충격과 호기심을 자아냈던 한 스님의 모습과 행적에 떠도는 얘기들을 맞추어 놓은 것이다. 이 시장 속에서, 삶 속에서 뒹구는 모든 구도자들에게 가피와 축복이 있기를.

'공개적인 영적 스승'인 한바다에 대해선 여러 의견들이 있지만 그 자신은 하던 일을 계속하고 있는 것 같다. 어느 연말 모임에서 제자들에 둘러싸인 그를 만난 적이 있었다. 소란스러운 분위기 속에서도 무언가 도움되는 말을 해 주려고 내게 다가와 친근하게 대해 주던 그의 모습이 생각난다.

몇 년 전 한국이 드디어 일본이나 이탈리아를 제치고 오쇼 책이 가장 많이 번역된 나라에 올랐다는 소리를 들은 적이 있다. '오쇼 비하인드 스토리' 장을 마련한 것은 오쇼에 대한 한국 독자들의 그와 같은 관심을 반영한 것이다.

태백 선생과는 몇 년째 연락을 하지 않았다. 그녀의 이야기를 읽은 누군가는 "명상 무당이 약 팔면서 사느라 고생이 많네."라며 식견을 뽐내기도 하지만 내가 보기엔 그녀를 따르는 제자들의 생계 문제까지 책임지느라 수고가 많은 것 같다. 다 자기가 닦은 업대로 사는 거지, 뭐. 내게 있어선 영적 지식을 현실에 접목시키는 한 계기가 되어 주었다. 고마울 따름이다.

밀교 수행자에 대해서 궁금해하는 사람들도 많았다. 어떤 이는 당신이 그 사람 본인이 아니냐고 묻기도 하는데 그것은 아마 내가 주관적으로 그리고 세밀하게 묘사한 내용이 비교적 많았기 때문일지 모른다.

사난다 님 글 속에 나오는 언니 릴라는 지금은 가족들을 만나며 부모님과도 잘 지낸다고 한다. 어머님도 명상에 열심이다. 고모님도 축하해 주고, 이모님도 점점 열심이고, 얼마 안 가 딸, 조카까지 삼대 일가친척이 모두 명상하는 집안이 될지도 모르겠다.

다른 형제들은 그렇지가 않았는데 사난다의 정효순(鄭孝順)이라는 토종 이름은 부모님이 그녀에게만큼은 효도를 받자며 일부러 그렇게 지었다고 한다. 한국식의 부모 중심주의, 온정주의 문화가 명상 속에서 충돌하지 않고 더욱 긍정적으로 나타나는 것도 흥미로운 일이었다.

글쓴이에 대해서 약간 얘기해 보면 2000년이 되기 전까지는 그저 그런 평범한 직장인이었다. 명상 관련 일은 해 본 적도 없고 그쪽 계통의 친구도 인맥도 거의 없었다. 명상을 처음 시작한 건 1986년이지만 아무도 내가 그런 것을 하고 있는지 눈치채지 못했다. 2000년을 넘어오면서 상황은 바뀌었는데, 그 이후로는 명상 관련한 일 이외에는 거의 다른 직업을 가져 본 적이 없었던 것이다. 1999년 1월이던가, 네팔과 인도를 다녀온 이후 —그것도 누가 비행기 삯을 주기에. 생각해 보니 '여는 글'에 나왔던 그 방랑자다. — 많은 사람들, 많은 사건들이 연이어 쏟아졌다. 내가 언제 이 책에 나오는 그런 사람들과 인연이 있을 거라고 생각인들 해 보았겠는가? 그리고 지금처럼 명상도 진행하고 오만 가지 문제들, 이 책 속의 타로 상담가가 본 대로 심지어 지하 세계의 문제까지도 상담하는 그런 사람이 될 줄은 꿈에도 몰랐다. 모두 명상을 조금이라도 꾸준히 한 덕분이며 그리고 이 광대무변한 삶이 시킨 일이다.

이 책은 지금 내가 다시 읽어도 재밌기도 하고 좋은 내용도 꽤 있다. 하지만 이 책을 통해 우리나라 명상수행계에는 이러저러한 사람들도 있고 이런 이야기들이 있구나 하고 알면 뭐하겠나? 나는 이 책의 독자들이 한 명이라도 더 명상에 뛰어들어 체험하기를 바란다. 맨 마지막 장에 '명상에의 길'을 배정한 것도 그런 이유다. 마음의 모든 조건화를 뚫고 명상이라는 새로운 여행에 뛰어든다면 당신의 삶은 한결 강하고, 명쾌하고, 행복하게 변할 것이다.

끝으로, 설령 내가 모르는 어떤 중요하거나 치명적인 사실이 있다고 하더라도 나는 이 글 속에 나오는 누구한테도 악의는 없다. 숭배나 찬사도 없다. 사랑은 있다.

"삶이란 광대무변한 현상이다."

나는 오쇼의 이 말이 맘에 든다. 이 글들을 단지 명상 세계 사람들에 관한 이야기가 아니라 삶에 관한 이야기로서, 당신과 나 우리 모두가 살고 있는 바로 그 삶에 관한 이야기로 받아 준다면 더할 나위 없이 고맙겠다.

여기에 나오는 모든 얘기는 결국엔 당신에게도 일어날 그런 얘기들이다. 그들이 겪었던 이런저런 일들은 언젠가는 당신의 삶에도 일어날 그런 일들이며, 우리는 모두 그 모든 과정들을 지나 마침내 우리가 왔던, 혹은 우리가 원래 있던 그곳으로 돌아가게 되리라. 명상은 삶처럼 누구에게나 매우 친근한 것이고, 절대 삶과 떨어져 있지 않으며, 떨어져 있어서도 안 된다는 것을 깨닫는다면 당신의 삶은 축복에서 축복으로 이어질 것이다.

이 글을 읽어 주신 모든 분께 고마움을 전한다. 그곳을 향해서 가라- 그 말을 하고 싶다.

까칠한 구도자의 시시비비 방랑기

1판 1쇄 찍음 2014년 8월 25일
1판 1쇄 펴냄 2014년 9월 3일

지은이 | 윤인모
발행인 | 김세희
편집인 | 강선영
책임편집 | 강성봉
펴낸곳 | 판미동

출판등록 | 2009. 10. 8 (제2009-000273호)
주소 | 135-887 서울 강남구 신사동 506 강남출판문화센터 5층
전화 | 영업부 515-2000 **편집부** 3446-8774 **팩시밀리** 515-2007
홈페이지 | panmidong.minumsa.com

판미동은 민음사 출판 그룹의 자회사입니다.